월혼

윤슬 장편소설

월흔

윤슬 장편소설

月痕

I

서장序章

서장

아름다웠다.

자신이 사는 동안 단 한 번도 그 단어를 사용하지 않을 거라 굳건하게 믿었건만, 아시나는 난생처음 아름다움에 매혹당한 채 조용히 숨을 멈췄다. 혹여 숨을 내쉬기라도 한다면 이 꿈같은 아름다움이 신기루처럼 산산이 부서져 내릴 것만 같았다.

두 눈동자가 놀라서 크게 뜨인 채 도무지 감길 생각을 하지 않았다. 찰나 이 순간이 영원할 거라 여겼다. 하지만 그것도 잠시, 그 순간 빌어먹게도 제 목을 겨눈 칼날이 햇빛에 반사되어 날카롭게 반짝였다. 시리도록 예리한 칼끝에서 그녀는 조용히 침을 삼켰다.

젠장.

그녀의 목을 동강 내기 위해 겨누어진 칼은 시퍼렜다. 그 서늘한 칼날 때문에 목 언저리가 얼어붙는 느낌이었다. 여긴 북쪽 빙설의 땅도 아닌 뙤약볕이 쨍쨍 내리쬐는 사막인데 이렇게 차가운 기운이라니. 놀라웠지만 그걸 입 밖으로 내는 어리석은 짓은 하지 않았다.

더럽게 더운 사막의 모래 위에서 이런 시린 기운을 만난 게 반길 일인지 아니면 억울해야 하는 일인지 아시나는 고민해 보았다. 그러나 생각은 끝까지 이어지지 못하고 이내 살벌한 칼날 끝에 시선만 빼앗겼다. 불편한 기색을 숨기지 않으며 그녀는 칼날을 응시했다.

저거에 스치면 어느 정도 상처는 감수해야 하는 거겠지?

천천히 숨을 들이마시고 아시나는 다시 앞을 올려다보았다. 나름 평정을 되찾기 위한 몸부림이었는데 다시 시선을 들자마자 그 평정은 순식간에 산산이 부서져 버렸다.

썩을, 그건 꿈이 아니었다. 더욱이 신기루도 아니었다. 차라리 신기루처럼 사라져 버렸으면 정말 좋겠건만 그 아름다움은 여전히 그곳에 실존하고 있었다.

찬란한 태양 아래 칼날이 반짝였다.

뙤약볕의 열기가 모래로 가득한 아래에서 올라왔지만 그 순간만큼은 전혀 느끼지 못했다. 남자의 머리에 둘러진 두꺼운 천으로 만들어진 터번 끝이 어깨 아래로 흘러내리고 있었다. 그 움직임에 시선을 빼앗겼던 아시나는 곧 정신을 차렸다.

거대한 태양을 배경으로, 전혀 작아 보이지 않는 인간은 처음이었다. 아니, 오히려 그 태양을 삼켜 버릴 듯 강렬하게 다가오는 그 무엇.

아시나는 저도 모르게 입술을 깨물었다. 도저히 정신을 차릴 수가 없었다.

사막 민족이나 입는다는 그 헐렁한 바지balvar에 흘러내릴 것 같은 셔츠mintan. 이제껏 단 한 번도 접해 보지 못한 차림. 이국적인 차림에 그녀는 이곳이 고국이 아니라는 사실을 느낄 수 있었다. 그것보다도 터번에 가려진 머리카락은 처음 보는 회색이었다. 언뜻 은색인 것 같기도 했지만 태양에 빛나지 않는 것을 보아 회색이 맞았다. 회색 머리는 어둑할 거라 생각했는데, 상상했던 것과 달리 전혀 칙칙하지 않았다. 어떻게 저런 색이 가능한 거지? 회색이 아름답게 느껴진 건 처음이었다.

칙칙하다니, 오히려 손대 보고 싶을 정도로 매력적이었다. 그것은 제게 검을 겨누고 있는 탄탄한 팔 근육도 마찬가지였다.

빈말이라도 하얀 피부라고 해 줄 수 없을 정도의, 자신의 피부와는 전혀 다른 사막의 뜨거운 태양 아래 적당히 그을린 가무잡잡한 피부. 그냥 딱 봐도 적당히 붙은 근육은 탄력적이었다. 남자 팔뚝을 보며 설레는 친구들을 그동안 이해할 수 없었는데 이젠 단숨에 그 마음을 이해했다.

'페시안의 남자라고 달라 봤자 얼마나 다르겠어?' 그렇게 말했던 게 바로 몇 주 전이었는데 아시나는 그 말을 철회해야 했다. 많이 달랐다. 그것도 엄청 많이.

벌어진 셔츠 사이로 탄탄한 가슴이 정면으로 보였다. 아시나는 괜히 시선을 돌렸다가 순간 숨을 죽였다.

젠장, 남자가 저렇게 매력적이라는 건 도저히 말이 안 돼.

마음 같아서는 쭉, 계속 보고 싶었으나 얼굴이 주체 못할 정도로 달아올라 시선을 옮겼다. 그러나 시선을 잘못 옮겼다.

남자의 얼굴로 시선을 향하자마자 아시나는 정말 넋을 잃어버렸다. 레이디에 대한 예의라고는 눈곱만큼도 보이지 않건만, 그렇게 못되어 처먹은 남자인데 정말 할 말을 잃었다.

고운 아미와 날카롭게 뻗은 턱 선, 그리고 도톰한 붉은 입술. 남자의 것치고는 유난히 도톰한 입술이었다. 단호한 입매와 달리 좀 더 풍부한 아랫입술이 어딘지 묘하게 자극적인 그런 입술. 그러나 차갑게 다물려 있었다. 왜인지는 모르겠지만 정말 다행이었다.

한 번도 남자의 미모에 기죽어 본 적 없건만, 아시나는 순간 짜증마저 치밀었다. '남자답다'라는 단어가 순간 떠오를 정도로 지금 그녀의 목숨을 위협하고 있는 남자는 대단히 매력적이었다. 남자로서.

아니, 그 모든 걸 제쳐 두고 저 금방이라도 잡아먹을 듯한 살벌한 눈빛에 아시나는 금세 정신을 차렸다.

너무 강렬한 시선에 진짜 잡아먹히나 싶었지만 다행인지 불행인지 지독하게 차가운 시선을 보니 잡아먹히기보단 썰릴 것 같았다. 오늘따라 정신이 혼미하구만.

그래도 정말 손대 보고 싶을 정도로 매혹적인 눈동자였다. 누군가의 눈동자를 이리도 아름답다고 생각해 본 역사가 없거늘. 이건 정말로 충격 그 이상이었다. 혁명이라고 불러도 될 사건이리라. 아시나가 다시 정신을 차리려고 생각을 집중할 때였다. 그 순간 남자의 육감적인 입술이 비틀렸다. 반사적으로 아시나는 아랫입술을 깨물었다.

"구경은 다한 건가?"

망할.

짧게 튀어나오려는 욕지거리를 삼키고 아시나는 겨우 이성을 붙잡았다.

여기서 가 버리면 안 돼! 난 아직 죽을 위기에 처해 있단 말이야!

자신이 그를 구경하는 건 어떻게 알아차린 건지 정말 궁금했지만 그걸 물어보는 바보짓은 하지 않았다. 이렇게 빤히 대놓고 황홀하다는 듯 쳐다보고 있는데 모르는 것이 더 이상했다. 무례라는 걸 알고 있었지만 예의 같은 걸 챙길 만큼 상태가 좋지 못하다는 것도 한몫했다.

"마지막으로 할 말은?"

살짝 들어 올려진 칼날이 묘하게 턱 선 근처를 맴돌았다. 조금이라도 닿으면 칼날의 예기가 여린 살갗을 베어 버릴 것 같았다. 금방이라도 내리칠까 봐 허리를 곧추세운 아시나가 침을 꿀꺽 삼켰다.

짜증나게 목소리도 좋았다.

아시나는 이제껏 최고의 미남이라면 주저 없이 자신의 아빠를 꼽아 왔으나 지금 이 순간만큼은 격렬히 고민했다. 아무리 생각해도 이 남자, 강적이었다.

낮은 중저음이 묘하게 속을 긁어내리는 느낌. 좀처럼 정체를 드러내지 않는 이 느낌에 속이 꼬이는 기분이었다. 그 순간 남자의 칼이 움직였다.

"악! 나 아직 말 안 했어요!"

아시나가 기겁하며 외쳤다.

"잠깐만요, 잠깐!"

다행히 두 손을 내밀며 다그친 아시나의 말이 먹혀든 건지 허공에서 남자의 손이 멈췄다.

남자답게 큼지막하고 굵은 선의 긴 손가락에 왠지 모르게 긴장해 버렸지만 다행히 말이 먹혀들었다는 사실에 안도했다.

아, 진짜 놀랐잖아!

놀란 건 놀란 거고 아시나는 최후의 변론을 할 시간이 있다는 것에 만족하며 입을 열었다. 사실 자꾸 목에 걸린 칼이 신경 쓰여서 기분이 최악이었다. 마치 생선 가시를 한 달 내내 끼고 사는 기분. 아시나는 일단 거슬리는 칼부터 어떻게 치워 버리고 싶었다.

"그것 좀 치워요. 난 죽이면 안 돼요."

"왜지?"

찰나의 시간도 두지 않고 남자가 묻는다. 그 싸늘한 붉은 눈은 그녀를 조소하고 있는 기분이었지만 아시나는 아랑곳하지 않았다. 잠시 평정을 잃긴 했지만 이런 상황은 익숙했다. 아시나는 꿋꿋이 자신을 죽이면 안 되는 그 이유를 밝혔다.

"미소녀니까요! 미소녀는 나라에서 보호해야 할 의무가 있는 보물이라고요! 예쁘고 아름다운 건 마땅히 모두가 지키고 보존해야죠!"

일말의 망설임도 없이 남자가 비웃었다. 자신의 말을 비웃었다는 사실에 충분히 분개할 만하건만 아시나는 가만히 있었다. 비웃는 폼이 하도 당당해서 뭐라 반발할 기분도 들지 않았다. 그래도 예쁘고 아름다운 건 보호해야 마땅했다. 암, 보물인걸. 다른 인간 앞이었으면 목에 핏대라도 세우며 박박 우겨 보겠는데 어째 엄두가 나지 않았다. 그도 그럴 게 한참 동안이나 넋을 놓고 바라보게 만든 상대가 아니던가. 자존심은 깎여 나갔지만 아시나는 입술만 깨물 뿐 별다른 항변을 하지 않았다.

웃음기가 사라진 눈동자로 남자가 똑바로 아시나를 내려다봤다. 오만한 시선. 왠지 모르겠지만 그 따가운 시선에 아시나는 괜히 몸을 바로 했다. 근육들이 하나같이 긴장했다. 편히 숨을 쉬기도 곤란할 정도로 강렬한 시선. 먼저 시선을 돌리는 것도 불가능할 정도로 붉은 눈동자가 그녀를 옭아맨 채 놓아주지 않았다.

"도대체……."

드디어 붉은 입술이 벌어지며 기가 막히도록 듣기 좋은 중저음이 흘러나왔다. 목선을 더듬어 내리는 그 눈빛에 아시나는 저도 모르게 침을 삼켰다.

저 남자 눈동자가 왜 저렇게 강렬해? 꼭, 꼭…… 한여름의 태양 같잖아. 더럽게 뜨겁고 더없이 강렬한…….

"어디가 아름답다는 거지?"

젠장. 그래, 너 잘났다, 인간아.

한참을 감탄하던 아시나는 감상을 깨 버리는 한마디에 거침없이 얼굴을 구겼다.

나쁜 놈, 여자를 앞에 두고 대놓고 못생겼다고 말하다니. 정말 매너가 최악이야. 더럽게 배려할 줄 모르는구나, 진짜. 와, 사막의 남자들은 원래 저런 건가? 순식간에 환상이 부서진다. 아시나는 애써 자신의 환상을 추슬렀다.

아니야, 아닐 거야. 현혹되지 말자, 아시나. 크라차에 가면 분명히 매너 좋고 잘생긴 남자들이 즐비할 거야. 아마도.

잠깐 생각을 하다 아시나는 괜히 미간을 찌푸렸다. 난데없는 눈앞의 아름다움에 현혹돼서 잠시 잊고 있었는데, 일주일 정도를 헤매다 겨우 만난 사람이 이런 사람이라는 데에 살짝 억울한 기분이 들기도 했다. 그러고 보니 이 남자, '여기서부터 크라차까지는 어느 쪽으로 가야 하나요?'라는 아시나의 질문에 다짜고짜 칼부터 들이댔다.

크라차에 무슨 원수라도 진 건가? 하긴, 다짜고짜 사람의 목에 칼을 겨누고 비웃는 건방짐으로 미루어 보아 원수는 사방 천지에 널려 있을 듯했다. 썩을 놈.

아시나를 겨눈 칼은 다시 봐도 끔찍하게 예리했다. 다시 한 번 덮쳐 오는 죽음에 대한 공포에 아시나는 침을 꼴깍 삼켰다.

아, 이대로 꼼짝없이 인생의 종말을 맞이해야 하는 것인가. 정말 이런 식으로 인생 종 치는 건 싫은데. 그 순간이었다.

"으악!"

바람 소리마저 나지 않을 정도로 고요하게 칼날이 날아왔다.

찰나라고 느낄 짧은 시간 동안 그것은 너무나 빠르게 내리쳐 바닥에 꽂혔다.

살고자 하는 본능 하나만으로 몸을 뒤로 젖히지 않았으면 꼼짝없이 칼에 꽂혀 끔찍한 최후를 맞았을 터였다. 그 생각을 하니 갑자기 온몸에 소름이 쫙 돋았다. 아시나가 악에 받쳐 소리쳤다.

"정말 휘두르는 법이 어디 있어요, 진짜!"

그녀의 고함에 충분히 동요할 법도 하건만, 남자는 돌로 만들어진 건지 일말의 반응도 없이 모래 속으로 푹 파묻힌 칼을 뽑아냈다. 시릴 정도로 빛나는 금속성의 칼. 다시 들어 올려지는 그 시퍼런 빛을 눈앞에서 확인한 아시나는 바로 입을 다물었다.

'서, 설마 다시 내리치는 건 아니겠지?'

그녀는 숨죽인 채 남자를 쳐다보았다. 일말의 불안감이 가시지 않았으나, 다행히 남자는 그대로 칼을 거둬들였다. 정말 다행이었다. 그러나 입꼬리만 살짝 비튼 그 조소는 아시나의 두 눈동자에 똑똑히 박혔다.

"인간을 죽이는 데 규칙이고 율법이 도대체 어디 있다는 거지?"

메마른 입술을 혀로 핥으며 아시나는 아랫입술을 깨물었다.

"그저 남는 것은 살아남는 자와 죽는 자."

마치 더듬듯 훑어보는 그 시선에 등골이 오싹해졌다. 목덜미에 칼이 닿지 않았는데도 서늘해진다. 그런 아시나를 알아차린 건지 그걸 또 비웃듯 남자가 픽 웃었다.

"이대로 살려 주는 것만으로도."

아시나는 순간 인생의 진리를 다시 한 번 깨달았다.

역시 잘생기면 성격이 안 좋아.

"감사히 여겨라, 여자."

제1장第一章

사막의 제왕, 페시안

사막의 제왕, 페시안

얼굴에서 느껴지는 차가움에 아시나는 흐려지던 정신을 잡으려 애썼다. 눈꺼풀이 자꾸 감기려 했으나 억지로 들어 올렸다. 흐릿한 시야가 순식간에 뿌옇게 변했지만 인내심을 갖고 침착하게 기다리니 시력은 곧 회복되었다. 그제야 아시나는 자신이 어디에 있는지 정확히 인식할 수 있었다.

뭐야, 여기가 어디지?

꿈을 꾸는 듯한 몽롱한 기분은 잠깐이었다. 곧 자신이 어떤 처지에 놓인 건지 생각났다. 아, 감옥이었지. 아시나는 가차 없이 얼굴을 찡그렸다. 돌아오지 않는 현실감에 붕 떠 있다가 갑자기 바닥에 내쳐진 느낌이었다.

아, 제기랄. 험악한 단어를 도로 목구멍으로 삼키며 벽에 기대다 아시나는 다시 인상을 썼다. 돌을 다듬지도 않고 그대로 만들었는지 벽과 바닥은 거칠기 그지없었다. 조금만 스쳐도 여린 살갗에 흔적이 남았다. 이리저리 할퀴고 긁힌 피부는 벌써 작고 하얀 흠집들로 붉은 선을 그리고 있었다. 그러나 아시나는 그런 사소한 것에 신경 쓸 여력이 전혀 없었다.

거친 돌들로 만들어진 작은 공간에 정면으로 보이는 건 두꺼운 쇠로 만들어진 철창. 그것이 무엇을 의미하는지는 지나가던 삼척동자라도 다 알리라. 이제야 완전히 상황 파악을 끝낸 아시나는 처음 얼굴에서 느껴졌던 차가움이 무엇인지도 알아낼 수 있었다. 그건 간수가 뿌리고 간 물이었다. 튀어나오려는 욕을 삼키며 겨우 몸을 일으켰다.

평소라면 이미 팔팔하다 못해 아주 그냥 훨훨 날아다녔을 텐데 지금은 손가락 하나도 까딱하기 힘든 게 딱 연체동물이었다. 흐물흐물 흐느적대는 오징어 같은.

아, 도대체 몸이 왜 이렇게 처지는 거지?

물먹은 솜처럼 무거운 몸이 슬슬 짜증스러워졌다. 생전 처음 겪는 상황에 나름대로 침착하게 대처해 보려 했지만…….

누구의 말마따나 그녀에게 인내심이라곤 눈곱만치도 없는 모양이었다.

하, 뭐 별 새삼스러울 것도 없으니 그냥 넘어가지.

축축이 젖은 옷을 불쾌한 눈빛으로 내려다본 아시나는 고개를 젓혔다. 지금은 손가락 까딱이기도 싫을 정도로 움직이는 게 귀찮았다. 한숨 더 자야지. 그리고……. 그러고 나서 이 말도 안 되는 상황을 정리해 본 뒤 탈출해야겠지. 이제는 익숙해진 수순의 계획을 머릿속으로 정리하며 아시나는 눈을 감았다. 그리고 바로 떴다.

"망할!"

소리 지르지 않을 수가 없었다, 정말.

왜 간수가 물을 뿌리고 갔는지도, 자신의 몸이 왜 이렇게 죽은 시체인 양 늘어져 있는지도 단숨에 이해되었다. 일사병이었다. 왜 현기증이 나고 숨이 차고 제정신이 아닌지 납득했다. 그녀는 잔인하게도 감옥에 갇혀 있는 신세이면서 동시에 따가운 뙤약볕에 노출되고 있었다. 대충 이유를 알고 나자 아시나는 축 처지는 몸을 겨우겨우 이끌고 감옥 끄트머리 그늘진 곳으로 기어갔다.

아, 이제야 좀 살 것 같군.

주변이 서늘해지자 그제야 정신이 또렷해지기 시작했다. 아시나는 그때부터 자신을 이곳에 처넣은 한 남자를 잘근잘근 씹어 줬다. 나쁜 자식, 도대체 내가 뭘 잘못했다고 이런 감옥에 집어넣은 거야?

"아, 그 전에…… 목말라."

분명 불친절한 간수는 그녀가 아무리 애원해도 물 한 방울 주지 않을 게 뻔했다. 감옥이라면 이미 지긋지긋하게 들어와 봤기 때문에 아시나는 감옥의 죄수들이 어떤 취급을 받는지 훤히 알고 있었다. 비록 이 나라가 고국이 아니라고 해도, 또 자신의 고국과 적대국이라고 해도 결국 죄수 취급은 거기서 거기였다.

아시나는 누더기가 다 된 옷을 뒤지며 분명 들고 왔을 물을 찾았다. 병사들은 소지품 검사나 심문 따위 없이 위에서 내려온 명령대로 그녀를 감옥에 처넣었기 때문에 소지품들은 다행히 무사했다. 머지않아 아시나는 가방 안에서 작은 물병을 발견해 낼 수 있었다.

"씨, 그 자식이 냉장 마법 걸어 준다고 했을 때 받아 놓을걸. 괜히 필요 없다고 비웃었다가 나만 고생이네."

크라차에 가자니까 귀찮다며 거절한 친구를 생각한 그녀는 작게 불만을 토하며 물병에 입을 댔다. 미지근한 물이 흘러 들어왔다.

오랜만에 느껴 보는 갈증에 정신없이 물을 들이마셨다. 그러나 갈증이 채 채워지기도 전에 물은 동이 나고 말았다. 아시나의 매끄러운 이마에 여지없이 주름이 잡혔다.

그래도 뭐, 정신 차릴 정도는 되었으니 대충 만족했다. 물은 나중에 또 채워 마시면 되니까.

"그나저나 여기가 어디지?"

아, 감옥이었지.

창살에 박힌 철제 봉을 보며 아시나는 겨우 자신의 상황을 자각했다. 몸이 편해지면 잡생각을 안 하는 건 아시나의 버릇이었지만 그건 그녀의 엄마가 누누이 강조하던 것처럼 그리 좋은 습관은 아닌 듯했다.

"그치만 그걸 다 신경 쓰면 여행을 못 다니는걸?"

일일이 긴장하고 경계하고 의심부터 하면 세상 천지에 어느 곳이든 위험하지 않으리? 아마 그렇게 깐깐하게 따지면 모든 게 다 위험할 거라는 데 자신의 전 재산을 걸 수 있었다.

미간을 찌푸리며 그렇게 되물은 아시나는 머릿속에서 울리는 엄마의 잔소리를 잊고 싶었다. 물론 그녀의 어머니가 이 소리를 들었다면 목에 핏대를 세우며 넌 무방비해도 너무 무방비한 거라고 달달 볶았겠지만, 불행히도 그녀는 이곳에 없었다. 아마도 머나먼 북쪽의 호화스런 저택에서 편안히 앉아 놀고먹고 계시겠지.

"페시안……."

창살 너머로 작열하는 태양을 견주어 보며 아시나는 실감했다. 이곳이 진짜로 사막, 남대륙이라는 걸.

통칭 판티아고라고 불리는 커다란 대륙은 위아래로 나뉘어져 있었다. 그리고 당연하게도 위가 북대륙, 아래가 남대륙으로 구분 지어졌다. 두 대륙 사이엔 절망의 숲이라 불리는 정글과 큼지막하게 자리하고 있는 지중해가 가로막고 있기 때문에 서로 전혀 교류하지 못한 상태에서 몇천, 몇만 년간 다른 역사를 써 나갔다. 그 결과가 현 상태였다.

북대륙에 패자라 불리는 크롬웰이 존재한다면 남대륙에는 사막의 제왕이라 일컫는 페시안이 있다.

종교도 기후도 문화도 정치 체계도 전혀 다른, 아예 딴 세상이라고 하는 게 정확한 이 땅에서 아시나는 작게 흥분되는 가슴을 애써 진정시켰다. 확실히 다르긴 달랐다. 지금 자신의 상황에 견주어 봐도 비교가 가능했다.

북대륙, 그러니까 크롬웰에서라면 분명 자신은 햇빛조차 볼 수 없는 깊숙하고 음습한 곳에 갇혀 있어야 했다. 죄인은 상종할 가치가 없는 인간 말종이었고 감옥은 되도록 사람들의 눈에 띄지 않는, 더불어 죄인이 도망갈 수 없도록 철통 보안을 자랑해야 했으므로 깊숙이, 더 깊숙이 처넣는 게 관례였다.

반면 이곳은 달랐다. 죄인에 대한 취급은 같지만 이곳은 감옥이 높은 탑에, 그것도 햇볕이 가장 잘 드는 도시의 중앙부에 세워져 있었다. 그것은 사람들에게 감옥을 의식시켜 자신의 행동을 조심하라는 경고이기도 했고 무엇보다 이곳의 살인적인 날씨가 그 어떤 고문보다 더 고통스러웠기 때문에 햇볕이 작렬하는 감옥은 그 자체가 형벌이었다.

거기까지 생각을 마친 아시나는 미간을 찌푸렸다. 대체 내가 뭘 잘못한 거지? 페시안에 대해선 배울 대로 배웠다고 생각했는데. 세세한 법률까진 잘 모르더라도 대충 이유는 짚어 낼 수 있을 텐데 아무리 생각해도 통 감이 안 잡혔다. 내가 대체 뭘 잘못했기에 잡혀 온 거지?

하긴, 그 싸가지 없는 남자가 딱히 이유가 있어서 그녀를 처넣은 것처럼 느껴지지 않았다.

"그 남자가 아무 이유 없이 날 괴롭히기 위해 이곳에 처넣었다는 거에 내 케이크를 걸지, 흥."

투덜거리며 아시나는 자리에서 일어섰다. 아무래도 남대륙으로 들어오는 입구, 수르트에서 얌전히 안내원의 말을 들으며 파시를 횡단해 크라차로 가는 게 나을 뻔했다. 괜히 사막 때문에 뱅 돌아가는 길을 선택했다. 내가 대체 왜 그런 멍청한 짓을 저지른 거지? 그래도 다시 그 선택의 시간이 온다면 잠자코 같은 선택을 할 게 뻔했다. 어쩌겠어, 사막이라는 걸 한 번도 본 적이 없는데. 모래로 뒤덮인 세상이라니, 존재 자체가 생소했다. 쭉 보고 싶기도 했고 경험해 보고 싶기도 했다.

애초에 호기심 많은 성격이라 사막이라는 유혹에 넘어가지 않을 위인이 못 되었다. 이런저런 지형 다 겪어 봤는데 딱 하나 사막만은 아직 경험해 본 적이 없지 않았던가!

물론 사막에 질릴 대로 질린 지금에서야 무모하고 한심한 결정이었다는 걸 인정하지만…….

"하, 내가 한두 번 이러는 것도 아니고 뭘 새삼."

일단은 너무 두근거리고 설레지만 페시안을 벗어나야 했다. 아무리 그녀가 모험과 여행에 미쳤다고 해도 정신까지 나간 건 아니었다. 아니, 정신이 나가긴 했지만 제 목숨 소중한 건 알았다.

크롬웰과 페시안은 여전히 적대국이고 서로에게 감정이 좋지 않다는 걸 모조리 알고 있는 마당에, 몰랐으면 모를까 적국에서 고개 빳빳이 들고 돌아다닐 용기는 없었다. 음, 사실 솔직히 말하자면 그럴 수 있었으나 그 정도의 위험을 감수할 정도로 페시안이 매력적이진 않았다. 굳이 페시안이 아니어도 좀 더 크롬웰과 우호적인 크라차에서도 남대륙의 문화를 느낄 수 있었으니까. 크라차 자체가 어차피 페시안에서 떨어져 나온 나라가 아니던가.

원래 계획이 없기도 했지만 자신을 이렇게 무참히 감옥에 처넣은 그 남자를 생각하자니 생각이 더욱 확고해졌다. 이 나라는 너무 위험하다, 여러모로. 생각에 빠져 있느라 흘러내린 갈색 머리카락이 발치에서 흔들거렸다. 여행을 위해 사람들의 시선을 차단하고자 한 염색.

아, 그러고 보니 내 상태가 정상은 아니구나. 온통 먼지투성이에 모래투성이. 아시나는 왜 그 남자가 자신이 미소녀라고 한 대목에서 망설임 없이 비웃었는지 납득했다. 하긴, 이런 꼬라지로 미소녀라고 우기면 나라도 웃길 거야.

아시나는 생긋 웃으며 대충 먼지를 털어 냈다. 솔직히 말하자면 그 남자가 자신의 말을 비웃었을 때 무척이나 빈정이 상했다. 자신을 특별히 너무나 아름답다고 자만해 본 적은 없지만 그래도 그런 비웃음이라니. 그런데 그게 자신의 본모습을 보고 한 짓이 아니라는 걸 아니 마음이 한결 가벼워졌다. 거럼거럼, 난 미소녀라니까.

"그럼 일단 이 망할 놈의 감옥부터 나가야겠지? 나 같은 미소녀에게 감옥은 어울리지 않잖아?"

로브에 달린 후드를 빈틈없이 쓰며 아시나는 가볍게 철창 너머를 바라보았다. 그리고 주머니에서 작은 핀을 꺼냈다. 이럴 때를 위해 휴대하고 다니는 대對자물쇠용 핀이 아시나의 손에 익숙하게 쥐어졌다. 능숙하게 망설임 없이 팔을 빼서 자물쇠에 핀을 집어넣고 이리저리 헤집기를 한창. 달칵, 순간 자물쇠가 매끄럽게 열렸다. 아시나는 아주 만족스러운 미소를 입가에 걸치며 감옥 문을 나섰다.

"역시, 감옥 문 따는 건 식은 죽 먹기라니깐?"

흡사 전적이 꽤 있는 모양새인 아시나의 발길은 거침없었다.

그래, 바로 이 순간까지는.

폴짝.

가벼운 몸짓으로 뛰어올라 그대로 바닥에 착지한 아시나는 환한 미소를 흩뿌리며 일어나 만족스럽게 손을 털었다. 감옥을 나오는 건 그야말로 식은 죽 먹기였다. 간수들 눈치 보는 것도, 경비 눈을 피해 담을 넘는 것도 모두모두 하품이 나올 정도로 너무 쉬웠다. 물론 들키면 곤란한 쪽은 그녀였지만.

홱홱 고개를 돌려 주변을 확인하고, 역시 봐 둔 대로 사람이 드문 골목이라는 점에 흡족해하며 아시나는 잠시 가방을 뒤져 보았다. 이곳 여성들의 일상적인 차림이라면서 준비해 둔 니캅이 보이지 않았다. 남성을 유혹하지 못하게 여자의 얼굴부터 온몸을 검은 천으로 가린다니, 정말 웃기는 취미라고 비웃긴 했지만 막상 이런 상황이 닥쳐오니 아시나는 단번에 수긍했다.

그거, 엄청 필요한 물품이었구나.

"앗, 여기 있다!"

역시 난 천재야! 이런 준비성 철저한 천재 같으니. 악취미라고 생각했던 니캅을 몸에 꼭 맞게 뒤집어쓰며 아시나는 히죽 웃었다.

자, 이제 계획대로 이 페시안을 빠져나가면 되는 건가?

분명 남대륙을 통째로 차지하고 앉은 이 사막의 제왕은 척박한 동부에 사냥감들을 몰아넣고 있다고 했다. 그러니까 아시나가 가야 할 곳은 동쪽. 바로 크라차와 파시였다. 뭐, 시간이 되면 그 외 자잘한 부족들을 둘러봐도 좋고. 어차피 기한을 정해 놓지 않고 넉넉하게 온 여행인지라 망설일 건 없었다. 굳이 문제라면…….

"지금 여기가 어딘지도 모른다는 거겠지."

부디 이곳이 너무 서쪽에 치우쳐져 있지 않길 바라며 아시나는 니캅을 빈틈없이 뒤집어쓰고 사람들이 몰려 있는 시내로 발걸음을 내디뎠다.

후텁지근한 습기가 담긴 공기. 이글이글 소리가 들릴 것처럼 높이 떠오른 태양. 땅 위에 아물아물 피어오르는 아지랑이. 수르트에서도 다르다는 생각은 들었지만 이곳이야말로 완전히 신세계였다.

아무리 많은 땅을 돌아다녀 봤어도 이렇게 모든 것이 완벽하게 다른 곳은 처음이었다. 아시나는 두근거리는 가슴을 진정시킬 수 없었다. 너무 설레서 이 벅찬 감동을 어찌할 수 없었다. 전혀 다른 세상에 들어온 기분. 처음 느껴 보는 열기에 아시나는 이대로 녹아들고 싶다는 생각을 했을 만큼 순식간에 빠져들었다.

이국적인 기후와 도시의 모습. 그리고 모래로 만들어진 건물 사이로 높은 건물이 드리우는 짙은 그늘들. 잘 닦인 길과 그 위를 걷는, 인종 자체가 전혀 다른 사람들.

아시나는 활짝 웃었다. 심장이 빠르게 뛰고 온몸의 피가 들끓는다. 그래, 이 맛에 여행을 다니는 거지. 소리쳐 이 기쁨을 표현하고 싶었으나 상황이 여의치 않아 그럴 수 없단 것이 슬펐다. 그래도, 그래도 페시안이다. 꼭 와 보고 싶었던, 그러나 쉽사리 올 수 없었던.

이제야 제대로 실감이 난다. 아시나는 감격으로 떨리는 손을 마주잡았다. 리메아시여, 정말 감사드립니다! 사랑해요!

"야호!"

앗! 너무 감격에 들떴던 모양이었다. 저도 모르게 환호를 내지른 아시나는 그대로 입을 막고 눈동자만 굴려 주변을 살피다가 소리 없이 이동했다.

사람들이 저마다 아시나를 이상하게 쳐다보았지만 그리 주목하는 분위기는 아니었다. 다행이었다. 아시나는 시선을 피해 구석으로 들어간 후 가슴을 쓸어내리며 한숨을 내쉬었다. 그리고 잠시 들뜬 기분을 주체하지 못하는 자신을 마음껏 한심해했다.

멍청이, 여기서 들키면 감옥이 끝이 아니라 그대로 사형감이라고. 크롬웰이랑 여긴 완전 적대국이란 말이야. 그래도…… 뭐, 일단 들키지만 않으면 상관없지. 히죽 웃으며 아시나는 두 손을 마주잡았다.

"그럼 이제 뭐부터 하지?"

여전히 떨림이 몸에 남아 있었다. 아시나는 벌써부터 자신이 할 수 있는 일들이 주르륵 떠오른다는 사실에 감탄했다. 해 볼 게 많다는 건 좋은 거야. 그중에서도 정말 다행인 소식은 일단 수르트에서 바꿔 놓은 페시안의 화폐가 있다는 점이었다. 정말 취미로 세계 각국의 화폐나 수집할 생각으로 바꾼 것이었는데 요행이었다고밖에 생각할 수 없었다. 이렇게 쓰이게 되다니. 역시 사람 일은 모르는 거야.

일단 어느 정도 외모를 가릴 수는 있어도 자신이 북인이라는 건 완전히 가릴 수 없는 법. 아시나는 잠시 고민했다. 그래도 역시 잘 곳이랑 먹을거리부터 챙겨 놔야 하는 건가? 이곳에 여관이 있길 바라던 아시나는 그보다 더 중요한 걸 생각해 냈다.

"그리고 물도."

그래, 좋아. 그럼 물과 음식을 향해 돌진이다!

……라고 외친 지 채 1분도 지나지 않아 아시나는 다시 구석에 박혔다. 그것도 길거리로 나가자마자 박힌 셈이라 몇몇 사람들은 아시나를 이상하게 쳐다보았다. 그러거나 말거나 아시나는 갑자기 혼란 상태에 빠져 버벅거렸다.

아니, 그러니까. 아니 이게 아니지. 아니 그러니까!!

"저 인간이 대체 왜 저기 있는 거야?!"

저도 모르게 소리를 내자 놀라 입을 가린 아시나는 요동치는 가슴을 쓸어내리며 힐끗힐끗 먼발치의 어느 곳으로 시선을 던졌다. 젠장!

결코 잘못 본 게 아니었다.

그놈이었다, 그놈.

도시에 도착하자마자 한 치의 망설임도 없이 아시나를 감옥으로 처넣은 천하의 파렴치한 나쁜 놈!

다짜고짜 칼을 겨눈 것도 모자라서 그대로 헤어지고 싶어 하는 아시나를 끌고 어딘가를 향해 걷더니 도시가 나왔고 아시나가 놀라기도 전에 그대로 도시의 경비병에게 아시나를 넘겨 버렸다. 그것도 엄청 중죄인인 것처럼. 스멀스멀 쌓이고 쌓인 악감정이 올라왔다. 아시나는 당장 가서 멱살을 쥐고 짤짤 흔들며 '이 나쁜 놈아! 내가 너 때문에 열사병에 걸려 죽을 뻔했어!'라고 외쳐 주고 싶었지만 참았다.

왜냐? 자신은 너그러운 마음을 소유한 미소녀니까 그쯤은 가볍게 넘어가 줄 수 있어…… 가 아니라 분명 다시 감옥에 잡혀 들어갈게 뻔하니까. 그런데 하필 이럴 때 마주치다니. 운도 더럽게 없지. 아시나는 몰래 그 남자를 훔쳐보다가 무심코 한숨을 내쉬었다.

흥, 여전하네.

빌어먹게도 그 남자는 여전히 그대로였다. 태양 아래, 저런 피조물이 서 있다는 자체가 놀라울 정도로 남자다운 선이 그리는 아름다운 외모와 탄탄한 근육에 아시나는 저도 모르게 침을 삼켰다. 저런 덩치에 저런 남자를 보고 아름답다라고 느끼다니. 나도 참.

사실 아름답다는 표현보다는 잘생겼다, 조각 같다는 표현이 더 어울리는 것 같았지만 그래도 아시나는 저 남자가 아름답다고 느꼈다. 단순히 잘생겼거나 깎아 놓은 조각에 비할 바가 못 됐다. 살다 살다 남자한테 아름답다는 칭찬을 할 줄이야. 아시나는 고개를 절레절레 저었다. '아름답다'라는 표현은 그녀가 절경을 보거나 정말 경이로운 걸 만났을 때나 쓰는 말이었는데, 그 불문율이 깨어졌다.

태어나 이제껏 본 가장 잘생긴 남자가 아빠고 가장 예쁜 여자도 엄마였던 터라, 어릴 적부터 보고 자란 게 있어서인지 다른 사람들을 보며 감탄할 일은 생기지 않았다. 그렇다고 부모님을 보고 감탄하기엔 아무리 그래도 아빠는 아빠라서, 매일 보고 살던 얼굴이라 아름답다는 말은 차마 나오지 않았는데……. 이게 이렇게 깨어질

줄이야. 아시나는 미간을 찌푸렸다. 잘난 부모님 덕에 자연스레 높아진 미적 기준인데, 그 기준에도 꿇리지 않는 자가 나타난다는 것은 상상해 본 적이 없는 일이었다.

"내가 없는 동안 다들 제 밥그릇 챙기기 바빴군."

"면목 없습니다."

굳게 다문 입매가 조소로 비틀어지자 앞에 서 있던 사내가 고개를 더욱 깊이 숙였다. 꽤 나이 들어 보이는 아저씨가 상대였음에도 그 남자의 태도는 거리낌 없었다. 신분이 다른 걸까? 돈 많은 자에게도 숙여지는 게 고개라지만, 고개 숙인 자의 태도에서 묻어 나오는 정중한 분위기는 멀리 서서 보는 아시나에게까지 여실히 전해졌다. 저 사내는 결코 돈이나 다른 이유 때문에 고개 숙이고 있는 게 아니었다. 그보다는 좀 더 본질적인, 다른 무언가가 있었다. 저 남자에 대한 존경과 동경 그리고…… 본능적인 두려움.

두려움?

잠시 자기가 읽어 낸 감정이 맞는 건가 의아해 미간을 찌푸린 순간, 시선이 마주쳤다.

하얀 눈 위에 흩뿌려진 붉은 피보다 진한 핏빛. 싸늘한 시선이 마주치자 심장이 덜컹 내려앉았다. 전에도 마주쳤던, 심장마저 서늘하게 만드는 싸늘한 시선.

아시나는 목마름을 느끼며 저도 모르게 벽을 잡고 있던 손에 힘을 주었다. 이성적으로 시선을 돌려야 한다고 생각했으나 이미 온몸이 압도당해 쉽사리 움직일 수 없었다. 눈을 뗀 순간 목덜미를 잡힐 것 같았다. 마치 맹수 앞에 선 사냥감이라도 된 기분.

그래도 안간힘을 다해 간신히 고개를 돌린 아시나는 더 구석으로 움직였다. 어찌 된 일인지 온몸이 땀으로 흠뻑 젖었다. 더불어 가슴이 주체할 수 없이 떨리고 손끝이 흔들렸다. 뜀박질은커녕 걷지도 않았으나 숨이 가빴다. 겨우 차오르는 숨을 몰아쉬며 아시나는 최대한 빨리 걸었다.

마주치지 않은 척, 모르는 척.

물론 저 남자가 자신을 기억해 낼 리는 없다고 생각하지만…… 숨이 막힌다. 알아봤을까? 아니, 모를 거라 생각한다. 자신이 기억하면 모를까 저 남자가 나를 기억해 낼 리가 없다. 그래, 저 남자가 날 알아볼 리가 없지. 그렇게 다독이자 이제 좀 가슴이 편해졌다. 그렇게 되자 아시나는 괜히 남자가 아직도 자신을 쳐다보고 있을지가 궁금했다. 뒤통수가 따갑긴 한데, 설마 아직까지 쳐다보고 있을까?

설마, 에이. 그래도 궁금한데.

마침 근처 거리에 깔린 좌판을 보며 아시나는 능청스럽게 다가가 물건들을 구경하는 척하며 다시 힐끗 남자 쪽으로 시선을 돌렸다.

그 순간이었다, 다시 눈이 마주친 건. 남자의 시선은 돌아가 있지 않았다. 아시나는 숨을 멈췄다.

"……."

"……."

수많은 사람이 둘 사이를 지나갔지만, 아시나는 이 공간, 이 거리, 이 순간에 존재하는 거라고는 오로지 둘뿐이라고 느꼈다. 그리고 다음 순간, 남자가 움직였다. 턱턱 막히는 숨을 겨우 몰아쉰 아시나는 경악에 차 아랫입술을 깨물었다.

설마, 정말. 설마, 에이 설마!

저벅저벅, 남자가 걸어오는 소리마저 귓가에 생생히 크게 울렸다. 아냐, 아닐 거야. 아닐 거라고, 말도 안 돼. 정말 설마……?

탁.

남자는 아시나와 부딪치기 10㎝ 전 정도에서 멈춰 섰다. 아시나는 그대로 굳어서 얼굴을 들어 올릴 생각도 못하고 입술만 자근자근 깨물었다. 정말 생생하게 피가 마르는 기분. 목이 마르고 숨이 거칠어졌다.

괜히 숨 쉬느라 오르락내리락하는 가슴이 신경 쓰였다. 남자의 알싸한 향기가 코끝에 맴돌고 바로 앞에 그늘이 드리워지자 반사적으로 고개를 든 아시나는 그 자리에서 그대로 굳어 버렸다.

바로 코앞까지 다가온 얼굴.

남자의 두 시선이 따갑게 느껴졌다. 가는 숨을 입으로 내뱉으며 아시나는 자신이 니캅을 쓰고 있다는 사실에 감사했다. 비록 천 쪼가리에 불과했지만 천 하나를 사이에 두고 마주한 덕에 아시나는 겨우 자신의 낭패한 표정을 내보이는 건 막을 수 있었다.

그래도 남자는 쉽사리 물러서지 않았다. 마치 사냥감이라도 찾은 듯 샅샅이 파헤칠 듯한 집요한 시선. 싸늘하고 날카로운 눈길을 그대로 받아 내려니 곤욕이었다. 온몸이 묶인 듯 힘이 들어가지 않았다. 그저 할 수 있는 거라곤 이렇게, 버티는 수밖에. 그렇게 대치 상태에서 한참의 시간이 흘렀다. 마침내, 남자의 입술 끝이 비틀렸다.

"이제 보니 쥐새끼였군."

"꺄악!"

저도 모르게 소리를 지른 아시나는 어느 틈에 두 손 다 붙잡혀 남자의 옆구리에 꿰어졌다. 놀란 건 아시나뿐만이 아니었다.

"시하드시여!"

잠자코 지켜보던 나이 든 사내마저 놀라 남자에게 달려온다. 시하드? 바둥거리는 와중에도 들을 건 다 들은 아시나는 아무리 바둥거려도 꼼짝도 안 하는 괴물 같은 남자 때문에 짜증이 일었다.

천하에 몰매 맞을 놈! 어디서 날 짐짝처럼 홱 집어 들어?

그러나 사내의 일행에게서 빼앗듯 끌고 온 말에 내팽개쳐진 건 정말 최악이었다. 도망치려는 약간의 움직임도 허용하지 않으며 말에 올라탄 그 남자는 마지막으로 의아함과 놀람이 섞인 시선으로 올려 보는 다른 사내를 내려다보며 말했다.

"먼저 돌아가 보겠다, 우마르. 나머지는 너에게 맡긴다. 날 실망시키지 않도록."

처음엔 그저 낯선 시선이 느껴져 그쪽으로 고개를 돌렸을 뿐이었다. 그리고 이내 정확히 마주친 익숙한 듯 낯선 갈색 눈동자가 흔들리자 묘하게 피어오른 의아함에 그저 주시했을 뿐이었다. 만약 거기서 살금살금 뒷걸음치던 여자가 뒤돌아보지 않았다면 붙잡지 않았을 거라 그는 생각했다.

격렬하게 움직이는 말 위에서 이리저리 흔들리는 여자는 필사적으로 떨어지지 않으려 말에 매달렸다. 그 모습을 차갑게 내려다본 남자는 어느 순간 거대한 사원 같은 저택으로 뛰어들었다.

갑작스런 그의 등장에 건물 안의 모든 사람들이 남녀노소 가릴 것 없이 무릎 꿇었다. 자못 경건하기까지 한 그 태도에 없던 경이로움마저 느껴질 테지만 남자는 모두를 무시하고 오만한 몸짓으로 건물의 가장 깊은 곳으로 향했다. 그래도 그가 지나가는 족족 사람들은 무릎을 꿇었다. 대로를 따라 기둥처럼 버티고 선 아치를 지나 돔으로 된 거대한 건물의 입구에 도착한 그는 말에서 내렸다.

느닷없는 그의 등장에 놀란 사람들이 순식간에 쏟아져 나왔다. 로브 같은 천 자락을 두른 듯한 사막식 옷차림의 남자들이 순식간에 자리 잡고 도열했다. 말에 매달린 채인 아시나는 순간 침을 꿀꺽 삼켰다.

"오셨습니까."

남자는 단 한마디의 말도 없이 그들을 스윽 쳐다보다 몸을 돌렸다. 꽤 나이 든 중년의 사내들도 있었건만 그저 눈빛만으로 압도한 그는 뒤도 돌아보지 않고 안으로 들어섰다.

순식간에 싸늘하게 식은 분위기 속에서 사내들은 저마다 망설이다 남자의 뒤를 따라 움직였다. 졸지에 혼자 남게 된 아시나가 고개를 갸웃할 즘, 갑자기 큰 손이 그녀를 끌어 내렸다.

"악!"

순식간에 내팽개쳐진 그녀가 쓰라린 어깨를 붙잡고 신음을 토해내자, 그녀의 앞으로 하늘하늘한 천 자락이 드리워졌다. 고개를 들어 올리니 화려한 차림에 니캅을 벗은 전형적인 페시안 여성이 자신을 내려다보고 있었다.

"따라오세요."

정중했지만 묘하게 차가운 어투에 아시나는 인상을 찌푸린 채 자리를 털고 일어섰다. 아까 그 사람들은 사라진 지 오래였다.

물론 그 남자도. 도대체 뭐하는 자식이지? 거기다 이 저택, 어마어마하게 큰 게 뭔가 불안했다.

어쨌든 아시나는 안내하는 여인의 뒤를 쫓았다. 배를 확연히 드러내고 윗옷과 바지가 구분된 옷차림을 보다 넓이 나가긴 했지만 그래도 설마 별일 있겠나 싶었다. 그나저나 그 두꺼운 니캅 안에 저런 옷차림이라니. 아무리 자신이 개방적이라지만 여성의 옷차림에 대해선 한없이 보수적인 크롬웰인이라, 적응이 안 되는 건 사실이었다. 페시안 여자들은 힘들겠다. 뱃살 나오면 바로 보이는 옷들을 입어야 한다니.

"악! 어딜 손대요!"

어느 방에 도착한 아시나는 순식간에 돌변해 자기 옷을 벗기려 드는 페시안 여자들을 피해 온 방을 휘젓고 다녔다. 그 여자들은 색만 다를 뿐 아까 본 페시안 여자와 같은 옷차림을 하고 있었는데 무섭게도 아시나는 곧 그녀들의 손에 벌거벗고 말았다.

"대체 왜 이래요!"

"……."

"아악! 이러지 마세요, 언니들!"

이 황당한 사태를 맞이해 소리도 쳐 보고 눈물로 호소도 해 보았지만, 아, 역시 여자라 그런가? 통하지 않았다. 이 미소녀의 눈물이 통하지 않다니! 아직 경지가 부족한 건가.

잠시 딴생각에 빠진 사이 여자 하나가 갑자기 아시나의 손목을 잡고 어디론가 끌고 갔다. 어어어? 이게 무슨 상황인지 파악하기도 전에 탁, 누군가가 뒤에서 강한 힘으로 밀었다. 여지없이 넘어진 아시나는 그대로 밀려 목욕탕에 빠졌다. 꽤 깊은 건지 밑으로 빨려 들다 수면 위로 올라온 아시나는 삼킨 물을 토하고 물에 젖은 머리를 뒤로 넘겼다.

"대체 이게 무슨 짓—!"

촤아아악.

소리치는 도중 맞은 물벼락. 김이 모락모락 피어오르는 뜨거운 물이 가차 없이 부어졌다. 아시나는 그 물기둥 아래에서 허우적거렸다. 정신 못 차리고 비틀대니 이번엔 시녀 하나가 까끌까끌한 천으로 등을 밀었다. 아시나는 죽을 맛이었다. 아예 지들 맘대로 할 거면 차라리 무슨 예고라도 해 달라고!

"……."

하긴, 말해 달라 해서 말할 인간들이었다면 애초부터 그렇게 자상하게 대해 줬겠지. 결국 다 포기하고 아시나는 그녀들이 하는 대로 내버려 두었다. 말없이 그녀를 씻기고 시중드는 폼이 능숙한 것이 이곳의 시녀인 듯했다. 아니, 여긴 페시안이니까 노예라고 해야 하는 걸까. 그저 묵묵히 자신을 씻기고 물을 붓는 표정 없는 여자들이 무서워졌다. 결국 아시나는 이 불평불만을 터트릴 언젠가를 대비해 꾹꾹 눌러 담고 말없이 그녀들이 하는 대로 따랐다.

몸을 다 씻고 나자 부드러운 갈색 머리카락이 허리 아래에서 찰랑였다. 원래 그녀의 머리카락이라면 더 황홀했겠지만 갈색 머리카락만으로도 그녀는 아름다웠다. 그래, 일단 깨끗이 씻긴 해서 개운하긴 한데, 그다음은?

막상 다 씻고 나니 건네진 건, 당연하게도 페시안의 옷이었다.

"이, 이걸 입으라고요?"

배가 다 드러나는 윗옷과 치마. 그나마 치마는 이해할 수 있겠는데 저 가슴만 가린 옷은 여지없이 망설임을 더 증폭시켜 주었다. 정말 입어야 돼? 아무리 소매가 길면 뭐해! 가슴 아래로 천이 안 내려오는데! 배가 다 드러나는데!

아시나는 조용히 절규하며 옷을 입었다. 안 입고 싶어도 입을 옷이 없었고, 무엇보다 이 인형 같은 시녀들이 막무가내로 입혔을 것이다.

그렇게 어색한 옷을 다 입고 나자, 맨 처음 그녀를 이곳으로 끌고 들어왔던 여인이 다시 아시나에게 손짓했다. 또 따라오라는 건가. 어이없었으나 아시나는 한숨을 내쉬고 따라나섰다. 그래, 일단 여기가 어딘지 모르는 이상 경거망동은 금물이었다. 오랫동안 이곳저곳을 싸돌아다니면서 는 감각으로도 이곳은 너무 위험했다. 위험할 정도로 컸고…….

끊기는 생각에 아시나가 인상을 찡그렸다. 게다가 그 남자, 분명 보통 신분은 아니야. 꽤 높은 자리를 차지하는 자 같았다. 잘못 걸려도 단단히 잘못 걸린 것을 체감하며 아시나는 조용히 한숨을 내쉬었다.

글렀어, 정말.

하얀 대리석으로 만들어진 복도는 미끄러질 듯 매끈했다. 둥근 돔이 덮인 건물이 복도의 아치 기둥 너머로 보였다.

슬슬 뭔가 불길한 기운이 엄습했다. 꽤 오래 걷다 멈춰 선 곳은 키의 세 배는 될 듯한 큰 문 앞이었다. 대체 이 문은 뭘 의미하는 걸까 싶어 잔뜩 구긴 인상으로 쳐다보는데 시녀가 손을 뻗어 가볍게 문을 열었다. 문은 소리 없이 매끄럽게 열렸다.

열린 문으로 들어간 시녀는 곧 무릎을 꿇고 공손히 고개를 숙였다. 아시나는 그 모습에 어쩐지 들어가기가 싫어졌다. 그러나 곧 닫히려는 문 때문에 어쩔 수 없이 안으로 들어섰다.

이게 대체 무슨 꼴이야. 두리번거리며 괜히 안의 구조를 살펴봤다. 문의 높이만큼 안의 천장은 높았다. 기가 질릴 정도로. 그리고 저 끝. 천장 높이 매달린 비단 천이 양쪽으로 드리워진 그 아래로 중앙 길을 따라 높아지는 계단 위에 마련된 자리에, 그 남자가 있었다.

"모셔 왔습니다."

남자의 시선은 지독하도록 나른했다. 그 은밀하면서도 강렬한 시선에 아시나는 저도 모르게 시선을 피하며 메마른 입술을 혀로 축였다. 저건 아까 보았던 싸늘한 시선보다 더 매혹적이었다. 아, 썩을.

누구에게 도움이라도 청하고 싶었는데, 슬프게도 시녀는 바로 물러갔다. 둘만 남은 공간에는 소름 끼치도록 기묘한 적막감이 흘렀다.

그는 푹신해 보이는 등받이에 팔을 올린 채로, 맞은편에 서 있는 아시나를 오만하게 내려다보았다. 두 사람의 시선이 공중에서 부딪쳤다. 그 순간 불꽃이 튀었다. 오랜 탐색전을 끝내고 남자가 먼저 입을 열었다.

"그래서."

자신보다 훨씬 연상의 남자들을, 그보다 더 수많은 인간들을 단번에 압도하는 그 권위적인 몸짓에서 그가 얼마나 더럽게 높은 신분의 소유자인지 충분히 짐작할 수 있었다. 그러나 막상 자신이 직접 높은 곳에 있는 그와 마주하는 기분은 또 달랐다. 입술이 바싹 메말라 왔다.

이거 잘못 엮인 거 아냐? 웃음기라곤 전혀 찾아볼 수 없는 얼굴과 그녀보다 훨씬 큰 장신에서 뿜어져 나오는 싸늘한 냉기. 주위 공기가 차갑게 어는 느낌이었다. 그래, 여기가 정말 사막의 나라 맞나 싶을 정도로 추웠다.

"대체 어떻게 그 감옥에서 나올 수 있었지?"

아시나를 노려보는 남자의 눈동자는 차가웠다. 엄청난 긴장감으로 숨이 턱턱 막힐 지경이었지만, 그녀는 최대한 아무렇지 않은 척 가장하고 있었다. 그건 나름대로 쉬웠다. 냉기를 뿜어내는 엄마 앞에서도 늘 능청스레 웃던 자신이 아니던가. 아시나는 일단 숨부터 고르게 내쉬었다. 그래, 호랑이 굴에 들어가도 정신만 제대로 차리면 살 수 있다고 했다.

그녀는 입가에 맺힌 웃음기를 잃지 않은 채 남자를 똑바로 올려다보았다. 사막 행군에 지쳐 정신이 없을 때마저도 뇌리에 박힐 만큼 강렬했건만, 지금 눈앞에서 너무나도 완벽한 모습으로 내려다보는 남자를 보니 순간 머리가 복잡해졌다.

젠장, 저 남자 왜 저렇게 위압적이야?

좀처럼 적응되지 않는 그 딱딱한 공기에 숨이 막혔다. 온전히 높은 곳에서 너무나 여유롭게 내려다보는 그 오만한 시선의 붉은 눈동자가 가진 차가움과 전신에서 뿜어져 나오는 그 무겁고도 숨 가쁜 위엄에 저도 모르게 유순한 반응을 내보이고 말았다.

역시 가정교육이란 중요한 거야. 자신도 모르게 진저리가 나는 그 거부반응에 아시나는 무참히 얼굴을 구겼다.

마치 자신이 사고를 친 이후에 꼼짝없이 잡혀 벌받는 상황이 펼쳐진 것 같았다. 갑자기 이 공간이 갑갑해졌다. 그런 기분 나쁜 상황을 내 스스로 상상해 버리고 말다니. 아시나는 어쩐지 이 모든 게 다 저 남자 때문인 것만 같아 더 이상 참을 수 없었다.

"당신!"

남자의 눈이 미묘하게 가늘어졌다. 옅은 웃음기가 입가를 스치고 간다 싶더니 곧 그가 고개를 꺾었다. 그 순간 드러난 그 목선에 아주 잠시, 정말 잠깐 현혹되었다. 젠장.

"도대체 뭐하는 사람이에요?"

아시나를 바라보는 그 눈동자엔 여전히 그 어떤 무엇도 어려 있지 않았다. 그것이 그녀를 더욱 갑갑하게 조여 왔다. 썩을, 반응이 없어도 너무 없잖아. 꼭 벽 보고 말하는 거 같아. 진짜 묘하게 열 받게 하는 인간이었다.

"도대체 뭐하는 사람이기에 길거리 한복판에서 여자를 납치해 가는데 아무도 뭐라고 안 하는 거냐고요! 밤의 제왕이라도 돼요? 당신, 인권 단체에 고발해서 당장 소송 걸 거야!"

남자의 짙은 눈썹이 한껏 치켜 올라갔다. 난생처음 들어 보는 말에 그는 잠시 어떤 반응을 보여야 할지 몰라 혼란스러웠다. 물론 아주 잠시였지만.

나른하게 앉아 있던 남자가 눈살을 찌푸리며 그녀를 노려보았다. 간담이 서늘해졌다.

그러나 차갑고 냉정한 시선에도 오히려 아시나는 배시시 웃었다. 다행이었다. 이런 시선은 이미 아버지로부터 단련된 지 오래였다. 물론 저 남자가 좀 더 위협적이긴 했지만…….

한참을 남자가 아무 말 없이 계속 자신을 노려보기만 하자 약간의 시간을 견딘 후, 아시나가 지겹다는 듯 인상을 찌푸리며 불평했다.

"난 지금 눈싸움할 기분이 아니에요, 도대체 날 왜 잡아 온 거예요?"

남자는 어떤 대꾸도 하지 않았다. 뚫어져라 올려 보던 아시나는 기분이 팍 상했다.

"당신이 지금 대체 나한테 얼마나 무례한 짓을 저지른 건지 알기나 해요? 난 억울하다고요!"

최대한 억울해 보이게 눈물까지 글썽이며 역설했으나, 남자의 반응은 냉담했다. 아시나는 슬슬 약이 올랐다. 그래도 남자는 말없이 그녀를 응시했다. 짙은 핏기가 감도는 붉은 눈동자, 그러나 싸늘하고 차가운 시선. 넌 절대적인 약자라는 것을 되새기게 만드는 위압적인 분위기에 무슨 죄인이라도 된 듯했다. 온몸에 소름이 쫙 끼치는 시선을 감내하며 아시나는 아랫입술을 깨물었다. 그렇게 한참을 뜯어먹을 듯 아시나의 아래서부터 위를 찬찬히 뜯어보던 남자가 잠시 후 나직이 물었다.

"넌 뭐지?"

아시나는 겨우 대꾸했다.

"여행자요."

남자는 비웃었다.

"진짜 여행자예요. 그냥 지나가던 선량한 여행자."

검지까지 들며 모자란 애 가르치듯 자상하게 악센트까지 주었건만 남자의 반응은 차가웠다. 젠장할 놈. 순식간에 깊은 침묵이 가라앉았다. 안 그래도 감당하기 힘든 인간이랑 단둘이 있다는 것도 부담스러운데 말까지 끊기니 아시나는 더 견디기 힘겨웠다.

"정말 여행자라니까요!"

그녀가 소리치자마자 그가 몸을 일으켰다. 앉아 있어도 위압적인 인간이 그 높은 곳에 서서 아시나를 내려다보니, 순식간에 입이 다물어졌다. 감당하기 힘든 위압감이었다. 이 남자는 정말 아니다. 그녀의 본능이 적색 신호를 보냈다. 이건 정말 위험하다고, 아니라고, 피하라고. 피가 바싹 말라가는 기분. 아!

한 걸음, 한 걸음. 그 높은 곳에서 내려온 남자는 천천히 아시나의 앞에서 멈춰 섰다. 그것도 바로 코앞.

아시나는 어쩐지 뒤로 물러서고 싶은 충동을 꾹 참아 누르며 그 자리에 못 박힌 듯 섰다. 바로 앞에 다가선 남자가 아시나의 팔을 잡아챘다. 놀란 아시나가 한 걸음 물러서자 그만큼 남자의 얼굴이 바싹 다가왔다. 아시나는 숨을 멈췄다. 바로 눈앞에 다가온 남자의 얼굴에 놀라 두 눈을 동그랗게 뜬 채로 꼼짝없이 그를 마주해야 했다. 한참의 침묵과 한참의 긴장감. 더 이상 참을 수 없을 만큼 호흡이 차올랐을 때, 그가 물러섰다.

아시나는 참았던 숨을 바로 몰아쉬었다. 그는 한 걸음 뒤로 물러서 아시나를 내려다보았다. 들썩이는 가슴과 어깨. 그러나 시선만은 사로잡힌 그대로였다. 남자의 입술이 호선을 그리며 올라갔다.

"어디 증명해 보시지, 사막의 여행자여."

매끄러운 대리석 바닥을 맨발로 걸으며 아시나는 속으로 절규했다. 나쁜 놈!

도대체 내가 뭘 그렇게 잘못한 거냐. 아니, 애초에 내가 잘못한 게 있긴 해? 다짜고짜 증명하라니! 아시나는 기가 차서 죽을 것 같았다. 아니, 물론 그 순간엔 압도당해 입 한 번 벙끗해 보지도 못하고 뒤이어 들어온 시녀에게 끌려 여기까지 왔지만.

아, 망할. 너무한 건 너무한 거라고.

"뭐하세요? 이쪽으로 오세요."

아랫입술을 잘근잘근 씹으며 안절부절못하는 아시나를 시녀가 불렀다. 아시나는 가고 싶지 않았지만 내키지 않는 발걸음을 옮겼다. 발소리조차 내지 않고 걷는 시녀부터 꺼림칙했다. 게다가 이 옷. 옷을 보자마자 불현듯 잊고 있던 무언가가 떠올랐다. 그러고 보니 내 짐들!

"아."

머리를 쥐어뜯으며 아시나는 절망에 허우적거렸다. 아, 망했다. 아까 억지로 옷이 벗겨지며 같이 강탈당한 모양이었다. 작은 주머니 정도에 주인 인식 마법이 걸려 있어 도난 염려는 없고 잡다한 것밖에 없어서 혹여 제 정체가 들킬까 걱정 안 해도 되지만, 주머니가 없으니 바로 탈출할 수가 없잖아!

"아냐, 돌려줄 거야. 대단한 것도 아니고 그냥 조그만 주머니인

걸. 그래, 지들이 그걸 봐서 뭘 알아내겠어. 고작 주머니 안에 들어 있는 건…… 물통과 식량 정도가 전부인걸."

그래, 지들이 그거 가지고 뭘 할 수 있겠어? 돌려주지 않고는 못 배길걸? 아, 물론 돌려 달라고는 해 봐야 할 것 같다만. 아시나는 걱정을 덜어 낸 후련한 마음으로 얼굴을 들었다. 그래, 이왕 이렇게 된 거 짐을 찾을 때까지 쉬러 왔다고 생각하자. 비록 집주인이 글러 먹었지만.

"이쪽으로."

아시나가 걷고 있는 곳은 양쪽에 휘장으로만 가려진 아치문이 여럿 뚫린 복도였다. 딱 보아도 방 입구로 보이는데 문이 없다는 사실보다 왜 이런 문이 한곳에 몰려 있는지가 더 의문이었다. 여긴 건물 구조를 원래 이렇게 짓는 건가? 왜지? 사고가 나면 빨리 대피하려고? 내부 공간이 넓은 듯 얇은 휘장으로 여러 겹 가려진 안쪽은 꽤 깊었다. 아시나는 슬슬 불안감을 느꼈다. 뭐지, 이 찝찝한 느낌은?

거기다가 낮게 나 있는 창문엔 금으로 만들어진 복잡한 도식들이 창살처럼 틀어막고 있고 그나마 열 수 있을 것 같은 창문은 아시나의 키를 훌쩍 넘는 높은 곳에 위치해 있었다. 설마 이 나라 사람들은 환기도 제대로 안 시키고 산단 말인가. 문득 그런 생각을 하고 있을 때였다.

"자, 아가씨께서 하렘에서 지내실 곳은 이곳입니다."

한참을 들어가서 다다른 곳의 한 아치문을 가리키며 시녀가 말했다. 아시나는 고개를 끄덕여 수긍하다 그녀의 말에서 뭔가 이상한 단어를 감지했다.

응? 잠깐, 방금 뭐라…….

"하렘?"

시녀는 가만히 고개를 끄덕였다. 아시나는 잠깐 입을 다물었다.

"하렘?"

새된 소리를 지른 아시나는 그대로 방방 뛰었다.

하렘? 하렘이라니!

"여기가 하렘이라고? 하렘?! 남자가 여자를 단체로 집어넣고 자기 맘대로 갖고 논다는 페시안의 그곳!"

아시나의 난리에 시녀는 겁을 먹은 건지 한 걸음 물러섰다. 아시나는 그걸 보고 기분 나빴으나 그걸 따지기에는 상황이 좋지 않았다. 하렘이라니! 오, 리메아시여. 하렘이라니!

"그 나쁜 놈! 도대체 어디다 날 집어넣은 거야! 대체 무슨 속셈이냐고! 저의가 뭐야! 미친 거 아냐? 오, 어머님, 아버님 소녀는 결코 잘못된 길로 가지 아니하였습니다. 제발 오해 말아 주세요!"

아시나는 이제 울 기세였다. 그러다 잔뜩 울먹이는 얼굴로 그 자리에 주저앉았다. 시녀가 당황해서 질질 끌었으나 얌전히 끌려갈 아시나가 아니었다. 이곳은 페시안이지만 아시나는 크롬웰인이었다. 그 말인즉, 크롬웰의 체제에 익숙해 있다는 소리였고 그 말은 곧 일부일처제를 신봉한다는 말이었다. 그런데 난데없는 하렘이라니. 패닉일 수밖에.

"일어서세요, 아가씨. 바닥이 찹니다. 하렘에 들어오는 건 영광 중의 영광이라고요."

"말이 돼? 정신 차려! 영광이고 나발이고 그런 게 어디 있어! 한 여자와 한 남자가 진정 사랑으로 이루어지는 관계야말로 축복받은 관계라고! 다른 여자랑 놀 거면 전의 여자랑은 끝내든가! 당신을 가지고 논다는데 지금 그게 영광이야?"

"그분께 안기는 것은 여자로서 가장 큰 기쁨입니다."

순간 할 말을 잃었다. 칼이 목구멍에 들어와도 멋대로 지껄이는 천하의 아시나의 입을 막다니. 그러나 곧 정신 차린 아시나는 시녀의 어깨를 부여잡고 흔들었다.

"당신들은 지금 부당한 대우를 받고 있는 거야! 좀 더 나은 대우를 받을 가치가 있다고! 아이를 낳을 수 있는 여자가 얼마나 축복받은 존재인데! 나랑 같이 이놈의 글러 먹은 여권을 상승시켜 보자. 응? 내가 도와줄게! 이 나라를 뒤집어 보자고!"

아, 물론 그전에 내가 탈출부터 해야겠지만. 그러나 시녀는 전혀 이해를 못하는 얼굴이었다. 도리어 그녀는 되물었다.

"무슨 부당한 대우라는 거죠? 그분께서 장난감으로라도 절 취급하신다면, 그저 기쁠 뿐입니다."

옅은 홍조마저 띄운 얼굴을 보자니, 아시나는 기가 막혔다.

"당신은 세뇌당한 거야! 마땅히 누려야 할 권리를 유린당하고 있다니까!"

"유린이요? 도대체 그게 무슨 소리십니까? 미천한 저는 이해를 못 하겠습니다."

결국 아시나는 시녀에게서 손을 뗐다.

"틀렸어. 글러 먹었어. 본인들부터가 나아갈 의지가 안 보여."

난데없이 좌절한 아시나를 보고 시녀는 고개를 갸웃거렸다. 이놈의 페시안 여자들은 그렇다 치고 짐을 잃어버리는 바람에 페시안에서 탈출을 못 한다는 사실이 아시나를 더 깊은 절망의 구렁텅이로 던졌다. 그녀는 주저앉은 채로 이마에 손을 짚었다.

"아……. 다 글렀어."

피식.

굳게 다물려 있던 입매가 느슨하게 풀어지며 옅은 미소를 그리자 앞서 건조하게 조사 내역을 읊던 남자가 놀라 멈칫했다. 항상 위에서 내려다보는 자 특유의 비틀린 비웃음뿐이었던 그의 주군의 입가가 약간이지만 부드럽게 풀어졌다는 사실이, 그에게는 일종의 충격 그 자체였다. 자이드는 잠시 보고서 낭독을 중단하고 그의 주군을 올려다보았다. 한참을 말이 없었지만 라 쿤은 그 점에 대해 별다른 말이 없었다. 결국 먼저 입을 연 것은 자이드였다.

"무슨 흥겨운 일이라도 있으신가 봅니다."

"아, 있긴 있지."

라 쿤은 보기 드물게 진심으로 즐거운 기색이었다. 붉은 술이 늘어진 휘장 아래, 여러 겹으로 늘어진 쿠션에 기댄 채 과일 접시에 손을 가져가던 그는 말없이 웃었다. 마침내 자이드는 보고서를 든 손을 내렸다.

"도대체 그 여성은 뭡니까? 듣자 하니 하렘에 넣으셨다더군요. 잊으셨습니까? 당신의 하렘을 탐내는 여자들은 많습니다. 그런데 그런 정체도 모르는 여자를……."

그가 시선을 돌렸다. 쏟아지는 자이드의 말을 단 한 번의 몸짓으로 제압한 그가 입가로 포도 알 하나를 가져가며 되물었다.

"지금 감히 내게 훈계하는 건가?"

붉은 눈이 내비치는 위압감에, 순간 숨을 멈춘 자이드가 겨우 숨을 내쉬며 대꾸했다.

"간언 드리는 겁니다. 전 충신이니까요."

"건방지군."

건방지다 평했지만 불쾌한 기색은 아니었다. 그저, '건방지다'라고 평가 내렸을 뿐. 건조하기까지 한 목소리에 표정이었다. 자이드는 필사적으로 라 쿤를 탐색했으나 그의 군주는 변함없이 오만하고 여유로웠다. 결국 자이드는 한숨을 내쉬었다. 그의 미미한 항복 선언에 다시 그가 자이드를 내려다보았다.

"도대체 그 여성은 뭐하는 여성입니까?"

포도 알 하나를 입에 물며 그가 다시 피식 웃었다. 놀랍게도 그는 즐거운 기색이었다. 그것도 진심으로. 뭐가 저리도 즐거우신 걸까. 자이드는 직접 목격을 하고도 믿을 수 없었다.

"쥐새낀지 알고 잡아 왔는데, 알고 보니 고양이더군."

"네?"

저게 대체 무슨 소리야? 자이드는 다시 되물으려 했다. 그러나 그보다 먼저 싸늘한 시선이 와 닿았다.

"그런데."

순식간에 서늘해진 등골에 자이드는 순간 몸을 떨었다.

"이렇게 노닥거리려고 내게 온 건가?"

잔말 말고 보고나 하라는 말에 자이드는 불만스러웠지만 결국 그 여자에 대한 호기심을 접었다. 나중에 따로 카림에게 물어봐야겠다 생각하며 그는 접었던 보고서를 들어 다시 읽어 내려갔다. 보고서의 내용은 간단했다.

"확실히 지목하신 대로 불온 세력이 존재하고 있는 모양입니다.

단지 현 단계에서는 누가 그 불온 세력인지 정확히 가려내지는 못했습니다. 죄송합니다."

라 쿤은 말이 없었다. 자이드는 그 침묵이 좋지 않다는 걸 알고 있었으나 보고를 멈추진 않았다.

"다만 그 불온 세력의 대장 격인 존재는 꽤 세력을 갖춘 인물로 판명됩니다. 일단 제 눈을 피해 이렇게나 큰 조직을 만들었다는 것부터……."

"무능하군."

"……면목 없습니다."

자이드가 목을 깊게 숙였다.

"됐다, 이만 가 봐."

라 쿤의 명령에 자이드는 자리에서 일어섰다. 나가기 전 목례하는 것을 잊지 않고 나가는 자이드를 지켜보던 그는 곧 흥미를 잃었는지 어느새 어두워 가는 하늘로 시선을 돌렸다. 붉은 노을빛이 어느새 방 곳곳에 스며들어 싸늘한 적막함에 쓸쓸함을 더했다. 라 쿤은 이제 석류로 손을 뻗고 있었다.

"디라의 대족장께서 오셨습니다."

"들여라."

먹기 좋게 벌려진 석류를 손에 잡으며 그는 문 사이로 들어오는 남자에게 시선을 돌렸다. 두건처럼 생긴 하얀 천을 검은 띠 이갈Egal로 둘러 고정시킨 구트라Ghutra를 쓴 남자는 꽤 강한 인상이었다. 평균적인 페시안인보다 약간 진한 피부에 초록색 눈동자, 칼 이외엔 모를 것 같은 남자. 그 순간 분석하듯 응시하던 라 쿤의 시선과 잘릴의 시선이 딱 마주쳤다. 잘릴은 환하게 웃었다.

"아슈마에 성지에서 오늘 막 도착하셨다는 소식을 듣고 무례인지 알면서도 부랴부랴 찾아뵈었습니다."

"무례인 줄은 아는군."

가볍게 맞받아치며 라 쿤은 손에 쥐어진 석류로 관심을 돌렸다. 알알이 떨어진 붉은 알갱이가 그의 넓은 의자를 어지럽혔다.

"그래, 대족장이 무슨 일이지?"

긴장된 순간 튀어나온 질문에 잘릴은 부드럽게 웃었다. 투박한 인상과 어울리지 않는 웃음이었다. 다라는 크지만 황무지를 끼고 있는 자치구인지라 항상 모든 게 뒤떨어졌다. 잘릴이 칼을 숭배하는 것도 그것과 무관하진 않으리라.

"다라의 파야덴 일족에게 기쁜 일이 생겼습니다. 그 일을 보고드리러 궁정에 들른 김에 돌아오셨다는 기쁜 소식을 듣고 인사 차 온 겁니다."

라 쿤은 수긍했다. 그 기쁜 일이 무엇인지는 관심도 없었으므로 묻지 않았지만 잘릴은 할 말이 있는 모양이었다. 마치 지금 생각이라도 난 듯 손뼉을 마주친 그가 유연하게 웃었다.

"아, 그러고 보니 재밌는 소문이 하나 돌아다니더군요. 하얀 피부의 여자를 하렘에 들이셨다고요? 그저 재미있는 농담거리라고 생각했는데, 천한 노예들마저 떠들 정도니 사실인 모양입니다? 대체 왜 그러신 겁니까? 그런 혈통도 알 수 없는 미천한 여자를 그런 중요한 곳에 두시다니. 아무리 색다른 것이 흥미롭다 해도 정도라는 게 있습니다. 그건 저도 아는 사항인데, 정말 라 쿤의 총기가 흐려졌다는 소문이 사실인지 의심될 지경……."

'파직' 순간의 소음에 잘릴은 순간 멈칫했다.

라 쿤의 손에 고이 쥐어져 있던 석류가 순식간에 바스러졌다. 꽉 쥔 손가락 사이로 흘러내리는 붉은 과즙이 마치 핏방울처럼 비쳐져 잘릴은 입을 다물었다.

천천히 그가 고개를 들었다. 그리고 이어 마주친 핏빛의 눈동자. 싸늘한 눈동자가 쏟아 내는 살기에 잘릴은 숨을 멈췄다.

"……."

뜯어먹을 듯 타오르는 라 쿤의 시선에 천천히 침을 삼켰다. 어느새 손끝이 떨리고 있었다.

"감히."

그가 시선을 들었다. 날카로운 시선이 잘릴을 노려보았다.

"내게 시비를 거는 건가, 잘릴."

기가 질릴 정도의 살기에 버티고 서 있는 것조차 힘들었다. 잘릴은 겨우 웃었다.

"저, 저는 그저 걱정이 되어."

그러나 라 쿤은 그 말을 맹렬히 끊었다.

"필요 없다. 꺼져라."

바늘구멍 하나도 들어가지 않을 정도로 단단한 벽. 잘릴은 아랫입술을 깨물고 그대로 고개를 숙였다. 이 틈을 기다렸다는 듯, 뒤도 돌아보지 않고 쏜살같이 빠져나갔다.

잘릴의 모습이 사라지자 그제야 라 쿤은 석류를 쥔 손을 폈다. 붉게 짓이겨진 과즙이 탐욕스럽게 그의 손을 적셨다. 그 끈적한 촉감이 불쾌했다.

"어디, 얼마나 까부는지 지켜봐 주지."

얇은 휘장이 여러 겹 둘러쳐진 방은 꽤 아름다웠다. 푸르고 붉은 술이 달린 휘장에 색색 빛깔 투명한 유리알로 만들어진 발, 호랑이라 불린다는 유려한 선을 가진 맹수가 수놓아진 두터운 양탄자에 아늑한 분위기.

이곳이 어디인지 정확히 인지하고 있지 않았다면 좋은 곳이라며 한껏 풀어져 잠을 자고 있었을 정도로 방 안은 이국적인 향취가 듬뿍 배어 나왔다.

맹수의 다리가 수놓아진 부분을 딛고 깃털을 넣어 만든 듯 푹신한 침대에 앉아 어깨를 건드는 붉은 술을 만지작대는 아시나의 표정은 어두웠다. 이윽고 한숨을 한 번 푹 내쉬고 양손을 펴 턱을 받쳐 고개를 숙인 아시나가 다시 한 번 한숨을 내쉬었다. 우울한 시선을 호랑이에게 주며 그녀는 괜히 발을 움직였다. 놀랍게도 아시나는 진심으로 침울했다.

대역죄인만 집어넣는다는 북부 펜족의 감옥에서조차 싱글벙글거렸던 천하의 아시나가!

"내 물통, 지도서, 돈, 옷, 컬렉션!"

아직도 잃어버린 주머니가 눈앞에 아른거리는 모양이었다. 어느새 눈물까지 그렁그렁 매달고 아시나는 처참하게 울부짖었다.

"내 컬렉션! 미소년 초상화 모음집! 치부책! 뇌물!"

아, 그걸 전부 잃어버렸다니. 말도 안 돼.

아무리 다시 찾을 수 있을 거라 다독여 봐도, 자꾸 고 작은 주머니 속 비밀 공간에 꾸역꾸역 집어넣어 둔 물품들의 목록이 좌르륵 떠올랐다. 일단 미소년 초상화 모음집은 당장 목숨과 직결된 게 아니니 넘어간다 쳐도 치부책, 무엇보다 그게 문제였다.

아시나는 아랫입술을 잘근잘근 물었다. 그게 없으면 북대륙에서조차 마음대로 다닐 수가 없다. 천성적으로 호의를 받아 내는 성격과 매력 덕에 이렇게 다닐 수 있는 거지만 그것도 한계가 있는 법. 정말 중요한 루트에서는 언제나 부모님의 권위에 꺾이기 때문에 만든 치부책인데. 그게 없단 말은 곧 앞으로의 여행은 꿈도 꾸지 말고 그냥 저택에서 썩어야 한단 말과 같았다.

"아……."

저절로 감기는 눈에, 아시나는 한숨을 내뱉었다. 정말 훔치는 한이 있어도 되찾아야 한다. 암, 그렇고말고. 그래도…….

"이건 몸에 지니고 있어서 다행이다."

귀에 박힌 귀찌를 만지작거리며 아시나는 짧은 생각에 잠겼다. 지금은 짙은 갈색 머리에 부드러운 갈색 눈동자지만 본래의 색은 아니었다. 지금 이 모습마저 이렇게 아름답거늘, 본모습은 얼마나 화려하고 아름다운지 길거리도 마음대로 활보할 수 없을 만큼 사람들의 눈에 띄었다.

아무리 그 색채가 축복과 완벽함을 증명하는 거라고 하지만, 천하에 다시없을 여행광에 천생 모험가인 그녀에겐 그저 자신이 누구인지 단박에 상대에게 알려 주는 각인, 그 이상도 이하도 아니었다. 그래서 흔하고 자주 보이는 갈색으로 머리 색과 눈 색을 물들여 주는 이 귀찌가 절대적으로 필요했다. 다행이게도 이건 아예 몸에 지니고 있어서 강탈당하지 않았다. 하지만.

“일주일 이상 이곳에 잡혀 있으면 곤란해.”

진실로 그것은 곤란했다. 아시나의 머리카락은 상관없지만 눈동자의 색은 혈통을 나타내는 것. 쉽사리 가릴 수 있는 성질의 것이 아니었다. 아무리 귀찌에 뛰어난 마법이 걸려 있다지만 한 달에 한 번씩 일주일은 변색을 풀고 귀찌를 쉬게 해 주어야 했다. 안 그러면 망가지니까. 물론 시간을 계산해 보면 아직 일주일의 유예는 남아 있긴 하지만…….

“많이 곤란한데.”

귀찌도, 빼앗긴 짐도, 하렘에 처박힌 자신의 꼴도. 그리고……그 남자도.

빛나지 않는 회색의 짧은 머리카락 사이로 자신을 집어삼킬 듯 응시하던 붉은 눈동자. 그저 떠올린 것뿐이었으나 아시나는 숨이 막혀 마른침을 삼켰다.

“끄응.”

웬만하면 압도되지 않는 자신이, 한순간이었지만 진짜 압도당했다. 자신을 온전히 송두리째 빼앗긴 기분. 그건 진짜 위험했다. 무슨 일이 일어나지도 않았는데 아시나는 벌써부터 몸이 떨렸다. 그래, 이건 차라리 어떤 예지에 가까운 예감이었다.

“진짜, 도망쳐야겠어.”

원래 그럴 예정이긴 했지만 정말 꼭 그래야겠다고 아시나는 새삼 다짐했다. 근데 그러고 보니.

“하렘이란 거, 생각보다 편하구나?”

크롬웰에는 후궁 개념만 있었던지라 아시나는 하렘이라는 걸 정확히 몰랐다. 귀찮게 시녀가 붙고 따로 궁이 정해지는 데다 지킬 의무도 더럽게 많은 상황에 한 남자의 성 노리개까지 겸하는 줄 알았건만, 시녀는 아까 잠시 안내받은 것 빼곤 코빼기도 보이지 않았다. 거기다가 다른 후궁의 질투 같은 것도 없다. 텃세라고 해야 하나? 인사 오라거나, 뭐 그런 일. 그냥 한마디로 정리하자면, 아시나 본인 외엔 아무도 없는 느낌이었다.

"뭐야, 괜히 겁먹었잖아."

그 남자, 증명해 보라더니. 진짜 증명하길 바라는 건가. 그래서 이렇게 편한 환경을 제공하는 건가? 비록 하렘이지만. 흠…… 뭔가, 처음 인상보다는 순진한데?

"수, 순진……."

안 어울린다. 그런 오만하고 거만한 남자가 순진…… 이라니. 하, 나도 미쳤군. 개소리가 늘었어.

"그럼 일단 내가 할 수 있는 건."

탐색과 지리 파악 정도인가.

고민은 그리 길지 않았다. 애초에 무언가를 질질 끄는 성격이 아니다. 아시나는 바로 자리에서 일어섰다. 그리고 거추장스러운 치마의 밑단을 단숨에 뜯었다. 순식간에 하얗고 탐스러운 허벅지가 불빛 아래 그대로 드러났다. 아시나는 만족스러운 미소를 짓고 한껏 기지개를 켰다.

"하암, 그럼 한번 날뛰어 보실까?"

그렇게 웃는 아시나의 미소는 작은 악동 같았다.

때는 밤, 건조한 사막 위에 홀로 세워진 도시 알 페시안.

판티아고 남대륙 전체를 지배하에 둔 제국 페시안과 그 이름을 같이하는 이 사막의 도시는 손톱 같은 초승달을 배경으로 어둠에 물들어 있었다. 간간이 여러 불빛들이 작은 빛을 발했지만 결코 그것이 도시 전체를 삼킨 어둠을 물리치지는 못하였다. 그중 사람들의 소란에서 저 홀로 떨어진 저택. 둥그런 돔의 궁륭이 돋보이는 크고 작은 우아한 건물들과 넓고 잘 닦인 풍요로운 정원과 호수가 장관을 이루는 곳. 그 장면을 바로 코앞에서 목격하며 아시나는 작게 입을 벌렸다.

"멀다."

그것이 자신이 잡혀 있는 곳의 전망을 구경한 첫 감상이었다.

아시나는 섬세한 궁륭의 곡선과 유려한 건물들의 자태에 혀를 내둘렀다. 대체 이곳이 뭐하는 곳인지는 모르겠지만 달빛을 받아 하얗게 빛나는 건물은 눈물 나도록 아름다웠다. 자신이 남대륙에 와서 당한 수모를 전부 잊을 만큼…….

이곳으로 잡아 온 그 남자에게 당한 수모를 이 아름다움으로 모두 보상받는 느낌이었다.

"페시안은 달과 모래의 나라라더니. 빈말이 아니었네."

북쪽에선 노랗게 빛나는 달이 이곳에선 하얗게 빛난다. 황금으로 물든 달도 아름다웠지만 하얗게 빛나는 달은 조금 다른 정취를 가져왔다. 조금 더 깨끗하고 무언가 더 알싸한…….

"여기 사는 사람들은 좋겠다."

문득 그렇게 중얼거리며 아시나는 짧은 한숨을 내쉬었다.

"정신 차리자. 이러려고 여기 올라온 거 아니잖아."

도리도리 고개를 가로저은 아시나는 둥근 천장에 그대로 주저앉았다. 생각보다 이 건물, 쉽지 않다.

이렇게 큰 곳일수록 의외로 허술한 곳이 많은 법인데 건물의 구조 자체가 일정하게 유기적으로 연결되어 어떤 침입자도, 불청객도 함부로 쉽게 움직일 틈을 주지 않았다. 건물과 건물이 가로막고 건물이 없는 곳엔 시야가 확 뚫린 정원과 호수가 전부. 외곽의 건물에서조차 쉽사리 움직일 수 없어 보이는데 하물며 아시나가 지금 박힌 곳은 가장 깊숙하게 파고든 구역. 쉬울 리가 없었다. 쉬울 거라 생각하진 않았지만, 그래도 너무 쉽지 않잖아. 아시나는 불만을 토하며 고개를 내저었다.

무엇보다 이렇게 되니 그 남자에 대한 의문만 더 커졌다. 대체 뭐하는 인간이기에 이런 집에서 살고 있는 거지? 이 규모는 귀족이라고 해도 웬만한 권세가 있지 않고는 불가능한 크기였다. 그렇다고 그 남자가 왕은 아닐 텐데. 페시안의 왕은 다른 나라의 왕과 조금 다른 존재니까. 아무튼 대단하다는 거 하나는 알아줘야겠군.

"그럼 우선, 저곳부터 뭐하는 건물인지 파악해야겠다."

아시나는 자리에서 일어나 주변을 살폈다. 일단 탈출 작전을 세우려면 각 건물의 용도와 쓰임새, 그리고 주로 사용하는 사람들의 계층이나 신분을 알아 두는 게 제일 먼저였다. 낮에 움직일 수 있는 곳은 낮에 따로 살펴보기로 하고 밤에는 이렇게 움직여 알아볼 계획이었다.

밤의 사막은 춥다는 말처럼 날카로운 바람이 그녀의 얼굴을 훑고 지나갔다. 생각보다 거대한 건물이지만 의외로 병사들이 순찰을 많이 돌지 않았다. 크롬웰의 저택에 있을 때는 번갈아 가며 건물 전체를 순찰해서 타이밍 맞추느라 꽤 고생했는데 그런 고충은 없었다.

단지 이곳 자체에 익숙하지 않아 뭐가 숨어 있을지 알 수 없어 곤혹스러울 뿐. 그래도 아시나는 굴하지 않고 이 거대한 하렘 건물과 가장 가까운 건물로 숨어들었다.

소프트 아이스크림처럼 끝이 뾰족하게 올라간 둥근 천장에 알아볼 수 없는 글자와 문양이 새겨져 있었다. 약간 베이지 톤의 하얀 건물은 어둠에 잠겨 있었으나 청명한 달빛에 물들어 투명하도록 옅은 남색이었다. 기척이 있을 법한데, 어느 누구의 기척도 느껴지지 않았다. 그건 좀 이상했다. 아니, 사실 많이. 무언가 불길한 느낌이 들었으나 아시나는 가볍게 무시하고 탐색을 강행했다. 이런 불길함을 한두 번 느껴 본 것도 아니니까.

조심스럽게 건물을 돌아 아시나는 좀 더 안쪽으로 들어갔다. 거대한 기둥과 기둥을 살금살금 옮겨 다니며 차가운 복도의 바닥을 맨발로 디딘 아시나는 점점 더 이상한 느낌을 받았다.

도대체 이 건물은 뭐하는 건물이지? 구경이나 하라고 쓸데없이 건물을 짓지는 않았을 터.

아니, 설마. 그런 용도로 건물을 지을 수도 있긴 하지. 그래도 그런 건물을 이렇게 크게 지을 이유는 없잖아? 혹시 모를 사태에 대비해 몸을 숨기며 움직이던 아시나는 확 뚫린 복도로 나왔다. 정원과 바로 이어진 복도는 넓고 적막했다.

크롬웰과 달리 조각이나 그림 하나 없이 오로지 차가운 맨바닥과 건물 자체의 매력을 드러내는 복도. 싸늘한 밤바람이 그녀의 머리카락을 스치고 지나갔다. 이렇게 되면 이 건물이 뭐하는 건물인지 알 수 없어진다. 그렇다고 이 건물의 방이 열려 있는 것도 아니었다.

사그락.

그 순간 어디선가 소리가 들렸다. 아시나는 깜짝 놀라 몸을 움츠리다 자신이 잘못 들은 것인가 귀를 기울였다. '사락'. 잘못 들은 것은 아니었다. 분명 어딘가에서 소리가 들리고 있다. 그렇다는 것은 누군가가 있다는 소리. 아시나는 잠시 갈등했다. 이대로 돌아갈 것인가, 누구의 기척인지 확인해 볼 것인가. 본능은 그냥 돌아가길 종용하고 있었으나 이성은 확인해 보는 것을 추천했다. 아시나는 짧게 갈등하다 결정을 내렸다. 그래도 이왕 온 거 누구인지 정도는 확인해 보자. 이게 무슨 건물인지는 알아야 할 거 아냐. 그것만 알아도 소기의 목적은 달성되는 것이니.

아시나는 가볍게 발을 놀렸다. 소리의 진원지는 정원 쪽이었다. 풀숲에 몸을 숨긴 채 그녀는 소리가 나는 곳으로 다가갔다. 푸른 잔디와 작은 화초들. 별다를 건 없었다. 괜한 헛걸음을 한 건가 생각될 즈음.

'좌아악' 물기둥이 솟아올랐다.

그곳에 누군가가 있었다.

잘게 부서지는 물방울들이 달빛을 받아 반짝였다. 물방울이 흐드러지게 쏟아 내리는 아래, 한 남자가 반쯤 벗은 채로 젖어 있었다. 아시나는 숨을 삼켰다. 저절로 두 눈이 크게 떠졌다.

그 남자다.

순간 호흡이 흐트러졌다. 그 소리에 남자의 시선이 이쪽을 향했다. 아시나는 화들짝 놀라 입과 코를 막으며 몸을 숙였다.

미쳤어! 아무리 놀랐다지만 그렇게 대놓고 반응을 보이다니! 기본이 덜 됐구나, 너. 아니, 설마. 그래도 설마.

아시나는 조심조심 고개를 올렸다. 다행히 이상한 낌새만 느꼈을 뿐, 남자는 별다른 반응을 보이지 않았다. 가슴을 쓸어내리며 아시나는 아랫입술을 깨물었다. 망했다. 하필이면 마주쳐도 저 남자와 마주치다니! 하렘을 나오자마자 마주친 게 저 남자라, 더 불안했다. 어서 돌아가야지. 그렇게 마음먹은 순간, 갑자기 그 남자가 움직였다. 본능적으로 몸이 굳었다. '찰랑찰랑' 물이 흔들리는 소리가 귓가에 닿았다. 바로 앞에서 그 남자가 멈췄다.

한 호흡, 그리고 두 호흡. 시간이 길어질수록 불길함은 깊어졌다. 아시나는 설마, 정말 설마하며 슬그머니 시선을 올렸다. 그 순간 붉은 눈동자와 마주쳤다.

"꺄악!"

한 번도 아니고 두 번씩이나!

목덜미가 잡힌 아시나는 그대로 호숫가에 내동댕이쳐지다시피 던져졌다. 졸지에 물에 빠진 생쥐 꼴이 된 아시나는 코와 입으로 들어온 물을 뱉어 내고 홱 고개를 치켜들었다. 그 남자는 오만하게 아시나를 내려 보고 있었다. 아시나는 온 힘을 다해 그 남자를 노려보았다. 그러나 처음부터 그랬듯 그는 결코 만만한 상대가 아니었다.

"이번엔 진짜 쥐새끼군. 이런 데 숨어서 뭘 하는 거지?"

"그, 그러는 당신도 야밤에 뭐하는 짓인데요? 쫄딱 젖어서."

마른침을 삼키며 아시나는 일단 자리에서 일어섰다.

이 남자! 어디서 감히 상의 탈의를 하고 있어! 순간 볼이 화끈 달아올라 일단 시선을 내리깔았으나 아시나는 대체 어디로 시선을 둬야 할지 몰라 안절부절못했다.

남자의 벗은 몸 따위 그리 낯선 것도 아닌데!

그래도 이상하게 이 남자의 몸을 쳐다볼 수가 없었다. 아시나는 두 손을 맞잡으며 애써 달아나고 싶은 충동을 짓눌렀다.

"훔쳐본 주제에 할 말은 아니라고 생각되는군."

"누가 훔쳐봤다 그래요!"

아시나가 발끈하며 고개를 들자, 남자가 비웃었다.

"그럼 방금은 뭐란 말이지? 네 취미인가?"

뭐라고? 진짜 이 인간이?

아시나의 눈에 불꽃이 튀었다. 진짜 오만해도 한계가 있는 법이건만 어떻게 인간이 이리도 거만할 수 있단 말인가. 언젠가 이 남자의 입을 꼭 막아 버리겠다고 다짐하며 아시나는 아직 이름도 모르는 남자를 노려보았다.

결의에 찬 눈동자에 그의 눈이 가늘어졌다. 아시나는 눈치채지 못했지만 남자의 가늘어진 눈동자가 묘하게 그녀를 주목하고 있었다.

이상하지. 별다를 것 없다 생각했는데 자꾸 이 눈동자가 자신의 시선을 끌어당겼다. 반짝임. 별로 특별할 것도 없는 여자가 그를 노려볼 때마다 그 눈동자가 반짝인다고 느꼈다. 그래, 생기 넘치는 눈동자였다. 생경할 정도로, 이제껏 그를 상대해 온 수많은 종류의 인간들에게서 찾을 수 없었던 것. 자꾸만 이 작은 반짝임이 알게 모르게 그를 끌어당겼다.

약간의 흥미와 약간의 호기심.

현재 자신의 상태를 그렇게 정의 내린 그는 자신을 비웃었다. 그래, 약간의 이끌림도. 이렇게 피어오르는 관심을 부정할 수는 없겠지.

"주제를 모르고 까부는 고양이는 어떻게 처리해야 하지?"

아깐 쥐새끼라며! 말이 바뀌는 남자의 말에 아시나는 슬슬 약이 올랐다.

"당신이 뭔데 날 처리한다, 만다 그래요? 대체 무슨 권리로?"

팔짱을 끼고 눈을 가늘게 뜬 아시나가 드디어 따져 물었다. 단박에 무시당할 줄 알았다. 그런데 의외로 아시나의 물음에 남자는 흥미를 보였다.

붉은 눈동자가 짧게 번뜩이자 찰나 온몸이 옭아매진 듯 꼼짝도 할 수 없었다.

"재밌군."

한 걸음 다가온 그가 아시나의 얼굴에 자신의 얼굴을 들이밀었다. 마주친 두 눈동자가 순간 격렬히 불타올랐다.

"이 땅에서 내 맘대로 하지 못할 건 없다."

단정적인 어조에 아시나는 기가 찼다. 뭐래, 이 남자가?

"당신이 뭔데? 신이라도 돼? 그게 아니라면 이 나라 왕이라도 되나?"

비웃음이 한껏 담긴 비아냥거림에 남자의 입꼬리가 올라갔다.

"그렇다면?"

"뭐?"

아시나가 곱게 인상 썼다. 방금 이 남자가 뭐라고 한 거지? 바로 전에 들은 말인데 인식이 되지 않았다.

"내가 진짜 이 나라의 왕이라면? 그럼 좀 고분고분해질 텐가?"

이어진 나른한 말에 아시나는 웃음을 터뜨렸다. 에이 설마. 자신을 협박하려고 저런 거짓말까지 동원하다니. 아시나는 오랜만에 웃긴 소리를 들었다는 듯 환하게 웃어 주었다. 그 순간 옅은 비웃음을 담고 있던 남자의 입술이 비틀렸다.

"내가 이 나라의 왕이다."

미소가 굳었다. 남자는 성큼 다가와 아시나의 귓가에 부드럽게 속삭였다.

"페시안의 주인, 시하드 젠 베히다트."

그녀의 두 눈동자가 커졌다. 머릿속에서 그 말을 해석하길 거부했다. 아시나는 차분히, 아니, 차분할 것도 없이 머리를 굴리다 이내 서서히 이해되는 한마디에 조용히 경악했다.

라 쿤, 페시안의 살아 있는 신.

"라 쿤이 뭔지는 아는 모양이군."

비틀린 조소에 아시나는 쉽사리 대꾸할 수 없었다. 입안에 고인 침을 꿀꺽 삼키며 그녀는 자꾸만 자신을 묶으려 드는 시선을 피했다. 한껏 내리깐 눈동자를 불안하게 굴리며 당금 이 사태를 어찌해야 할 것인가 해답을 내놓으라 머리를 닦달하고 있었지만 이미 굳어 버린 머리는 해답은커녕 사고조차 멈춰 버렸다. 그의 말이 맞았다. 아시나는 라 쿤이 뭔지 확실히 알고 있었다.

고분고분한 반응에 놀란 건 도리어 베히다트였다. 그는 바로 코앞에서 다른 곳으로 시선을 돌리는 얼굴에 눈길을 주었다. 선이 가는 얼굴의 수려한 이목구비. 본인이 주장한 미소녀라는 게 헛소리는 아닐 정도로 가까이서 본 여인의 작은 얼굴은 꽤 아름다웠다. 베히다트는 손을 뻗어 자꾸 고개를 숙이려는 여자의 턱을 잡았다. 억지로 돌린 고개에 아시나의 시선은 어쩔 수 없이 그에게로 돌아왔다.

"겁에 질린 건가?"

"멋대로 만지지 말아요!"

울컥, 남자의 손을 쳐 낸 아시나는 한 발자국 물러섰다.

순간 울컥해서 대들긴 했으나, 뒷감당이 안 됐다. 감히 라 쿤을 치다니, 죽었구나. 등골이 서늘해졌다. 정말 죽을지도 모른다는 생각에 모골이 송연했다. 그러게 저 인간은 왜 내 성질머리를 건드려서! 겨우 겁에 질린 거냐는 물음에 울컥한 자신의 탓도 있지만.

아시나는 머릿속이 복잡했다. 이대로 무릎이라도 꿇고 '살려 주세요!' 하고 빌어 볼까? 근데 저 남자는 내가 그렇게 나가면 '그래? 죽을죄라는 건 아는 건가? 그럼 잘됐군. 죽어도 변명은 못하겠지.' 라고 말할 것 같은데, 근데 이 남자가 지금 어딜 보는 거지?

자신의 행동에 이렇다 할 추궁도 평가도 없이 조용한 남자의 눈치에 아시나는 고개를 갸웃하며 그의 시선에 따라 눈동자를 움직였다. 그의 시선이 닿은 곳은…….

"헛!"

순식간에 몸을 숙인 아시나는 하얗게 드러난 자신의 다리를 가렸다.

"대체 어딜 보는 거예요!"

순간 붉어진 얼굴로 소리 지르는 아시나를 내려 보며 그가 입을 열었다.

"지금 유혹하는 건가?"

"누가 누굴 유혹한다고 그래요?!"

아시나는 깨닫지 못하고 있었지만 하얀 달빛이 부서지는 호수에 종아리까지 잠기는 물빛을 받아 눈부시게 빛나는 매끄러운 허벅지는 진정 남자의 욕망을 충동질할 만한 그 무엇이었다.

"하."

감탄인지 무엇인지 모를 탄식만 남겨 두고 베히다트는 다시 아시나에게로 성큼 다가섰다. 반사적으로 물러서려는 아시나의 팔을 붙잡고 그대로 허리를 집어 자신의 어깨에 둘러멨다.

"지, 지, 지금 뭐하는……!"

"조용."

귓가에 울리는 목소리는 낮았다. 아시나는 반사적으로 입을 다물었다. 그가 작게 경고했다.

"이 이상 시끄럽게 굴면 그 입을 막아 버리겠다."

"날 둘러업고 지금 협박하는 거예요?"

반사적으로 대꾸하던 아시나는 마땅히 돌아와야 할 상대의 반응이 없자 불길함을 느꼈다. 한마디 더 하려다 입을 다물었다. 원래 자신이 이렇게 호락호락하고 순종적인 인간이 아니건만 이 남자 앞에서만은 유난히 순해지는 것 같아 영 불만스러웠다.

그녀가 그러거나 말거나 아시나를 둘러업은 베히다트는 쉽게 움직였다. 가뿐한 움직임에 어깨 위에서 흔들거리던 아시나가 잠깐 입을 열었다.

"저, 근데 내가 그렇게 가볍진 않을 텐데."

"알면 다물어."

……나쁜 놈.

속에서 부글부글 뭔가가 끓어올랐지만 그녀는 입을 여는 대신 아랫입술을 꾹 깨물었다.

뭐? 내가 무거워? 가볍진 않지만 무겁지도 않아!

아시나 혼자서 끓어오르는 열을 식힐 동안 정원에서 벗어난 베히다트는 건물로 들어섰다. 그리고 너무나 익숙하게 이 복도 저 복도를 지나치더니 어느새 다른 건물과 이어지는 연결 통로를 걷고 있었다. 이런 곳이 있구나 싶어 얼이 빠진 그녀가 아차 하는 사이 어느 틈에 익숙한 공간으로 들어섰다. 매끄러운 대리석 복도와 문이 없는 아치, 여러 겹으로 드리워진 휘장들. 이곳이 어디였더라 생각을 더듬는 사이 그가 아시나를 내려놓았다. 거의 내동댕이치는 듯한 거친 행동에 짜증이 일었으나 아시나는 일단 벗어났다는 것에 중점을 두고 한숨을 돌렸다. 하지만 한 바퀴 휘 둘러본 방의 풍경은 낮에 보았던 그것이 아니었다.

"여긴 아까 있던 방이 아니에요!"

"그래서?"

베히다트가 되물었다. 아시나는 무어라 대꾸하려 했지만 제지당했다.

"어떤 방이든 상관없잖아."

아니, 근데 이 남자가!

정 붙이고 살아 보려 한 건 아니었으나 울컥 무언가가 치밀었다. 흥, 배려심이라고는 눈곱만큼도 없는 놈. 페시안의 라 쿤이라는 건 알지만, 새삼 신분 고하에 상관없이 레이디를 존중하는 크롬웰 남자들의 매너가 그리운 건 우연이 아니리라. 레이디, 레이디거리며 성가실 정도로 달라붙는 건 짜증났으나 그래도 이런 찬밥보다 못한 취급보단 나았다.

아시나는 비키지 않고 쭉 내려와 박히는 시선에 살짝 고개를 들었다.

"뭘 봐요?"

불쑥 다가온 얼굴. 아시나의 얼굴이 붉어졌다.

뭐, 뭐하는 거야, 이 남자!

단단한 풍채에서 풍겨 오는 알싸한 사향 냄새에 아랫입술을 깨물며 살짝 몸을 뒤로 뺐으나, 약간의 공간만 확보했을 뿐 여전히 눈동자의 홍채마저 투명하게 보일 듯한 거리였다. 남자의 시선은 강렬했다. 존재감마저도.

목이 타는 기분이었다.

“크롬웰 출신인가?”

입에 고인 침을 넘기며 아시나는 살짝 시선을 내렸다.

“북대륙 출신인 건 맞아요.”

“해서, 크롬웰 출신인 건가?”

은밀한 낮은 목소리. 느긋하고 나른한 목소리에 취할 것 같았다. 아시나는 애써 자신을 다독였다.

“북대륙에 크롬웰이 가장 큰 나라이긴 하지만 크롬웰만 있는 건 아니에요.”

남자는 대꾸하지 않았다. 그저 더 가까이 얼굴을 들이밀었을 뿐. 바로 코앞에서 느껴지는 시선에 아시나는 반사적으로 소리쳤다.

“다, 다가오지 말아요.”

물론 그런다고 다가오지 않을 인간이 아니었지만. 선이 굵은 외모였으나 섬세한 굴곡은 예술 작품이라 칭해도 손색없을 정도로 아름다웠다. 아시나는 괜히 두근거리는 가슴을 부여잡았다. 젠장.

“페시안엔 무슨 일로 온 거지?”

“난 페시안에 오려 한 게 아니었어요. 크라차를 가는 중이었다고요. 그런 날 붙잡아 감옥에 가둔 사람이 누군데!”

겨우 자신의 페이스를 찾아 원망의 눈동자로 쏘아보았지만 남자는 말려들지 않았다.

"그럼 크라차를 가는 이유는?"

"……단순한 여행. 그 이상도 이하도 아니에요."

순간 남자의 붉은 눈동자가 검게 빛났다. 한순간 스쳐 지나갔을 뿐이지만 강렬한 무언가에 아시나는 숨을 들이켰다.

"뭐, 그렇다고 해 주지."

일단 안도했으나 그녀는 애써 태연함으로 무장하고 있었다. 온몸의 신경이 긴장으로 팽팽했다. 볼일을 다 봤다면 이제 그만 사라져줬으면 하는데, 아시나의 이런 바람과 달리 베히다트는 한참을 비키지 않았다. 그녀의 숨소리가 점점 거칠어졌다.

"……비켜요."

작은 목소리였다. 남자는 들리지 않은 듯 여전히 코앞에 마주하고 서 있었다. 아시나는 침대에 앉아 있었지만 도망갈 틈이 없었다. 어느새 아시나의 양쪽으로 손을 뻗어 피할 공간을 차단한 그는 그녀를 단숨에 잡아먹을 듯 응시했다. 자신을 바라보는 시선엔 익숙했지만 이런 시선엔 무지했다. 아시나는 대체 그 눈동자가 무슨 말을 하려는지 알 수 없었다.

"전에 내게 그랬었던가?"

난데없는 질문에 아시나는 긴장에서 풀려났다. 물론 완전히 풀린 것은 아니었으나 약간 숨을 돌릴 틈은 가질 수 있었다.

"무슨 말이요?"

"그대가 미소녀란 주장."

'아' 저도 모르게 탄식한 아시나는 반사적으로 얼마 지나지 않은 그날을 떠올렸다. 그리고 바로 똥 씹은 표정으로 바뀌었다. 그러고 보니 이 남자, 내가 미소녀란 소리에 비웃었지. 흥!

“대체 어디가 미소녀냐면서요.”

“씻겨 놓으니 한결 낫군.”

“안 씻겨도 볼만해요. 난 미소녀니까!”

남자의 입매가 부드럽게 풀렸다.

아시나는 순간 멈칫했다. 비웃음이라고 생각되는 웃음이지만 굳게 다물려 있던 입가가 그렇게 부드럽게 풀릴 줄 상상도 못 했던 터라 더 그랬다.

이, 이 남자가 지금 나한테 수작 거는 건가?

“전에 했던 말에 한 가지 덧붙이지.”

응? 아시나의 미간이 불편하게 좁혀졌다.

“그대가 미소녀인 건 모르겠으나.”

순간 남자의 입술이 아시나의 입술 위에 내려앉았다.

“……눈동자만큼은 아름답다.”

놀라 살짝 벌어진 입술을 가르고 들어오는 것은 혀. 그리고 순식간에 입안을 휘젓고 녹아들 듯 부드러운 감각에 놀란 아시나가 움츠리자 그가 떨어졌다. 너무 확연한 빈자리에 도리어 아시나가 적응하지 못해 허우적댈 때 그가 짧은 인사를 남겼다.

“내 하렘에 온 걸 환영한다, 이방인이여.”

다시 처음의 재수 없는 인간으로 돌아간 남자가 그대로 천천히 방을 빠져나가는 모습을 멍하니 정신 놓고 지켜보던 아시나는 처음 맞이한 상황에 얼빠진 표정을 지었다. 점점 분노로 얼굴이 붉어졌다.

"근데 이 남자가!"

아시나는 팔을 뻗어 얇고 매끄러운 이불을 끌어당겼다. 아침의 서늘함에 가늘게 떠는 몸을 이불로 덮자 추위가 약간 가셨다. 만족스러운 미소를 흘리며 베개에 뺨을 부비다 문득 한쪽 눈을 떴다. 얇고 투명하게 비치는 휘장이 여러 겹 천장에서 겹쳐 내려오는 너머로 아치형의 문과 곳곳에 새겨진 낯선 무늬들…….

그녀는 벌떡 자리에서 일어났다. 여긴 어디지?

전혀 낯선 장소에서 잠시 침착을 잃고 갈팡질팡하다 닫힌 창의 유리 너머로 보이는 풍경에 아시나는 비로소 긴장의 끈을 놓았다.

"페시안이구나. 맞아, 나 엊그제 잡혀 왔지."

어깨 밑으로 아무렇게나 흘러내린 부스스한 머리를 긁적인 아시나는 하품을 했다. 어제 라 쿤 때문에 잠을 설쳐 늦은 새벽쯤에야 겨우 늦게 잠들었는데 그 탓인지 아직 졸음이 물러가지 않았다. 깜빡이는 눈으로 창밖의 해를 보니 아침이 된 지 얼마 안 된 듯했다.

아시나는 잠시 베개를 보며 고민했다. 이대로 다시 누울까, 아님 일어나서 궁을 휘젓고 다니며 탈출구를 찾아볼까?

"몰라, 일단 부족한 잠부터 채우자."

바로 얼굴을 베개에 처박으며 몰려오는 졸음에 몽롱한 정신을 내맡겼다. 막 깊은 잠에 빠져들려는 순간, 바스락거리는 소리가 들리자 아시나는 반사적으로 고개를 쳐들었다. 시야에 들어온 건 처음 보는 얼굴의 여자였다. 탐스럽게 살짝 그을린 까만 피부에 푸른 눈을 가진 전형적인 페시안 여자.

아시나는 두 눈을 동그랗게 떴다. 누구지?

"앗, 깨어 계셨군요."

"네?"

반사적으로 일어서다 어쩐지 배가 차가운 기분에 아래를 본 아시나가 식겁해서 이불을 가슴께까지 끌어올렸다. 페시안 옷을 입고 있었다는 걸 까먹고 있었어. 아시나는 나름대로 노출에 관대한 편이긴 했지만, 허리를 무식하리만치 조이긴 해도 팔 외엔 드러내는 곳 없는 옷만 입는 인간들 틈에서 자라온 터라 페시안의 시원하다 못해 대담한 노출엔 절로 혀를 내둘렀다.

"전 앞으로 아이라님을 모시게 될 시녀입니다. 누르라고 불러 주세요."

아이라? 모셔? 처음 듣는 말에 아시나는 잠시 인상을 찌푸렸다. 대체 뭔 소리야. 아시나가 당황하건 말건, 누르는 개의치 않고 침대 옆에 옷가지를 고이 놓고 아시나 쪽으로 성큼 다가왔다.

"음, 알았어요. 근데 아이라가 뭐예요?"

누르는 잠시 두 눈을 깜빡이며 아시나를 응시하다 우선 그녀의 손에서 이불을 받아 냈다. 그 뒤 아시나의 몸을 일으켰다. 졸지에 침대에서 쫓겨난 아시나는 아침의 추위에 잠시 몸을 떨었다.

"쿤의 여인들을 이르는 말입니다. 피부가 희다 들었지만 정말 페시안분이 아니시군요."

누르의 끝말에 살짝 흠칫했지만 아시나는 곧 웃음으로 넘겼다.

그나저나 쿤이라 하면 왕이란 느낌의 용어였을 텐데. 분명 초대 왕의 이름을 따서 만들어진 말이었다. 시하드 쿤. 음, 그런 이름이었지. 아시나는 무언가를 더 묻고 싶었지만 거절하기 어려운 부드러운 힘에 의해 어느새 목욕탕까지 끌려갔다. 김이 모락모락 피어오르는 물을 보며 아시나는 한숨을 내쉬었다. 그래, 어제처럼 무식하게 밀쳐지고 씻겨지는 것보단 이게 낫지.

"그런데 당신이 왜 날 모셔요? 난…… 별로 대단한 신분이 아닌데요."

적어도 페시안에선.

아시나는 뒷말을 삼키며 머리를 감기는 누르를 힐긋 훔쳐보았다. 그녀는 아시나의 긴 머리채를 만지작하며 부드러운 목소리로 대답했다.

"이제부터 특별한 신분이십니다. 아이라는 칭호이자 곧 신분. 아이라께선 시하드를 모실 수 있는 특별한 여인이신걸요."

아니, 별로. 그런 특별함은 원하지 않는데요. 게다가 대체 누구 맘대로 내가 누굴 모신다는 거야?

머리 위로 쏟아지는 물의 온도를 느끼며 아시나는 잠시 생각에 잠겼다.

설마 어젯밤 내가 맘대로 돌아다닌 걸 들켜서 이런 감시 역을 보낸 건가? 맘대로 움직이지 못하게? 윽.

설마 진짜 그런 거라면 계획에 약간의 차질이 생긴다. 물론 감시인들 따돌리는 데도 탁월했지만 문제는 여긴 자신의 본진이 아니라는 것이다.

한숨이 절로 나오는 상황에 머리가 아팠지만 일단 목욕탕을 빠져

나온 아시나는 어느새 다 씻은 몸을 큰 수건으로 닦고 난 뒤 주어진 옷을 보고 잠시 안도했다.

다행히 배가 가려지는 옷이었다. 그게 또 어찌 보면 원피스 같기도 했다. 거부감이 덜 드는 옷을 다 챙겨 입고 머리를 말리며 욕실을 나서자 누르가 방으로 그녀를 안내했다. 어제 라 쿤이 자신을 던져 놓고 간 방에 다시 도착하자마자 아시나는 누르에게 이의를 제기했다.

"여긴 내가 처음 왔을 때 그 방이 아닌데요?"

"예? 그럼……."

왜 여기에 있었냐는 생략된 질문을 용케 알아듣고 입을 한 번 벙긋한 아시나는 두 눈을 동그랗게 뜬 누르의 시선을 외면했다.

"그…… 아니에요."

아무리 그래도 그렇지, 제 발로 궁을 휘젓고 다니다가 걸려서 끌려왔다고 어떻게 말해. 거기다가…….

무려 라 쿤에게 걸렸다. 썩을.

"이곳이 아이라님의 방이라고 들었습니다. 계속 이곳을 쓰시게 될 거예요."

"아시나."

아시나가 낮은 목소리로 정정했다. 누르는 고개를 끄덕였다.

"네, 아시나 님."

옷도 그나마 정상으로 보이는 걸 입어서 그런가, 이쯤 되자 더 이상 방에 대한 무의미한 의문을 가지고 있는 것도 그렇고 아시나는 만사가 귀찮아졌다. 뭐 이러면 어떻고 저러면 어떠랴. 거기다 새벽에 제대로 잠들지 못한 탓에 슬그머니 졸음이 몰려들고 있었다.

"질문 하나 해도 돼요?"

소파에 앉아 졸린 눈을 한 아시나가 나른하게 물었다.

누르는 불편한 표정으로 대꾸했다.

"말을 놓으세요. 아랫것에게 존대라니, 있을 수 없습니다."

"그래요, 뭐. 네, 그럴게요. 아니, 그럴게……."

아무래도 낯선 상황인지라 사람을 부리는 것도 편하지가 않았다. 따뜻한 김이 모락모락 피어오르는 찻잔이 아시나 앞에 놓였다. 아시나는 잠시 그 거무스름한 액체를 쳐다보다 시선을 돌렸다.

"내가 뭘 하든 어디로 가든 항상 누르와 함께해야 해?"

간단히 요약해서 말하자면 넌 내 감시 역이냐, 아니냐의 질문이었다. 누르는 가볍게 고개를 가로저었다.

"아니요. 전 그저 아시나 님을 도와 드리는 존재일 뿐, 제 존재가 귀찮으시다면 물리셔도 됩니다."

"아냐. 귀찮지 않아, 전혀."

오히려 페시안을 잘 모르는 자신에게 도움이 되면 모를까. 누르는 아니라고 했지만, 여전히 감시 역의 느낌은 지워 버릴 수 없다. 이런 상황을 한두 번 겪어 보나. 아시나는 가벼운 한숨을 내쉬며 찻잔을 들었다. 그리고 무심코 한 모금 들이켜고 놀랐다.

"어, 달다. 이거 이름이 뭐예요?"

"카흐아라고 합니다. 입에 맞으시나요?"

"응, 맛있다."

처음 먹어 보는 맛에 놀란 아시나는 한 모금 더 마시며 연신 감탄했다.

"원두를 갈아서 끓이고 조린 물에 꿀을 탄 거예요. 외국분이시라

꿀을 많이 넣었는데 괜찮으신가요?"

"어, 정말 맛있어!"

이런 맛있는 차가 왜 크롬웰에 소개되지 않았지? 상인들이 눈에 불을 켜고 사려 할 것 같은데. 아냐, 은근히 찾아보면 있을지도 몰랐다. 보나마나 알음알음 일부 귀족들에게만 비싸게 팔았을 테니 보기 힘든 것도 당연할 수밖에 없는 건가. 이런저런 생각과 추측을 해 가며 마시다 보니 어느새 홀짝 다 마시고 말았다. 아시나는 어쩔 수 없이 입맛을 다시며 찻잔을 내려놓았다.

"졸리세요?"

자연스레 나오는 하품에 눈을 비비니 누르가 물어 온다. 아시나는 무방비한 얼굴로 고개를 끄덕였다. 그리고 쇼파 등받이에 몸을 한껏 기댔다. 이미 눈은 거의 반쯤 감긴 채였다.

"좀 졸려, 그게 어제 좀……."

아시나는 무심코 입을 열다 아랫입술을 깨물었다. 선명하게 떠오르는 어제의 기억.

"아냐, 그냥…… 여행이 좀 피곤했나 봐."

갑자기 어두워진 안색에 누르가 의아함을 표시했지만, 아시나는 그냥 웃고 말았다.

피곤하긴 했다. 그래도 여행이 피곤한 건 절대 아니었다. 진짜 그 망할 인간, 아니 망할 놈. 아랫입술을 살짝 깨물며 아시나는 절로 터져 나오는 한숨을 내쉬었다. 벌써부터 머리가 지끈거렸다.

설마, 그 남자가 라 쿤이었을 줄이야.

30일의 강행군으로 시작된 여행보다도, 무슨 함정이 있을지 몰라 정말 죽을 각오하고 탐험했던 고대 유적도, 아니, 살아오면서

했던 모든 모험이란 모험도 모조리 어제 그 사건만큼 강렬한 인상을 남기지 못했다. 진짜 설마, 정말 '설마' 하고 있었는데 그 설마가 사실이 되다니. 무의식적으로 아랫입술을 깨물다 아시나는 한숨을 내쉬었다.

라 쿤.

그 남자는 왕이라 표현했지만 사실 그건 옳은 표현이 아니었다. 라 쿤은 말 그대로 페시안의 살아 있는 신, 페시안 그 자체다. 있는 거라곤 건조한 모래밖에 없는 사막에 물을 끌어오고 식물들이 자랄 수 있게 해 그늘을 만든 존재. 후에 그를 위해 도시를 만들고 나라를 세운 게 바로 페시안이었다. 리메아라는 무형의 신을 믿는 크롬웰과는 달리, 사막에 물을 만들고 안식처를 만든 신이 직접 쿤이라는 이름의 지배자로 군림하는 페시안. 고로 페시안은 살아 있는 신이 다스리는 나라이고, 더불어 페시안의 모든 정치, 경제, 문화, 사회 전반의 모든 체제가 오로지 쿤 하나를 중심으로 돌아갔다.

잘못 개겼다간 그 인간 말 한마디로 목이 뎅강 잘릴 수 있다는 소리.

"언젠가 한번 보고 싶긴 했지만 그래도 이런 식으로 보고 싶진 않았어……."

책에서 사막에 대한 기록을 읽고 남대륙으로 여행을 가겠다고 나서자, 항상 그녀를 지지해 주던 친애하는 사촌까지 뜯어말릴 때 말을 들어야 했다. 도대체 난 무슨 생각으로 여기까지 제 발로 좋다고 온 거지? 게다가! 그 남자한테 그딴 취급이나 받고!

"……그래도 첫 키스였는데."

첫 키스는 꼭 사랑하는 남자와 하겠다고 어울리지도 않는 소녀감성을 품고 있었건만.

다행히 크롬웰 출신이라는 건 들키지 않았다. 무슨 로맨스 소설 속 적국의 왕자님도 아니고, 왕에다 신이기까지 한 남자에게 속으로 욕을 한 바가지는 해 준 아시나는 자신의 입술을 만지작거렸다.

이제 어쩌지?

사막의 태양은 일찍 떴다. 벌써부터 모든 땅을 태워 버릴 듯 떠오른 태양을 창문 너머로 응시하던 베히다트는 시선을 돌렸다. 메마른 바람이 창문 너머로 드나들었다. 확 트인 전경과 함께 나지막한 목소리도 들려왔다.

"시하드께서 자리를 비우신 동안 상당히 많은 일이 있었습니다. 아직 확실한 건 없지만 이 정도만으로도 꽤 큰 성과입니다."

"우마르가 많이 애를 쓴 모양이군."

건조한 음성과 함께 공기가 가라앉았다. 가볍게 쳐진 휘장과 높은 단상, 그 위에 군림하는 한 남자. 나시르는 자신의 주인이자, 이 땅의 주인이기도 한 남자를 올려다보았다.

"자이드의 움직임은?"

"평소와 같았습니다. 이상하다는 점을 눈치채고는 있지만 아직 이쪽에서 이리 많은 걸 알고 있다는 건 모르겠죠."

"그렇군."

이런 일엔 이골이 난 노련한 서기관답게 나시르는 이미 모든 걸 완벽하게 처리해 놓았다. 벌써부터 무엇이 그리 신나는 건지 나시르가 웃으며 물었다.

"이제 어찌할까요, 라 쿤이시여."

"……."

왕명을 받들겠다는 뜻으로 나시르가 넌지시 왕의 칭호로 물었으나 대답은 돌아오지 않았다. 수많은 혈족의 피를 이 땅에 뿌리고 즉위한 이후 줄곧 내정에만 힘을 쏟은 라 쿤이 아니던가.

여섯의 대족장과 마흔여덟의 족장들이 무릎을 꿇고 경배하는 사막의 주인. 모든 걸 제 발아래 두고 있으면서도 베히다트는 늘 무료해했다. 지금 이 순간까지도. 모든 게 위협적이지 않으니 당연한 반응이겠지만 나시르는 가끔 그 모습이 최대한 제 이빨을 숨기려 한껏 몸을 낮춘 맹수 같다는 생각을 지울 수 없었다.

"놔두지."

그 생각이 끝나기가 무섭게 베히다트에게서 들려오는 대답에 나시르는 미약한 감상에서 벗어났다.

"얼마나 까부는지, 꽤 볼만하지 않을까 하는데."

입가에 잠시 머물렀던 건 옅은 조소였다. 나시르는 그냥 한숨을 내쉬었다. 카림은 굳은 표정으로 자리를 지키고 있었지만 이 이야기가 꽤 마음에 들지 않는 모양이었다. 당장이라도 나서고 싶어 하는 모습을 지켜본 나시르는 다시 제 주인을 올려다보았다. 이제 다른 이야기를 꺼낼 시간이었다.

"시하드시여, 제가 재미있는 소문을 들었는데 말입니다."

베히다트는 대답 대신 나시르를 내려다보았다. 나시르는 정말 애매한 표정으로 말을 이었다.

"지금 하렘에 있는 여자가 하얀 피부의 여자라는 게 사실입니까?"

대답은 들려오지 않았다. 서늘한 시선만이 자신을 향하고 있음에도 나시르는 기죽지 않고 계속 지껄였다.

"뜬금없이 그 여자는 어디서 튀어나온 겁니까? 정말 소문대로 시하드께서 한눈에 반해 '넌 내 여자다!' 하며 하렘에 집어넣으신 겁니까?"

물론 나시르는 소문을 믿지 않았다. 그건 시하드의 가장 가까이에 있는 측근으로서의 자신감이었다. 하지만 소문으로 접한 것 외에 이 상황에 대해 아는 게 없다는 건 나시르의 자존심에 금이 가게 만들었다.

이제 하루. 고작 하루밖에 지나지 않았는데 주군이 데리고 온 여자 하나 때문에 온 궁에 헛소문이 파다하게 퍼졌다.

카림은 이 사실을 지금 들은 모양이라 충격이라도 받은 표정을 지었다. 그는 다급하게 어서 반박이라도 해 달라는 듯 애타게 제 주인을 돌아보았다. 그러나 베히다트의 입에서 나온 건 다른 말이었다.

"그렇다면?"

"……."

분위기가 싸해졌다. 가라앉는 공기 사이에서 나시르는 점점 흥미진진해졌다. 농을 하지 않는 사람이 농을 하니 살짝 당혹스러웠다. 농을 하는 거라는 건 알겠지만 그는 그 농담을 오로지 농담으로 받아들일 수 없었다.

"정말로 반하신 겁니까? 이런 시하드는 처음인지라 제가 다 설레는데요? 그런데 하얀 피부의 여자라니, 그건 좀 많은 역경이 있을 것 같다는 생각이 듭니다만."

"그런가."

베히다트는 무심하게 넘겼으나 나시르는 그냥 넘어가지 않았다.

"물론 그게 사실이 아니라는 건 이미 알고 있었습니다. 진짜로 그랬다면 시하드께선 지금 저희 앞에 계시지 않으셨겠죠. 안 그러십니까?"

지금 이 순간까지도 하렘에서 그렇고 그런 일을 하고 있을 게 아니냐는 뻔한 추궁에 베히다트는 그저 픽 웃어 넘겼다. 나시르는 자신의 주인을 응시했다. 그는 지금 매우 신기한 걸 보고 있었다.

베히다트, 그가 누구이던가.

역사상 가장 위대하다 일컫는 쿤에게만 부여된다는 '라'의 이름을 즉위와 동시에 받아 낸 뒤 페시안의 모든 혼란을 정리한, 그가 경배해 마지않는 주인이자 이 땅의 지배자. 라의 이름과 쿤의 이름을 같이 받은 페시안의 제왕.

세상의 모든 것을 손에 쥐었다고 해도 과언이 아니었고 이 남자를 꺾을 인물이 나타난다고 상상할 수도 없을 만큼 완벽했다. 세상만사가 제 손안에서 흘러간다고 해도 납득할 만한 남자가 아니던가. 나시르는 그런 인간이 지금 웃고 있다는 사실에 놀랐다. 아니, 저건 웃는다고도 할 수 없지. 그냥 웃기는 일이 있었나 싶을 정도로 옅은 미소였는데 나시르는 그 자체만으로도 적응이 되지 않았다. 처음 보는 모습이었다. 이건 기대 이상이 아닌가.

"구경은 언제까지 할 셈이지?"

저도 모르게 홀려서 한참을 신기해한 것이 문제였던가. 바로 떨어지는 차가운 질책에 나시르는 능글맞게 웃으며 고개를 숙였다.

"저도 모르게. 그런데 시하드시여, 즐거워 보이십니다."

"……."

옆에 선 카림이 경악한 표정으로 굳어 버렸다. 왜 그런 걸 물어보냐는 힐난의 시선이 날아왔으나 나시르는 전혀 개의치 않았다. 짐짓 모르는 척 심각한 표정을 짓는 나시르를 보며 베히다트는 그냥 웃었다. 그 모양새를 전부 파악하고 있으면서도, 그는 마치 어린애가 놀게 놔두는 어른처럼 방관했다.

"우연히 잡은 고양이가 생각보다 흥미로워서일지도."

고양이라. 왜 하필 고양이인 건지 궁금했으나 나시르는 거기까진 묻지 않았다. 제 주제를 잘 알고 있어서 다행이었다. 그래도 이건 한때의 유희로 끝날 수 없는 사건이었다.

즉위 이후 쭉 비어 있던 하렘이 어떤 의미인지 모를 쿤이 아닐 터, 갑자기 그 하렘에 들어간 한 명의 여인 때문에 곧 온 사막이 시끄러워질 것은 자명한 일이었다. 카림 역시 그 점을 제일 우려했다.

"성급하셨습니다. 대재상이 가만있지 않을 겁니다. 항상 하렘에 제 딸들을 집어넣고 싶어 하지 않았습니까?"

드디어 카림이 한마디를 했다. 베히다트는 그저 그에게 시선을 한 번 주고 다시 웃었다. 나시르는 거기에 한마디를 덧붙였다.

"그래요, 시하드시여. 선례가 생겼으니 모든 족장이 제 딸을 하렘에 보내고 싶어 할 겁니다. 이왕 이렇게 된 거 제 동생도 집어넣고 싶은데 어떠십니까?"

"……나시르."

카림이 말렸으나 막상 베히다트는 별다른 반응을 보이지 않았다. 오히려 나른한 목소리로 낮게 흘렸다.

"아슈마에를 다녀오는 도중 사막에서 만났다."

두 사람은 가만히 듣다가 곧 의아한 얼굴을 했다. 동시에 그건 놀란 표정이기도 했다.

"지르다…… 그러니까 죽음의 사막에서 만나셨다고요?"

"길을 묻더군. 그대로 잡아 제헤넴 감옥에 처넣었는데 어째서인지 길거리를 활보하고 있었다."

'이 정도면 설명이 되는가.' 하는 오만한 시선이 두 사람에게 내려왔다. 지고하신 라 쿤께서 얼마나 어련히 알아서 처신하실까, 괜히 우려했던 두 남자는 얌전히 입을 다물었다. 제헤넴, 그곳은 악명 높은 감옥이었다. 어떤 죄수도 탈출한 적 없는 곳을 도대체 무슨 수로 탈출을 한 것인가. 혹시 정보에 착오가 있는 것이 아닐까 의혹이 들었지만 나시르는 그걸 물을 정도로 멍청하진 않았다. 순간 정신이 번쩍 들었다. 내부의 적 때문에 크게 신경 쓰진 못했지만 페시안 외부의 적은 항상 존재하고 있었다.

"크롬웰에서 온 첩자일까요?"

피부가 하얗다면 출신지는 단 하나. 그건 바로 북대륙. 더위에 극도로 약한 펜족이 여기까지 내려올 리는 없으니 자연스럽게 좁혀지는 건 바로 하나. 지중해를 맞대고 대립하고 있는 북대륙의 제국.

"본인 말로는 여행자라 주장하더군."

"여행자?"

행적으로만 보건대 결코 평범한 여행자는 아니었다. 바로 어젯밤 제가 다시 하렘에 처넣은 작은 여인을 떠올린 베히다트가 피식 웃었다.

느닷없는 순간에 갑자기 보인 주인의 미소에 두 남자가 당황했다. 카림은 말도 안 된다는 듯 인상을 구겼고 나시르는 두 눈을 반짝였다. 호기심이 점점 더 강해졌다.

"그걸 알아내는 건 너에게 맡기겠다, 나시르."

어쩐지 나시르는 자신의 주인이 평소보다 즐거워 보인다고 생각했다.

"알아내라. 그 여자가 진짜 누구인지."

"예, 시하드시여."

아시나는 가끔 어머니가 하던 말이 생각났다. 너 그렇게 막살다 분명 일찍 죽는다. 엄마는 예언자가 아닐까? 아시나는 순간이지만 그런 감탄을 했다.

"진짜 죽을 위기에 봉착한 것 같다."

발치에 늘어진 구슬로 꿰어진 수렴이 영롱하게 흔들렸다. 심심풀이로 가지고 놀던 중이었는데 어쩌다 보니 아시나는 참으로 오랜만에 고민이라는 걸 하고 있었다.

그냥 사막을 보고 싶었을 뿐이었는데…….

대체 어디서부터 꼬인 건지 감조차 잡히지 않는다. 애초에 남대륙에 오려 했던 건 당연한 수순이었다. 북대륙의 모든 나라를 둘러보았고 심지어 역사 이전 선사시대의 문명에까지 관심을 가지고 험난한 유적지를 모두 둘러본 후가 아니었던가. 사이베리아에 사는 펜족에게까지 다녀왔던 터라 북대륙엔 더 이상 아시나의 발이 닿지 않은 곳이 없었다. 그래서 남대륙으로 내려온 것. 누가 알았겠는가, 그게 제 무덤을 파는 일이었다는 걸.

"역시 그 남자를 거기서 만난 게 문제였어."

아시나는 턱을 괸 채 고개를 끄덕였다. 사막에서 사람을 만날 줄 몰랐다. 안 그래도 목마르고 너무 지치던 터라 아무도 없는 사막에서 사람을 만났다는 게 너무 반가웠다. 그래서 해맑게 인사했던 게 문제였을까? 좀 지친 듯 다 죽어 가는 목소리로 물어봤으면 지금이 꼬라지는 안 되지 않았을까? 여러 가지 생각이 머릿속에서 오고 갔으나 아시나는 깔끔하게 모든 생각을 접었다.

"아이고, 의미 없다."

이미 벌어진 일. 답지 않게 후회라는 걸 해 보려 했으나 아시나는 평소처럼 이미 벌어진 일엔 태연하기로 했다.

중요한 건 바로 지금부터지. 인간사가 언제나 제가 원하는 대로 흘러가진 않는 법이니까. 그래서 더 재미있는 것이기도 하고. 팔짱을 낀 채로 아시나는 결론을 내렸다. 짐을 다시 받아 낼 때까지는 여기에 얌전히 있는다. 사실 도박에 가까운 결론이었지만 아무리 심사숙고를 해도 그 짐을 버리고 혼자 떠날 수는 없었다.

아, 그 작은 주머니가 대체 뭐라고. 좌절스러웠지만 어쩔 수 없었다. 미소년 초상화 모음집은 그래, 어떻게든 포기할 수 있지만 치부책만큼은 절대로, 무조건 다시 가져야 했다. 치부책 없이 이대로 집에 돌아가 봤자 제게 남는 건 없다. 남는 거라고는 평생 저택에 갇혀야 한다는 끔찍한 미래뿐이겠지.

그래, 그것까진 어떻게 감안할 수 있었지만 문제는 필수적으로 어머니가 원하는 우아하고 조신한 숙녀로 살아야 한다는 사실이었다. 으악, 끔찍해!

조신한 생활을 하고 있을 미래의 자신을 상상해 보다가 아시나는 재차 다짐했다. 무슨 일이 있어도 기필코 치부책은 꼭 되찾는다!

탈출은 그 이후에 얼마든지 할 수 있었다.

"아시나 님, 물을 받아 드릴까요?"

"응? 아니, 필요 없어."

아시나는 손을 휘휘 저으며 일어났다. 아침에도 했는데 오후에도 목욕이라니. 그렇게까지 목욕을 열성적으로 할 필요는 없었다. 물론 이 나라 자체가 워낙 덥고 바람에 모래가 많이 날려 대서 목욕이 필수라는 건 알지만 하렘에만 처박혀 있는 이상 더 이상의 목욕은 사치였다. 원래 치장하는 걸 귀찮아하는 성미도 한몫했다. 아니, 사실 목욕하고 나오면 다시 배가 드러나는 옷을 줄까 무서워서 아시나는 함부로 목욕을 하겠다는 말을 할 수 없었다. 무슨 목욕이 고문도 아니고 가슴까지 졸이면서 해야 돼? 이국에서밖에 느낄 수 없는 짜릿함이었지만 아시나는 얌전히 사양하고 싶었다. 그런 짜릿함은 필요 없다.

"산책이나 해 볼까?"

일어난 아시나가 기지개를 켰다.

"또요?"

누르가 이해할 수 없다는 표정을 지었다. 아시나는 설명을 하는 대신 빙그레 웃어 주는 걸로 마무리했다. 일일이 설명하는 게 성가셨다. 아시나는 산책이라는 미명하에 이미 감옥 같은 하렘을 한 차례 둘러본 후였다. 남의 방으로 추정되는 곳도 거리낌 없이 드나들었는데 특이하게 누르는 그런 아시나를 말리지 않았다. 말렸어도 저질렀을 테지만. 아무튼 그러면서 알게 된 사실이 하나 있었다. 놀랍게도 이 하렘엔 한 명도 살지 않았다. 자신 빼고.

아니, 어떻게? 대체 이 엄청나게 큰 공간에 왜 아무도 살지 않을 수 있지? 그동안 이 하렘이 비어 있었다는 말은 곧 어마어마한 공간 낭비를 하고 있었단 뜻이 아니던가?

아시나는 죽었다 깨어나도 이런 공간 낭비에 너그러운 문화를 이해할 수 없을 거라 생각했다. 음, 크롬웰의 더럽게 큰 식당과 맞먹는군. 투톱이야, 투톱.

"자, 산책 가자."

아치와 복도로 이어지는 방과 테라스는 처음 왔을 때는 몰랐는데 꽤 유기적인 규칙을 가지고 있었다. 하렘은 안의 사람들의 생활을 최대한 보이지 않게 하면서도 어디에 누가 사는지는 확실히 알 수 있도록 구분 지어져 있었다. 건축적인 지식을 가지고 있었으면 좋았겠다 싶을 정도로 하렘의 구조는 특이하고 신기했다. 아니, 신비로웠다.

아시나 자신이 머물러야 하는 곳이 하렘의 가장 깊은 곳이라는 건 마음에 들지 않았지만.

"누르."

"예?"

감시 역인 건지 도우미인 건지 정체를 모를 여인을 한나절 지켜본 결과, 썩 나쁘지 않았다. 적어도 사람 보는 눈 하나는 자부하는 아시나가 그렇게 말할 정도라면 정말 괜찮은 여인이라는 소리. 아시나는 한나절 만에 자신의 경계를 풀어 버린 여인을 돌아보며 자신이 여태껏 궁금했던 것을 물었다.

"아까부터 묻고 싶던 건데, 저기 보이는 저 건물은 뭐야?"

어제 몰래 가 봤다가 라 쿤한테 잡힌 그 건물이었다.

하얀 건물은 따사로운 태양빛에 빛나 밤에 봤던 것보다 더 웅장하게 느껴졌다. 밤에도 멋있었는데 낮에 보니 크롬웰의 황궁 못지 않다. 저런 건물에서 살 만한 사람은 이미 정해져 있겠지만 그래도 '설마'라는 게 있는 법이었다. 아시나의 질문에 누르가 조금 의아하다는 듯 아시나를 돌아보았다.

"라 쿤께서 머무르시는 궁입니다."

"……저기가?"

어쩐지. 아시나는 조용히 속으로 신음했다. 어쩐지 조용한데 살벌하더라. 어젯밤 몰래 잠입했을 때 보았던 궁의 전경은 아직도 아시나에게 깊은 인상으로 남아 있었다. 얌전히 있을 걸 괜히 나댔다고 생각하며 아시나는 입술을 깨물었다. 어제 그 만남은 결코 우연이 아니었구나. 호랑이 굴에 제 발로 기어 들어갔다니. 미쳐도 보통 미친 짓을 한 게 아니었다.

"진짜 얌전히 있어야겠다."

미리 말해 두지만 절대로 라 쿤이 무서워서 그런 건 아니었다. 진짜로.

아니, 사실 정말 무섭다. 이대로 목 잘리면 어떡하지? 그래도 자기 목숨 소중한 건 끔찍하게 아는 터라 아시나는 살짝 무서웠다. 이대로 집으로 돌아가지 못할지도 모른다는 사실은 이미 둘째였다. 지금까지 행적으로 보건대 그냥 죽으라고 해도 꼼짝없이 죽어야 되는 상황이었다.

내가 미쳤지. 건드려도 그런 거물을 건드리다니.

사실 지금이라도 기회만 준다면 무릎 꿇고 빌 수도 있었다. 죄송하다고, 제가 다 잘못했으니 한 번만 봐 달라고. 하지만 그 남자가 그런 기회를 주지 않겠지. 무엇보다 그 남자 얼굴만 보면 반항심이 일어나는 자신이 문제였다. 아시나는 조용히 한숨을 내쉬었다. 내 마음속에 반란의 씨앗이 심겨 있나. 아니면 질풍노도의 시기인가.

하지만 그 인간을 쳐다보고 있노라면 한마디를 안 해 줄 수가 없었다고!

"하……."

갑자기 머리를 집고 괴로워하는 아시나를 보며 누르는 이 여자가 왜 이러나 하는 시선으로 가만히 지켜보았다. 아시나는 그러거나 말거나 괴로운 현실에 눈물마저 흘릴 수 있을 것 같았다.

아냐, 이건 다 따지고 보면 그 남자 탓이지! 그러게 그냥 얌전히 크라차로 가는 길만 알려 주면 될 것이지 나를 잡아다가 감옥에 집어넣질 않나, 하렘에 가둬 놓질 않나. 하, 인생 참 조용히 사는 게 쉬운 일이 아니었군.

"역시 난 미소녀. 가만히 있어도 미모가 빛이 나니까 남자들이 가만 놔두질 않는군. 아, 과연 이것이 미인의 숙명."

이미 죽을 위기는 여러 번 넘겼다. 로스웰에서 길을 잃고 유적지에 갇혀 있을 때도 '이대로 내 인생이 끝이구나.' 했었지. 하지만 그것도 2년 전 일이었다. 아시나는 뭐 이대로 자기가 죽는다고 해도 상관없을 것 같았다. 그래, 한세상 태어나서 하고 싶은 일은 다 해 보고 저지르고 싶은 일도 다 저질러 보고 엄마 속도 이만하면 많이 썩였고 많은 걸 했다. 뭐, 연애랑 결혼을 못 해 본 건 좀 아쉽네. 아, 크라차에서 유명한 대추야자는 나도 한번 먹어 보고 싶었는데. 그게 그렇게 꿀맛이라던데. 시샤도 한번 피워 보고 싶었는데. 그거 하나 사서 엄마한테 뇌물로 가져갈 계획도 있었는데!

안 되겠다. 갑자기 불쑥 솟아나는 삶에 대한 의지 때문에 아시나는 어떻게든 살아남기로 다짐했다. 그래, 설령 라 쿤에게 사탕발림을 하는 한이 있어도 꼭 살아야겠다. 무슨 일이 있어도!

"아시나 님."

한참 어떻게든 살아남겠노라 다짐하고 있는 아시나를 현실로 불러 온 건 누르였다. 아시나는 머리를 쥐어뜯다 얌전한 모습으로 돌아왔다. 누르가 무언가 불안한 표정으로 자신의 옆을 눈짓했다. 아시나는 그곳으로 시선을 돌렸다. 거기에 서 있는 것은 맨 처음 아시나가 이 궁에 왔을 때 그녀를 끌고 갔던 시녀였다.

누르보다 높은 신분인 건지 누르가 공손하게 고개를 숙였다. 아시나는 멀뚱히 자신을 쳐다보는 여인을 바라보았다. 그 순간 그 여인이 가만히 말했다.

"라 쿤께서 부르십니다."

아시나는 자신 앞을 가로막고 있는 거대한 문을 불편하게 쳐다보았다. 언제고 보았던 그 문. 제 키의 세 배는 족히 넘는 큰 문엔 기기묘묘한 무늬가 새겨져 있었다. 문양이 있었네. 전에 왔을 때는 다른 데에 온 신경이 쏠려서 몰랐는데 오늘 보니까 확실히 알겠다. 문은 예뻤다. 감히 흉내 낼 수도 없어 보이는 섬세함이다. 고작 문 하나에 들인 정성으로 보건대 이 건물은 정말 장인이 예술혼을 쏟아서 지어 낸 인류의 유산이 틀림없었다. 그럼 뭐해, 여기 살고 있는 놈이 못된 놈인데.

시녀는 소리 없이 아시나를 문 앞으로 안내하다 잠시 멈춰 섰다. 아시나는 그 잠깐의 시간에 마음의 준비를 시작했다. 별일 없겠지? 별일 없을 거야. 처음이야 이곳이 어떤 곳인지 모르고 막 들어갔다지만 지금은 어디인지도 알고 있지 않은가. 알현실. 그래, 망할 라쿤을 만나는 알현실이었다.

절로 마른침이 삼켜졌다.

그렇게 큰 문인데 작은 여인이 밀어내는 힘으로도 소리 없이 열린다. 흡사 어디 유적지에 들어가는 기분이라 생각하며 아시나는 전에도 한 번 와 보았던 문 사이를 지나쳤다. 문으로 들어가자마자 곧게 이어지는 중앙 길. 그리고 높아지는 계단 위에 마련된 넉넉한 자리. 단 한 사람을 위해 준비되어 있는 곳. 어김없이 그곳엔 그 남자가 있었다.

"모셔 왔습니다."

시녀는 공손하게 고개를 숙인 뒤 전에도 그러했듯 바로 물러갔다. '언니, 어디 가요?' 옆으로 지나가는 시녀를 붙잡고 싶은 걸 간신히 참아 내며 아시나는 이 익숙하지 않은 공기에 적응해 보려 숨을 조금 크게 들이켰다. 알현실의 공기는 놀랍도록 차가웠다. 여기만 빙하인가, 왜 올 때마다 이래.

일부러 들어올 때부터 시선을 바닥에 고정한 채 올리지 않고 있거늘 아시나는 그 와중에 확실하게 자신의 존재감을 드러내는 시선에 신경이 곤두섰다. 무서워서 고개를 들지 못하겠어. 오롯이 자신에게만 꽂히는 시선 하나가 정말 놀랍도록 확고했다. 잘하면 머리통이 뚫릴 수도 있을 듯했다.

"언제까지 내 시선을 피할 셈이지?"

지나칠 정도로 낮고 나른한 목소리. 헛바람을 들이켜며 아시나는 최대한 휩쓸리지 않으려고 노력했다. 아무튼 목소리 하나는 죽일 정도로 내 취향이네. 마른침을 한 번 삼키고 아시나는 고개를 들었다. 최대한 아무 표정도 짓지 않으려 노력했지만 긴장했다는 사실만은 완전히 숨길 수 없었다.

"생각 중이었어요."

"뭐를?"

"마음의 준비를 좀 했거든요."

떨리고 있다는 사실은 최대한 알리고 싶지 않았다. 하지만 시선을 마주하자 남자는 단숨에 아시나의 상태를 알아차렸다.

"이젠 준비가 된 모양이군."

"……."

망할. 마음대로 되는 게 하나도 없네.

웃음을 담고 가늘어지는 눈매가 저도 모르게 한 걸음 물러나게 한다. 아시나는 무섭도록 하나하나에 반응하는 자신이 낯설었다. 무서워서 떠는 건 아니었다. 그럼에도 떨고 있었다. 대체 무엇 때문에? 말 한 번 잘못하면 바로 목이 잘려 나갈 게 분명한 상황이라는 건 안다. 그래도 아시나는 자신이 떨고 있다는 사실이 마음에 들지 않았다. 숨 막힐 것 같은 긴장감이 팽팽하게 신경을 당겼다. 서로의 간격이 꽤 됐음에도 불구하고 아시나는 남자가 바로 제 앞에 서 있는 것처럼 느껴졌다. 이 존재감을 어쩌면 좋지?

"하렘에서 하룻밤은 잘 보냈는가?"

무심하게 묻는 목소리가 스치듯 흐른다. 무심코 나온 신음을 삼키고 아시나는 애써 태연한 척 가장했다. 넌 내가 지금 잘 보낸 것처럼 보이냐? 후, 벌써부터 욱하는데 아직 성질대로 내뱉진 않아서 다행이었다. 참자, 참아. 여기서 대들어 봤자 남는 건 없다. 지난 밤이 되풀이될 뿐이겠지. 다행히도 아시나에게 그럴 이성과 인내는 존재했다. 아시나는 이를 꽉 물고 화사하게 웃었다. 아직도 목이 턱턱 막힐 정도로 위압적인 공기가 거북스러웠다. 그렇다고 이럴 때일수록 대놓고 대들면 안 되는 법. 그녀는 우회하기로 했다.

"신경 써 주신 덕에 매우 행복하고 만족스럽게 보냈습니다. 라 쿤께선 지난밤 평안하셨는지요?"

나긋나긋하고 상냥한 목소리가 적막한 공간 사이로 흘렀다. 잠깐이지만 아시나는 라 쿤의 표정이 흐트러진 걸 놓치지 않았다. 마치 못 볼 것이라도 본 듯한 반응이었지만 괜찮았다. 훗, 만족스럽군. 역시 이 방법이 최고야. 그러나 뒤이어 들려온 대꾸에 아시나의 눈썹이 꺾였다.

"아니."

"……."

아니, 이분이? 아시나가 잠시 멈칫한 사이 베히다트가 웃었다.

"어디서 들어온 고양이 하나가 야밤에 설쳐 대서 잠을 못 잤더니 좀 피곤하군."

그거 지금 나 말하는 거냐, 이 왕 나부랭이야.

미묘하게 흐르는 미소가 베히다트의 입가에 걸렸다. 인정하고 싶지 않았지만 지독하게 매혹적이었다. 아시나는 인상 쓰려는 걸 겨우 참았다. 그녀가 잔뜩 골이 났다는 걸 알아차린 건지 라 쿤의 시선이 가늘어졌다. 아시나는 순간 불안했다.

"내 하렘이 그렇게 마음에 들었다면 평생을 살아도 된다고 허락하고 싶군. 어떤가?"

장난 치냐! 아시나는 소리치고 싶은 충동을 간신히 짓눌렀다. 진정, 진정! 여기서 화내면 안 돼. 워, 워, 진정!

그녀는 겨우 웃었다.

"고맙지만 그건 정중히 사양하겠습니다."

"그래?"

겨우 웃으며 꺼낸 말에 베히다트가 진심으로 아쉽다는 투로 비웃었다. 아오, 저게 왕만 아니었다면. 부글부글 속이 끓는다. 그렇다고 대놓고 따질 수도 없는 노릇이라 더 열 받았다. 최대한 마음속으로 '참을 인'을 새기며 그녀는 주먹을 꽉 쥐었다. 안 돼, 저 남자에게 휘말리면 안 된다고!

겨우 진정한 아시나에게 남자의 시선이 닿았다.

마치 뜯어먹기라도 할 기세의 날카로운 시선. 전에도 그랬지만 마치 사냥감이라도 살피는 시선이었다. 거북했다. 남의 시선은 익숙했다. 근데 이런 시선은 낯설었다. 무어라 명확히 정의해서 말할 수는 없지만 확실히 베히다트가 주는 시선은 아시나를 발가벗고 서 있는 듯한 기분으로 몰아넣었다. 분명 옷은 제대로 입고 있는데 말이야.

"어젯밤엔 분명 길들여지지 않은 고양이였거늘 오늘은 갑자기 얌전해졌군."

나른하게 웃은 베히다트가 일어났다. 장신에서 느껴지는 위압감은 앉아 있으나 서 있으나 마찬가지였다. 그래도 서니 더 압박적이긴 했다. 아시나는 대체 왜 저 남자가 일어난 건지 이해할 수 없었다. 뭐지, 대체 무슨 짓을 하려고 일어난 거지?

"아니면, 다른 꿍꿍이가 있는 건가?"

어디론가 도망치고 싶다. 한 걸음, 한 걸음 가까워지는 베히다트를 보며 그녀는 그런 생각을 했다. 낯선 반응에 제 자신도 놀라웠다. 도망치고 싶다니. 살짝이었지만 진짜로 도망치려 발이 들썩이기도 했다. 아, 도대체 이런 기분은 뭐라 불러야 하는 거지? 미치겠다. 한 번도 경험한 적 없는 기분이었다. 전엔 혼란스러워서 알아차리지 못했지만 지금은 달랐다. 온몸이 바짝 마르는 기분. 뙤약볕에 노출되어 사막을 돌아다닐 때도 이런 느낌은 아니었다. 무엇보다 가장 큰 문제는 저 시선에서 눈을 돌릴 수 없는 자신이었다.

혼란스럽다. 이건 지금까지와는 전혀 다른 혼란스러움이었다. 아시나는 순간이지만 진짜로 무서웠다. 바로 앞까지 순식간에 다가온 베히다트가 아시나의 시선에 맞춰 몸을 숙였다. 둘 사이의 간격이 성큼 가까워졌다. 꼼짝 없이 맹수 앞에 선 양이 된 기분. 아시나는 헛바람을 들이켰다.

바로 위에서 내리누르는 시선이 무거웠다. 곧이라도 잡아먹을 것처럼 이글거리는 눈동자가 아시나의 얼굴을 세심하게 뜯어보았다. 억겁과도 같은 시간이었다. 금방이라도 무언가 핀트가 어긋나면 바로 목덜미를 뜯어 먹힐 것 같았다.

숨을 죽인 채 아시나는 조용히 신음했다. 낯선 적막이 흘렀다. 누가 언제 어떻게 깨뜨릴지 몰라도 아시나는 이 긴장을 되도록 깨고 싶지 않았다. 이 긴장이 깨진 뒤에 무슨 일이 벌어질지 모르니까. 알고 싶지도 않았다. 그때였다. 아시나의 귀에서 멈춘 붉은 눈이 번뜩였다. 훌쩍, 빈틈없이 저를 가두던 몸이 떨어졌다. 아시나는 참았던 숨을 내뱉었다. 왜인지는 몰라도 다행이라고 생각했다.

"재미있군."

재미 같은 소리 하고 앉아 있네.

남은 지금 죽을 기분인데 재미라니. 마음 같아선 한 대 치고 싶은 충동이 일었지만 그보다 아시나는 그냥 조용히 멀어지고 싶었다. 하나 베히다트는 멀어질 생각이 없었다. 일정한 거리를 두고 떨어지기만 했을 뿐, 그대로 아시나를 내버려 둘 기세는 아니었다.

"감옥은 어떻게 나온 거지?"

"문이 열렸어요."

"사막에는 도대체 왜 있었던 거지?"

"말했잖아요. 여행 중이라고."

도대체 뭘 원하는지 모르겠어. 아시나는 푸념했다. 이처럼 사람의 생각을 읽어 내기 힘든 것도 처음이었다. 도대체 이 남자가 원하는 게 뭐지? 눈동자를 아무리 들여다봐도 생각을 알 수가 없다. 마치 다른 차원에 사는 생물처럼. 순간 남자의 입가에 차가운 조소가 흘렀다.

"세상에 죽음의 사막을 여행하는 여행자도 있었나?"

명백한 비웃음이었건만 아시나는 그 대꾸에 오히려 무슨 소리냐는 듯 인상을 찌푸렸다.

"죽음의 사막?"

"우기에 수많은 비가 퍼부어져도 절대 젖지 않는 땅을 이르는 말이지. 그대와 내가 지나던 곳 말이다."

"……."

그게 그렇게 대단한 곳이었단 말인가. 어쩐지 수르트에서 사막 좀 안내해 달라고 돈을 꺼낼 때마다 미친 인간 보듯 하더니. 그게 다 이유가 있었던 모양이다. 아시나는 자신이 꼭 사막을 가야겠다고 말할 때마다 돈을 보고 모인 모든 안내원들이 순식간에 사라지던 마법을 기억해 냈다. 그중에 한 안내원이 마치 선심을 쓰듯 어디로 가야 하는지 알려 줬었지. 진짜로 갈 줄은 그 안내원도 몰랐겠지?

"손이 곱군."

"윽."

잠시 딴생각을 하는 사이 아시나의 지척으로 베히다트가 들어왔다. 허리를 감싸듯, 거의 안길 듯 말 듯 가까운 거리였다. 멀어지려 했으나 이미 늦었다. 멋대로 제 손을 붙잡는 단단한 손을 보고 아시나는 입술을 깨물었다. 되도록 인상을 쓰지 않으려고 했는데, 이 썩을 인간. 아시나는 속으로 욕을 한 바가지를 퍼부으며 숨을 들이켰다. 몸이 희미하게 떨려 왔다.

"여긴 무슨 목적으로 온 거지?"

낮은 중저음이 파고들었다. 제 몸이 꼼짝없이 묶이기라도 한 듯 아시나는 쉽사리 몸을 움직일 수 없었다. 아시나는 인상을 쓰며 몸을 빼려고 했다. 뭔가 이 자세 불편해. 제 자신이 온순한 반응을 보이고 있다는 것도 마음에 들지 않았다. 갑자기 더워졌다. 왜지?

"애초에 페시안에 올 생각 자체가 없었다니까요. 크라차 가는 중이었다고 몇 번을 말해야 해요?"

"크라차에 가는 목적은?"

베히다트는 동요 없이 차갑게 물었다. 다시 아시나의 눈동자로 시선이 돌아왔다. 붉은 눈동자. 아까까지는 몰랐는데 이 오만한 시선에 가려진 무언가가 아시나를 꼼짝 없이 옭아맸다.

"단순한 여행."

입을 벌리기도 전에 들린 낮은 목소리. 아시나의 다음 말을 알아차리기라도 한 듯 먼저 내뱉은 베히다트가 시큼하게 웃었다.

"—이라고 한마디만 내뱉는다면 지금 당장 그 입을 막아 주지."

도대체 어떻게 막을 건데?

이 자세로 도대체 어떻게 입을 막을 수 있는 건지 의문이다. 아니, 알고 싶지 않아. 무서웠다. 그냥 무서웠다. 뭐가 무서운지 모르겠는데 지금 이 상황 자체가 무서웠다. 뭐지, 이런 기분. 아시나는 필사적으로 생각을 하려 했는데 맞닿은 손과 가까이에서 느껴지는 숨결 때문에 모든 생각이 마치 신기루처럼 흩어지는 기적을 맛보았다.

"……그, 대추야자가 맛있다고 해서, 사막에 있는 집이 어떤지도 보고 싶었고, 또……."

분명 수많은 이유가 있었는데. 더 이상 시선을 마주할 수 없어 아시나가 먼저 시선을 내렸다. 숨이 점점 더 거칠어진다. 아시나는 신경 쓰였다. 숨소리가 들릴 텐데. 분명 들릴 텐데. 어떻게 해서든 숨소리를 죽이려고 했지만 이미 늦었다. 평정심을 잃은 건 이쪽이었다.

"또……."

아, 제기랄. 생각이 안 나.

이제 목소리는 거의 울 듯한 수준이었다. 겨우 흘러나오는 숨만 점점 거칠어진다. 그 순간 두 사람의 시선이 다시 마주쳤다.

"또……."

가깝다. 가까워도 너무 가깝다. 얼굴이 코앞에 있었다. 금방이라도, 조금이라도 잘못 움직이면 코가 닿을 정도의 거리다. 아시나는 거리를 자각하자마자 저도 모르게 숨을 멈췄다. 이성이 날아가 버릴 것 같아. 이대로 밀쳐 내고 싶은 기분을 간신히, 정말 간신히 버티고 있다. 도대체 내가 왜 이러지. 믿을 수 없는 현실에 머리마저 마비될 것 같은 순간이었다.

똑똑, 그 순간 작은 손기척이 두 사람의 정신을 일깨웠다.

"쿤이시여, 서기관이 도착했습니다."

곧 끊길 듯 말 듯 아슬아슬하게 당겨진 실처럼 팽팽한 긴장감이 순식간에 깨졌다. 이때가 기회다 싶어 아시나는 냉큼 문으로 시선을 돌렸다. 문이 열리자 새로 들어오는 차가운 공기에 아시나의 머릿속이 자연스럽게 맑아졌다. 그 순간 문에서 낯선 남자가 들어왔다. 처음 보는 남자에 낯선 옷차림이었지만 아시나는 일단 그게 누구든 반가웠다.

구세주!

아시나의 두 눈이 심하게 반짝였다.

거대한 문이 열리고 안으로 들어온 것은 서기관이라 불리는 남자였다. 나시르는 알현실로 들어오다 낯선 기류에 흠칫하여 멈춰 섰다. 어째서인지 알현실 안의 분위기가 심상치 않았다. 아무리 문외한이라고 해도 거의 안긴 듯 가까운 두 남녀를 보면 누구나 당황하는 법. 나시르 역시 그러했다. 아무 생각 없이 들어오던 나시르는 자신이 맞닥뜨린 상황에 일단 발걸음을 멈췄다. 어정쩡하게 선 서기관, 그 앞에 맞닿을 듯 가까이 있는 두 남녀.

"……."

"……."

어색한 침묵이 흘렀다. 나시르는 순간 어째서 자신을 부른 라 쿤보다 처음 보는 낯선 여인이 더 열렬한 시선으로 환영을 하는지 이해하지 못했다. 언제 본 적이라도 있었던가. 아니, 중요한 건 이게 아니지. 나시르는 어째서인지 자신을 노려보고 있는 주인에게 시선을 주었다.

"부르셔서 왔습니다만, 되돌아갈까요?"

그러지 말라고 외치는 갈색 눈동자가 처절했다. 아시나의 소리 없는 아우성에 나시르는 잠시 알 수 없는 죄책감을 느꼈다. 다행인지 불행인지 베히다트는 그를 물리지 않았다.

"아니, 들어오라."

순간 서기관은 진심으로 아쉬워하는 주인의 시선을 보았으나 모른 척하기로 했다. 도대체 이 공간에서 무슨 일이 있었던 것인가. 물러나는 베히다트를 보며 아시나는 안도했다. 무엇이 다행인지는 모르겠다만 일단 그가 떨어져 나간 것만으로도 크게 안도했다. 숨을 내쉬는 아시나를 훔쳐보며 나시르는 최대한 이 공간의 공기를 읽어 보려고 했다.

아직도 가슴이 들썩였다. 아시나는 최대한 빨리 평정을 되찾으려 했지만 안타깝게도 한 번 흐트러진 숨은 다시 제 페이스를 찾기엔 시간이 필요했다. 썩을, 이게 대체 무슨 꼴이지. 잔뜩 상기된 볼이 아직도 뜨거웠다. 아시나는 괜히 아무렇지 않아 보이는 라 쿤이 얄미웠다. 베히다트는 제자리로 돌아갔다. 멀찌감치 멀어졌으나 그래도 아시나는 긴장의 끈을 늦추지 않았다.

"인사하지. 내 서기관이다. 그리고……."

무언가 생각이라도 하는 듯 베히다트가 입을 다물었다. 잠깐의 정적. 뒤이어 그가 질문했다. 아시나는 바로 두 눈을 치켜떴다.

"이름이 뭐지?"

"아시나예요."

이제야 물어본다, 나쁜 놈.

사람이 사람을 상대할 때 가장 먼저 묻는 게 이름이 아니던가? 여태껏 이름도 모르고 날 감옥에 가두고 거리에서 잡아들이고 하렘에 처박아 놓고 윽박지른 거야? 이거 아주 몹쓸 인간이구만! 아시나가 잔뜩 분개했으나 안타깝게도 이곳은 페시안이었고 아직도 믿을 수 없지만 저 남자는 이 나라의 왕이었다. 아니, 주인. 그래, 그 어감이 딱이겠네.

"그렇다는군."

나시르는 순간 옆에서 느껴지는 어마어마한 기운을 느꼈다. 형언할 수 없는 엄청난 기세였으나 딱히 언급은 하지 않기로 했다. 이 두 남녀의 생전 처음 보는 줄다리기는 웬만하면 끼지 않는 것이 자신의 신상에 좋다는 결론을 내렸기 때문이다. 나시르는 웃는 낯으로 자신의 주인에게 고개를 숙였다. 뒤늦은 인사였지만 베히다트는 그에 대해 신경 쓰지 않았다.

"이분이 하렘에 들어오신 분이십니까? 생각보다 어여쁘시네요. 라 쿤께서는 좋으시겠습니다."

"당연하죠, 전 미소녀니까."

어째서 옆에서 대답이 들려오는가. 나시르는 당황했다. 부끄러움도 없는지 아시나는 냉큼 말해 놓고 새침하게 시선을 돌렸다. 그 모양새를 지켜본 베히다트가 웃었다. 즐거운 미소. 해연히 다른 미소에 나시르는 내심 놀랐다. 이런 식으로 웃는 주인이라니. 여태껏 단 한 번도 본 적 없는 장면이었다.

"이 상황에서도 입은 살아 있군."

"딱히 기죽어 있을 이유도 없거든요."

불퉁한 아시나의 대꾸에 베히다트의 시선이 조용히 그녀에게 내려앉았다. 그녀는 소리 없이 긴장했다. 또 무슨 소리를 하려고 저렇게 폼을 잡는 거지? 고작 두어 번이었다만 아시나는 어쩐지 이 겁박의 패턴도 익숙해질 것 같다고 생각했다. 아, 근데 진짜 지은 죄도 없는데 자꾸 죄인이 된 기분이 든다. 그녀는 이 침묵이 정말 너무 미친 듯이 싫었다.

"……데려가라."

무어라 한마디 더 할 것 같았건만 의외로 베히다트에게서 들려온 건 선선한 명령이었다. 아시나는 뭔가 찝찝하다는 듯 인상을 찌푸렸다. 지켜보던 그가 작게 웃었다. 홀로 동떨어져 있던 나시르는 조용히 경악했다.

알현실에서 빠져 나온 아시나가 안내된 곳은 따로 마련된 방이었다. 서기관이라는 남자는 척 보기에도 좋은 인상이었다. 그만큼 좋은 사람이라는 보장은 없었지만. 방에 들어온 아시나에게 서기관이 가장 먼저 내민 것은 검은 베일이었다. 정확히는 아바야라고 부르는 니캅. 아시나는 자신에게 건네진 것을 들춰 보다 바로 물었다.

"이건 뭐예요?"

"외간 남자 앞인지라 가리셔야 합니다, 아이라시여."

"……."

목소리는 부드러웠으나 어조는 단호했다. 이미 얼굴 다 본 처지인데 꼭 이걸 써야만 하는 것인가. 아시나는 썩 내키지 않았다.

"꼭 가려야 하는 거예요?"

"시젠의 율법엔 그리 명시되어 있습니다."

율법이라니 따를 수밖에. 결국 아시나는 제 얼굴을 가려 주는 아바야를 머리에 둘러썼다. 아시나의 맨얼굴이 어느 정도 가려지자 나시르가 만족스럽게 웃었다. 아시나는 그 사실이 마음에 들지 않았다. 이런 천금 같은 미모가 가려지는데 기뻐하다니. 이 남자 정상이 아니야.

"아이라시여."

"아시나."

그녀가 짧게 끊어 말했다. 머리가 돌로 되어 있지 않은 한 아시나도 이 남자가 무얼 하려는지 알고 있었다. 라 쿤이 하던 걸 이어 하는 거겠지.

"이름으로 불러 줬으면 해요. 진짜 아이라도 아닌걸."

"그러죠."

의외로 남자는 깔끔하게 납득했다. 생각보다 말이 통하는 인간이었다. 아시나는 만족스럽게 웃었다. 아까와 같은 상황이라면 같은 상황이겠지만 취조를 받는 것만 치면 이쪽이 훨씬 편했다. 호기심과 경계가 어린 시선. 당연하다는 듯 오만하게 짓누르는 강렬한 시선에 비한다면 태양 앞의 촛불이었다. 아, 마음 편하다. 여러 이유가 있었지만 아시나는 자신을 바라보는 시선들엔 익숙한 편이었다. 그게 이런 쪽이라면 더더욱.

편안하게 앉아 웃는 아시나를 보다 나시르는 무언가를 책상 위에 올려놓았다. 그걸 본 아시나가 빠르게 반응했다.

"어, 내 짐!"

"조사 결과 이상이 없는 건 돌려 드리겠습니다. 아직 미심쩍은 건 저희가 갖고 있습니다만."

아시나는 반색을 하며 제 옷과 물통을 받아 들었다. 작은 주머니는 돌아오지 않았으나 그래도 반가웠다. 지금 입고 있는 옷과 완전히 다른 양식의 복장. 누가 봐도 북부인이라는 걸 알려 주는 모양새였다. 행복하게 제 옷을 품에 안고 웃는 아시나 앞에 나시르가 앉았다. 원칙대로라면 이것도 율법에 어긋나지만 상황이 상황인지라 넘어갔다.

"크롬웰분이십니까?"

"북대륙엔 크롬웰만 있는 게 아닌데요."

뾰로통하게 들려오는 목소리가 어쩐지 불쾌한 듯했다. 아시나가 인상을 썼다. 나시르는 바로 제 자신이 저지른 잘못을 사과했다.

"아, 죄송합니다. 북대륙 하면 생각나는 나라가 크롬웰밖에 없는지라."

하긴, 뭐. 아시나는 입맛을 다시며 고개를 끄덕였다. 그래, 그건 그렇지. 같은 북대륙인이나 크롬웰 말고도 다른 나라가 있다는 걸 알지, 교류도 거의 없는 남대륙인이라면 모를 법도 했다.

"이해해요. 우리도 남대륙 하면 페시안밖에 모르니까요. 파시나 크라차 같은 나라도 상업에 종사하거나 관심 있는 사람이나 아는 걸요."

누그러진 목소리에 나시르가 빙그레 웃었다. 남자는 천성적으로 호감이 가는 외모였지만 아시나는 그것보단 그가 주는 편안한 분위기를 더 높게 샀다. 그래, 심문을 하려면 이렇게 하라고! 무엇보다 이러니까 협조할 마음이 생기잖아.

"그럼 어디서 오신 건지 여쭤 봐도 됩니까?"

"시그렌에서 왔어요. 크롬웰 남동쪽 국경과 맞닿아 있는 아주 작은 왕국이죠. 대부분은 신경도 안 쓰는 작은 나라예요."

"그런 곳도 있었군요."

아시나는 애매하게 웃었다. 다행이었다. 아바야가 얼굴을 가려주고 있어서. 정확히는 크롬웰의 수도 웰즈에서 머물다가 시그렌을 잠시 들렀다 온 거지만 뭐 그게 그거지. 그녀는 당당했다. 난 거짓말을 하지 않았어. 있는 그대로의 사실을 말했을 뿐이라고.

"죽음의 사막을 건너셨다고 들었습니다. 특별히 이유라도?"

"……."

이 사람도 이걸 물어보는구나.

그게 그렇게 특별하고 특이하고 이상한 것이었나 잠깐 고민하다가 아시나는 손을 들었다. 나시르가 뭐냐는 듯 쳐다보았다.

"잠깐 물어볼 게 있는데요."

"예, 말하십시오."

"거기가 왜 죽음의 사막이에요?"

아까 이유를 듣긴 들었지만 그땐 그것보단 다른 것이 머릿속에 가득 들어차서 아시나는 아직 이 사람들이 사막을 꺼리는 이유를 완벽하게 이해하지 못했다. 나시르는 의아하다는 듯 턱을 문지르면서도 순순히 대꾸해 주었다.

"계속해서 부는 바람에 하루 만에 지형이 바뀌고 비가 와도 물이 고이지 않기 때문에 며칠만 헤매도 딱 죽기 쉬운 곳이라 그렇습니다."

"음, 단지 그거만으로 꺼리는 거예요?"

"뭐, 실제로 그렇게 죽어 간 여행자들도 많고, 버림받은 많은 일족들이 추방당해 죽어 간 땅인지라 자연스레 꺼리게 된 것이죠. 시간은 더 걸리겠지만 굳이 사막을 통하지 않고도 그 반대편에 갈 수 있으니까요. 원혼이 서려 있다느니 들어온 자는 아무도 살아 나갈 수 없는 저주가 걸려 있다느니 말은 많지만 특별히 그 땅에 저주나 그런 건 없습니다."

"어쩐지 지나가는 사람이 하나도 없더라."

그래서 그랬었군. 아시나는 납득했다. 그래, 원래 사막이라는 지형이 사람이 살기엔 적합하지 못하다고 들었다. 사이베리아랑 비슷하구나. 불과 작년의 일을 떠올리며 아시나는 고개를 끄덕였다. 인간이 살 수 없다는 극한의 추위만이 존재하는 영구 동토, 사이베리아. 다만 이곳과 그곳의 다른 점은 사이베리아의 주민들은 툰드라에서 살다 어쩔 수 없이 극한의 땅까지 밀려나 살고 있지만 이곳 사람들은 굳이 사막을 끼지 않아도 살 곳이 있다는 사실이었다.

"어딜 가시는 길이셨습니까?"

"크라차요."

아시나는 숨길 것도 없이 바로 말했다.

"가시는 목적은 무엇이었습니까?"

"그냥 구경이었는데요."

당연하다는 듯 어깨를 으쓱이며 아시나가 대꾸했다. 나시르는 표정 하나 바꾸지 않고 되물었다.

"그럼 크라차와 페시안이 현재 적대 관계라는 것도 알고 계십니까?"

아시나의 눈썹이 꺾였다.

"아니요, 그건 몰랐는데요."

금시초문이었다. 둘이 언제 적국이 된 거지? 경악한 아시나를 주의 깊게 들여다보며 나시르는 이 여자가 지금 연기를 하는 것은 아닌지 가늠했다. 그녀가 인상을 쓴 채로 머리를 짚었다.

"그냥 크라차가 페시안이 세워지면서 거기에 반대하던 사람들이 모여서 만든 나라라는 것만 알아요. 그래도 나름 잘 지낸다고 알고 있었는데, 적국이라고 할 정도로 사이가 안 좋았어요?"

그 정도는 아니라 기억하는데. 적지만 외교와 교역도 한다고 들었다. 무엇보다 대추야자는 크라차산이 최고니까. 나시르가 한숨을 쉬듯 고개를 가로저었다. 그는 의외로 순순히 모든 사실을 알려 주었다.

"최근 크라차와 페시안 사이에 작은 마찰이 있었습니다. 그것 때문에 분위기가 안 좋죠. 모르셨던 모양입니다?"

"……아무래도 북에 있는 기록은 몇 년 늦기 마련이니까."

교류도 별로 없는, 서로 문화가 달라 잔뜩 곤두선 채로 으르렁거리는 나라의 최근 사정 따위 알게 뭐람. 게다가 대륙도 달라서 바다를 끼지 않으면 마주칠 일도 없었다. 대부분의 크롬웰인들은 남대륙에 관심이 없었고 아시나도 여행 오기 위해 자료를 수집한 게 아니었다면 크라차가 어떻게 만들어진 나라인지도 몰랐을 터였다. 크롬웰은 전통적으로 크라차를 우호국으로 꼽았기 때문에 단순히 크라차로 여행을 가야지 생각했던 건데…….

아, 썩을. 너무 막나왔어.

아시나는 자신의 실수를 인정했다. 대륙을 건너 여행을 나온 건 처음이니 좀 더 섬세하게 준비했어야 하는데. 거기에 들떠 있었던 기분 역시 한몫을 했겠지. 가볍게 북대륙을 돌아다니던 때와 별다를 게 없다고 단정 짓고 건너 온 게 잘못이었다. 무려 한 달을 배까지 타고 건너온 남대륙인데 옆 나라 오듯 크라차를 방문하려 했다. 그래, 내가 미친 거지. 그렇게 막살다 분명 죽는다고 했던 엄마의 예언이 다시금 뭉게뭉게 떠올랐다.

그러게요, 엄마. 이러다 뒈지겠어요.

"어쩐지. 날 그렇게 죄인 취급했던 것도 좀 이해가 가는군요."

꼬인 표정으로 입맛을 다시는 아시나를 보며 나시르는 침묵했다. 그녀는 지금껏 왜 자신이 이런 취급을 받아야 하는지 어렴풋이 추론했을 뿐이었다. 어차피 죄가 없으니 곧 풀려나겠지, 그런 안일한 마음도 없었다고 하지는 못한다. 그런데 이런? 처음부터 꼬여 있었다니.

아, 내가 미쳤지. 혀를 깨물고 싶었다. 물어도 하필이면 적국의 왕한테 크라차 가는 길을 물어봤다니. 그냥 감옥에 넣은 게 감사한 처사였다. 그래, 딱 봐도 수상했겠지.

"으아……."

아까 왜 그렇게 몰아붙인 건지도 아주 구구절절 이해 갔다. 수상해 보이지 않았다면 그것이야말로 이상했다. 어떻게 실수를 해도 이렇게 어마어마한 실수를!

좌절하는 아시나를 구경하던 나시르는 이 상황을 어떻게 정리해야 하나 고민했다. 단순하게 첩자로 의심하기엔 모든 게 너무 부자연스러웠다. 지나칠 정도로.

뜬금없이 나타난 북인이 여인이라는 점은 경계심을 덜기 위한 것이라 치부해도 그 이유가 '여행'이라니. 누가 들어도 고개가 자연스레 갸웃할 만한 이유였다. 첩자라면 좀 더 그럴듯한 이유를 댔겠지. 거기에 묘하게 침착하긴 하나 아시나는 자신의 불안을 지우지 못했다. 저것이 연기라면 그건 또 나름대로 대단하다고 생각하며 나시르는 열심히 아시나를 주시했다.

아직 소녀. 아니, 소녀라고 칭하기엔 너무 성숙하다. 그러나 여인이라 칭하기에도 뭔가 미숙했다. 아무 생각 없는 자신마저 혹할 정도인데 다른 사람들이야 오죽할까. 하지만 그렇다고 첩자가 아니라고 단언하기엔 미심쩍은 부분이 존재했다. 대체 뭐지, 이 위화감은.

머리를 짚고 좌절하던 아시나가 고개를 들었다. 아시나는 거르지도 않고 바로 따져 물었다.

"그럼 날 감옥에 처넣지 않고 하렘에 처넣은 건, 붙잡고 감시하려는 의도였나요? 그것 말고도 다른 게 있는 것 같은데?"

"……."

나시르는 대답하지 않았다. 나시르의 대답이 없어도 아시나는 천천히 상황을 되짚으며 자신이 왜 이렇게 된 것인지를 스스로 알아냈다.

"일단 내가 감옥을 나온 게 걸렸다는 점이랑……."

그게 수상함을 부추겼을 수 있다. 하지만 오로지 그것만으로 하렘에 가둬 놓았다는 건 말이 안 됐다. 아냐, 뭔가 부족해. 아시나가 입술을 깨물었다. 그리고 곧 깨달았다는 듯 두 손을 맞잡았다.

"나를 고립시키려고?"

깊은 침묵이 흘렀다. 나시르는 생각 끝에 그녀가 멍청하지 않다고 판단했다. 몇 가지 상황과 정황만 놓고서 단숨에 비어진 조각을 스스로 채워 넣고 결론을 내다니. 아무나 쉽게 할 수 없는 판단이었다. 나시르의 눈에 이채가 어렸다.

아시나는 열심히 머리를 굴렸다. 자세한 내막은 모르겠지만 최근 크라차와 페시안 사이에 잡음이 생겼고, 원래 정치가 안정된 곳은 아니라니까 부족 간의 전쟁이 벌어졌을 수도 있었다. 그래도 아시나는 크라차와 관계된 쪽일 거라 확신했다. 크라차와 크롬웰은 우호 관계니까. 북부인이 의심받을 여지가 생기려면 크라차 쪽일 수밖에 없었다. 무엇보다 자신이 크라차로 가려고 한다는 걸 그 남자가 알고 있었다. 하지만 역시 하렘에까지 끌려와 갇히게 된 건 감옥을 한 번 빠져나온 게 결정적인 눈치였다. 가둬 놓고 감시하려는 이유도 있지만 동시에 자신에게 누구도 접근할 수 없게 만드는 셈. 자신이 뭔가를 얻더라도 밖으로 알릴 수 없게 만드려는 의도였다.

결국 첩자 취급인가? 아시나는 자신이 받는 모든 혐의를 짐작해냈다. 아니, 어떻게 그동안 몰랐을 수가 있었을까 싶을 정도였다. 아니지, 생각을 안 한 거지. 그녀는 너무 어이가 없어서 멍청한 표정으로 인상을 쓰고 있었다.

그 반응을 보던 나시르는 빙그레 웃었다. 떠보듯 물어본 것에 불과했는데 예상보다 뛰어난 반응이었다. 첩자 쪽은 아니겠군. 그런 목적이었으면 끝까지 모르는 척했을 확률이 높았다. 조금이었지만 화들짝 놀란 기색은 연기가 아니리라. 완전히 혐의를 벗은 건 아니지만 나시르는 그녀가 '첩자가 아닐 것이다.'란 쪽으로 생각을 굳혔다.

"감옥을 어떻게 나온 건지 물어도 대답해 주지 않을 테죠?"

"문이 열렸어요."

지금 그 말을 믿을 거라 생각하는가. 그러나 아시나는 더 이상 알려 줄 생각이 없어 보였다.

"열린 문을 그냥 열고 나왔을 뿐인데 뭐가 나쁘죠?"

"그럼 문이 왜 열린지가 중요하겠네요."

그 문이 그냥 열렸을 리는 절대 없으니까. 아시나는 고개를 끄덕였으나 수긍한 것 같진 않았다. 나시르는 가만히 눈앞의 소녀를 바라보았다. 검은색에 가까운 갈색의 눈동자. 특이할 것 없는 눈동자였으나 뭔가 더 있을 것 같았다. 뭐지, 이 기분은?

순간 아시나가 나시르를 똑바로 쳐다보았다. 나시르는 잠깐이지만 놀랐다. 마치 제 속을 들키기라도 한 기분이었다. 하지만 막상 아시나는 별생각이 없어 보였다.

"친절하시네요. 이름이 뭐예요?"

"나시르라고 합니다."

"이름이 더 있으시겠죠?"

느긋하게 대꾸하는 폼이 이미 이 나라에서 여러 해 산 사람의 행색이었다. 나시르는 작게 웃었다. 어쩐지 라 쿤의 마음을 알 것 같기도…….

"그쪽이 숨긴 이름처럼 저도 숨겼다고 생각해 주셨으면 좋겠습니다만."

아시나는 납득했다. 더 이상 미련을 가지지 않는 건지 깔끔하게 물러나는 모양새에 나시르는 사실 좀 놀랐다. 아니, 꽤. 알려 달라고 억지라도 부릴 줄 알았는데. 오히려 아시나에게서 돌아온 건 인사였다.

“고마워요. 여러 가지를 알려 줘서. 뭐, 순순히 협조를 받아 내려고 한 거겠지만 그래도 고마워요. 그 망할…… 아니, 아니. 절 여기로 데려오신 분은 아무래도 그런 배려가 한참이나 부족해서 말이에요.”

이해한다. 나시르는 그동안 자신의 주인과 이 여인 사이에서 오갔을 공방을 보지 않아도 알 수 있었다. 특별할 것 없는 의례적인 미소였는데도, 나시르는 어쩐지 자신의 마음이 풀리는 걸 느꼈다.

“수르트에서 안내인들이 파시를 건너 크라차로 가는 방법을 추천하지 않았습니까? 보통 크라차로 가는 북인들은 다 그렇게 가던데.”

“알아요. 그렇게 가라고 했었죠. 제가 거절했지만.”

아시나는 귀찮다는 듯 고개를 끄덕였다. 나시르는 궁금했다.

“왜 사막에 가셨습니까?”

“사막이 보고 싶었어요.”

그렇게 말하는 아시나의 눈동자엔 한 점의 거짓도 없었다.

“상상했던 것보다 더 예뻤어요.”

황홀하게 물드는 눈동자가 예쁘게 빛을 발한다. 진실로 사막이 마음에 든 모양이었다. 나시르 역시 이곳에서 나고 자란 몸. 사막을 보긴 했지만 그런 기분은 받지 못했다. 어쩐지 재미있는걸.

“물론 예상했던 것보다 지독했지만.”

한마디를 덧붙이며 아시나가 예쁘게 웃었다. 나시르는 그 미소에 저도 모르게 같이 마주 웃어 주었다. 나시르는 결국 인정했다. 이 여자가 진실을 말하고 있다는 걸.

"나시르 에틀 아흐멧이라고 합니다."

아시나는 두 눈을 동그랗게 떴다. 왜 자기 이름을 전부 알려 주는 거지? 나시르는 이름을 전부 알려 준다는 것이 페시안에선 어떤 의미인지 이 북부의 여인은 모를 거라는 걸 알고 있었다. 죽음의 사막조차 몰랐던 여인이다. 하지만 눈치만으로 이게 어떤 뜻인지 반쯤은 알아들었을 거라 생각했다.

"앞으로 자주 뵐 것 같아서 말입니다."

나시르가 덧붙인 말에 아시나가 웃었다. 그건 꽤 기분 좋은 미소였다.

"그랬으면 좋겠네요. 전 한군데에 오래 못 있거든요."

아시나를 하렘으로 돌려보내고 혼자 남은 나시르는 가만히 생각에 잠겼다. 죽음의 사막을 지나가던 여자. 그 여행의 목적지는 크라차였다.

죽음의 사막, 지르다. 사막은 전통적으로 누구의 땅도 아닌 버림받은 땅 취급을 한다. 하지만 남대륙에 사는 전부가 암묵적으로는 페시안의 영토로 인정하고 있다. 그 이유는 간단했다.

라 쿤이 두려우니까.

사실상 페시안의 땅이나 다름없는 사막에서 그 주인에게 크라차로 가는 길을 물어보았다. 충분히 수상했다. 하지만 나시르는 그 사실에 대해 그 어떠한 꺼림칙함도 느끼지 못했다. 그리고 그 사실이 놀라웠다. 아시나는 확실히 여러모로 모든 게 수상했다. 이곳에 있는 목적도 불분명했고 출신지도 불분명하다. 심지어 소유하고 있던 작은 주머니도 왜인지 모르지만 수상했다. 사막에 간 이유도 따지고 들자면 이상했다. 사막이 보고 싶어서 사막에 갔다니. 하지만 나시르는 어째서인지 그녀에게 마음이 쏠렸다. 아시나가 첩자는 아닐 것이라는 가정이 머릿속에 세워진다. 그런 상황이 꽤 신기했다.

"뭐하고 있는 거지?"

잠시 생각에 빠진 동안 많은 시간이 흘렀던 모양이었다. 문이 열린지도 모르고 있었다. 이런 적은 참 오랜만이기에 나시르는 제법 기분 좋은 미소를 지었다. 카림은 영문도 모르고 웃고 있는 나시르를 지켜보다 고개를 갸웃했다.

"카림."

"뭐지?"

손가락을 까딱이던 나시르가 고개를 들며 말했다. 입가에 꽤 만족스러운 미소가 걸려 있었다. 카림은 그가 왜 이러는지 의아했다.

"당분간 하렘 호위 좀 해야겠다."

카림의 이마가 좁혀졌다. 못 들을 걸 들은 표정이었다.

"무슨 소리지?"

라 쿤의 타무라. 혹자는 친위대라고 말하기도 하지만 그보단 라 쿤을 위해 모든 것을 바치는 전사들에 가까웠다. 사막의 마흔여덟 부족과는 완전히 무관하며 오로지 쿤만을 위해 사는 전사들. 카림은 그중에서도 가장 뛰어난 타무라였다. 사막의 모든 부족이 라 쿤을 두려워하는 가장 첫 번째 이유.

"하렘에 안주인이 들어오셨다. 비어 있을 때야 하렘 경비는 따로 필요 없었지만 이젠 필요하지 않겠나?"

검은 눈동자가 불만으로 꿈틀거렸다. 카림은 애초에 이 상황을 마음에 들어 하지 않았다. 수상하다면 잡아서 죽이면 될 일이다. 상대가 첩자이건 뭐건 의심되면 죽인다. 사막에서 나고 자란 전사가 할 만한 생각이긴 했다. 애초에 그는 하얀 피부를 가진 북부의 여인이 쿤의 하렘에 들어간 것부터 마음에 들지 않았다. 그곳은 비워져 있어야 했다.

"이 상황을 네가 마음에 들어 하지 않는다는 건 나도 알아."

"네 명령인가?"

카림은 다른 건 묻지 않았다. 올곧은 눈빛에 나시르는 잠시 고민했다. 하지만 아까 전 라 쿤의 태도로 보았을 때 시하드는 절대로 이 사안을 반대하지 않을 거라는 확신이 있었다. 무엇보다 그 여자는 위험하다. 실질적인 위협을 말하는 게 아니었다. 짧은 대화에서조차 아시나라는 여자가 가진 천성적인 친화력과 매력을 느꼈다. 게다가 무엇이 위험인지 제대로 구분할 정도로 똑똑했고 눈치도 있었다. 그런 여자가 정말로 첩자라면 어떤 일이 벌어져도 제대로 벌어지리라. 아닐 거라 생각하지만 '설마'에 대한 대비도 제대로 해 두어야 했다.

나시르는 절대로 아시나를 혼자 둘 수 없다고 생각했다. 라 쿤이 괜히 하렘으로 집어넣은 것이 아니다. 다시 감옥에 넣었다면 그 여자는 벌써 이곳을 떠나 크라차로 향했을 터였다. 확신할 수는 없지만 나시르는 자신의 눈이 틀리지 않았다면 능히 그럴 것이라 생각했다.

"내 명령이기도 하지만 이건 시하드의 명령이기도 하다."

카림은 대꾸가 없었다. 신의 이름을 들먹이는 게 효과가 있는 건지, 받아들이는 것 같기도 했지만 그것이 아닌 듯도 했다. 카림이 나시르의 눈동자를 똑바로 마주 보았다. 살기를 담은 전사의 눈빛을 뻔뻔하게 맞받아칠 수 있는 관리는 없다. 그러나 이곳은 사막의 제국, 페시안이었다. 이곳에 있는 모든 남자는 사막에서 혼자 살아남을 줄 알아야 했다.

"위험한 여자인가? 어째 네 반응이 좋지 않군."

"글쎄."

어느 쪽으로 좋지 않다는 건지 나시르는 알아들었지만 모르는 척 빙그레 웃었다. 애매모호한 반응에 카림이 인상을 구겼다. 안달이 나는 모양이었다. 나시르는 그저 두 눈을 가늘게 뜨고 카림을 올려다보았다. 카림과 아시나를 붙였을 때 어떤 그림이 나올지 가늠을 해 보았지만 어째 감도 잡히지 않았다. 다만 한 가지 확실한 건, 그 광경이 매우 재미있을 거란 사실이었다.

"가서 직접 판단해 봐, 네가."

카림은 어쩐지 능글맞게 웃는 나시르의 얼굴을 한 대 쳐 주고 싶었다.

세상 무서울 것 없이 사는 아시나에게도 몇 가지 자신만의 규칙은 있었다.

첫 번째는 절대로 목숨이 위험할 짓은 하지 않는다는 것. 그건 특별한 이유가 있는 것이었으므로 아시나가 무엇보다 제일 먼저 신경 쓰는 부분이었다. 두 번째는 절대로 여행 간 곳의 지배자를 건드리지 않는다는 것이다. 그건 나름대로 지금까지 잘 지켜 왔다. 앞으로도 잘 지킬 것이라 생각했다. 아시나는 천생 호인이었고 웬만하면 누구도 아시나에게 해를 끼치려 하지 않았다. 지금까지는 문제가 없었다. 무엇보다 아시나는 사람과의 복잡한 감정싸움을 싫어했다. 그럴 시간에 여행이나 더 다니지. 그리고 마지막은…….

"내가 누구인지 밝히지 않는다."

짧게 되뇌다 아시나는 얼굴을 구겼다.

자신의 신분을 밝히지 않는 이유는 간단했다. 들키면 곤란하니까. 아니지, 곤란한 정도가 아니었다. 집안에 피해가 가는 것은 물론, 어쩌면 전쟁이 날 수도 있었다. 저에게 무슨 일이 생긴 걸 안다면 어머니가 가만있지 않을 텐데. 아냐, 외할아버지가 제일 문제였다. 여차하면 다시는 여행을 못 다닐 수도 있었다. 다른 건 몰라도 그건 겁이 났다. 우선 자신의 신분이 워낙 범상치 않기도 했고, 무엇보다 아버지랑 약속했다. 여행 다닐 때 함부로 밝히지 않겠다고.

"이런."

잘하면 셋 다 어기게 생겼다. 아니, 벌써 둘이나 어겼어.

짧은 외출이었지만 얻은 게 많았다. 나시르와의 대화는 무척 유용했다. 아시나는 평소 내키는 대로 움직이는 걸 개의치 않았으나 그게 지금 상황에선 상당히 크게 문제되었다.

그녀는 새삼 라 쿤을 다시 평가했다. 못되고 제멋대로에 재수 없는 놈이라고 생각했는데, 그냥 못된 거였군. 배려가 없다는 부분도 여전했다.

"아무도 가지 않는 사막에서 생판 모르는 여자가 갑자기 나타나서 적국으로 가는 길을 묻고, 그것도 물은 상대가 하필 이 나라 왕이었고, 수상해서 잡아다 감옥에 집어넣었더니 이번엔 탈출해서 길거리를 돌아다니지 않나, 거기다 누가 봐도 북대륙인이니……."

아시나는 한숨을 푹 내쉬었다. 어렵군. 어디서 실타래를 풀어야 하는 거람? 북대륙을 돌아다닐 땐 나라 간의 알력을 생각할 여지가 없었다. 가문끼리의 다툼도 아시나의 관심사는 아니었다. 누가 세력이 크고 작은지는 중요하지 않았다. 북대륙은 정치가 안정되어 있었고 문젯거리는 오로지 위쪽의 펜 그리고 아래의 페시안뿐이었다. 하지만 페시안은 사정이 달랐다. 충분히 고려했었어야 했는데 미처 생각하지 못한 제 잘못이었다.

분란이 없다는 것이 얼마나 좋은 일이던가. 북에선 아시나가 제 맘껏 하고 싶은 대로 돌아다녀도 정치적으로 크게 문제가 불거질 일이 없었다. 신분 관련해서도 그렇고. 그래서 지금의 상황을 너무 단순하게 생각했다.

"아, 머리야."

안 쓰던 머리를 쓰려니까 머리에서 쥐가 날 것 같다. 그래도 아시나는 열심히 고민했다.

일단 제가 엄청나게 수상해 보인다는 건 확실하다. 그건 어쩔 수 없는 과거가 되었고 이젠 되돌릴 수 없는 전제가 되어 버렸다. 이젠 하렘에 갇혀 있어야 하는 상황에 대해 한 뼘의 불만도 내비칠 수 없어졌다. 아니, 불평을 하라면 하겠지만 아시나는 제가 얼마나 불리한 형국인지 잘 알았다. 그래, 아니까 나 몰라라 발뺌할 수는 없지.

"내가 너무 쉽게 생각했어."

문제는 그것이다. 안일했다고 아시나는 짧게 반성했다.

페시안은 크롬웰에서 적국 취급을 받고 있지만 그렇다고 두 나라 사이에 전면전이 일어난 역사는 없다. 페시안은 남대륙에서, 크롬웰은 북대륙에서 서로의 영역을 굳건히 지킨 채 누구 하나 올라가지도 내려가지도 않았으니까.

정확히 표현하자면 두 나라의 관계는 서로를 싫어는 하지만 소 닭 보듯 무시하는 사이에 가까웠다.

마치 기싸움하는 귀부인 같다고 해야 하나. 아시나는 그게 서로 다른 문화적 차이 때문이라고 생각했다. 그중에서도 서로의 종교에 무례할 정도로 거부감을 보이는 두 나라의 태도가 제일 문제라고 생각했으나 그 부분은 넘어가기로 했다. 지금 중요한 건 그게 아니니까.

아무튼 그런 분위기 때문인지 아시나는 이곳이 엄청난 적국이라는 자각이 없었다. 애초에 남대륙 모험을 본격적으로 하기 전에 분위기를 파악해 보려 하는 사전 답사 같은 가벼운 마음가짐으로 왔던 터라 더욱 그랬다.

"그러니까 한마디로 이 나라 왕한테 개긴 것도 모자라서 엄청 수상한 짓을 한 꼴이고, 그래서 그 결과 난 지금 갇혀 있군. 첩자로 의심까지 받으면서."

완벽한 정리였다. 아시나는 손을 털었다. 머리를 복잡하게 할 것도 없이 상황은 너무 간단했다. 아, 그럼 의심을 풀어 주면 되는구나. 하지만 동시에 욕이 나오는 상황이었다. 제기랄, 상황이 왜 이렇게 꼬여 버린 거야!

애초에 지은 죄가 없으니까 변명할 필요가 없었다. 아니, 정확히는 변명을 할 필요성을 느끼지 못했다. 괜히 말을 늘여 말꼬리를 붙잡히면 성가셔지는 건 아시나다. 차라리 감옥에 갇히는 게 더 쉬웠다. 감옥에 갇히는 일은 그녀에게 일상인지라 도망치는 것도 일상이었다. 엄마가 날 가둬 두려고 감옥을 이용하지만 않았더라도 내가 좀 더 얌전한 딸이 되어 줄 수 있었을 텐데. 푸념을 해 봤지만 얻는 건 없었다. 아시나는 끙끙거렸다.

"……모르겠다."

아시나는 두 손을 들었다. 모르겠다. 그게 아시나가 현재 내놓을 수 있는 유일한 답이었다.

이미 의심을 받고 있다. 아시나는 한 번 시작된 의심이라는 게 얼마나 무서운 건지 알고 있었다. 색안경이라는 것은 그런 것이다. 이 의심을 풀려면 아주 엄청난 시간과 엄청난 정성이 함께해야 했다.

간단하게 풀 수 있는 방법이 있긴 했다. 제 신분을 증명하는 것. 하지만 아시나는 자신이 그런다고 해도 이 상황이 나아지지 않을 거란 걸 이전의 경험을 통해 알고 있었다. 또 다른 의심이 따라붙겠지. '왜 그런 신분으로 이곳에 계시는 거죠? 아니, 그게 진짜긴 해요?' 그렇게 되면 여행이라는 목적이 의심받을 게 뻔했다. 그리고 오히려 약점이 되겠지. 게다가 그걸 만약 가문에서 알게 된다면 일이 너무 커지게 된다.

북대륙에서조차 아시나는 자신의 행적을 항상 의심받았다. 순수한 여행이고 모험이라는 걸 믿어 주는 권력자는 아무도 없었다. 그걸 진짜로 믿어 준 건 사이베리아의 펜족과 깊은 산속에 고립되어 살던 사람들뿐이었다. 그랬기 때문에 갇혔을 때 가장 먼저 생각했던 게 탈출이었다. 이 오해를 풀어 보고자 발버둥 치면 발버둥 칠

수록 지치고 힘든 건 아시나였기 때문이다.

"어떡하지?"

엄마한테 붙잡혀 가 혼나는 상황 못지않게 난제다. 아시나는 그 와중에 자신을 잡아먹을 듯 응시하던 베히다트를 떠올렸다. 이상하지. 왜 떠올리는 것만으로 몸이 저절로 긴장을 하는 걸까? 아시나는 자신의 상태가 썩 마음에 들지 않았다.

어쨌든 중요한 건 그 남자가 쉽게 그녀를 놓아줄 것 같지 않다는 사실이었다.

무엇보다 그동안 개긴 게 너무 커서 마음이 편치 않았다. 그러니까 누가 내 성질을 긁으래! 권력자 앞에선 누구보다 온순해질 수 있는 게 자신이건만, 썩을 인간. 아무리 욕을 해 봐도 기분이 나아지지 않았다.

어쨌든 조사는 계속되겠지. 아시나는 고작 몇 마디 말로 이 어마어마하게 꼬인 상황이 풀릴 거라고 생각하지 않았다. 결론은 또 탈출인가. 상황이 상황이라 도망치는 건 미루자고 생각했지만 아무리 생각해도 해답은 탈출뿐이었다.

주머니가 있었다면 당장 시도할 텐데. 일주일 이상은 안 돼. 귀찌가 허락한 시간은 그때까지였다. 귀찌에 걸린 마법이 깨지는 순간 제 신분이 단박에 드러날 수 있었다. 상상만 해도 아득해지는군. 아, 그건 진짜 안 된다.

여행은 여행이었고 가족과 가문은 전혀 별개의 것이다. 아시나는 제 여행 때문에 가문에 피해가 가는 건 절대로 원치 않았다. 자신의 부모님은 그런 것쯤은 개의치 않으시겠지만 아시나가 싫었다.

그냥 치부책을 포기하고 돌아갈까? 약한 마음이 고개를 들었다.

그러면 정말 놀랍도록 이 상황이 쉬워지는데. 하지만 아시나는 치부책을 포기하겠다는 마음을 쉬이 먹을 수 없었다. 그래, 내가 멍청이지.

한숨을 내쉬던 아시나가 자신을 응시하는 시선에 고개를 돌렸다. 언제 와 있는 것인지 누르가 아시나를 쳐다보고 있었다.

"누르, 왜?"

밥도 먹지 않고 침대에 앉아 고민에 빠진 아시나를 걱정스레 바라보며 누르가 대꾸했다.

"아시나 님을 호위할 타무라께서 오셨습니다."

타무라? 아시나의 눈썹이 꺾였다. 그건 분명 라 쿤의 전사들을 칭하는 말이었다. 그녀의 표정이 묘하게 변했다. 그때였다. 들어오라는 소리도 하지 않았는데 장신의 남자가 아시나의 거처로 들어왔다.

남자의 표정은 들어올 때부터 굳어 있었다. 아시나는 자신을 노골적으로 내려 보는 그 시선을 아주 잘 알았다. 경계 그리고 불만. 그건 네깟 게 왜 여기 있냐는 자신의 감정을 전혀 숨기지 않는 시선이었다.

하, 그건 나도 알고 싶거든요. 험한 소리가 입에서 맴돌았지만 아시나는 허튼소리를 내뱉진 않았다. 오히려 대놓고 적개심을 드러내는 이 전사를 자극하지 않으려고 최대한 고심했다.

적의에 놀라지 않은 건 아니었다. 그러나 항상 낯선 곳을 다니는 인간인지라 아시나는 이 본능에 가까운 경계에 익숙했다. 이방인을 기꺼워하는 마을은 의외로 많지 않았으니까. 여기선 친근하게 굴면 안 된다. 아시나는 까다롭지만 예의를 차리기로 했다.

"미처 얼굴을 가리지 못해서 미안하군요, 만나서 반갑습니다."

카림은 순간 자신이 잘못 들었나 싶어 인상을 썼다. 눈앞의 여인은 아주 똑바르게 앉은 채로 카림을 올려다보고 있었다. 불쾌해하는 기색은 없었다. 오히려 맑은 눈이었다.

티 한 점 없는 갈색 눈동자를 똑바로 마주 보다 카림은 순간 제가 저지른 불찰을 깨달았다. 아차 싶었을 땐 이미 늦었다. 숨겨야 할 적의를 고작 어린 여자에게 내뿜었다는 사실이 그를 무섭게 짓눌렀다.

"실례를 범했습니다."

카림의 외마디에 아시나는 기꺼이 미소했다.

"아니에요. 사실 시젠의 율법은 잘 모르는지라."

알고 싶지도 않고.

공부하고 싶긴 했지만 지배당하고 싶진 않았다. 딴생각을 하며 아시나는 남자를 주목했다. 의외로 기세에 비해선 순순한 반응이었다. 그녀는 남자가 고분고분하게 제 불찰을 인정하고 물러났다는 점이 신기했다. 자신이 진짜 아이라가 아니라는 사실을 알고 있을 텐데. 처음 들어왔을 때의 기세와 태도는 분명 아시나가 왜 지금 여기 있는지 아는 자의 태도였다. 하지만 곧이어 정말로 주인의 여자를 대하기라도 하는 듯 그는 물러났다. 그 사실이 아시나는 굉장히 의아했다. 뭐지?

"아니요, 아이라의 말이 맞습니다. 외간 남자에게 맨얼굴을 보이시면 안 되죠."

상대가 이방인이라 잊고 있었다. 카림은 살짝 미간을 구긴 채 자신을 빤히 올려다보는 여인을 내려다보았다. 작다. 거기다 생각한 것보다 여렸다. 듣기만 했을 땐 우락부락할 줄 알았는데 아니었다. 여행을 다닌다는 몸치고 아시나의 몸은 가늘었다. 여리기까지 한 몸이어서 카림은 대체 북대륙에서 여기까지 어떻게 온 것인가 괜스레 궁금해졌다. 녹록한 길은 아닐 텐데. 심지어 인상마저 순했다. 이런 여자가 첩자일지도 모른다는 말은 그의 기준에선 납득이 되지 않았다.

카림은 여려 보이기까지 한 여인을 내려다보다 무심코 인상을 썼다. 감옥을 탈출했다고? 어떻게? 너무 순해서 칼만 꺼내도 눈물을 보이며 숨을 것 같은데…….

“카림입니다.”

“아시나예요.”

약간의 침묵 후에 들려온 말에 아시나는 빙그레 웃으며 대꾸했다. 비록 이런 상황이었지만 그 보기 힘들다는 라 쿤의 타무라를 만나게 되어서 아시나는 기분이 들떴다. 타무라다. 눈앞에 타무라가 있었다. 딱히 그렇게 미친 듯이 보고 싶었던 건 아니지만 맨날 듣기만 하던 타무라가 눈앞에 있으니까 설레지 않을 수 없었다. 아시나는 살짝 상기된 시선으로 카림을 올려다보았다.

사막의 전사들은 강했다. 척박한 땅에서 살아남기 위해선 그들도 어쩔 수 없었으리라. 그 강하다는 사막의 전사들 중에서도 가장 강한 것이 바로 타무라였다. 라 쿤의 친위대. 크롬웰에 기사단이 있다면 페시안에는 타무라가 있다.

검은 터번이 머리에서 흘러내리고 살짝 흐트러진 검은 머리카락이 이마 근처에서 흔들렸다. 올곧은 눈동자는 이제 적의를 보이지 않았다. 살짝 그을린 피부와 검은 머리. 완전한 페시안인. 그런데 어째서인지 아시나는 이 낯선 전사가 전혀 낯설지 않았다.

"되도록이면 낯부끄러운 아이라라는 칭호보단 이름을 불러 주셨으면 해요. 특별한 의도는 없습니다. 어차피 진짜도 아닌 걸요."

"……그게 편하시다면 그러도록 하죠."

순간 눈썹이 꿈틀거리긴 했지만 카림은 딱히 큰 반발을 보이진 않았다. 전사라서 좀 걱정했는데 마주한 순간 받았던 압박보다는 상당히 깔끔한 결말이었다. 아시나는 뭔가 기시감을 느꼈다. 이런 기분, 이런 느낌 어디선가 많이 느껴 봤는데. 어디서 느껴 본 거지, 대체.

감정에 휩쓸려 적개심을 드러냈던 남자는 아시나와의 대화 몇 마디에 순식간에 순한 양이 되어 버렸다. 아시나는 그게 좀 웃겼다. 아, 이런 걸 진짜 어디서 많이 보긴 했는데.

그녀가 말이 없자 카림은 이 공기가 거북한 건지 먼저 말을 꺼냈다.

"기본적으로 저는 하렘 밖에 있을 겁니다. 필요한 게 있으시면 불러 주십시오."

"그럴게요."

선선히 허락했으나 아시나의 속마음은 부글부글 끓었다. 호위가 아니라 감시겠지. 망할, 하나도 아니고 둘씩이나! 누르를 돌아보다 아시나는 가볍게 한숨을 내쉬었다.

애당초 지금부터 얌전히 굴 생각이었지만 그래도 좀 짜증이 났다. 내가 자석도 아니고 왜 이렇게 덕지덕지 사람을 붙여 대? 물론 이 상황에 자신이 기여한 바가 없다고 생각하지는 않는다. 그렇다고 짜증이 샘솟는 건 어쩔 수 없었다, 아오!

죄지은 건 없는데 어쩌다 보니 죄인 신세가 되었다. 이것이 어머니가 말하는 업보라는 걸까? 엄마 속을 잔뜩 썩여서 받는 벌? 아시나는 어머니가 입버릇처럼 말하던 '이렇게 엄마 속을 썩이면 너 언젠간 벌받는다.'라는 말을 떠올리다 고개를 가로저었다.

"아, 몸 쑤셔."

결국 몇 분 더 생각도 못 하고 그녀는 자리에서 일어났다. 모르겠다. 앉아서 고민하는 건 정말 성미에 안 맞았다. 무언가를 얻지 못하는 고민은 결국 기력만 소진할 뿐이었다. 차라리 유적지에서 어떻게 해야 저 함정을 발동시키지 않고 지나갈 수 있을까를 고민하는 게 훨씬 더 재미있을 것이다.

아시나는 산책이나 가기로 했다. 그녀가 방을 나서려 하자 누르가 자연스레 따라붙었다. 그러거나 말거나 아시나는 이 기기묘묘한 하렘 여행을 시작하기 위해 발을 옮겼다.

그러나 여행은 시작도 못 해 보고 끝을 맞이했다. 방 밖으로 나오려는 순간 누가 아시나의 팔을 낚아챘다. 놀란 아시나가 바로 반응했다. 하지만 안타깝게도 아시나는 화를 내지 못했다. 자신의 팔을 쥔 남자를 아주 잘 알고 있기 때문이다.

"어딜 가는 거지?"

제기랄. 자연스레 터지려는 욕설을 겨우 삼키고 아시나는 조용히 신음했다. 붉은 시선이 그녀를 내려다본다. 정말로, 이 순간 가장 보고 싶지 않은 남자. 불만 가득한 제 표정을 숨길 생각도 하지 않고 아시나는 멀거니 자신의 팔을 잡은 남자를 올려다보았다.

저절로 숨소리가 잦아든다. 처음 사막에서 만났을 때도 그러했지만 아름다웠다. 남자에게 이 표현을 써도 되는 건진 아직도 불만이다만. 이제는 희미해질 법도 한 강렬한 사막에서의 일이 마치 꿈이 아니라고 주장하듯 남자는 그날과 똑같이, 아니, 더 엄청나져서 자신을 미혹했다.

이 남자는 왜 이렇게 잘생긴 거야? 아빠에게 미안했다. 아름답다는 표현은 아빠한테도 쓰지 않았던 건데. 살면서 아빠가 제일 잘생긴 줄 알았는데, 자꾸 이 남자를 마주할 때마다 그 진리가 흔들렸다.

이런 순간에도 남의 얼굴이 눈에 들어오다니, 놀라운 일이었지만 아시나는 개의치 않기로 했다. 자연스레 긴장한 자신의 상태가 더 신경이 쓰였다.

"……."

"……."

두 사람의 침묵이 간극을 메웠다. 말을 해야 한다는 건 알았지만 어째서인지 입을 열고 싶지 않았다.

흥미로운지 남자의 붉은 눈동자에 이채가 어렸다. 아시나는 긴장으로 뻣뻣해진 팔 때문에 조금 아팠다.

알현실에서 멀리 있었을 때도 크다는 건 알았지만 이렇게 가까이 있으니 아시나는 제가 얼마나 이 남자보다 작은지 여실히 깨달았다. 내가 이렇게 작은 편에 속했던가. 올려다보는 건 익숙했다. 하지만 이렇게 온전히 자신이 아직은 약하고 여리다는 사실을 알려주는 남자는 없었다. 물론 이렇게 코앞까지 다가온 남자가 없었다는 것도 그 점에 한몫했지만.

한 번도 자기가 여자라는 점을 특별히 자각한 적이 없었는데 이상하게 자꾸 이 남자 앞에만 서면 그 점이 수면 위로 떠올랐다. 전면전으로는 도저히 이길 수 없다. 그게 아시나가 느끼는 감정의 전부였다.

혼란스러움을 정리할 틈도 없이 또 다른 혼란이 다가왔다. 아시나는 어지러웠다.

또 이 침묵이다.

고집스럽게 다문 아시나의 입술을 응시하며 베히다트 역시 말을 하지 않았다. 불편하고 묘한 정적이 지속됐다. 견디지 못한 건 아시나였다.

"왜 왔어요?"

따져 묻는 건 아니었다. 온순해진 어조가 그걸 대변해 주고 있었다. 베히다트는 오히려 그 점이 놀라운 듯, 불편하게 자신을 올려보는 아시나의 눈동자를 그저 지그시 내려다보았다. 애초에 붙잡은 팔은 놓아줄 생각이 없었다. 그의 입가에 옅은 미소가 배어 나왔다.

"내가 내 하렘에 오는 데 이유가 필요하던가?"

아시나는 그대로 입을 다물었다. 베히다트는 조용히 자신의 품에 안기듯 가까이 있는 여자를 내려다보았다.

처음 사막에서 보았을 땐 흐트러진 머리칼과 얼굴 가득 묻은 모래 때문에 행색을 파악하기 쉽지 않았다. 물론 관심도 없었고. 그러나 잡아 오자마자 씻겨 놓고 알현실에서 맞이했을 때 베히다트는 왜 이 여자가 자신을 미소녀라 그렇게 열심히 주장했는지 이해할 수 있었다.

그때도 떨고 있었는데. 희미한 떨림이 닿지 않아도 전해져 온다. 베히다트는 잡힌 손목을 빼낼 생각도 못 하는 여자를 내려다보며 작게 웃었다. 여기까지는 그다지 특별할 것도 없는 반응이었다. 문제는 그다음. 어째서인지 이 눈동자가 미치도록 예쁘다.

자신을 바라보는 사람들의 눈동자에 떠오르는 감정은 보통 단 두 가지였다. 숭배와 공포. 그 감정이 옅고 짙을 뿐이지 그 감정이 없는 인간은 처음이었다. 당연히 이 여자는 자신을 두려워하고 있었다. 하지만 그건 다른 이유 때문이었다. 그랬다면 이렇게 말버릇이 나쁘진 않을 테니까.

자신을 빤히 올려다보는 눈동자가 신기했다. 오롯이 그 눈동자에 비친 자신을 있는 그대로 바라보는 눈.

그건 마치 보석을 발견한 기분이었다. 남들이 들으면 웃겠지만 굳이 비유하자면 그런 기분. 베히다트는 자신이 보석엔 전혀 흥미가 없다는 사실도 잊고 그렇게 생각했다.

"언제까지…… 이러고 있을 거예요?"

흐트러지는 숨을 고르며 여자가 물었다. 그는 여자를 지그시 내려다보았다. 고작 이 정도 거리에도 긴장한다. 그건 침입자에 대한 본능적인 경계이기도 했지만 또 다른 이유도 섞여 있었다.

남자가 불편한 건가. 누구의 손도 타지 않은 듯한 반응. 재미있군.

기를 쓰고 따지던 여자가 제 거리 안에 자신이 들어가니 누그러졌다. 아니, 이건 누그러지는 게 아니라 긴장 때문에 몸이 움직이지 않는다고 해야 할까. 잠시 시선을 내려 여자의 상태를 세세하게 살펴보던 베히다트가 입가에 옅은 미소를 지었다. 아시나는 그 미소를 보고 긴장했다. 그 모습이 웃겨서 베히다트의 미소가 더 짙어졌다.

"하렘은 좀 편한가?"

"……."

뜬금없는 질문에 아시나는 잠시 침묵했다. 무슨 대답을 원하는 거지, 이 인간.

머릿속이 복잡해졌다. 원래 생각나는 대로 말하는 편이었는데 어째서인지 이 남자의 질문엔 무언가 심사숙고하게 되었다. 편하다고 하면 또 여기서 살라고 하겠지. 불편하다고 하면…… 그건 또 반응을 모르겠네. 이렇게 파악이 안 되는 인간은 처음이었다.

"왜 온 거냐니까요."

말 돌리지 말고 내 질문에 대답이나 하라는 의도가 뻔히 보이는 대꾸에 베히다트는 그냥 웃음 지었다. 처음엔 그저 수상한 자였을 뿐이었는데 대화를 거듭해 갈수록 이 여자가 신기했다. 말하는 데에 거짓은 느껴지지 않았다. 그녀가 억울하다는 듯 쏘아붙이는 말 어디에도 위선의 흔적은 없었다. 단 한 가지만 제외하고.

"보고 싶어서?"

아시나의 얼굴이 단박에 구겨졌다. 그걸 보며 베히다트는 낮게 웃음을 흘렸다. 아시나의 표정이 더 일그러졌다. 웃긴 건 한껏 인상을 쓰고 있는데도 시선을 끈다는 사실이었다. 보고 있으면 심심하진 않군. 그게 지금까지 이 여자를 살핀 결론이었다.

처음엔 정체도 하는 짓도 마냥 수상했다. 그는 아직도 이 여자가 제혜넴을 어떻게 나온 건지 알 수 없었다. 그 부분은 영 석연치 않았다. 하지만 이젠 다른 게 더 수상했다. 여자 혼자 사막 여행이라? 그것도 북대륙의 여자가?

"나시르에겐 뭐라 말했지?"

"들었을 텐데요. 보고 올라가지 않았나요?"

다 알고 있다는 듯 아시나가 되물었다. 새침하게 시선을 돌리는 태도에 베히다트는 자연스레 아시나의 허리를 끌어당겼다. 너무

작군. 이대로 당겨 품에 안으면 턱 밑으로 꼭 안길 것 같았다. 물론 철저하게 경계하는 시선 때문에 그러진 않았지만. 잔뜩 발톱을 세운 고양이처럼, 아시나는 그가 하는 행동 하나하나를 주시했다.

"이상하군."

"뭐가요?"

긴장으로 숨이 막힐 지경인 아시나가 마른침을 삼키며 물었다. 아시나를 훑는 붉은 시선이 갈색 눈동자를 똑바로 마주했다.

"묘하게 얌전한데."

썩을, 가까이 오지 마라. 아시나는 순간 밀쳐 내고 싶은 충동에 주먹을 꼭 쥐었다. 이미 팔은 붙잡혀 있었으나 움직이고 싶어서 들썩였다. 그와 동시에 어쩌고 싶은 건지 모를 감정이 한데 뒤섞였다. 혼란스러웠다.

아니, 근데 이 남자는 왜 자꾸 내 성질을 긁는 거지? 비웃는 건지 뭔지 묘하게 웃는 그 시선조차 아시나는 마음에 들지 않았다. 마치 탐색하듯, 시선이 가늘어진다. 아시나는 불만스러운 마음을 누르고 되도록이면 나대지 않으려 했다. 참자, 이 인간은 이 나라의 주인이다. 어차피 다시 돌아올 일도 없는 나라지만 아시나는 여기서 찍혀서 괜히 수배당하고 싶지 않았다. 수배는 제 어머니가 내린 것만으로 충분했다.

아니, 딸이 여행을 간다고 수배를 내려서 잡아 오는 사람에게 포상금을 준다는 어머니가 세상 천지에 어디 있을까?

아, 그게 우리 엄마였지.

하긴, 못 나가게 한다고 감옥에 집어넣을 때부터 알아봤어야 했다. 아시나는 이미 어머니와의 대립 때문에 권력자한테 찍히는 건 이골이 났다. 그래서 더는 싫었다.

"그만 노려봐요. 저도 제가 수상하다는 점은 이제 충분히 인지했거든요?"

"이제서?"

비웃는 어조였지만 아시나는 기분이 나쁘지 않았다. 그 사실을 정말 이제야 알았냐는 듯한 반응에 입술만 깨물 뿐. 그래, 이제 알았다, 어쩔래.

이상하지. 묘하게 상냥하다. 어제만 해도 그대로 잡아 저 어딘가에 던져 놓고 그대로 발톱으로 찢어발길 것 같은 예리함이 있었는데 지금은 아니었다. 노선을 갈아타기로 한 건 아시나뿐만이 아닌 모양이었다. 아니, 그냥 하던 대로 했으면 좋겠는데. 이 숨 막히는 거리에 아시나는 조금 몸을 뺐다.

"……일단은, 그래, 죄송해요. 크라차랑 페시안이 적국인지는 몰랐어요."

베히다트의 붉은 눈에 이채가 어렸다. 느닷없는 사과도 사과였지만 그 사과의 내용이 너무 뜻밖이었다. 크라차랑 페시안이 적국인지 몰랐다고? 이 여자의 머릿속을 들여다보고 싶군. 진짜인지 확인이라도 해 보려는 듯 내려앉는 시선에 아시나는 입술을 깨물었다. 아니, 이 남자는 왜 이리 말이 없는가. 나만 이 침묵이 부담스러운 것인가. 아오, 몰라.

"알았다면 안 물어봤을 거예요. 애초에 당신이 라 쿤인지 알았다면!"

"그래도 난 널 잡아서 감옥에 집어넣었겠지."

"……."

지체 없는 대꾸에 아시나의 기세가 수그러들었다. 어느새 방으로 자연스레 끌고 들어간 라 쿤이 아시나를 침대에 앉혔다. 손목은 놓아줬으나 아시나를 놔준 것은 아니었다. 아시나는 저를 온몸으로 가두고 있는 남자를 올려다보다 저도 모르게 몸을 뒤로 뺐다.

"내가 궁금한 건 제헤넴을 어떻게 탈출했느냐야. 어떻게 탈출한 거지?"

"문이."

"열렸다고 말하려는 거면 각오하고 내뱉는 게 좋을 텐데?"

"……."

또 이 협박인가. 각오라는 말에서 좋은 기운이 전혀 느껴지지 않았다. 아시나는 입을 다물었다.

어떡하지? 순순히 불까? 갑자기 다 귀찮아져서 문 따고 나왔다고 진실을 말하고 싶어졌다. 절대로 그러면 안 된다는 강렬한 본능의 속삭임이 들려왔으나 이 끈질기면서도 집요한 취조가 귀찮아서라도 아시나는 확 다 말해 버리고 싶었다.

진짜 신분이 문제만 안 되었더라면 다 불었을 텐데.

다행히 취조는 그리 길지 않았다. 어차피 베히다트도 그녀가 쉽게 입을 열 거란 기대는 하지 않았으니까. 베히다트의 시선이 아시나의 눈에서 귀로, 목덜미에서 어깨로, 그리고 팔을 거쳐 손으로 내려갔다. 낮에도 잡아 봤지만 하얀 손이 지나칠 정도로 섬세했다.

"이름이 뭐라 했더라."

나쁜 놈, 낮에 들어 놓고 고새 까먹었냐?

아시나가 순간 인상을 찌푸렸다가 도로 폈다. 그래, 기억해 줄 거란 생각은 안 했다. 어쩐지 이 남자랑 대화를 하면 수백 번도 더 참아야 할 거라고 아시나는 생각했다.

"아시나예요."

듣지 못했다는 듯 남자가 나른하게 되묻는다.

"뭐라고?"

"아시나."

"안 들리는데."

한 대 쳐도 될까. 아시나는 순간이지만 진심으로 그런 충동을 느꼈다. 저도 모르게 이를 악물었다.

"……아, 시나."

라고 이 자식아!

한 번만 더 물어보면 진짜 소리를 질러 줄 거라고 다짐했는데, 의외로 쿤에게서 오는 반응이 달랐다. '쿡' 작은 웃음이 번지더니 그가 아시나를 향해 손을 뻗었다. 느릿할 정도로 나른한 손길. 그러나 아시나는 어쩐지 그 손을 피할 수 없었다.

"아시나."

내 이름이 이리도 달콤했던가. 아시나는 마른침을 삼켰다. 원래도 좋은 목소리라고 생각은 했지만 이건 상상 이상이다. 녹아내릴 것 같았다.

"아시나."

확인이라도 해 보듯 부르는 목소리에 전부를 뺏길 것 같았다. 흔들리는 아시나의 시선을 지켜보며 베히다트는 만족스럽게 웃었다.

"좋은 이름이군."

꿀꺽. 저절로 침이 넘어간다. 심장 소리가 제 귀를 대지 않아도 들릴 것 같았다. 이미 온몸이 긴장된 상태였다.

"당연히 좋은 이름이죠. 우리 아빠가 무려 세 달에 걸쳐 가족 투표를 통해 결정한 이름이라고요."

그게 진실이냐는 듯, 베히다트가 시선으로 물었다. 다시 가늘어지는 시선에 아시나는 괜히 입을 놀렸나 후회했다. 다행히 이번 침묵은 길지 않았다.

"한마디도 지지 않는군."

"져 주면 뭐 줄 거예요?"

"그럴까?"

순순한 대꾸에 놀란 건 아시나였다. 흠칫하는 반응에 그가 잡은 손을 가져갔다. 말랑말랑하고 작은 손등에 베히다트가 제 입술을 댔다. 아시나는 제 손등을 뜨겁게 짓누르는 존재감 때문에 신음을 삼켰다. 무엇보다 자신의 시선을 붙잡고 놔주지 않는 붉은 눈동자 때문에 미칠 것 같았다.

분명 이 남자 때문에 난 오래 못 살 거야. 이 남자가 자기를 죽이려고 하지 않아도 아시나는 분명 제 명이 짧아졌을 거라고 확신했다.

"날 언제 풀어 줄 거예요?"

잡아먹을 듯 꿈틀거리는 붉은 눈동자를 피하지 않으며 아시나가 물었다. 붉은 눈동자에서 순간 불꽃이 일었다.

"증명하면."

잡아먹힐 거야, 분명. 처음으로 맹수 앞에 선 초식 동물처럼, 아시나는 몸을 가늘게 떨었다.

"네가 진짜로 결백하다는 걸 말이지."

서늘한 공기가 머무는 알현실엔 두 남자가 있었다. 상석에 앉은 베히다트는 자신을 만나러 온 중년의 남자를 낮게 응시했다. 게디크 록 아흐메드. 페시안의 한 축을 담당하는 대재상이자 가릴라 일족의 전 족장으로 페시안에서 라 쿤을 제외하면 가장 높은 지위의 남자였다.

"시하드시여, 일이 바빠 이제야 찾아뵙게 된 점이 송구스럽습니다. 부디 이해를."

"내가 없는 동안 대재상 혼자 페시안을 돌보느라 힘들었겠지. 이해한다."

원래대로라면 입궁을 한 그날 찾아왔을 터였다. 말로는 관용을 베풀었지만 시선만큼은 절대로 곱게 넘어가지 않았다. 그 점은 게디크도 눈치챘는지 능구렁이 같은 미소를 지으며 차분히 응대했다.

첫날 베히다트를 보러 온 건 자이드였다. 게디크의 조카인 잘릴이 공교롭게 그날 수도로 올라온 것도 결코 우연은 아니리라.

"하여 시하드께서 돌아오셨으니 연회를 열까 합니다. 원래대로라면 오늘부터 열어야 했으나 시하드께서 미루셨으니 사나흘 뒤에 열겠습니다."

성지로 떠나는 일정은 언제나 불안정하다. 언제 떠날지도 모르고 언제 돌아올지도 모른다. 항상 몇 년에 한 번씩 라 쿤이 그 자리를 비울 때면 자신들의 신이 다시 돌아오길 바라는 마음으로 백성들은 금식을 했다. 금식이라고 해도 별다를 건 없었다. 그저 육식을 하지 않고 소식을 하는 정도였으니까. 후에 라 쿤이 무사히 돌아오면 그걸 축하하는 의미로 일주일간 축제를 열었다. 대재상이 권하는 것 역시 그것이다.

"굳이 열어야 하나?"

"고난으로 메워져 있다는 아슈마에 순례에서 돌아오셨습니다. 당연히 열어야지요."

"다른 이유가 있는 건 아니고?"

차갑게 내려앉는 시선에 간담이 서늘한지 대재상이 입을 다물었다. 베히다트는 하나도 빠짐없이 그 모습을 지켜보았다. 침묵은 길지 않았다. 베히다트는 이런다고 해서 이 늙은이가 순순히 제가 원하는 대로 움직일 거라는 생각은 하지 않았다.

"열도록 하지. 기대되는군."

허락의 말이 떨어지자 대재상이 안도했다. 가슴을 졸이기는 한 모양이었다. 그 모습이 우스워 그는 입매를 비틀어 웃었다. 쿤이 반대하는 축제는 부정이 있다 하여 열 수 없도록 되어 있었다. 지금에 와서는 그 의미가 옅어졌다지만 쿤의 허락은 꽤 중요한 것이었다.

"그럼 연회는 제가 알아서 총괄하도록 하겠습니다."

"그러도록."

이제 볼일은 다 보았을 터. 그러나 대재상은 쉽게 일어날 기색이 없었다. 제게 주어진 차를 한 모금 들이켜다 마치 이제야 생각이라도 났다는 듯 대재상이 웃었다.

"시하드시여."

"무슨 할 말이라도 더 있는가, 대재상."

말을 해 볼 테면 해 보라는 허락에 대재상이 옅은 미소를 머금었다. 베히다트의 시선이 가늘어졌다.

"아랫것들이 시하드께서 하렘에 이상한 여인 하나를 들였다고 떠들던데, 그것이 진실이옵니까?"

"이상하다?"

감히 어느 안전이라 그런 말을 내뱉는단 말인가. 베히다트는 노여움을 숨기지 않았다.

"그렇게 떠든 아랫것들이 누구인지 궁금하군. 전부 잡아 죽여야 할 것 같은데."

"송구합니다."

게디크는 서둘러 고개를 숙였다. 최근 몇 년, 너무 얌전해서 잊고 있었지만 그는 라 쿤이었다. 혼란의 극에 달한 페시안을 정리하고 저 홀로 쿤의 이름을 이은 자. 그 후 곱게 집어넣은 칼이 다시 꺼내진 적은 없었지만 게디크는 이 주인이 얼마나 냉혹한지 알고 있었다. 불필요한 피는 흘리지 않지만 필요하다면 벤다. 그렇게 죽어 나간 일족과 전사가 팔천이었다.

"한데 그런 걸 묻다니 의외로군. 분명 대재상이라면 내가 아침 늦게까지 하렘에서 나오지 않았다는 보고를 들었을 텐데?"

"……."

대재상은 말이 없었다. 그건 사실이었다. 이미 하렘에 들어앉은 게 갈색 머리를 한 북부 여자라는 것도, 그 북부 여자가 머무는 방이 쿤의 어머니들만이 머무는 방이라는 것도 보고받은 터였다.

그걸 위해 굳이 하렘에 들렀던 것이다. 정보가 새 나가는 게 어디인지 알아내기 위함이었지만 소문을 흘리는 것도 그의 목적에서 크게 벗어나진 않았다. 밤새 경계의 눈초리를 거두지 않던 고양이를 생각해 낸 베히다트는 무심코 미소를 흘렸다. 대재상이 혼란스러운 듯 눈살을 찌푸렸다.

"사실이신 겁니까?"

"그렇다면?"

그동안 하렘은 비워져 있었다. 어떤 여인도 그곳에 다시 들어갈 수 없다는 라 쿤의 명령이 있었기에 누구도 섣불리 그곳을 탐하지 못했다. 쿤이 여자를 싫어하는 건 아니었다. 특별히 여인을 멀리하는 것도 아니다. 하나 특별히 가까이 한 여인도 없었다. 그 점이 항상 족장들 사이에선 의문이었다. 어떤 여인을 보내도 하렘까지 들어간 여인은 없었다.

"그럼 제 딸을 시하드께 바쳐도 되겠습니까? 한동안 여인에게 관심이 없으시다 하여 거절하셨는데 이젠 그 마음이 바뀌신 듯하니 말입니다."

"아니."

일언지하에 거절하는 어조가 단호했다. 서슬이 시퍼렇다.

"내 하렘엔 누구도 들이지 않을 거다, 게디크."

기세에 짓눌려 잠시 말이 없던 대재상이었지만 나이를 그냥 먹은 건 아니었다. 빙그레 웃으며 마치 이 일과는 관련이 없다는 듯 물었다.

"그럼 그 여인은 어찌하여 들이신 겁니까?"

"말해야 하나?"

감히 네가 따지냐는 어조. 숨기지 않는 불쾌함에 대재상은 입을 다물었다. 베히다트는 잠시 생각에 잠겼다.

"글쎄……."

특별히 어떤 이유가 있던 것은 아니었다. 환궁하던 중이었고 도중에 붙잡아 올 때만 해도 그저 가까이 있으면서 가장 감시하기 편한 곳이 하렘일 뿐이었으니까.

"첫눈에 반해서?"

"……."

이게 무슨 헛소리냐고 묻는 시선이 노골적이었다. 베히다트는 빙그레 웃었다. 세상에 라 쿤이 첫눈에 반한 여인을 하렘에 집어넣었다는데 어느 천지의 신하가 반대를 하겠는가. 왕가의 번영은 곧 페시안의 축복이었다. 오히려 이들은 하렘이 완전히 비워지지 않은 걸 기뻐해야 했다.

"그럼 이번 연회에선 그 여인을 뵐 수 있는 겁니까, 쿤이시여?"

"글쎄."

그럴 예정은 없었다. 무슨 속셈이냐는 듯 내려다보는 시선에 대재상은 사람 좋은 미소를 지으며 허허 웃었다.

"꼭 보여 주셨으면 합니다. 다음 대의 쿤을 낳을지도 모르는 여인이 아닙니까?"

능구렁이. 베히다트는 입술 끝을 비틀며 대꾸했다.

"……고려해 보도록 하지."

"저 늙은 영감은 이 상황에서 놀고 마시는 게 하고 싶나?"

나시르는 불려오자마자 머리부터 짚었다. 귀찮다는 명백한 태도에 옆에 선 중년 남자가 주름진 미소로 달래 주었다.

"대족장들을 불러 모을 수 있는 적기일 테니 저리 물고 늘어지는 거겠지."

페시안의 전역을 나눠 다스리고 있는 대족장이 전부 모이는 일은 드물었다. 대족장은 고작 여섯이지만 그들이 다스려야 하는 일족의 수는 마흔이 넘는다. 수틀리면 칼부터 잡아 대는 성미 때문에 페시안은 바람 잘 날이 없었다. 그래도 소규모의 국지전 외엔 일어나지 않는다는 것이 다행이라면 다행이랄지. 어쨌든 그 여섯이 모두 수도 알 페시안으로 올라와 한 장소에 모인다는 것은 나름대로 의미가 꽤 컸다. 나시르는 벌써부터 골이 아픈지 한숨을 내쉬었다.

"우마르."

"예, 시하드시여."

베히다트가 가만히 턱을 괸 채로 물었다. 그는 지금 이 상황에 어떤 동요도 없었다.

"잘릴은 어떠하던가."

"수도에 마련된 자택에 틀어박혀 이틀째 나오지 않고 있습니다. 방문하는 자는 없습니다."

"샤르자 대족장은?"

"바레인은 현재 어떤 움직임도 보이지 않고 있습니다."

특별히 별다른 움직임이 없다는 것은 다시 말해 모든 준비가 끝났다는 것. 이번 연회에서 어떤 식으로든 일이 터질 거라 그 자리에 있는 모두가 예감했다. 그것을 노리고 일부러 순례를 핑계로 자리를 비웠던 터였다.

"크라차와 대재상의 관계를 알아내는 건 어느 정도 진전을 보였나?"

"아직 명확하게 나온 증거는 없습니다. 다만 옛 동페시안 지역의 부족들에게서 들려오는 불만이 거세다는 건 확실합니다."

가만히 있던 나시르가 잠시 무언가를 생각하다 물었다.

"그 여인과 어떤 관계가 있을 거라 보십니까?"

"아니라고는 못 하지."

아직 그 무엇도 확신할 수 없었다. 알현실 안의 공기만 싸늘하게 가라앉았다. 나시르는 아무리 생각해도 여인과 이 상황에 대한 연관성을 찾을 수 없다고 생각했다. 하지만 라 쿤의 말 대로 아니라고 단언은 하지 못하는 상황. 아시나가 들었다면 시기를 잘못 타고 온 거라고 억울해했겠지만 그녀는 지금 이 자리에 없었다.

"반역은 없을 겁니다. 이 땅에서 감히 라 쿤을 거스르는 자는 없을 테니까요."

"우마르, 나는 반역을 걱정하는 게 아니다."

싸늘하게 내리꽂히는 음성엔 한 줌의 자비도 없었다.

"고작 그런 것이라면 저들의 목을 쳐 버리면 되는 일이니까. 의심 가는 자들을 전부 불러 놓고 그 피로 다시 한 번 이 땅을 뒤덮으면 되는 일이다."

피를 즐기지는 않지만 피를 보는 것을 피하지도 않는다. 실제로 페시안의 역사에 그렇게 사라져 간 일족만 수천이었다. 이 넓은 페시안의 땅에 겨우 쉰 정도의 일족밖에 살고 있지 않은 현재가 그 사실을 대변해 주고 있지 않은가. 물론 그 일족들의 방계로 넘어가면 수천으로 가닥이 나눠지겠지만 아직 쿤의 허락을 받아 독립한 방계 일족은 없었다.

"크라차가 북과 어떤 관계가 있다는 건 기정사실입니다. 시하드께서 알고 싶으신 건 '크라차와 연관된 부족 중 은밀하게 크롬웰과

거래를 한 가문과 일족이 누구냐'가 아닙니까?"

"그게 누구인지 알아내야 이십여 년 전 이 땅에서 일어난 참극에 대한 죄를 물을 수 있겠지."

고저 없이 이어진 대꾸엔 감정이라곤 한 조각도 섞이지 않았다.

참극. 우마르는 그 단어 하나에 바로 얼굴이 굳어졌다. 늙은 신하가 제 주군에게 물었다.

"사 큔께서도 알아내지 못하고 돌아가셨습니다. 가능할까요?"

"글쎄."

그 점만은 천하의 시하드도 확언할 수 없었다. 싸늘한 공기가 알현실의 온도를 더욱 차갑게 만들었다. 수면 위로 드러난 적이 아니라 숨어 있는 적을 찾아야 한다니. 그렇기에 시하드가 이렇게 수고를 들이고 있는 것이 아니던가. 생각에 잠긴 우마르 옆에서 나시르가 조용히 손을 들었다.

"제게 좋은 생각이 하나 있습니다."

"말하라."

허튼 말이라면 그냥 넘어가지 않겠다는 강렬한 시선이었음에도 나시르는 물러서지 않았다.

"제가 아시나 양을 만나도 되겠습니까?"

붉은 눈이 한껏 날카로이 제 신하를 내려다보았다. 압살당할 것 같은 기세였으나 나시르는 빙그레 웃으며 전혀 아무렇지도 않게 말을 이었다.

"북에서 온 사람입니다. 북에 대한 것이면 이 땅의 누구보다 더 잘 알지 않겠습니까?"

"그게 이 상황과 무슨 관련이 있지?"

"생각보다 우리는 북에 대해 많이 모릅니다, 시하드시여. 크라차가 어찌하여 북과 손을 잡게 되었는지 그 이유도 명확히 모르지 않습니까? 적을 알고 나를 알면 백전백승이라는 격언도 있습니다. 북에도 대륙이 있다는 사실을 알게 된 지 이제 백 년이 넘어가는데 우리는 아직도 북에 어떤 나라가 있는지도 자세히 모릅니다. 아니, 관심이 없다고 하는 게 정확한 표현이겠지요. 하지만 그 무지가 지금 상황에 도움이 될까요?"

그 무지는 차라리 몰라도 된다는 오만함과 닮아 있었다. 항상 남대륙에 관심을 가지고 크라차를 상인들이 들끓는 나라로 만든 크롬웰과는 전혀 다른 상황. 그동안은 제 영역을 침범한 것은 아니기에 페시안에서는 신경조차 쓰지 않았다.

"뭔가 알 것 같은가?"

"의외로 중요한 정보는 흔한 것들 사이에서 나오는 법이니까요."

상큼하게 웃은 나시르가 제 두 눈을 반짝였다. 이전부터 북에 대해 알고 싶어 하는 나시르의 학구열을 알아채지 못한 것은 아니었기에 시하드는 허락했다.

"허가한다."

사막의 해는 일찍 뜨고 일찍 진다. 아시나는 제가 훑었던 사막에 대한 책에 적힌 문구를 기억해 내고 이제 정오인데 벌써 기울어진 해를 보며 감탄했다. 정말이었네, 그 책.

"근데 하렘 주제에 왜 이렇게 넓지?"

대충 한 바퀴를 둘러봤을 때도 꽤 많은 시간이 걸렸다. 이번에는 한 방 한 방 자세히 살펴보고 있으려니 시간이 어떻게 흐르는지 모르겠다.

아시나는 아직도 긴장으로 몸이 뻐근했다. 아, 그 나쁜 인간. 자연스레 이를 갈며 그녀는 자신을 이렇게 만든 한 남자를 떠올렸다. 대체 뭐하러 온 거냐는 아시나의 질문에 묘한 미소만 흘리던 그 남자는 밤새도록 아시나가 잠들지 못하도록 만들어 놓고 가 버렸다. 나쁜 놈. 설마 했지만 정말 아침이 되어야 갈 줄이야. 아, 오늘도 그러는 거 아니야? 왠지 가벼운 오한이 아시나의 등을 타고 내려갔다. 읏, 상상만으로 죽을 것 같다.

"누르."

"예."

"하렘은 왜 이렇게 큰 걸까? 누르는 알아?"

이건 순전히 호기심이었다. 많은 여자가 살고 있는 것도 아닌데 하렘이 너무 크다. 아시나의 질문에 누르가 잠시 카림을 돌아보더니 조심스레 입을 열었다.

"보통 하렘은 집의 안주인들이 사는 곳으로 외간 남자들의 출입이 금지되어 있는 곳입니다. 그건 보통 사가의 집에서도 마찬가지입니다. 다만 궁정의 하렘은 쿤의 여인들뿐만 아니라 연고 없는 어린 소녀까지 데려와 키우기도 하기 때문에 공간이 더 넓습니다."

"어? 왜? 자라면 쿤이 첩 삼는 거야?"

정말 그게 사실이면 엄청난 악취미다. 아시나의 질린 표정이 보인 건지 누르가 작게 웃었다.

"그런 경우도 있지만 보통은 쿤께서 페시안 주요 인사들의 부인으로 보내십니다. 대족장들끼리의 잦은 혼인으로 화합하는 걸 미연에 방지하는 거죠."

"그렇구나."

새로운 걸 배웠다. 아시나는 새삼 페시안의 문화에 대해 더 알아보고 싶은 충동마저 느꼈다. 천성이 모험가라 돌아다니는 걸 좋아하긴 해도 그에 못지않게 도서관에 처박혀 새로운 걸 배우는 것도 꽤 좋아했다. 처음엔 누르가 그냥 노예일 거라 생각했는데 그녀를 통해 아시나는 제가 페시안에 편견이 있었음을 다시 한 번 반성했다. 누르는 생각보다 아는 게 많았다. 그게 페시안의 일반 상식에 지나지 않는 지식이라 할지라도 그걸 정확히 이해하고 이유를 알고 있다는 것 자체는 굉장한 것이었다. 역시 배움에는 끝이 없구나. 빙그레 웃던 아시나는 순간 묘하게 제 뒤통수에 꽂히는 시선에 무심코 뒤를 돌아보았다.

"……."

카림이 이 여자가 대체 뭐하나 하는 시선으로 아시나를 주시하고 있었다. 분명 하렘 밖에서 기다린다고 했던 것 같은데 어느새 아시나가 휘젓고 다니는 하렘 깊은 곳까지 같이 와 있었다. 말을 걸진 않는데 묘하게 따라다니는 시선이 집요했다. 쯧쯧, 내가 이렇게 신뢰 없는 사람이었다니. 아시나는 잠깐 한탄했다.

한데 하렘은 애초에 금남의 구역이 아니던가. 그것 따윈 상관없다는 듯 수상한 여자가 하는 수상한 행동의 의도를 알아보겠다는 카림의 열의가 아시나의 눈에도 빤히 보였다. 역시 감시자였구나. 그녀는 빙그레 웃었다. 경계를 풀어 둬야겠는데. 이 정도의 경계는 훗날 방해가 될 뿐이다.

"음."

대체 뭐라 말을 시켜야 할까. 무엇보다 누르가 옆에 꼭 붙어 있었기에 굳이 카림에게 물어볼 건 없었다. 대체 뭐라 말을 걸어야 수상하지 않을 수 있을까. 아시나는 최대한 자신의 머리를 굴려 보았다.

“여기에 정원 같은 곳도 있나요?”

카림은 순간 제게 묻는 건가 의아해서 표정을 굳혔다. 옆에 시녀도 있거늘 굳이 제게 물어볼 이유는 없다고 생각해서였다. 하지만 올곧게 닿아 오는 시선이 자신에게 오롯이 꽂혀 있었다. 아무리 눈치가 없어도 그 정도는 알아보는 법. 카림은 잠깐 이 질문에 대답을 해야 하나 고민했다.

“있습니다. 총 세 개의 정원이 존재하죠. 모두 건물을 기준으로 나뉘어 있습니다.”

아시나는 잠깐 제게 돌아온 대답에 잠시 입을 다물었다. 일단 대답은 해 주는군. 돌부처는 아니라서 다행이었다. 눈치도 있었고 약간이나마 여자를 배려하는 태도도 가지고 있었다. 근데 이 남자가 왜 이렇게 익숙하지? 진짜 전에 본 적이라도 있나. 당연히 그럴 리 없다는 걸 누구보다 아시나가 잘 알았다. 곰곰이 생각하다 아시나는 왜 이 남자가 익숙한지 드디어 알아냈다.

이제 보니 우리 기사님들이랑 완전히 똑같은걸? 무엇보다 카리스 삼촌이 생각나는 반응이었다.

페시안의 전사라고 해서 우락부락하고 여자한테 막대할 줄 알았는데 아니었구나. 아시나는 제가 편견을 가지고 있었다는 점을 인정했다. 하긴 검만 잡고 살아온 사람들은 대체로 순박했다. 사막에서 태어난 자라 해도 별다르지 않겠지. 그렇게 생각하니 눈앞의 전사가 더 친근하게 느껴졌다. 아시나는 빙그레 웃었다.

"……카림."
"예?"
카림은 갑자기 제 이름을 부르는 아시나 때문에 순간 당황했다. 그녀가 제 두 손을 꼭 잡았다.
"지금 보니까 엄청 잘생겼네요. 여자 친구는 있어요?"
"……."
이 여자가 지금 뭐하는 거지? 아까까지만 해도 하렘의 지도라도 만들 듯 이곳저곳을 폭풍처럼 휘젓고 다니더니, 갑자기 자기에게 다가오는 아시나 때문에 순간이지만 카림의 몸이 굳었다. 의도를 알 수가 없다는 점이 혼란을 더 가중시켰다. 그 와중에 아시나는 해맑게 웃으며 호기심에 가득 찬 시선으로 카림을 올려다보았다.
"이 칼이 시미터인가요? 샴쉬르? 우와, 처음 봐요. 칼날 보여 줄 수 있어요? 칼은 언제부터 잡았어요? 세 살?"
"저……."
"타무라는 언제 된 거예요? 이거 따로 시험 본다고 그러지 않아요? 제가 본 책에선 그랬는데."
"그게, 저."
"그러고 보니 카림은 아가씨들이 많이 따르지 않아요? 인기 많을 것 같은데!"
쉴 새 없이 종알거리는 눈앞의 여인 때문에 카림은 순간 난감했다. 절체절명의 위기였다. 아시나는 겉모습만 놓고 보면 순박한 총각을 추행이라도 하는 듯한 기세라고 생각했으나 그만둘 의향은 없었다. 무엇보다 재미있는 걸, 이렇게 덩치 큰 남자가 쩔쩔매는 게. 남자들 사이에서 서열 싸움만 할 줄 알지, 이렇게 작고 연약한 여자는 어떻게 상대해야 하는지 전혀 모르는 반응. 진짜 재미있다. 누가 보면 악취미라고 혀를 내두를 터였지만 아시나는 상관없었다. 그럼 좀 더 골려 볼까?

"카림은……."

또 무슨 말로 이 덩치 큰 사내를 놀려 줄까 운을 뗀 순간이었다. 그녀는 멀리서 들려온 익숙한 목소리에 하마터면 혀를 깨물 뻔했다.

"둘이 언제 그렇게 친한 사이가 된 거지?"

젠장.

입 밖으로 튀어나오려는 험한 말을 삼키고 아시나는 겨우 시선을 돌렸다. 아시나가 먼저 달라붙었던 거지만 카림은 어째서인지 베히다트의 시선을 받자마자 화들짝 놀라 제가 먼저 떨어졌다. 저런. 마치 자신과는 무관한 일이라는 듯 부리나케 물러나는 카림을 보며 아시나는 입술을 삐죽였다. 자기 혼자만 빠져나가다니. 전사 맞아? 우리 기사님들이었다면 절대로 그러지 않았을 거라고 확신하며 아시나는 슬그머니 자신을 향해 꽂힌 시선에 눈을 맞췄다.

베히다트는 재미있다는 듯 웃고 있었으나, 그에게서 풍겨 오는 분위기가 별로 좋지 않았다. 어마어마한 기세가 이 공간 안을 무겁게 내리눌렀다. 아시나는 마른침을 삼켰다. 어째 등골이 서늘한 게 예감이 좋지 못했다.

왜 잘못한 것도 없는데 자꾸 잘못한 기분이 들지? 아시나는 정말 궁금했다. 참 신기한 일이었다.

"……."

"……."

쉽게 깨지 못할 침묵이 공간을 지배한다. 베히다트 뒤에 선 나시르도, 그 옆으로 돌아간 카림도 이 상황에 관여하고 싶지 않은지 필사적으로 아시나를 외면하고 있었다. 그 모습에 괜히 서운해서 아시나는 속으로 이를 갈았다. 두고 보자. 하나 앞으로 제 앞날에 어떤 일이 펼쳐질지 모르는 카림은 그저 무뚝뚝하게 서 있을 뿐이었다.

아시나의 시선이 카림에게 꽂히는 걸 눈여겨보던 그 순간 베히다트가 입을 열었다.

"타무라가 네 취향인가?"

"……예?"

아시나는 그게 무슨 의미냐고 물어보고 싶었지만 워낙 분위기가 험악해서 그러진 않았다. 아무리 인생을 막산다지만 그녀에게도 그 정도의 눈치와 생각과 자제력은 충분히 있었다. 도대체 무슨 말을 해야 하지?

"검 잘 잡는 남자는 모든 소녀의 로망이잖아요. 당연하죠."

아니요. 그 대답이 아닙니다, 아시나 님.

나시르가 속으로 말려 봤으나 이미 내뱉은 말은 주워 담을 수 없었다. 옆에서 카림은 졸지에 죽어 가고 있었으나 아시나는 아무것도 모른다는 표정으로 어깨를 으쓱일 뿐이었다.

"그래?"

"네."

"검만 잘 잡으면 되는 건가?"

"……."

왜 결론이 그렇게 내려지는 걸까. 아시나는 잠시 생각했다가 고개를 가로저었다.

"아니요, 카림은 잘생기기까지 했잖아요."

전혀 악의 없는 대답이었으나 듣는 사람 입장에선 그렇지 못했다. 카림은 졸지에 잘생겼다는 칭찬을 들었음에도 죽을 맛이었다. 아시나는 왜 그러는지 이유를 알지 못했다.

그녀의 말대로 잘생기고 칼 잘 잡는 남자는 모든 소녀의 로망이 아니었던가?

그건 크롬웰에 돌아다니는 대부분의 로맨스 소설 남자 주인공이 기사인 것만 봐도 알 수 있는 일이었다. 물론 어째서 개망나니인 적赤의 기사가 남자 주인공이 되는 비율이 압도적인 건지 그 부분은 아시나도 이해를 못 했지만. 엘리트인 백白의 기사들은 이해한다만 적의 기사는 왜 인기가 많은 것인가.

"근데 그거 물어보려고 왔어요?"

도대체 무슨 꿍꿍이냐는 시선에 베히다트가 말없이 나시르에게 시선을 주었다. 나시르는 가만히 있다가 어색하게 웃음 지었다. 아시나의 시선이 나시르를 훑었다. 명백히 경계하는 시선에 나시르는 속으로 한숨을 내쉬었다.

"아시나 님을 뵈러 왔습니다."

"얼굴 가려야 돼요?"

귀찮다는 기색이 대놓고 드러났다. 나시르는 베히다트를 돌아보았다. 베히다트는 단칼에 명령했다.

"가려."

"……."

귀찮은데. 하지만 아시나는 누르가 가져다준 아바야를 거부하진 않았다. 순순히 얼굴을 가리는 아시나를 보고 베히다트는 어쩐지

만족스러운 기색으로 물러났다. 내 얼굴이 가려지는데 기뻐하다니. 불만이었지만 접어 두고, 아시나는 나시르를 향해 물었다.

"뭐 때문에 왔는데요?"

"여쭤 볼 게 있습니다. 북에서 오셨고 여행자라시니 알고 계신 게 많을 것 같아서 말입니다. 제가 북에 대한 관심이 좀 지대하거든요."

"알려 주면 뭐 줄 건데요?"

"……."

나시르의 미소가 굳었다. 순순히 알려 줄 거란 생각은 하지 않았지만 대놓고 대가를 요구할 줄은 몰랐다는 표정이었다. 아시나는 실망했다는 듯 미간에 주름을 잡았다.

"지금 맨입으로 그 고생을 하라고 하는 건 아니겠죠, 나시르?"

나시르가 시하드의 눈치를 봤다. 베히다트는 그러거나 말거나 별다른 반응이 없었다. 결국 협상에 나선 건 나시르였다. 목마른 자가 우물을 판다! 그것은 사막의 율법 중 하나였다.

"뭐 원하는 거라도……."

"내 짐을 돌려줘요."

아시나가 눈동자를 반짝이며 요구했다.

"작은 주머니, 그거."

무슨 일이 있어도 되찾겠다고 생각했던 주머니를 손쉽게 손에 넣을 기회가 오게 되다니. 아시나는 이 예상치 못한 기회에 쾌재라도 부르고 싶었지만 겉으로는 애써 태연한 척을 했다.

가만히 있던 베히다트가 둘의 대화에 끼어들었다. 그게 너무나 느릿하고 나른해서 아시나는 끼어드는 걸 쳐 낼 생각도 하지 못했다.

"그 안에 뭐가 들었기에 그런 반응이지?"

"남이 보면 안 되는 게 들어 있단 말이에요!"

예민한 반응에 흥미가 도는지 베히다트가 지체 없이 되물었다.

"그게 뭔데?"

"속옷이요!"

"……."

순식간에 차가운 물이라도 끼얹은 듯 공기가 가라앉았다. 아시나는 남자 셋 앞에서 부끄러움도 모르고 따지듯 말을 이었다.

"내 속옷이랑 이것저것 들어 있어서 누가 볼까 봐 잠금 마법도 걸어 놨단 말이에요. 그 잠금 마법 하나 거는 데 돈이 얼마나 깨졌는지 알아요?"

지금 당장 그 돈을 페시안 돈으로 환산해 줄 수 있다는 굳센 의지마저 엿보이는 아시나의 결연한 표정에 베히다트는 웃음을 참지 못했다.

손으로 얼굴을 가리며 웃는 주군과 달리 여성의 속옷이라는 무기 앞에 나시르와 카림은 잔뜩 굳어 버렸다. '지금 내가 뭘 들은 거지?' 두 사람 다 그런 표정으로 서로를 바라보았다.

"왜 웃어요? 뭐가 웃긴데!"

아시나는 베히다트가 웃고 있단 사실이 못마땅한 듯 따져 물었지만 베히다트에게서 돌아오는 대답은 웃음뿐이었다. 그렇게 한참을 웃고 난 뒤 그가 말하길.

"그러지."

선선한 라 쿤의 허락에 오히려 놀란 건 나시르였다. 카림은 이래도 되나 싶었지만 베히다트는 웃음기를 완전히 거두지 못한 시선으로 나시르를 돌아보며 물었다.

"이만하면 되었나?"

"예, 시하드시여."

둘의 대화가 진행될 장소는 전에도 와 보았던 나시르의 개인 서기실이었다. 하렘에선 죽어도 말 안 하겠다는 아시나 때문에 결정된 것이었는데 아시나는 그 점을 아주 만족스러워했다. 물론 그래도 얼굴은 가리고 있어야 한다는 조건 때문에 조금은 뾰로통해 있었지만. 이 만고절색인 미모를 숨겨야 한다는 건 둘째 치고 아시나는 아바야가 걸리적거려서 싫었다. 귀걸이도 목걸이도 반지도 팔찌도 몸에 걸치는 건 모조리 귀찮아서 싫어하는 아시나에게 아바야는 참으로 엄청난 인내심을 요구했다. 차라리 가면을 쓰라 하면 쓸 텐데.

그래도 이렇게 하렘을 나올 수 있다는 것이 어디던가. 짧은 해방이었지만 아시나는 이곳으로 오는 동안 보았던 것들을 절대 놓치지 않았다.

나시르는 자리에 앉자마자 어디서 구해 온 것인지 모를 두꺼운 책을 책상 위에 올려놓았다. 아시나는 책의 두께보다도 어마어마한 먼지에 기겁했다.

"아, 죄송합니다. 잘 꺼내 보지 않는 거라……."

"이건 뭐예요?"

"예전에 조사했던 북대륙의 지도입니다."

지중해를 사이에 두고 위쪽에 있는 어마어마한 크기의 대륙. 사실 대다수의 영토를 크롬웰이 독차지하고 있는 것이 현실이지만 그간 수많은 나라의 건국과 멸망이 있었을 정도로 그 땅덩어리 자체는 광활했다.

"전에 북대륙에 크롬웰만 있는 건 아니라고 하셨죠. 그럼 어떤 나라가 있습니까?"

"너무 많은데요. 일일이 나열하려면 밤을 새도 모자랄 거예요."

"그렇게 많습니까?"

"음, 일단 크롬웰이 인정하는 왕국이랑 나라로 인정하지 않는 왕국으로 구분돼요. 모든 왕국은 기본적으로 크롬웰에 복속되어 있고 신하의 나라죠. 그래서 나누기를 세피아, 크롬웰, 펜. 이렇게 크게 나눠서 봐요."

그림으로 그린다면 북대륙의 가운데는 모조리 크롬웰, 그 밑에 작게 세피아, 위에 얇고 길게 펜족이었다. 나시르는 처음 듣는 나라 이름에 두 눈을 반짝였다.

"펜족은 처음 듣는군요. 우선 세피아에 대해 알려 주시겠습니까?"

"거긴 여왕이 이끄는 나라예요. 세피아는 좀 달라요. 여긴 뭐랄까, 문화 자체가 많이 달라서 크롬웰과 우호적이면서도 전혀 섞이지 않은 나라거든요. 독특해요. 그래서 재미있지만."

사정이 있어서 여행은 딱 한 번밖에 못 가 봤지만 아시나는 세피아를 상당히 좋아했다. 무엇보다 여왕의 나라라서 그런지 여성들이 자유롭게 사회 활동에 참여할 수 있다는 점이 인상적이었다. 그건 남자들이 세피아가 태생적으로 끼고 있는 절망의 숲 때문에 싸우다 죽는 경우가 많아서 어쩔 수 없이 여자들이 가계를 꾸려 나가다 생긴 문화였다. 작은 나라지만 정체성이 확고했다.

"들어는 봤습니다. 절망의 숲에 있는 나라가 아닙니까."

"나라 분위기는 좋아요. 절망이라는 단어를 찾아볼 수 없을 정도죠."

절망의 숲은 유일하게 북대륙과 남대륙을 잇는 땅이었음에도 불구하고 그 누구도 들어가지 못했다. 아시나도 호기심은 왕성했지만 차마 절망의 숲으로 여행을 떠나지는 못했다. 다만 막연히 '나중에 부모님께서 다 돌아가시고 혼자가 되면 한번 가 봐야지.' 그런 생각만 했을 뿐이었다.

"크롬웰에 대해 알고 싶습니다. 아는 대로 말씀해 주실 수 있겠습니까?"

아는 대로…….

너무 많은 것을 알고 있어서 아시나는 잠시 미간에 주름을 잡았다. 되도록 수상해 보이지 않을 정도로만 말해야 한다. 사실 아시나는 지금 이러는 것도 왜인지 양심에 찔렸다. 아, 태생이 크롬웰인이라 그런 것인가.

"사계절이 고르게 나타나고 무엇보다 땅이 비옥한 나라예요. 조금만 신경 쓰면 그 노력의 대가를 여지없이 선사해 주는 대지를 안고 있어서 크롬웰은 모든 게 풍요로워요. 그런 걸 보면 여신의 축복을 받았다는 말이 거짓이 아니겠죠."

"리메아 여신 말입니까?"

"알고 계시네요. 맞아요."

리메아라는 이름에 아시나의 시선이 부드러워졌다. 마치 제 어머니를 말하듯 나긋나긋해진 반응에 나시르는 더 호기심이 불타올랐다.

"숭배하는 신이 여신이라는 점이 신기했습니다. 그게 크롬웰의 어떤 문화와 연관이 있을까요?"

"음, 글쎄요. 조화로움?"

크고 광활한 땅덩어리만큼 크롬웰은 참으로 다양한 것들을 품고 있었다. 지금은 잊힌 옛것들을 신화로 여겨 전설로 보듬고 모두의 역사로 만들었다. 난쟁이가 만들었다는 예술품, 신의 축복을 받았다는 일족에게서 선물받은 검, 고대의 지혜를 품은 책까지. 아시나는 크롬웰을 참 좋아했다. 그전에도 좋아했지만 여행을 다니면서는 사랑에 푹 빠졌다.

"예전에 비할 바가 못 되지만 사제들의 신성력은 여전히 성스럽고 대단한 크롬웰의 축복이죠. 무엇보다 풍경이 아름다워요. 색색이 아름드리나무들이랑 두 눈을 시원하게 만들어 주는 짙은 녹음이 좋죠. 저도 좋아해요."

"상상이 안 가는군요. 푸른 초원이라."

나시르가 턱을 쓰다듬으며 말했다. 아시나는 빙그레 웃었다. 자신도 이곳에 오기 전까지 황금빛 모래라는 말을 상상하기 어려웠으니까.

"이곳의 초원과는 또 다른 분위기예요. 진짜 싱그럽거든요. 나중에 나시르에게도 보여 주고 싶어요."

"꼭 보고 싶네요."

나시르는 인사치레라고 생각했겠지만 아시나는 진심이었다. 자신이 보고 자란 싱그러운 풍경을 나시르에게도 보여 주고 싶었다. 하지만…… 그러면 죽겠지. 아시나는 꿈에서 깨서 현실로 돌아왔다.

"무엇보다 크롬웰의 좋은 점은 정치가 안정되어 있다는 점이에요. 공, 후작 아래로는 개판이 되도록 지들끼리 싸우는 게 잦긴 하지만 모두가 황가에겐 절대적인 충성을 바치거든요. 몇천 년 역사를 이어 오면서 반란이 단 한 번도 없었다는 거 알아요? 크롬웰인 모두가 그 점을 자랑스러워하더군요."

"그건 좀 신기하군요. 크롬웰의 황제는 인간이 아니었습니까?"

아시나의 입가에 짙은 미소가 걸렸다.

"물론 인간이죠. 명백하고 지극히 평범한 인간이세요. 특별히 황가의 핏줄에 엄청난 마력이 있거나 그러지 않거든요."

"그럼 다른 이유가 있는 건가요?"

나시르가 흥미를 보였다. 특별할 것도 없는 가문이 오랜 시간 황가로 존경과 사랑을 받으며 이어져 왔단 사실이 놀라운 기색이었다. 나시르가 미끼를 물자, 아시나는 잠시 뜸을 들였다.

"알려 줄까요?"

"……."

이거 뭔가 익숙한데. 나시르가 오한을 느낀 순간, 아시나가 제 손끝을 튕겼다.

"맨입으로?"

"……뭘 드릴까요?"

포기한 음성에 아시나가 낮게 웃었다. 청량한 웃음소리에 나시르는 저도 모르게 같이 웃어 버렸다. 아시나가 생각이라도 하는 듯 턱에 검지를 대었다.

"음, 갑자기 달디단 케이크가 먹고 싶어요."

당연히 페시안에 그런 게 있을 리가 없었다. 당황한 나시르의 얼굴을 천천히 구경하며 아시나는 나긋나긋하게 한마디를 덧붙였다.

"그게 없다면 대추야자로도 용서해 줄게요."

그놈의 대추야자. 베히다트가 들었으면 그게 그렇게 먹고 싶었냐며 의문을 표했겠지만 다행히 지금 앞에 앉아 있는 상대는 나시르였다. 장난기 어린 시선에 나시르는 자신이 놀림받았다는 사실을 깨달았다. 그러고도 자신의 기분이 나쁘지 않다는 점에 그는 놀랐다.

"나중에 하렘으로 보내 드리겠습니다."

"정말이죠?"

나시르가 웃음을 머금으며 고개를 끄덕였다. 아시나는 바로 반색했다. 정말로 보내 준다고 할 줄은 몰랐는데. 지금 당장 먹는 건 아니었지만 그래도 기대됐다. 남대륙에 온 이유 1순위가 아니었던가. 그럼 대추야자를 받는 대가를 말해 보실까.

"크롬웰엔 절대적인 두 가문이 존재해요. 무의 사디운, 문의 아스타테아. 다들 그렇게 부르죠."

"아스타테아?"

"알아요?"

"압니다."

아시나는 순간 나시르의 표정이 묘하게 바뀌는 걸 놓치지 않았다. 하긴, 모르는 게 이상하겠지. 사실 북에 조금이라도 관심 있는 사람이 크롬웰이라는 나라 이름보다 더 먼저 듣는 게 아스타테아라는 가문의 이름이었다.

"그럼 두 가문이 각각 어떤지도 알아요?"

"거기까진 잘 모릅니다."

"그럼 설명할게요. 사디운은 전통적으로 뛰어난 기사 가문이에요. 황가에 목숨을 바친 기사도 여럿 있을 정도로 엄청난 영웅들을 많이 배출한 대단한 가문이죠. 반면 아스타테아는 정치 가문이에요. 수천 년에 달하는 장대한 크롬웰의 역사를 쥐락펴락한 뛰어난 정계 가문이죠."

사실상 크롬웰의 실세. 수면 위로 떠오르지 않지만 언제나 크롬웰의 귀족들은 그 소리를 입에 달고 살았다. 아스타테아를 거스르면 살아남지 못한다. 그렇다고 아스타테아 가문이 딱히 뭘 엄청나게 일을 벌어진 않았지만 항상 웅크린 맹수를 대하듯 모두가 조심했다.

아시나의 말은 멈췄지만 나시르는 그 작은 힌트로도 사디운과 아스타테아의 존재 의의를 알아냈다. 크롬웰이라고 적힌 거대한 지도를 양분하는 서西공작령과 동東공작령.

"그렇군요. 그런 대단한 가문들이 황가에 절대 충성을 함으로써 황가의 권위를 세웠고, 그렇기 때문에 아무도 그 위엄에 도전하지 못했다는 거군요."

"네, 그래서 황자들의 황위 계승 싸움도 치열하죠. 아무리 그 전엔 열세였던 황자여도 황제가 되는 순간 두 가문의 엄청난 비호를 받으니까요."

아시나의 설명에 나시르는 잠시 무언가를 고민하는 듯 말이 없었다. 아시나는 빤히 생각에 잠긴 나시르를 바라보았다. 특별히 뛰어난 미남은 아니었지만 단정한 생김새가 사람에게 참 깔끔한 인상을 남겼다.

"……그 점은 라 쿤과 비슷하군요."

"네?"

"우리의 쿤도 그렇습니다. 어미의 혈통은 상관없이 오로지 쿤의 혈통이기만 하면 모두가 왕위 계승 싸움에 참여할 수 있거든요. 물론 시하드의 이름을 잇는 자는 단 한 명입니다. 하지만 일단 이어받으면 살아 있는 신으로 절대 권력을 행사하죠."

크롬웰 황제는 절대 권력을 행사하진 못한다고 반박하려다가 아시나는 그냥 빙그레 웃었다. 라 쿤이 그렇게 계승되는 것이었구나. 그 부분에 관해선 크롬웰 대도서관에 소장된 그 어떤 책도 알려 준 바가 없어 신선했다. 그나저나 왕위 계승 싸움. 어감부터 심히 좋지 않다.

"아시나 님은 크롬웰에 대해 생각보다 많이 아시는군요."

"어머, 이건 상식이죠. 북부인 아무나 잡고 물어봐도 이 정돈 대답해 줄걸요?"

"아니요, 핵심만 간단히 추리는 대답은 아무나 하는 게 아닙니다. 상당히 잘 알고 계시네요."

그렇게 핵심을 찌르는 것도 아니었는데. 아시나는 머쓱했다.

"그냥 뭐……. 여행 다니려면 눈치는 기본이거든요."

"그렇습니까?"

나시르는 순간 시선을 돌리는 아시나를 놓치지 않았다. 속이는 기색은 없었으나 무언가 석연치 않았다. 이런 수상함 때문에 쉽게 놔줄 수 없는 것인가. 나시르는 잠시 생각에 잠겼다가 미소 지었다.

"오늘은 이쯤이면 되었습니다."

"오늘?"

"아직 알고 싶은 게 많이 남아 있거든요."

아시나의 얼굴에 당황한 표정이 떠올랐다.

"잠깐, 그럼 내 짐은 언제 돌려줄 거예요?"

"제가 원하는 만큼 이야기를 다 들으면 그때 드리겠습니다."

사기당했어!

아시나는 혀를 찼다.

"뭐야, 그럼 말 안 할래요! 이 사기꾼 같으니!"

당연히 오늘만 물어보고 준다는 줄 알았던 아시나의 격렬한 반응에 나시르는 잠깐 당황했다.

"앞으로 두어 번만 더 물어보겠습니다. 그러고 돌려 드릴게요."

그가 달래듯 말했다. 어차피 이 상태에선 고집을 부려 봤자 얻는 건 없다. 아시나는 잠깐 눈을 굴렸다. 자, 이 기회를 어떻게 이용할까?

"그럼 최소한 내 짐을 한 번이라도 보게 해 주세요. 잘 있는지 걱정된다고요."

"속옷이요?"

나시르가 황당하다는 듯 되물었으나 아시나는 기세등등하게 나무랐다.

"여자한테 속옷이 얼마나 중요한지 몰라요?"

그것이 그렇게 중요한 것이었나.

나시르의 얼굴에 잠시 갈등이 떠올랐다. 이 난관을 어떻게 해야 하나. 하나 불행하게도 아시나의 콕콕 찌르는 시선은 쉽사리 거부할 수 있는 것이 아니었다. 나시르가 항복한다는 듯 한숨을 내쉬었다. 그리고 제가 여태껏 보관하고 있던 작은 주머니를 꺼내기 위해 자리에서 일어났다.

"여기 있습니다."

내 치부책!

나시르의 손에 있는 주머니를 낚아채듯 돌려받은 아시나는 잠시 주머니에 걸려 있는 마법이 깨지지 않았나 확인했다. 다행이군, 아직 깨지지 않았어. 이놈의 시한부 마법들. 안에 있는 내용물 그 어디에도 제가 크롬웰인이라는 명확한 증거는 없었지만 그래도 중요했다. 그럼, 내 인생의 역사가 담겨 있는 것들인데.

"무사했구나. 다행이다."

혹 없어지지 않을까 우려했던 것이 봄눈 녹듯 사라졌다. 아시나는 누그러진 태도로 나시르를 올려다보았다.

"이거 어디다 놔둘 거예요?"

물끄러미 올려다보는 시선은 순수했다. 마치 자기 몰래 속옷을 볼 거냐는 의심 어린 시선에 나시르가 속으로 땀 흘렸다. 어쩔 수 없지.

"그럼 그건 앞으로 여기에 이렇게 놔두겠습니다. 그럼 이제 안심이 되십니까?"

작은 주머니가 책상에 걸린 고리에 걸렸다.

"네, 좋아요."

그렇게 웃는 아시나의 미소가 더없이 달콤했다.

아시나는 다른 건 몰라도 사막의 밤이 이르다는 점은 매우 마음에 들었다. 오후 여섯 시쯤밖에 안 되었지만 이미 사막은 붉게 물들어 다가오는 밤을 맞이할 준비가 되어 있었다. 높은 곳에 올라 되도록 사람의 눈에 띄지 않으려고 숨은 아시나는 잠시 하렘 건물 주변의 동태를 살폈다. 크롬웰만큼은 아니어도 건물 전체를 도배한 화려한 문양과 조각들이 아시나가 숨는 걸 도와주었다.

어젯밤엔 라 쿤 때문에 못 나왔지만 오늘은 달랐다. 목욕을 한다는 핑계로 욕실로 들어가서 부끄럽다고 누르를 내쫓은 건 지금을 위해서였다.

어디 보자. 그래도 이틀 정도 있던 터라 아시나는 어느 정도 궁의 구조가 한눈에 들어왔다.

일단 궁은 엄청 넓고 경비들도 많았지만 상관없었다. 이 궁에서 빠져나갈 수 있는 방법이 완전히 없지는 않을 테니까. 보통 경비는 서는 곳에 서기 마련이었고, 순찰을 한다고 해도 사각지대는 항상 존재했다. 그러니까 이렇듯 아시나가 궁 안을 돌아다닐 수 있는 게 아니던가.

"일단은 이쪽보단 저쪽이 더 경계가 허술하네."

경비의 숫자도, 순찰 시간도 일정했다. 교대 시간도 일정하다. 경비를 따돌리는 건 생각보다 쉬운 일이 될 것 같았다. 그럼 이제 중요한 건 어디로 도망칠 수 있느냐인가.

아시나는 이틀 전에 제가 잡혀서 끌려왔던 길을 고요하게 내려다보았다. 끌려올 때도 많이 달렸다고 생각했지만 이렇게 내려다보니 자신이 있는 곳이 얼마나 은폐된 곳인지 알 수 있었다. 들어왔던 길로 다시 나가는 건 불가능했다. 뭐, 그렇다면 다른 방법으로 빠져나가면 되지.

아시나의 시선에 제일 처음 들어온 건 라 쿤과 부딪혔던 수로였다. 호수처럼 보이지만 수로의 물은 흐르고 있었다. 잘하면 밖으로 통할 것 같긴 한데. 하지만 분명 침입자를 막으려고 수로의 크기가 작아지는 곳이 있을 터였다.

실제로 물줄기는 궁 전체를 관통했다. 모든 궁과 연결된 곳이니 그만큼 신경 써서 만들었을 터. 아시나는 깔끔하게 물속으로 잠수해서 탈출하는 방법을 기각했다. 너무 위험해.

"어쩌지."

도시 한가운데 세워져 있는 성. 성을 위해 세워진 도시. 도대체 이런 구조는 어떻게 빠져나가야 하지? 멀리 익숙한 탑이 보인다. 자신이 갇혀 있었던 게 분명한 감옥도 이렇게 보니 그냥 작아 보였다. 저게 그 흉흉하기로 소문난 제헤넴인가.

"빠져나오기 쉽던데."

뭣보다 물 뿌리러 다니는 간수밖에 없어서 그것만 조심하면 큰 장애는 없었다. 감옥의 구조도 단순한 편이었다. 워낙에 감옥이 사람을 학대 수준으로 홀대하다 보니 다들 몸에 힘이 없어서 일어나지도 못해서 그렇지, 자물쇠만 딸 줄 알면 모든 문이 술술 열렸다. 물론 굳게 잠긴 문이 많다는 건 탈출하기 어려운 요소였다. 문을 따는 것부터 난관일 터이니.

이 왕궁도 부디 그래야 할 텐데. 한숨을 쉬다가 아시나는 무심코 뒤를 돌아보았다. 궁의 정면엔 도시가 펼쳐져 있었는데 궁의 후면에 보이는 것은 오로지 광활한 사막. 높은 성벽 너머로 죽음의 사막이라 불리는 거대한 모래사막이 창백한 달을 배경으로 펼쳐져 있었다.

"……."

그러고 보니, 계속 이 궁을 빠져나가면 크라차로 도망갈 생각이어서 신경 쓰지 않았는데…….

아시나의 눈동자가 반짝였다. 그건 마치 오래도록 의문을 품고 헤매다 드디어 해답을 찾은 고행자의 기색이었다. 그럼 일단 사막 쪽으로 도망칠까? 그곳은 넓고 사막의 모래는 흔적을 쉽게 지워 주니까 목적지를 안다 해도 잡기는 쉽지 않을 터였다. 수르트로 가는 가장 일직선인 길도 사막인지라, 돌아서 간다면 분명 사막을 가로질러 가는 자신보다 늦게 도착할 게 뻔했다. 오, 괜찮은데.

그럼 도망칠 곳은 정해졌다.

이제 남은 것은 자신에게 꽂히는 감시의 시선을 어떻게 돌리냐는 것이었다. 그건 또 어떡한담. 고민을 한참하고 있을 때였다. 아시나는 순간 시선을 느꼈다. 저도 모르게 몸을 숙이고 숨소리도 죽였지만 어째서인지 이쪽을 올려다보는 시선이 느껴졌다.

뭐지, 여기 있는 걸 어떻게 알아낸 거지? 아시나가 있는 지붕은 무척 높았다. 아래에 지나다니는 사람이 한 번 본다고 누가 있는지 알아낼 수 있을 높이가 아닌데…….

하지만 미심쩍어 하면서도 아시나는 최대한 기척을 지웠다. 썩을, 운도 더럽지. 순간 살짝 훔쳐봤지만 처음 보는 자였다. 당연히 처음 보는 자겠지만 느껴지는 기운이 조금 달랐다. 서늘한 것이…….

저건 누구지? 왠지 이곳에 있는 걸 들킨 것 같다고 생각하며 아시나는 입술을 깨물었다.

"왜 그러십니까, 대족장이시여."

"……아니."

다행히 거리가 꽤 되는 곳이었음에도 바람결에 목소리가 들려왔다. 아니, 오히려 들으라는 듯 의식해서 한 말이었다.

"고양이를 본 듯해서 말입니다."

남자는 웃으며 그대로 지나갔지만 벽에 기대 숨은 아시나는 웃지 못했다. 고양이, 고양이라고?

"왜 이놈이나 저놈이나 고양이래?"

다행히 느긋하게 목욕을 할 거라고 신신당부를 해 놔서인지 아시나가 욕실을 비웠을 때 누르가 들어온 기색은 없었다. 아시나는 재

빨리 간단하게 씻었다. 긴 머리 때문에 머리 감는 데 시간이 걸리긴 했으나 그걸 제외하고 씻는 데 아무런 문제도 없었다.

"이 망할 귀찌가 문제인데 말이지……."

문제는 귀찌가 가진 마법이 언제 풀릴지 모른다는 점. 사실 지금도 간당간당하긴 했다. 아시나는 수면에 비친 제 모습을 지켜보다 가만히 귀찌에 손을 댔다. 약간의 진동이 있은 후 귀에서 귀찌가 떨어졌다. 그와 함께 순식간에 머리카락이 정수리에서부터 머리카락 끝까지 황홀한 빛으로 물들었다. 굳이 비춰 보지 않아도 아시나는 제 눈동자가 원래대로 돌아왔다는 걸 알았다.

귀에서 떨어져 나와 제 손바닥 위에서 구르는 귀찌를 보며 아시나는 입술을 삐죽였다. 이대로 놔두면 스스로 마력을 충전할 수 있는 물건이었지만, 그 충전에는 너무 오랜 시간이 걸렸다.

"그래도 이게 제일 효과가 좋은 건데. 돌아가면 다시 일회용짜리들과 씨름을 해야 한단 말인가."

아시나는 너무나 잘 알고 있었다. 제 본모습으로 북대륙을 돌아다니면 하루도 지나지 않아 붙잡혀서 그대로 저택에 연행될 게 뻔하다는 걸. 그만큼 그녀의 어머니가 아시나에게 건 현상금은 어마어마했고, 실제로 처음 몇 번은 잡혀서 그대로 저택에 갇히기도 했다. 심지어 그렇게 잡아 와서 가둬 놓는데도 잘도 도망친다고 감옥에까지 집어넣은 어머니였다.

"아, 이거 비싼 건데, 진짜."

손바닥에서 구르는 귀찌는 여전히 간당간당했다. 이러다 덜컥 마법이 풀려 버리는 게 아닌가 겁이 났다.

이 잠시간의 휴식이 너에게 도움이 되어야 할 텐데 말이다, 귀찌야. 물론 꿈도 꾸지 않는 게 좋았다. 어쩔 수 없지. 이걸 얻는 데 무려 일 년 치 용돈이 들었다. 한 일주일은 더 버텨 줬으면 좋겠는데. 무리이려나. 그러니 그 전에 탈출해야 했다. 아시나는 한숨을 내쉬었다.

"어쩔 수 없지, 임시방편이다."

옷을 다 갈아입은 아시나가 목욕물에 비치는 자신의 모습을 들여다보았다. 배가 보이는 옷은 아니었다. 누르에게 감사하며 아시나는 다시 제 귀에 귀찌를 끼워 넣었다. 귀찌가 진동하자마자 머리카락이 갈색으로 천천히 물들어 갔다. 아시나는 일부러 머리색을 티나지 않게 살짝 연하게 유지했다. 눈동자 역시 살짝 붉은 기운이 더해졌을 뿐, 신경 쓰지 않으면 모를 정도였다. 그녀는 숨을 내쉬며 자신의 모습을 살폈다.

"이렇게 해 놓으면 좀 더 오래 이 상태로 있을 수 있겠지?"

부디 아무도 눈치를 채지 못하면 좋겠는데. 불안했지만 더 이상 지체할 수 없어서 욕실 밖으로 나왔다. 기다렸다는 듯 바로 다가오는 누르를 보고 놀랐으나 내색하진 않았다. 깜짝이야. 몰랐는데 아시나가 나오길 엄청 기다리고 있던 모양이었다.

"머리가 많이 젖으셨어요."

"이리 줘. 내가 말릴게."

아시나가 손을 내밀자 누르가 못마땅한 표정으로 수건을 건넸다. 시녀의 일을 빼앗는 셈이 되어 미안하긴 했으나 아시나는 예쁘게 웃을 뿐 수건을 돌려주진 않았다.

누군가의 시중을 받는 건 익숙하지만 아시나는 제 스스로 하는 걸 더 좋아했다. 여행을 오래 다닌 습관 때문이었다. 대충 수건으로 머리를 털며 아시나는 제 방 쪽으로 향했다. 얼마나 돈이 넘쳐나면 수건이 실크야.

"저어, 아시나 님."

"응?"

누르는 어쩐지 조심스러운 기색이었다. 하나 아시나는 신경 쓰지 않고 방에 들어섰다. 그리고 들어가자마자 딱 멈춰 섰다.

"라 쿤께서 오셨습니다."

말해 줄 거면 진작 말해 주지!

원망의 눈으로 누르를 돌아보았지만 누르는 아시나의 시선을 외면했다. 너무 놀라 손에서 수건마저 떨어졌다. 아직 마음의 준비가 덜 되었다. 저 남자를 상대하려면 적어도 30분간은 마음의 준비를 해야 한다고! 소리 없는 절규가 울려 퍼졌다. 아시나는 정말 울고 싶었다.

이건 정말 창살 없는 감옥이다.

덜 말린 머리카락이 아시나의 어깨에 흘러내렸다. 그게 베히다트의 시선을 끄는지도 모르고 아시나는 입술을 깨물었다.

"……언제 왔어요?"

"말해야 하나?"

귀찮은 듯 대꾸하는 태도와 달리 붉은 눈은 아시나의 모습을 한눈에 훑어보았다. 그 시선이 멈춘 곳은 아직 물기 어린 머리카락. 무엇이 그리 흥미로운지, 베히다트가 나른하게 웃었다. 아시나는 천천히 자신에게 다가오는 베히다트를 보며 조용히 숨만 삼켰다.

"왜 이렇게 자주 와요?"

"총애하는 애첩에게 쿤이 오는 데 이유가 필요한가?"

미친. 하마터면 욕이 튀어 나갈 뻔했다. 진짜 헛소리 하고 앉아 있네. 아시나는 대번에 인상을 찌푸렸다.

“지금 장난쳐요?”

그녀는 진심으로 짜증이 났다. 이 인간이 어제도 날 못 자게 만들더니, 기어코 오늘도! 편안한 숙면이 인간에게 얼마나 이로운 영향을 주는데, 감히 그 수면을 방해하려 들다니! 억울하지 않을 수가 없었다.

원망 어린 시선을 보내다 곧 그것이 부질없다는 걸 깨달은 아시나는 머리를 짚었다. 자신이 뭐래도 제가 원하는 대로 있다가 가겠지. 하도 자꾸 부딪치다 보니 이 익숙하지 않은 상황이 어느 정도 적응되었다. 여전히 몸이 긴장으로 살짝 떨렸으나 이제 그 정도는 능숙하게 숨길 수 있었다.

아시나는 슬그머니 제 앞에 다가온 베히다트를 올려다보았다. 남자로 느끼지 않으려고 해도 막상 제 시선에 들어오는 단단한 어깨만 봐도 자기가 여자라는 게 느껴진다. 남자가 이렇게 컸던가. 이렇게 거대하게 느껴지는 생물이었던가. 아시나는 진심으로 궁금했다. 이 남자가 이렇게 가까이 서 있을 때마다 거대한 벽처럼 느껴지는 건, 그냥 기분 탓인지를.

“진짜 왜 왔어요?”

조금 누그러진 목소리가 물었다.

베히다트의 시선이 아시나의 뺨에 닿았다. 갓 씻고 나온 여인이 내뿜는 살 내음은 자기도 모르게 남자의 시선을 끌어당기는 무언가가 존재했다.

“잊었나?”

"뭐가요?"

베히다트가 정말 모르냐는 듯 입매를 비틀었다.

"모두가 잠들 시간에 도둑고양이가 궁을 휘젓고 다니는 것 같아서 말이지."

도둑고양이라니. 그거 나 말하는 거냐.

아시나는 얌전히 입을 다물었다. 하긴 애초에 여기에 놓은 이유가 감시일 테니. 하지만 그렇다고 직접 감시를 하다니, 그건 좀 의외였다. 그만큼 자신이 위험해 보인다는 말일까?

그러나 고작 여자일 뿐인 자신이 어떤 위협으로 보인다는 걸까. 아시나는 그 부분을 이해할 수 없었다. 물론 충분히 수상하긴 하지만 그렇다고 지금 이 취급은 납득이 안 간다고. 도대체 한 나라의 왕이, 심지어 살아 있는 신이기까지 한 남자가 이렇게 친히 감시를 해야 할 정도로 자신이 어마어마한 짓을 저질렀단 말인가. 아시나는 잠시 고민하다 시선을 내리깔았다.

첩자라고 해도 이런 수고를 들인다는 건 역시 말이 안 되었다.

가까이서 갈색의 속눈썹이 길게 내려앉았다. 찰나 베히다트의 붉은 눈동자가 번뜩였다. 크고 강인한 손이 아시나의 턱을 받쳐 들었다. 강제로 들린 시선에 베히다트가 고개를 숙였다. 천천히 다가오는 붉은 눈동자. 거리가 너무 가까워서 숨을 멈춘 순간, 낮은 목소리가 싸늘히 내려앉았다.

"눈 색이 변했군."

"……."

심장이 덜컹한다는 기분은 이런 것일까.

아시나는 바로 코앞에 다가온 붉은 눈동자를 보며 그런 생각을 했다. 저도 모르게 표정이 흐려질 뻔했다. 다행히 숨이 흐트러지진 않았다. 아시나는 심장이 튀어나올 것 같은 기분을 짓누르며 태연히 되물었다.

“그래요?”

마치 처음 듣는 이야기라는 듯, 신기하다는 반응을 보이며 아시나는 가까이 맞닿은 베히다트의 팔을 태연히 밀어냈다.

“진짜 변했어요? 정말요? 기다려 봐요. 거울 좀 볼래요.”

시퍼런 빛이 보이는 시선은 쉽사리 아시나의 눈동자에서 거둬지지 않았지만, 의외로 베히다트의 몸은 아시나가 밀어내는 작은 힘에도 물러났다. 겨우 그 품에서 빠져나온 아시나가 황급히 거울을 찾았다. 아니, 찾는 척을 하며 안도의 숨을 내쉬었다.

어머니, 사랑합니다. 아시나는 어머니께 감사했다. 항상 엄마를 속이고 저택을 빠져나와야 여행을 갈 수 있었기에 성격상 뭘 숨기는 건 오래 못 해도 아닌 척 오리발 내미는 건 엄청 잘했다. 매번 이 연기에 쉽게 넘어가면서도 의심의 눈초리를 거두지 못하던 어머니를 떠올리며 아시나는 생전 처음 어머니의 극성에 감사했다. 내가 우리 엄마 딸이라서 다행이야.

아직 자리를 물러나지 않은 누르가 손거울을 그녀에게 넘겨주었다. 아시나는 거울에 비친 제 모습을 들여다보았다. 그녀의 눈엔 제 모습이 마냥 똑같아 보였다. 머리카락도 눈동자도 정말 신경을 쓰지 않으면 모를 정도로 살짝만 변했는데 어떻게 이걸 알아차렸단 말인가.

아시나는 자세히 들여다보는 척하며 속으로 한탄을 했다. 이제 더 연하게 마법을 푸는 짓은 더 이상 못 하겠네. 이것도 이렇게 의심을 샀는데 한 번 더 변한다면 변장이 탄로 날 게 뻔했다.

어쨌든 아시나는 담담했다.

"모르겠는데."

거울을 내려놓은 아시나는 오히려 베히다트를 보고 물었다.

"변했어요?"

그녀는 아무 말도 없이 자신을 응시하고만 있는 그 시선에 긴장했다. 눈치챈 걸까. 그런 생각이 든 순간 베히다트가 움직였다. 몇 걸음 걷지 않았는데 둘 사이는 금방 가까워졌고 베히다트의 시선 역시 금세 아시나의 턱에 닿았다. 자신을 올곧게 올려다보는 시선. 깊은 헤이즐넛처럼 진한 갈색이 살짝 붉은빛으로 물든 걸 자신이 놓칠 리 없었다. 이 여자를 보면 항상 주시하는 게 이 눈동자였으니까. 변했다고 생각했는데 눈동자의 색채는 변했으나 눈동자가 가지고 있는 빛은 그대로였다. 투명하게 오로지 자신이 보고 있는 그대로를 보는 시선.

그래, 속아 주지.

베히다트의 입술이 살짝 비틀렸다.

"착각이었나 보군."

"……."

이렇듯 다가가면 경계하면서도 내치지 않는 점이 신기하다. 베히다트가 낮게 웃었다. 할퀼 것 같은데 오히려 도도하게 방해자를 응시하며 먼저 물러나도록 만든다. 그게 칼을 잡은 사람이든, 펜을 잡는 사람이든, 한 나라의 왕이든.

이 얼마나 기죽지 않는 시선인가.

단 한 번도 다른 누구에게 진심으로 고개를 숙여 본 적 없는 자의 시선. 굴복이라는 역사가 없는 눈동자였다. 재미있는걸. 이 여자는 그 무엇도 속이지 않고 그 무엇도 거부하지 않았으나 동시에 아주 많은 것을 숨기고 있었다. 그게 무엇일까.

익숙한 정적. 불안한 듯 살짝 찌푸려지는 하얀 미간. 그와 동시에 베히다트는 손을 뻗었다. 얇고 보드라운 눈가에 닿는 자신의 손이 지나칠 정도로 굵게 느껴졌다. 눈동자 하난 정말 예쁘군. 별것 없는 것 같은 이 눈이 왜 이렇게 눈을 뗄 수 없게 만드는지, 그 이유는 자신도 몰랐다. 하나 아무것도 모르는 듯 빛나는 이 눈동자가 한없이 절망으로 빠지는 걸 보고 싶다가도, 지켜 주고 싶었다. 이런 기분은 대체 뭐라 불러야 하는 걸까. 베히다트는 속으로 낯선 제 자신을 비웃었다.

"어울리는군."

아시나는 자신의 몸을 훑는 시선을 느끼고 바로 눈을 치켜떴다. 여전히 베히다트의 시선에 닿으면 발가벗고 서 있는 듯한 기분이 들긴 했지만 몇 번 겪었다고 벌써 익숙해진다. 그래도 떨리는 건 여전했지만 아시나는 굴하지 않았다.

"당연히 어울리죠. 내가 안 어울릴 거라고 생각했어요?"

아시나는 페시안의 옷을 완벽하게 소화하고 있는 제 자신에 만족했다. 역시 옷걸이가 되니 뭘 입어도 예쁘군.

베히다트는 대답 대신 웃었다.

"그대의 피부가 신기할 정도로 하얘, 진실을 말하자면 어울리지 않을 거라 생각했지."

지금 피부색 가지고 차별하냐?

아시나는 분명 상대가 라 쿤만 아니었다면 한마디 더 했을 거라고 생각했다. 넌 뭐 나한테 안 신기한 줄 알아? 아오, 라 쿤이라서 참는다.

그 기색을 놓칠 베히다트가 아니었다. 베히다트는 묘하게 찌푸려진 아시나의 표정을 눈치채고 그녀의 턱을 살짝 들어 올렸다.

"기분이 나쁜가 보군."

아시나는 나쁜 정도가 아니라 한 대 치고 싶다고 대답하고 싶었다. 하지만 역시 상대가 상대인지라 참았다. 여긴 북대륙이 아니니까. 한 번 노려보고 바로 눈을 내리까는 아시나를 지켜보며 베히다트는 무엇인지 모를 기분을 느꼈다. 조금 더 건드려 보고 싶기도 하고 이대로 달래 주고 싶기도 한 오묘한 기분.

아직 최초의 의문은 사라지지 않았으나 마주하면 마주할수록 기이하다. 그것이 아시나를 지켜본 베히다트의 솔직한 마음이었다.

"머리가 길군."

연갈색의 머리카락은 마치 헤이즐넛처럼 연했다. 사막에서 마주했을 땐 뜨거운 태양빛에 반사되어 황금빛이라 불러도 손색이 없을 정도였더랬지. 물론 진한 황금은 아니었다. 마치 모래같이, 그런 색채였다.

"여행 다니는 데 불편하지 않나?"

막상 마주했던 그땐 아무 생각 없었는데 지금 보고 있으려니 만져 보고 싶었다.

베히다트의 손가락에 걸린 자신의 머리카락을 보며, 아시나는 이 남자가 왜 이러는 걸까 또 고민했다.

"불편하긴 하죠. 망할 놈의 머리."

결 좋은 긴 머리카락이 어깨를 따라 가슴을 덮었다. 허리까지 닿는 머리카락은 그 이상은 자라지 않았으나 아시나가 특별히 관리를 해 주지 않아도 끝이 쉽게 갈라지지 않았다.

"근데 나름대로 쓸모도 있어요."

아시나가 어깨를 으쓱였다. 대답이 의외지 베히다트가 물었다.

"왜 안 자르지?"

왜 안 자르냐고? 아시나는 제가 머리를 잘랐을 때를 가정해 보았다. 아빠가 울고 엄마가 난리 치고, 사촌 아이세스가 세상에 불만 있냐 나한테 털어놔라 그럴 테고, 이케인은 성이 떠나가라 웃고, 테나인은 네 인생 힘내라 그러겠고……. 안 자르는 게 낫겠군. 무엇보다 외할아버지가 이 사실을 아신다면 아시나는 여행 자체를 못 다닐지도 몰랐다.

음, 그건 좀 무서운데. 아시나는 저도 모르게 신음을 삼켰다.

"자르면…… 난리 나거든요. 긴 머리는 레이디의 생명이니까요."

진심으로 한 말인데 그 말을 듣더니 베히다트가 웃었다. 아시나는 순간 매우 기분이 상했다.

"……지금 비웃는 거예요?"

이 인간이 진짜!

사실 여행을 본격적으로 다니기 시작하면서 아시나는 제 머리를 잘라 버리려고 했다. 워낙 미모가 받쳐 주다 보니 단발도 예뻤고, 뭣보다 머리가 짧으면 남장을 하는 데 편했다. 남장을 하면 더 편하게 여행을 다닐 수 있을 것 같기도 했고, 결정적으로 별로 쓸모도 없는 긴 머리는 관리하는 데 시간만 많이 들어서 싫었다. 하지만 그 수많은 이유에도 불구하고 결국 아시나는 제 머리를 자를 수 없었다. 아무리 세상에 무서울 게 없다지만, 자신이 머리를 자르고 나타나면 돌아올 파장이 차마 감당이 안 되었으니까.

왜 남자들은 이렇게 긴 머리를 좋아하는 걸까? 심지어 여자들도 좋아한다. 아시나는 이해할 수 없었다.

"여행은 왜 다니는 거지?"

"그럼 그쪽은 왜 집에만 있어요?"

베히다트의 시선이 가늘어졌다. 아시나는 순간 멋대로 내뱉은 말에 혀를 깨물었다.

"그쪽?"

"……왕님?"

순식간에 기세가 누그러들어 정정하는 목소리에 저도 모르게 웃음이 나왔다. 이 여자는 도대체 뭘로 만들어졌기에 이렇게 요망하단 말인가. 먼저 아무렇게나 내뱉어 놓고 그걸 수습하기 위해 진을 빼는 게 귀여웠다. 그래, 놀랍게도 귀여웠다.

베히다트가 입을 다무니 침묵에 짓눌린 아시나가 필사적으로 말을 걸어왔다.

"어, 라 쿤이시여? 그렇게 부르면 될까요?"

"아니."

"그럼, 짧게 쿤이시여?"

"아니."

울컥하는지 살짝 찡그린 표정도 귀여웠다. 대족장들이 이런 기분 때문에 애완동물을 키우는 것인가. 물론 그녀는 동물도 아니었고 진짜 귀애하는 애첩도 아니었으나 베히다트는 그 기분을 조금이나마 이해했다. 아시나가 눈동자를 굴렸다. 뻔히 속이 보이는 데도 그는 그 꼼수가 그리 거슬리지 않았다.

"음. 어, 그럼 시하드시여? 전에 나시르 씨가 그렇게 부르는 것 같던데."

"그건 네가 날 네 신으로 인정한다는 의미인가."

"……."

웃음기 어린 목소리에 아시나의 몸이 굳었다. 곧이어 조심스런 목소리가 작게 들려왔다.

"실례가 안 된다면 무슨 뜻인지 물어봐도 될까요?"

"신의 이름이니 '나의 신이시여'라는 의미다."

낭패를 본 사람처럼 아시나가 울상을 지었다. 울상인지 짜증인지 모를 표정. 이렇게 솔직하게 표정을 드러낼 수 있는 것 역시 그만큼 세속에 길들여지지 않았거나 상관하지 않는다는 뜻이겠지. 조금 더 가까이, 베히다트가 제 앞의 여인을 끌어당겨 보았다.

맞닿은 팔에서 느껴지는 체온이 싫지 않다. 베히다트는 그런 제 기분에 조금은 의아했다. 여인을 싫어하는 건 아니었으나 제 것이 아닌 온기는 귀찮았다. 그것이 어떤 여인도 쿤의 아이를 낳지 못한 숨은 이유이자 다른 이유였다. 다른 체온이 닿을 때면 참을 수 없을 정도로 거슬려서 언제나 다른 자를 가까이 할 수 없었다. 하나 이 기분은 뭐란 말인가. 거슬리지 않았다. 오히려 더 닿고 싶었다. 아시나가 제 품 가까이에서 어떻게 하면 이 상황을 극복할 수 있을까 머리를 굴리는 게 뻔히 다 보였다. 베히다트는 작게 웃었다. 분명 속내를 알 수 없다 생각했거늘 이상하게 말을 섞으면 섞을수록 경계가 흐트러진다. 마치 이 세상에 자신을 해칠 것은 없다는 듯, 제 손아귀의 여인은 무모하리만치 모든 것에 당당했다.

"그럼 뭐라고 불러요?"

"베히다트."

짧은 대꾸를 듣자마자 아시나는 무언가 생각이 났다.

"시하드 젠 베히다트……. 베히다트가 이름이에요?"

따로 대답은 없었으나 아시나는 설명이 없어도 알아들었다. 시하드는 신의 이름, 라 쿤은 페시안의 주인으로서의 이름. 하지만 베히다트는 아무런 의미도 뜻도 없는 그 자체의 이름이었다. 그냥 베히다트라고 부를 수는 없고, 그럼 어째야 하나. 잠시 고민하던 아시나가 다시 시선을 들었다.

"그럼 베히 님? 그렇게 부르면 되나요?"

"듣기 좋군."

살짝 짓는 눈웃음과 녹아내릴 듯 달콤한 목소리에 순간이지만 아시나는 가슴이 떨린다는 게 무슨 뜻인지 알 수 있었다. 설레었다. 짧은 순간이었지만. 저도 모르게 달아오른 뺨 때문에 시선을 돌려야 하나 고민하고 있을 때, 다시 베히다트의 목소리가 들렸다.

"네 이름은 뭐지?"

"아시나. 전에 들었잖아요."

"아니, 진짜 이름."

그게 진짜 이름이냐고 묻는 강렬한 시선에 아시나는 어깨를 으쓱였다.

"그게 진짜 내 이름이에요. 고대 시하나어로 빛과 축복을 의미하죠."

대꾸는 들려오지 않았다. 아시나는 잠시 생각하다 되물었다.

"고대 시하나어가 뭐인지도 설명해 드릴까요?"

"가족 투표를 통해 정했다고 했나?"

허투루 듣고 넘겼을 것 같았는데 기억하고 있었다. 아시나는 신기하면서도 이상한 기분으로 고개를 끄덕여 수긍했다.

"맞아요. 얼마나 치열했는데요. 아시나, 아리에타, 아이릴, 아나제. 이렇게 순위에 올랐는데 결국 엄마가 아시나가 좋다고 해서 아시나가 되었어요. 저도 마음에 들어요. 어감도 좋고 무엇보다 이름을 들을 때마다 엄마 아빠의 사랑이 느껴지거든요."

예쁘게 웃는 아시나를 마주 보다 베히다트 역시 작게 웃었다. 부모를 언급하는 것도 그러하지만 이렇게 보고만 있어도 알아차리고 만다.

"사랑받고 자랐군."

아시나가 어떻게 알았냐는 듯 시선을 올렸으나 베히다트는 따로 설명하지 않았다. 어떠한 평가라기보다 그건 오히려 감탄에 가까웠으니까. 구김이 없고 그늘도 없다. 사랑으로 낳아 행복으로 키운 아이라는 건 숨기지 않고 드러내는 태도에서 드러났다. 그리고 베히다트는 그 점에서 더 수상함을 지울 수 없었다. 그렇게 예쁨받고 자란 여자가 여행이라?

"외동인가?"

지나가듯 물었으나 아시나는 신기한 듯 두 눈을 동그랗게 떴다.

"어떻게 알았어요?"

쉽군. 경계를 허무는 건 쉬웠다. 오히려 몰아붙이는 것보다 슬그머니 파고드는 편이 원하는 반응을 이끌어 내는 데 편했다.

베히다트의 손가락이 아시나의 머리카락을 휘감았다. 제 머리카락을 멋대로 만지고 있는데도 아시나는 별로 신경 쓰는 기색이 아니었다. 막자란 것 같은데 사람 손을 타는 건 익숙하다. 거기다 제게 반응하는 것도 호의적이었다. 갇혀 자란 것 같지는 않았다. 그런데 묘하게 귀한 티가 난단 말이지. 알아내려 하면 할수록 점점 더 미궁에 갇힌다. 베히다트는 시선을 가늘게 떴다.

"보통 부모님 이야기엔 형제 이야기가 따라 나오기 마련이니까. 그 부분은 숨기지 않으니, 따로 언급이 없다는 건 형제가 없다는 거지."

"같이 자란 사촌은 있어요. 전 형제가 없지만 엄마 아빠는 형제가 많거든요. 사촌이 있어서 외롭지 않게 자랐어요."

아시나가 빙그레 웃었다. 베히다트는 순간 제 손을 붙잡는 하얀 손에 시선을 빼앗겼다.

"근데 갑자기 왜 이렇게 제게 관심이 많으세요, 베히 님?"

"글쎄."

하얀 손 못지않게 하얗고 가느다란 팔, 둥근 어깨를 타고 올라가 가녀린 선을 그리는 목선까지. 베히다트의 시선을 느낀 아시나가 몸을 움츠렸다. 그런 반응 역시 귀엽다고 생각하며 베히다트가 시선을 올렸다.

"반해서?"

"그런 마음에도 없는 소리는 하지 말고……."

아시나가 미간을 찌푸렸다. 그 순간 베히다트의 손이 아시나의 팔을 낚아챘다.

"왜."

두 사람의 이마가 맞닿았다. 다시 잔뜩 경계하는 고양이를 제 품 안으로 끌어당기며 그는 붉은 입술에 시선을 주었다. 입이 바짝 마르는지 입술이 살짝 벌어졌다 다물어졌다. 그 입술에 슬쩍 제 입술을 얹는다. 화인처럼, 너무나 뜨겁고 보드라운 존재감에 우물대듯 그가 말을 이었다.

"마음이 없다고 생각하지?"

입술을 점령한 온기는 압도적이었다. 의식하지 않으려 해도 파고드는 온기를 어찌할 수 없다. 이런 걸 제압당한다고 표현하는 것인가. 아시나는 저도 모르게 신음을 삼켰다. 맞닿은 입술의 온기를 제대로 느끼기도 전에 부드럽고 뜨거운 것이 입술을 핥았다. 아시나는 반사적으로 움츠러들었으나 단단한 팔이 어느새 허리를 휘감고 놔주지 않아서 도망칠 수도 없었다. 부드럽게 끌어당기는 팔 때문에 물러날 수도 없다. 간지럽고 나른하고 무언가 민감하게 달아오르는 느낌.

모든 감각이 낯설었다.

벗어나고 싶다. 아시나는 그런 생각을 했다. 하지만 그 생각을 미처 실행에 옮기기 전에 입술에서 느껴지는 감각에 몸이 멈추었다. 입술에 닿은 젖은 혀가 애원하듯 요염하게 입술을 핥았다. 간지러움을 견디지 못한 입술이 벌어지고 그 안으로 기다렸다는 듯 젖은 혀가 들어왔다. 제 혀를 휘감고 건드리는 감각에 아시나는 순식간에 뺨이 달아올라 어찌할 줄을 몰랐다.

"읏…… 음."

제 것이라고 생각할 수 없는 낯 뜨거운 소리가 자기 귀에도 생생하게 들렸다. 정신은 혼미해지는데 어쩐지 감각만은 선명했다. 차가운 벽이 등에 닿았다. 허리를 감았던 팔이 다른 손을 잡고, 그 손가락 사이사이 깍지를 껴 벽에 밀쳤다. 아시나는 기겁했다. 하지만 마치 제 것인 양 거침없이 파고드는 혀는 너무나 당연하다는 듯 요구했다. 아시나는 미처 거부할 수 없었다. 쉴 새 없이 몰아붙이는 숨과 더 깊이 파고드는 감각이 섞여 그 모든 것이 마치 너는 이 세상 어디로도 도망칠 수 없다고 말하는 것처럼 느껴졌다.

한참을 더 깊이, 더 아득히 밀어붙이던 입술이 순간 떨어졌다. 너무나 확연한 부재에 아시나는 적응하지 못해 허우적거렸다. 거칠게 몸을 뺀 베히다트는 벅찬 숨을 몰아쉬었다. 마주친 눈동자는 여전히 불타오르고 있었다. 하나 그 붉은 눈동자가 어쩐지 혼란스러운 듯하다고 아시나는 생각했다.

침묵, 정적 그리고 고요.

아시나는 숨을 골랐다. 베히다트는 흐트러진 채 필사적으로 숨을 들이쉬는 아시나를 멀거니 바라보았다. 가슴이 내려갔다 올라갔다. 예기치 못한 욕망. 순간 너무 황홀해서 하마터면 자제력을 잃을 뻔했다.

끝까지 갈 뻔했다는 위기감보다 끝을 보지 못했다는 아쉬움이 더 크게 자신을 지배했다. 그는 인상을 찌푸렸다가 머리를 쓸어 올렸다. 아직도 아시나는 숨을 고르고 있었다. 그나마 다행이었다.

"남자를 모르는군."

계속 느끼고 있었지만 입 밖에 내는 건 처음이었다. 그만큼 상태가 혼란스럽다는 것이기도 했고 그만큼 놀라기도 했다. 버둥거리면서도 따라오는 솜씨는 분명 경험이 없었다. 그러나 그 서툰 몸짓에 저도 모르게 충동을 이기지 못할 뻔했다.

깊은 숨을 내쉰 아시나가 베히다트를 노려보았다. 명백히 기분이 나쁜 태도였다.

"알아야 해요?"

"아니."

오히려 다행이었다. 베히다트는 제 욕망을 숨기지 않았다.

"알았다면 여기서 멈추지 않았을 테니까."

저도 모르게 아시나는 몸을 움츠렸다. 정말 처음이 아니었다면 당장 다음으로 넘어갔을 거라는 기세에 그 어떤 말도 할 수 없었다. 일단 가족 외의 남자의 품에 안긴 것도 처음이었고 이런 것도 처음이었다. 모든 게 처음인 상황에서 아시나는 전혀 신나지 않았다. 처음으로 무언가를 알고 싶지 않다는 두려움이 일었다. 그런 감정은 맹세코 처음이었다.

아시나는 고인 침을 삼키고, 시선을 내렸다. 어느새 제가 입고 있던 옷이 흐트러져 있었다. 그걸 보고 빨개진 얼굴 때문에 고개를 들지 못했다. 이걸 어떡해. 이제 엄마 아빠한테 빌고 싶은 마음도 없었다. 낯선 자와 이렇게 가까이 몸을 마주 댄 건 난생처음. 아시나의 머릿속은 이미 용량 초과였다. 제가 당한 건지 저지른 건지 구분도 안 가는 일을 회상하며 아시나는 그냥 죽고 싶었다.

"계속 여행을 다닌 건가?"

"네? 네……."

아시나는 저도 모르게 시선을 들었다가 입술을 깨물었다. 지금 이 상황에 당혹스러운 건 자신뿐만이 아니라고 생각했는데 어느새 베히다트는 처음 그 모습으로 돌아가 있었다. 아니, 어떻게 그 상황에서 이렇게 태연히 질문을 할 수 있는 거지? 아시나는 절대로, 정말로 이럴 수 없다고 생각했다. 이게 대체 무슨 일이야. 그런데 더 웃긴 건 이런 상황에 따질 생각도 들지 않는 자신이었다.

왜지? 어째서지? 잘생겨서? 잘생긴 거 때문에?

"……망할."

"뭐?"

"아니에요."

시치미를 떼며 아시나는 이제 좀 자기 페이스를 되찾았다. 흐트러진 머리와 부풀어 오른 입술은 여전히 남자를 유혹하고 있지만 제 자신은 그런 건 전혀 모른다는 양 태연했다. 베히다트는 신음을 삼켰다.

이 여자는 알까, 아무것도 모른다는 표정으로 제 자신이 얼마나 남자를 충동질하고 있는지.

그 유혹에 굴하지 않으려 팔짱을 낀 남자의 마음도 모르고 아시나는 빤히 자신의 앞에 선 남자를 올려다보았다. 왜 아직도 거기 있냐는 불만 가득한 시선에 베히다트는 저도 모르게 픽 웃었다.

"아직 왜 여행을 다니는지 듣지 못한 것 같은데."

왜 사람들은 제가 여행을 다니는 이유를 궁금해하는 걸까?

아시나는 몇십 번도 더 들었던 질문에 신물 나면서도 착실하게 대답했다.

"이 세상이 이리도 광활하고 아름다운데 어찌 한 곳에 가만히 있을 수 있으리오."

아시나의 입가에 미소가 맺혔다. 황홀하게 물들어 가는 눈동자가 마치 보석처럼 반짝였다. 그 눈동자가 시선을 뗄 수 없을 정도로 아름답다. 베히다트는 순간 저도 모르게 홀려 버렸다.

"세상이 너무 예뻐요. 이 예쁜 걸 다 못 보고 평생 어딘가에 박혀 살다 죽는다고 생각하면 너무 억울하지 않아요? 기껏 이렇게 예쁜 세상에 태어났는데?"

"신기한 말을 하는군."

"우리 엄마도 그렇게 말했죠."

아시나는 개의치 않았다. 이해받지 못하는 게 한두 번은 아니니까.

엄마는 항상 자신이 얌전히 집에만 있는 예쁜 숙녀가 되길 바랐지만 아시나는 제가 그런 딸은 될 수 없을 거라는 걸 알았다. 그런 삶에 어떤 의미가 있는 걸까. 상상만 해도 피가 말리는 기분이었고 그렇게 살다간 얼마 못 가 죽을 거라고 생각한 아시나는 그 삶을 포기했다. 엄마 역시 자신이 원하는 엄마가 될 수 없는 것처럼. 아시나는 서로 해 줄 수 있는 만큼만 해 주기를 권했지만 딸을 논리적으로 설득할 수 없다는 걸 깨달은 엄마는 그대로 자신이 가진 모든 권력을 사용해 아시나를 집에 묶어 놓으려고 했다. 엄마를 원망하는 건 아니었다. 엄마는 엄마가 원하는 걸 얻기 위해 최선을 다하는 것뿐이니까. 다만 번거로웠다.

아빠가 아니었다면 여행은 꿈도 꿀 수 없었겠지. 아시나는 어깨를 으쓱였다.

익숙하다는 듯 별다른 반응을 보이지 않는 아시나를 주시하며 베히다트가 다시 입을 열었다. 오히려 태연한 태도가 더 그의 흥미를 끌었다.

"사막은 대체 왜 보고 싶었던 거지?"

"음."

이유라고 하기엔 너무 단순했다.

"남대륙으로 오기 전에 세블인 대도서관에서 한 책을 읽었어요. 거기서 사막을 이렇게 표현했죠."

아시나는 이런 걸 말해 봤자 믿어 주지 않을 거라는 걸 알지만 알면서도 입을 열었다.

"끝을 알 수 없을 정도로 넓게 펼쳐진 황금빛 모래 바다."

아시나의 두 눈동자가 다시 예쁘게 반짝였다. 오로지 하나만 보고 걷는 사람처럼 그 눈동자에 다른 것은 일체 비추지 않았다. 부드러운 미소가 입가에 걸리고 보는 사람마저 행복하게 만드는 웃음이 퍼졌다.

"너무 궁금했거든요. 황금빛 모래 바다라는 건 대체 어떻게 생긴 건지. 정말 미치도록 궁금했어요."

"결국 봤군."

"너무 예뻤어요."

베히다트는 순간 진짜 예쁜 건 그 눈동자라고 생각했지만 그걸 입 밖으로 꺼내진 않았다. 다시 다가온 남자를 올려다보며 아시나가 새초롬하게 물었다.

"근데 언제 갈 거예요?"

"낮에."

이제 겨우 밤이 왔는데 낮이라니. 아시나는 불만스레 눈을 흘겼다.

"……라 쿤은 원래 이렇게 한가해요?"

"무례하군."

무례하다면서 목소리에 섞인 웃음기 때문에 꾸짖는 느낌은 들지 않았다. 굉장히 생소한 기분. 그렇게 너그럽게 말하면 혼내는 것 같지 않게 느껴지는데. 아시나가 입술을 삐죽인 순간 베히다트가 아시나의 팔을 잡았다. 아까와는 달리 부드럽고 정중한 손길이었다.

"왜 그러지?"

"베히 님이 있으면 잠을 못 잘 것 같아서요."

솔직한 대답에 뭐가 그리 웃긴지 베히다트가 웃었다. 아시나는 그 미소에 살짝 떨었다. 이 인간은 대체 뭘 먹고 살기에 이리도 매력적이란 말인가. 이제 좀 익숙해지나 했는데 익숙하다고 생각하자마자 다시 낯설어졌다. 아시나의 표정이 복잡해진 걸 눈치챈 베히다트가 은밀하게 입술을 비틀었다. 어쩐지 악동 같은 미소. 그 순간 베히다트가 아시나의 팔을 밀쳤다. 저도 모르게 중심을 잃은 아시나가 침대에 쓰러졌다. 갑작스러운 상황에 아시나가 당황한 사이 베히다트가 그 옆에 누웠다. 자신을 끌어안는 손길에 아시나는 잔뜩 신경을 곤두세웠다.

"이게 무슨!"

"쉿."

침대는 두 사람을 충분히 수용할 정도로 넓었다. 아니, 그게 문제가 아니라니까! 아시나는 졸지에 외간 남자 품에 안긴 채로 잠들어야 하는 일생일대의 위기를 맞고 있었다. 어릴 때 아빠가 팔베개해 주면서 재워 주긴 했는데 이건 그 상황이랑은 완전히 다르다고!

자라는 듯 베히다트가 이불을 끌어당겨 두 사람의 몸에 덮었지만 아시나는 전혀 잠이 오지 않았다.

지금 네가 나라면 이 상태에서 잠이 오겠냐! 콩닥콩닥 심장이 뛰는 소리가 다 들릴 지경이었다. 어쩌지. 어떡하지? 진짜 어떡하면 좋지?

"저, 저기요?"

아시나는 작게 바로 옆에 누운 남자에게 필사적으로 말을 걸었다. 설마 벌써 자는 건 아니겠지?

"베히 님?"

"자."

냉정하게 끊는 목소리와 동시에 아시나는 저를 더 바싹 끌어안는 손길 때문에 미쳐 버리는 줄 알았다. 이거라도 좀 놔줬으면 하는데. 하지만 다음 순간 내려앉는 목소리에 꼼지락거리던 몸이 그대로 굳어 버렸다.

"아까 그만뒀던 걸 마저 하고 싶지 않다면."

제2장第二章

살아 있는 신의 나라

살아 있는 신의 나라

“이건 신종 고문이 틀림없어…….”

아시나는 밤새 제대로 잠들지 못해서 어질어질한 머리를 붙잡고 생각했다. 지금이라도 잠들고 싶은 마음이 굴뚝같았지만 낮에는 필사적으로 돌아다닐 수 있는 데를 다 확인해야 해서 쉬지 못했다. 밤에 돌아다닐 수 있는 공간은 한정되어 있으니 낮에라도 열심히 돌아다녀야지. 게다가 베히다트가 오늘 또 오기라도 하면 정말 이대로 영영 여기에 갇혀 지낼 수밖에 없을 것 같았다.

머리를 짚은 손을 떼어 내고 아시나는 주변을 둘러보았다. 하렘을 나와 정원을 둘러보는 중이었는데 어쩐지 평소와 다른 분위기가 궁전 내부에 흐르고 있었다.

“궁전이 좀 소란스러운 것 같은데 기분 탓인가?”

혼잣말에 가까웠으나 누르는 그 말을 놓치지 않았다.

“연회를 준비하고 있어서 그럴 겁니다, 아시나 님.”

"연회?"

"시하드께서 무사히 저희들에게 돌아오신 걸 감사히 여기고 기뻐하는 축제입니다."

"그렇구나."

뭘 기뻐하고 감사히 여긴다는 건진 모르겠지만 하나는 알아들었다.

축제라면 사람들이 모인다는 뜻이겠지? 오호, 이거 일이 점점 더 쉬워지는데?

자고로 사람이 많아지면 감시의 눈길은 자연스레 멀어지기 마련이다. 언제 어디서 일이 터질지 모르는 상황에서 사람 하나 사라진다 해도 그걸 눈치채는 건 꽤 오랜 시간이 지난 후가 되기 마련. 고국에서도 그런 식으로 많이 도망쳐 봤기 때문에 아시나는 다가올 연회가 기대되었다.

그럼 연회 이튿날쯤 도망칠까? 좀 빡빡할 것 같긴 하지만 그때쯤이면 치부책도 손에 넣을 수 있을 것 같았다. 미소년 초상화쯤이야 버리지, 뭐.

"어머, 카림!"

아시나는 멀찌감치 눈에 띄지 않게 따라오던 타무라를 불렀다. 카림은 자기가 호명되자마자 도망칠 자세부터 취했다. 어디 놓칠쏘냐. 그새 성큼 움직여 옷자락을 붙잡는 아시나 때문에 카림은 도주에 실패했다. 어차피 아시나를 감시 겸 호위하는 게 일이면서 카림은 아시나 근처에는 죽어도 오지 않으려 했다. 그런 모습 때문에 아시나가 더 괴롭히고 싶어 한다는 건 비밀도 아니리라.

"왜 도망쳐요? 못 볼 거라도 봤어요?"

"……."

묘하게 일그러지는 표정을 아시나는 놓치지 않았다. 이렇게 싫어하는 티를 내면 더 괴롭혀 주고 싶다는 걸 이 무사님은 모르는 걸까? 마침내 카림은 무언가 결심했다는 듯 입을 열었다.

"아시나 님."

"왜요?"

"……."

뻔뻔하게 되묻는 미소에 천하의 타무라가 무너졌다. 아무 말도 못 하고 조용히 절망하는 무사를 내려다보며 아시나가 상냥하게 웃었다.

"카림."

"예."

"카림은 어떤 여자가 좋아요? 얌전하고 말 잘 듣는 여자?"

"……."

"내 주위의 칼 잘 쓰는 남자들은 그런 여자가 취향이라던데 카림도 그래요?"

"……."

왜인지는 모르지만 아시나는 이 무사가 참 좋았다. 마치 카리스 삼촌 같다고 해야 하나. 삼촌은 뒤늦게 예쁜 신부를 찾아 결혼했지만 그전엔 매번 어린 아시나에게 삼촌은 왜 결혼을 안 하냐고, 인기가 없는 거냐는 질문을 받으며 쩔쩔매야 했다. 그리고 어린 아시나는 항상 어떤 말을 해야 할지 몰라 말을 아끼는 삼촌을 곤경에 빠뜨리면서 재미있어 하곤 했다. 그때의 추억 때문인가, 눈앞의 딴 나라 무사님이 친근한 건.

더 이상 못 참겠는지 카림이 한 발자국 물러났다. 결의에 찬 눈동자를 올려 보며 아시나는 카림이 뭐라 말하려는 건지 기다려 주었다.

"그건 왜 물어보시는 거죠. 제게 관심이라도 있으신 겁니까?"

"네."

하지만 그 결의는 1초도 가지 않아 무너져 버렸다.

"아주 많은데요, 관심."

그리고 무너져 내리는 무사 하나를 보며 아시나는 흥미진진함을 느꼈다. 도대체 무슨 말을 꺼내야 할지 모르겠다는 뜻이 명백한 그 표정에 이렇게 즐겁다니. 변태라고 불러도 할 말이 없을 정도라고 아시나는 스스로 생각했다. 하지만 이번에도 역시 그 즐거움은 오래 가지 못했다. 톤이 높은 목소리가 날카롭게 날아들었기 때문이다.

"아이라가 되었다는 여인이 타무라에게 꼬리를 치다니, 시하드께서 아시면 퍽이나 기뻐하시겠습니다."

굵게 구불거리는 머리카락이 바람에 흩날렸다. 아시나는 붉은 머리카락을 뽐내는 한 여인에게 시선을 주었다. 앤 뭐지? 영문을 모르는 아시나와 달리 누르는 누구보다 빨리 그 여인의 정체를 알아냈다.

"자키야 님."

그리고 마찬가지로 카림도 그 여인을 알아보았다.

"대재상의 따님께서 여긴 웬일이십니까?"

정원에 흐르는 공기는 싸늘했다. 아시나는 자연스럽게 제 앞을 가로막듯 서는 카림을 보며, 눈앞의 여인이 결코 카림과 우호적인 관계가 아니라는 걸 알 수 있었다.

여차하면 칼이라도 빼어 들 듯한 예기, 잔뜩 경계하는 시선.

카림이 자키야를 구태여 '대재상 따님'이라 부른 것은 그녀를 존중하기 때문이 아니라 '대재상의 딸인 네가 여기엔 왜 왔느냐'라는 의미에 가까웠다. 사이가 안 좋은가? 내심 아시나는 놀랐다. 이렇게 노골적이어도 되나 싶었기 때문이었다. 하나 그 노골적인 태도에도 눈앞의 여인은 불쾌해하는 기색이 없었다. 아시나는 그 점이 흥미로웠다. 그렇다면 이런 지 꽤 오래된 관계라는 소린데. 그건 좀 곤란했다. 남의 싸움에 끼는 건 불편한데.

"시하드의 환궁 소식을 듣고 인사차 뵈러 왔는데 안 될 일입니까?"

"그럼 인사나 드리러 가지 여긴 왜 들른 겁니까?"

"지나가는 길에 눈에 띄었을 뿐입니다. 꽤 인상적인 광경이었거든요."

어조는 나긋나긋했지만 무엇이 잘못되었느냐 묻는 녹색 눈동자는 거리낌 없었다. 자키야의 말에 카림은 더 할 말이 없다는 듯 입을 다물었고 아시나는 생각지도 못한 상황이 신선했다.

그나저나 인상적인 광경이라면 제가 카림을 놀리는 장면인가. 확실히 다른 사람의 눈에 띄는 데서 놀린 건 잘못이라는 생각이 들었다. 음, 그래. 카림에게도 사회적 위신과 체면이라는 게 있을 테니까. 아시나는 짧게 반성했다.

근데 아무리 대재상 딸이라지만 카림도 명색이 타무라인데 이리 나무라도 된단 말인가.

근거는 없지만 아시나의 육감으로는 대재상의 딸이라 하여 지금의 상황이 용인될 것 같지 않았다. 그럼 저 여인에게 뭔가가 더 있단 말인가. 호기심과 동시에 또 다른 궁금증이 피어올랐다.

그 무엇보다 흥미로운 건 니캅을 벗은 페시안의 귀족 여자라는 점이었다. 아시나는 호기심 어린 시선을 숨기지 않았다. 붉은 머리에 녹색 눈동자. 정확히는 붉은 기가 강한 검은 머리였지만 어쩐지 붉은 기운이 더 강했다. 머리색이야 그리 신비롭진 않았지만 살짝 그을린 피부에 이목구비가 진한 건 인상적이었다. 짙은 피부색이 오히려 얼굴의 윤곽을 뚜렷하게 해 주어서 묘하게 요염한 느낌이 강했다.

예쁘구나. 북부 미인과는 확연히 달랐다. 화려한 라넌큘러스 꽃이 떠오른다. 음, 이케인이 좋아하겠네. 아시나는 빙그레 웃었다. 이제 나설 때였다.

"카림이 제 호위를 맡은 이후 너무 긴장한 것 같아 긴장을 좀 풀어 주려 제가 농을 한 것뿐입니다. 그게 남들 보기엔 남녀상열지사로 보일지도 모른다는 점을 간과했군요. 알려 주셔서 감사해요."

이미 분위기는 식었고 아시나는 딱히 두 사람 중 누구와도 깊은 관계는 아니었지만 일단 더 자주 보게 될 사람의 편을 들어주었다. 카림이 그런 의미였냐는 듯 아시나를 돌아보았다. 물론 그런 의미가 아니라 그냥 괴롭혀 보고 싶었던 것뿐이지만 아시나는 그 오해를 풀어 주지 않았다.

오히려 덤덤히 잘못을 인정하니 할 말이 없는지 자키야는 입을 다물었다. 명백히 마음에 들지 않는다는 시선을 받으며 아시나는 빙그레 웃었다. 이런 시선은 오랜만이었다.

남들의 시기 가득한 시선이라. 어쩐지 반갑기까지 한걸?

"인사가 늦었군요. 대재상 게디크의 첫 번째 여식, 자키야라고 합니다."

"아시나예요."

짧은 소개. 아시나는 이름 외에는 따로 밝히진 않았다. 자세한 설명은 언급하지 않아도 알지 않느냐는 뻣뻣한 태도에 자키야가 살짝 이마를 찌푸렸다. 그러거나 말거나 남들이 보면 오만하다고 해도 될 정도로 아시나는 느긋하고 도도하게 자키야를 내려다보았다.

아, 이러는 것도 오랜만인걸. 가진 걸 자연스럽게 과시하는 건 어찌 보면 가진 자가 당연히 가져야 할 덕목. 가끔 아시나가 이럴 때면 자매처럼 자란 아이세스까지 재수 없다고 대놓고 말하곤 했다. 어쩌겠어, 태어날 때부터 잘난 몸인걸.

"제 미모가 좀 뛰어나죠? 그렇게 빤히 보지 않으셔도 다 알고 있어요."

타고난 것도 크지만 무엇보다 거친 여행 일정 중에서도 사흘에 한 번씩 팩을 잊지 않고 하는 아시나의 노력이 담긴 미모였다. 아무리 아름다워도 가꾸지 않으면 시들어 버린다. 그건 여자의 아름다움도 마찬가지였다. 아, 이 미모를 지키기 위해 얼마나 많은 노력을 기울였던가. 아시나는 당당하게 자신이 크롬웰 식도락 여행지를 표시하는 것보다 피부에 정성을 더 들였다고 밝힐 수 있었다.

아시나가 빙그레 웃자 자키야는 제가 빤히 쳐다보았다는 것을 깨달은 듯 뜨끔한 표정을 지었다. 곧 태연히 입을 열었지만. 음, 생각보다 재미없는 여인이었다.

"정말 피부가 하야시군요. 북대륙인은 처음 보는지라 저도 모르게 무례를 범했습니다."

"아니요, 괜찮습니다. 저도 페시안의 여인은 처음인지라 조금 흥미진진하게 보고 있어서요. 그대가 미안해할 필요는 없습니다. 아름다운 것에 홀리는 건 어쩔 수 없는 인간의 본성 아니겠어요?"

옆에서 카림이 노골적으로 인상을 쓰며 돌아보았다. 그 표정이 마치 '이건 뭐냐?'는 듯했다. 만약 이 자리에 라 쿤이 있었다면 망설임 없이 비웃었겠지. 뻔히 떠오르는 광경이었으나 다행인지 불행인지 이 자리엔 아시나의 콧대를 눌러 줄 그 누구도 없었다.

얼굴에 철판을 열몇 개는 깔았다고 해도 부족할 정도로 아시나는 제가 내뱉은 말에 대해 한 점의 부끄러움도 없었다. 그 태도가 너무 당당하니 당연히 그게 진실인 양 받아들여진다. 그건 자키야도 마찬가지인 모양이었다. 살짝 미간을 찌푸리던 그녀는 곧이어 차갑게 아시나를 노려보았다.

"그럼 이미 무례를 저지른 김에 한마디만 더 하죠."

순간 아시나의 눈썹이 치켜 올라갔다. 무례를 저지른 김에 하나를 더 저지르겠다? 이건 명백히 아시나를 무시하는 행위였다. 여자들 간의 전쟁 선포라고 받아들여도 무방한 상황. 분명 성질대로 한 번 엎어도 될 타이밍이었지만 일단 아시나는 참았다. 이런 싸움은 페시안에 기반이 없는 자신이 질 확률이 높았으니까. 편들어 줄 사람이 없는데 참아야지. 이기지 못할 싸움은 하지 않는 게 낫다. 그래, 무의미한 싸움보단 겁쟁이라고 무시당하는 편이 나았다.

"북인이라 페시안의 율법을 잘 모르시는 것 같은데 아이라는 외간 남자와 말을 섞어서도 안 됩니다. 하물며 닿는 건 절대로 일어날 수 없는 일이죠."

"아, 그래요? 그렇군요. 알려 줘서 고마워요."

한껏 일을 낼 것처럼 굴다가 바로 수긍하니 자키야가 흠칫한다. 그 모습을 보는 건 기분 좋았다. 원하는 반응이 아니었던 모양이었다. 아시나는 더 부드럽고 순하게 보이기 위해 최대한 예쁘게 눈웃음을 쳤다.

"자키야는 참 친절하시네요."

뭐 이런 실없는 인간이 다 있지. 순간 자키야의 시선이 그렇게 말하는 듯했다. 그러거나 말거나 아시나는 전혀 그런 것 따위 모른다는 듯 싱글벙글 웃었다. 자키야가 곧 미간을 좁혔다. 그녀가 태도로 말하는 바는 명확했다. 도대체 어딜 보고 하렘에 데려온 건지 모르겠다는 기색. 그러게, 왜 하필 하렘에 데려다 놓은 건지는 나도 잘 모르겠다. 하지만 이왕 이렇게 된 거, 평생 경험해 볼 수 없는 총희의 기분이나 마음껏 누리기로 했다.

"그런데 하렘을 비우고 여기서 무엇을 하고 계셨습니까?"

"산책이요."

아시나는 걱정스럽다는 듯 뺨을 쥐었다.

"정원이 아름다워 저도 모르게 홀려 나왔는데, 하렘의 여인은 산책도 못 하게 되어 있나요?"

"그건 아닙니다."

떨떠름하게 자키야가 물러났다. 어차피 아시나는 하렘의 여인이라도 산책을 할 권리 정도는 있다는 사실을 이미 누르에게 들어서 알고 있었다. 부러 물어본 건 참견하지 말고 닥치라는 의미에 가까웠다. 그걸 자키야도 무의식중에 느낀 모양이었다. 아시나는 슬슬 이 대재상의 여식이 귀찮아졌다. 재미도 없는데 대화를 하려니 참 성가시군.

"베히 님을 보러 오셨다고 하지 않으셨나요? 가 보셔야 되지 않아요?"

잠깐이라고 생각했지만 시간이 꽤 흘렀다. 자키야는 제가 늦었다는 걸 알아차리고는 황급히 아시나에게 인사했다.

"무례를 범했군요. 즐거운 산책이 되시길."

"잘 가요."

이렇게 또 한 사람의 적을 만들었군.

정원 문 너머로 사라지는 자키야의 뒷모습을 바라보며 아시나는 짧게 결론을 내렸다. 뭐, 딱히 친해지고 싶지도 않은 사람이었지만. 가볍게 손을 털며 아시나가 카림을 돌아보자 카림은 뭐가 그리 못마땅한지 아시나를 불만스레 쳐다보고 있었다. 아시나가 생긋 웃었다.

"무시당한 건 압니까?"

이쪽도 만만치 않게 무례한 태도건만 아시나는 조금도 불쾌하지 않았다. 카림은 귀여운걸.

"어머, 카림."

이유야 어찌 되었든 카림은 결국 자신 때문에 아시나가 자키야에게 무시당했다는 사실이 마음에 들지 않는 모양이었다. 정확히는 카림의 자존심에 금이 간 듯했다.

"내가 무시당한 게 슬펐어요?"

"아니, 지금 그런 말이 아니잖……."

애써 부정하려는 타무라의 옷깃을 낚아 쥐고 아시나는 초롱초롱한 시선으로 그를 올려다보았다.

"역시 날 생각해 주는 건 카림밖에 없어!"

"……."

갑작스런 아시나의 접근에 카림의 몸이 딱 굳어 버렸다. 아시나는 깔깔 웃어 버리고 싶은 기분을 간신히 참아 냈다. 카림이 어째서인지 붉게 달아오른 얼굴로 소리치기 시작했다.

"아까 말 못 들으셨습니까, 외간 남자랑!"

"어, 카림이 외간 남자였어요?"

아무것도 모른다는 듯 아시나는 제법 순진한 표정으로 눈을 굴렸다.

"날 지켜 주는 타무라 아니었어요? 무자헤딘전사 중에서도 가장 뛰어나다는 라 쿤의 타무라!"

"그건 그렇지만……."

"그렇죠, 역시?"

이게 아닌데. 카림의 마음이 소리로 들려오는 것 같다. 아시나는 자신의 페이스에 거나하게 말린 불쌍한 무자헤딘을 내려다보다 빙그레 웃었다. 산책도 좋지만 어째 오늘은 영 감이 좋지 못했다. 돌아다니는 건 여기까지 해야지.

옆에서 잔뜩 인상을 쓴 채 대체 대화의 어디서부터 꼬인 건지 곱씹는 카림을 잡아끌며 아시나는 꽤 익숙한 듯이 정원을 나섰다.

"이제 들어갈까요? 날씨가 꽤 덥네요."

베히다트는 가만히 저를 알현하러 온 남자를 지그시 내려다보았다. 돌아온 첫날 뜻밖에 알 페시안을 방문한 잘릴을 포함해 알현을 하러 온 대족장은 이로써 두 번째.

자신이 아슈마에 성지에서 돌아왔다는 소문은 이미 페시안 전역에 빠르게 퍼졌겠지만 그걸 감안해도 너무 일렀다. 절묘하리만치 공교로운 타이밍. 다른 자였다면 그냥 우연이라 치부하고 넘어가겠지만 상대가 상대인지라 영 석연치 못했다.

한참이나 지속된 정적. 왜 왔냐는 듯 집요하리만치 노골적인 베히다트의 시선에 충분히 불쾌할 법도 하건만 앞에 선 남자는 그저 부드럽게 웃었다. 가볍게 흘러내린 케피야 아래로 진한 푸른 눈동자가 베히다트를 공손하게 올려다보았다. 제 어미를 닮아 남자치곤 꽤 곱상한 생김새였지만 그렇다고 외모에 넘어가 만만하게 보면 반드시 그 대가를 치르게 만든다. 그것이 항상 직접적인 보복이 아닌지라 아무도 눈치채지 못하고 있지만 베히다트만은 알았다. 능구렁이 뒤에 누군가가 있다면 분명 그건 이 뱀 같은 녀석이겠지. 그가 항상 들고 다니는 부채가 소리 없이 흔들렸다. 결국 침묵을 견디지 못하고 먼저 입을 연 것은 대족장 바레인이었다.

"연회 준비로 궁 안이 소란스럽습니다, 시하드시여."

"늘 있는 일이지."

벌써 즉위 후 네 번째를 맞이하는 연회. 처음엔 이 소란스러움도 낯설었지만 이젠 신경도 쓰지 않았다. 오로지 제 자신을 환영하는 의미의 연회이건만 막상 그 연회의 주인공은 전혀 감흥이 없다. 지금 그의 관심사는 연회 따위가 아니었다.

"오랜만이군."

이런 일이 아니라면 한 자치구의 지배자인 대족장을 쉬이 불러들일 수도 없을 터. 물밑에서 저희들끼리 손을 맞잡은 듯 움직이는 건 불쾌했지만 어찌 되었든 베히다트는 제 눈앞에 이자들을 모아 놓을 수 있다는 것에 만족했다. 어차피 그러려고 허락한 연회가 아니던가.

이번 연회는 대재상에게도 기회이겠지만 베히다트에게도 기회였다. 누가 누구의 편이라는 것을 확실하게 매듭지어 나눌 수 있는 유일한 기회. 아무리 하늘 아래 절대적인 권력을 행사하는 라 쿤이라 할지라도 대족장들의 세력이 강한 자치구에선 제 손바닥 놀리듯 움직이긴 힘들었다. 하지만 이곳은 신의 도시. 페시안의 직할지이자 살아 있는 신이 다스리는 알 페시안. 그의 손과 귀와 눈이 이 온 도시에서 살아 숨 쉬고 있었다.

"샤르자의 대리인이 페시안의 주인께 인사 올립니다."

베히다트의 입꼬리가 묘하게 비틀렸다.

"어서 오라, 바레인."

샤르자의 대족장, 바레인.

샤르자 지방은 페시안의 여섯 자치구 중 가장 크기가 작았지만 동시에 가장 비옥한 땅이었다. 사실 남대륙의 3분의 2를 차지하는 거대한 땅덩어리가 전부 페시안의 것인 만큼 아무리 작다 해도 그건 다른 자치구들과 비교했을 때에나 그러한 것이다. 샤르자도 따로 떼어 놓고 보면 파시와 비교할 수 있을 정도로 큰 구역. 거기에 젖과 꿀이 마르지 않으니 페시안으로 올리는 공물과 세금도 가장 많았고 실제로도 가장 큰 영향력을 자랑했다. 그리고 그만큼 역대 쿤들의 걱정거리에서도 빠지지 않았다.

그동안 이 자리에 앉아 같은 우려를 했을 선대 쿤들을 떠올려 보던 베히다트는 턱을 괸 손을 내렸다.

"샤르자는 어떤가. 항상 분란이 들끓는 지역이라 걱정이 많을 것 같은데.”

“염려하여 주신 덕에 평화롭습니다.”

바레인이 빙그레 웃었다.

“언제까지 이 평화가 유지될지는 모르겠지만 말입니다.”

꽤 의미심장한 말이었지만 가벼운 도발에 베히다트는 넘어가지 않았다. 공손하지만 속을 알 수 없는 녀석. 정말 천성이 뱀 같은 놈이었다.

“내가 원하는 한 계속되어야지.”

가볍게 받아치며 베히다트 역시 꽤 무심하게 시선을 돌렸다. 대꾸 없이 바레인은 그저 웃었다. 베히다트는 그 모습을 꽤 유심히 지켜보았다.

“다녀오신 길은 평안하셨습니까?”

“평안하지 못할 것이 무어 있을까.”

가볍게 운을 떼었지만 그 길이 녹록하지 않다는 건 모두가 알고 있었다. 수많은 고행자들을 불러들여 타는 목마름으로 죽어 가게 만드는 죽음의 사막. 남대륙의 모든 땅에 물이 흘러넘치게 한 쿤들이 유일하게 적시지 못한 땅. 그곳을 지나 달이 인도하는 길로 들어가야 도달할 수 있는 주인 없는 신전. 아슈마에 성지에 관한 전설이나 구전은 많았지만 그곳을 직접 방문할 수 있는 것은 신의 피를 이은 역대 쿤들뿐이었다.

“늘 똑같은 길이거늘.”

바레인은 자신을 마주하는 무심한 시선에 잠시 신음을 흘렸다. 속을 알 수 없는 건 이쪽도 마찬가지였으니까.

“그것 참 다행이로군요.”

이 신전과도 마찬가지인 궁전을 비워 놓은 것도 도합 세 달. 그러나 홀연히 떠났던 주인이 돌아오자 언제 공백이 있었냐는 듯 라쿤은 또 완전히 이 신전의 주인으로서 거기에 그렇게 군림했다. 고요하게.

다쳐서 돌아올 거라는 상상은 못 했지만 지친 기색도 없이 완전히 멀쩡한 모습을 보니 기분이 묘했다. 바레인은 이왕 다녀온 거 어디 몸에 이상이라도 있었으면 좋겠다고 생각했지만 안타깝게도 그런 일은 일어나지 않았다.

“내가 없는 동안 크라차에서 또 자잘한 시비를 걸어왔다지? 국경 부근의 일키 일족이 꽤 큰 피해를 입었다고 들었다.”

“이맘때쯤이면 소란스럽지요. 일키가家도 이해하고 있을 겁니다. 이런 사사로운 일까지 신경 써 주시다니 깊은 배려에 제가 다 몸 둘 바를 모르겠습니다.”

바레인이 고개를 숙였다. 베히다트는 꽤 무감정한 시선으로 그를 지켜보다 입을 열었다.

“도움이 필요하면 말하라. 내 서기관이 알아서 할 테니.”

“예, 시하드시여.”

벌써 독대를 한 지도 한 시간이 지나가는 듯했다. 베히다트는 여전히 멀쩡해 보이는 바레인을 쳐다보았다. 이 정도로 몰아붙이면 보통 지친 기색이 보이기 마련인데 바레인은 들어온 그때부터 지금까지 한 점의 흐트러짐도 없었다. 과연 사헴가의 인물. 어차피 이대로 상대해 봤자 흐트러질 것 같지도 않고 슬슬 내보낼까 베히다트가 고려하고 있을 때였다. 느닷없이 바레인이 부채를 흔들었다.

“그러고 보니 시하드께서 하렘에 여인을 들이셨다지요. 좋은 소식인 듯합니다. 아직 시하드께서 젊으셔 모두 말이 없었지만 내심 이러다 쿤의 핏줄이 끊기는 게 아닌가 염려하고 있었습니다."

핏줄이라. 재미있는 말을 하는군. 붉은 눈이 시퍼렇게 번뜩였다. 어째서 베히다트가 하렘을 금지 구역으로 둔 것인지 그 이유를 전부 알고 있으면서도 바레인은 잘도 떠들어 댔다. 그 입을 막아 버리고 싶은 충동을 억누르며 베히다트가 서늘하게 웃었다.

"그 염려를 내 모르는 바는 아니나……."

분노를 숨기지 않는 기세에 바레인이 절로 식은땀을 흘렸다.

"궁금한 건 그것뿐인가?"

"물론입니다, 시하드시여."

더 이상 건드리면 좋지 않다는 걸 아는 건지 이번만큼은 얌전하다. 얼굴이라도 뚫어 버릴 듯 베히다트의 강한 시선이 바레인에게 꽂혔지만 바레인의 웃는 얼굴을 무너뜨리진 못했다. 어차피 시간 낭비. 이 뱀 같은 녀석을 제대로 잡아채려면 이 녀석이 숨어드는 집부터 무너뜨려야 했다.

"페시안에 머무는 기간 동안 즐거웠으면 좋겠군."

더 볼 것도 없는 명백한 축객령. 바레인이 웃으며 고개를 숙였다.

"머무르는 동안 자주 찾아뵙겠습니다, 시하드시여."

공손하게 고개를 숙여 인사하고 조심스레 나가는 뒷모습을 지켜보며 베히다트는 생각에 잠겼다. 잠시 후, 시하드의 옥좌 뒤에 숨어 있던 나시르가 조심스레 모습을 드러냈다. 정말 나갔는지 확인까지 마치고서야 나시르는 그곳에서 튀어나왔다.

"으아, 숨 막히는 줄 알았습니다."

"잘도 숨어 있었군."

용케 들키지 않았다고 생각하며 베히다트가 옅게 웃었다. 나시르가 서운하다는 듯 인상을 썼다.

"어쩔 수 없지 않습니까, 시하드시여. 보고 중인데 들어오다니."

워낙 사안이 은밀하다 보니 다른 자들의 시선을 피해 보고 중이었던 터라 미처 나시르가 자리를 피할 새도 없었다.

서기관장 다음으로 으뜸가는 서기관으로서 순간 자괴감까지 몰려들었지만 나시르는 그쯤하기로 했다. 본의 아니게 쿤과 대족장의 대화를 훔쳐 듣게 되었으나 나시르에게선 그에 대한 죄책감이나 반성은 찾아볼 수 없었다. 오히려 대화를 곱씹다 인상을 썼을 뿐.

"여전히 속을 모르겠네요, 바레인은."

"알 수 있었다면 우리가 이러고 있진 않았겠지."

그보다 베히다트는 다른 것에 집중했다.

"자이드가 바레인과 협력하고 있을 가능성은 여전히 없는 건가?"

나시르는 잠시 고민하다 신중히 턱을 쓸었다.

"아무리 자이드가 샤르자의 베일레르베이주지사라지만 바레인과의 접점이 그다지 많지 않았습니다. 그래도 모르죠. 계속 주시해야 합니다. 샤르자의 군사 통괄권은 자이드가 쥐고 있지 않습니까?"

결국 드러나지 않으면 모르는 일. 베히다트는 납득했다.

"그렇군."

알현실을 나온 바레인은 잠시 굳게 닫힌 문을 지켜보다 어깨를 으쓱였다. 올라올 때마다 하는 생각이지만 역시 알 페시안의 공기는 자신과 맞지 않았다.

"여전히 살벌하군."

다른 대족장들은 일 년에 열 번도 더 올라오는 알 페시안이지만 바레인은 그러지 않았다. 일 년에 겨우 한두 번. 오랜만에 올라온 알 페시안이 반갑기도 했지만 그에 못지않게 거북스러웠다. 특별한 일 없이 라 쿤의 손바닥에 발을 디디는 것은 위험한 일. 특히나 전대 사 쿤과는 달리 이번 라 쿤은 보통이 아니었다. 즉위할 때부터 좋지 않았지만 그 피바다를 종결짓고 모든 대족장을 장악한 뒤 조용히 군림하는 지금 역시 보통은 아니었다. 보령이 스물일곱밖에 되지 않은 청년이 보이는 세상을 다 산 듯한 노인의 공허함은 도대체 무어란 말인가.

"대족장이시여, 이쪽으로 오시면 됩니다."

잠깐 생각에 빠진 바레인을 현실로 끌어내린 건 얌전히 기다리고 있던 시동이었다. 바레인의 허리만 한 키의 어린 시동은 아직 젖살도 빠지지 않았지만 궁정에서 일하는 만큼 그 나이에도 범상치 않았다. 카프쿨루군관 출신이라 그런지 몰라도 어린애가 벌써부터 태도에 절도가 있었다. 바레인은 무심코 웃었다.

"잠깐."

원래대로라면 시동을 따라 움직여야 했지만 바레인은 자신의 시야에 보이는 한 남자 때문에 그 자리에 멈춰 섰다. 바레인의 시선이 꽂히자 상대 역시 곧 그 시선을 알아차렸다.

검은 머리에 검은 눈을 지닌 라 쿤의 전사.

"오랜만에 보는군, 카림."

무스카트 대족장 다우드의 아들이자 어린 시절부터 알 페시안에 보내져 전사로 자란 남자. 7대 단위 부대 중 가장 뛰어나다는 타무라의 전사이자 현 라 쿤의 오른팔. 카림은 바레인을 본 순간부터 굳은 표정을 어찌하지 못했다. 여전히 솔직한 녀석이라 생각하며 바레인은 늘 그렇듯 버릇처럼 웃었다.

"제 이름이 카림인 건 맞으나 위대하신 샤르자의 대족장께서 친근하게 부를 이름인 줄은 몰랐습니다."

"자네는 여전히 까칠하군."

대답은 돌아오지 않았다. 바레인은 그 침묵에 그리 개의치 않았다. 오히려 그의 시선이 향한 것은 카림과 함께 오던 여인이었다. 얼굴과 온몸을 푸른 천으로 가리고 있어서 생김새를 알 수는 없었지만 바레인은 본능적으로 이 여인이 평범한 여인이 아니라는 것을 알았다.

"이쪽은 누구시지?"

잠시 일어난 호기심에 물으니 여지없이 카림이 인상을 썼다.

"아이라 님을 두고 무례합니다."

아이라. 그것 외에 그녀를 표현할 다른 설명은 필요 없었다. 바레인은 자신을 호기심 넘치는 시선으로 바라보는 갈색 눈동자를 마주 보며 고개를 숙였다. 그것은 꽤 예의 바른, 반듯한 인사였다. 기품 넘치는 인사에 아시나의 눈동자에 이채가 돌았다.

"샤르자의 대족장, 바레인입니다. 처음 뵙겠습니다, 아이라시여."

카림은 불쾌하다는 듯 불편한 기색을 여지없이 드러냈지만 아시나는 아무 생각도 없었다. 애초에 아이라라는 신분을 정식으로 받은 것도 아니고 무엇보다 자기가 여기에 죄인으로 잡혀 왔다는 걸 누구보다도 잘 아는 처지가 아니던가. 카림 입장에선 아무리 그래도 명색이 주군의 여자였지만 아시나는 그보다 다른 것에 흥미가 일었다. 아시나의 관심을 끈 것은 바레인이라는 자의 목소리였다.

이 목소리, 어디선가 들어본 듯했기 때문이다.

이상하다. 대체 내가 이 목소리를 어디서 들었지?

의아함도 잠시, 갑자기 떠오르는 기억에 아시나는 빙그레 웃었다. 얼굴을 가리고 있어서 정말 다행이었다. 안 그랬으면 이 사악한 표정을 숨기기 힘들었을 테니까. 그녀는 제법 우아하게 눈웃음을 쳤다.

“그대의 무례를 용서하죠.”

순간 바레인의 표정이 살짝 흔들렸다. 카림은 몰랐지만 아시나는 그걸 놓치지 않았다. 외모를 가린 야슈마크를 살짝 끌어당겨 얼굴을 드러낸 아시나가 다시 제 앞에 있는 남자를 올려다보았다. 그동안 봐 왔던 남자들이 하나같이 사막 전사 같은 인간들이어서 그런지 아시나는 눈앞에 있는 남자가 제법 유하다는 인상을 받았다. 전사라기보다 문관에 가까운 느낌. 들고 있는 부채도 그렇고 풍기는 분위기도 그렇고. 하지만 어쩐지 쉽게 마음을 놓을 수 없다는 예감이 들었다.

잠깐의 침묵에 따라가지 못한 건 이 자리에 카림밖에 없었다. 카림은 불안한 시선으로 아시나를 쳐다보았다. 이 여자는 지금 자기가 누굴 건드리고 있는 건지 알고 있는 걸까? 그 순간 바레인이 웃었다.

“용서해 주셔서 감사합니다.”

바레인의 얼굴에 떠오른 표정은 명백한 흥미로움이었다. 항상 얌전하고 남자의 말을 잘 따르는 여성들만 봐 와서 그런지 이런 반응은 처음이었다. 꽤 깐깐한 다른 대족장들이었다면 건방지다며 분을 삭였겠지만 바레인은 아니었다. 오히려 재미있었다.

라 쿤이 아무 여자나 되는 대로 데려와 하렘에 앉힌 줄 알았는데 제법이었다. 페시안의 예법엔 맞지 않지만 태도에 절도가 있었고 무언가 함부로 할 수 없는 기품마저 존재했다. 이런 기품은 아무나 가질 수 있는 게 아닌데. 확실히 막자란 여자는 아니었다. 의외인걸.

"아름다우시군요. 라 쿤께서 반하신 이유를 알 것 같습니다."

흔한 칭찬이었지만 카림은 순간 불길했다. 역시나. 어김없이 아시나가 피곤하다는 듯 무척이나 거만하게 입을 열었다.

"그럼요. 베히 님이 절 보고 첫눈에 반해서 크라차로 가야 한다는 날 붙잡아 이 하렘에 집어넣은걸요. 역시 미인의 인생은 피곤해요."

머리까지 짚고 절레절레 고개를 흔드는 아시나를 돌아보며 카림은 제발 저 입을 다물어 줬으면 좋겠다고 생각했다. 물론 그 바람을 들어줄 아시나가 아니었다. 바레인은 잠시 자신이 아는 시하드와 어울리지 않는 상황에 잠시 속으로 신음을 흘렸다. 한눈에 반해? 정말 말도 안 되는 일이었건만 태연하게 눈앞에서 그런 말을 하는 여인을 지켜보고 있으니 그 현실감 없는 말이 마치 사실처럼 느껴졌다. 순간 바레인은 혼란스러웠다.

"페시안의 궁전은 어떠십니까, 지내시는 데 불편함은 없으십니까?"

"글쎄요. 지내기는 편하네요. 무엇보다 사람들이 친절해요. 대족장이라고 했나요?"

"바레인이라 불러 주십시오."

아시나가 예쁘게 웃었다.

"바레인도 친절하시네요."

분명 아름답건만 바레인은 순간 뭔지 모를 기묘함을 느꼈다. 분명 예쁘긴 예쁘나 속에 가시가 있는 장미가 떠오른다 해야 하나.

한낱 힘없는 여자에 지나지 않은 눈앞의 여인에게 이유 모를 경계심을 가지는 제 자신을 느끼며 바레인은 침묵했다. 그 순간 싱글벙글 웃던 아시나가 갑자기 무언가가 생각났다는 듯 탄성을 질렀다.

"아, 근데 카림."

카림이 또 무슨 소리를 할 거냐는 듯 불안한 시선으로 아시나를 내려다보았다. 아시나는 아무것도 모른다는 표정으로 태연하게 뺨을 쥐었다.

"아이라는 외간 남자와 함부로 말을 섞으면 안 된다고 하지 않았나요?"

기억은 하고 계십니까? 입 밖으로 내고 싶은 걸 간절히 참으며 카림이 짧게 대답했다.

"예, 그렇습니다."

"그럼 이 상황에선 제가 잘못한 건가요?"

두 눈을 동그랗게 뜨며 자신은 아무것도 모른다는 듯 아시나가 태연히 물었다. 그 순간 뜨끔한 것은 카림이 아니었다. 바레인은 잠깐의 혼란을 잊고 그대로 정중하게 아이라에게 사과했다.

"죄송합니다."

먼저 말을 건 건 바레인이었으니까.

아시나가 빤히 바레인을 응시했다. 그녀의 붉은빛이 도는 갈색 눈동자가 사뭇 진지하게, 마치 바레인을 파헤치듯 바라보았다.

"시하드께서 아시면 퍽이나 좋아하시겠군요."

"……."

카림의 표정이 어두워졌다. 방금 전 자키야와 만났을 때 들었던 말. 그걸 그대로 여기서 내뱉을 줄은 몰랐다. 새삼 등 뒤로 식은땀

이 흐르는 걸 느끼며 카림은 저도 모르게 바레인의 눈치를 살폈다. 이 하룻강아지 같은 여자는 눈앞의 이 남자가 도대체 어떤 권력을 가진 인간인 줄은 알고 이러는 걸까? 다행히 불쾌해하는 것 같지는 않았지만 바레인은 난생처음 당하는 일에 황당해하는 듯했다. 카림은 왜 눈치를 보는 게 자신인지 좌절했으나 그걸 드러내지 않았다. 그때 아시나가 빙그레 웃었다.

"그럼 이 일은 대족장과 저의 비밀로 하죠. 베히 님이 또 화를 내는 건 원치 않거든요."

이미 카림이라는 전적이 있으니까. 그렇다고 아시나가 진짜로 그 상황을 무서워하는 것은 아니지만 눈앞의 남자한테는 꽤 등골이 서늘한 이야기가 될 법했다. 비록 한순간이라고 해도 좋았다.

"가죠, 카림."

다시 얼굴을 가린 아시나가 도도하게 몸을 돌리며 카림을 잡아끌었다.

날 고양이라고 부른 복수다, 흥.

산책을 마친 아시나는 지체 없이 나시르를 만나러 서기실로 향했다. 그 과정에서 대족장이라는 자를 만난 것은 의외였지만 나쁜 경험은 아니었다. 무엇보다 좋은 사정으로 이렇게 된 건 아니지만, 페시안의 권력자들을 만나 본 것도 꽤 엄청난 경험이 되리라.

아시나는 부러 평소에 가던 길로 가지 않고 빙 둘러 서기실로 향했는데 다른 시녀나 호위차 같이 다니는 카림도 그냥 길을 몰라서 헤매는 거라고 생각하는 모양이었다. 그건 무척 감사한 일이었다. 물론 아무것도 모르는 사람처럼 보이려고 애쓴 자신의 노력도 포함된 일이었지만.

이제 제법 이 궁의 구조와 사람들이 지나다니는 모습, 경비들이 지키는 순서나 자리 등이 익숙해졌다. 짧은 순간이지만 그 무엇도 불필요한 건 없었다. 그 길을 지나 가까스로 서기실에 도착을 했으나 어째 아시나를 맞이하는 나시르의 표정이 영 좋지 않았다.

"제가 방해한 걸까요?"

"아닙니다. 어서 오십시오."

아시나를 보자마자 바로 웃긴 했지만 그녀는 어쩐지 나시르가 평소와 다르다는 느낌을 지울 수 없었다. 뭔가 다른 것에 온 정신이 쏠려 있다고 해야 하나. 사정이야 어찌 되었든 아시나는 개의치 않았다.

"오늘은 또 뭐가 알고 싶으세요?"

나긋나긋하고 상냥한 목소리에 나시르는 잠시 아시나를 쳐다보았다. 한 번도 여자의 목소리가 예쁘다는 생각을 해 본 적이 없었는데 이상하게 지금에서야 그런 생각이 들었다. 예쁘구나. 노래를 한번 시켜 보고 싶은 생각이 드는 목소리였다. 나시르는 여자의 목소리가 예쁘다는 사실과 함께 제가 그동안 놓치고 있었던 다른 사실 하나마저 깨달았다.

"그러고 보니 자연스러워서 잊어버렸습니다만, 페시안 말을 잘 하시네요."

"크롬웰어랑 별다를 게 없는 걸요."

아시나는 별거 아니라는 듯 이야기했지만 페시안인이라고 해도 손색이 없을 정도로 아시나의 말은 자연스러웠다. 처음부터 말이 통한다는 것 때문에 잊고 있었지만 사실 이건 꽤 신기한 일이었다.

"그러고 보니 신기하군요. 이토록 단절된 문화라면 언어 역시 상이하기 마련인데, 양측 다 쓰는 문자만 다를 뿐 같은 언어를 사용하고 있으니까."

배를 만들고 바다를 탐색하기 시작하면서 처음 마주친 두 문명. 둘 사이에 생각보다 큰 충돌이 없었던 건 낯선 외형을 한 자들이 같은 말을 쓰고 있다는 놀라운 사실 때문이었다. 따로 언어를 배우지 않아도 되어서인지 서로를 알기 위한 탐색은 꽤 끈질겼다. 아예 출입을 금지하고 문을 걸어 잠근 페시안과 달리 파시와 크라차엔 북대륙인이 드글거리는 이유가 바로 그것이었다.

"크롬웰 신화와 전설에 따르자면 고대의 문명이 멸망한 뒤 다시 생긴 문명에게 말과 지혜를 전해 준 건 스스로를 순례자라 불렀던 자들이었어요. 지금으로 따지자면 사제?"

그들이 사용하는 말을 받아들이고 문자를 받아들여 세운 문명이 지금의 북대륙이었다. 멀리 갈 것도 없이 북대륙의 모든 인구가 같은 언어를 쓴다는 것만 보아도 보통 일은 아니었다.

"페시안의 모든 것은 최초의 신이자 왕인 시하드로부터 전해졌습니다. 시하드가 오기 전에 이 땅에 살던 사람들은 확실히 다른 언어를 사용했지만 시하드의 말을 알기 위해 공부를 하다 보니 지금의 언어로 정착되었다고 하더군요."

나시르의 설명에 아시나는 두 눈을 반짝였다. 오랜만에 샘솟는 탐구욕이 아시나를 조금 흥분하게 만들었다.

"신기하네요. 뭔가 있었던 걸까요?"

"기회가 된다면 저도 그 이유만은 알고 싶군요."

당장 크롬웰의 세블인 대도서관에 처박히고 싶은 근질근질한 기분을 눌러놓고 아시나는 고민에 빠졌다. 이런 이야기하려고 부른 건 아닐 테고, 어쩐 일인지 항상 여유 넘치던 나시르가 오늘만큼은 어디 나사가 하나 빠진 분위기였다. 무슨 일이 있던 걸까. 설마 여자한테 차였나? 안 그러던 인간이 이러니까 괜스레 궁금해졌다. 하나 아시나는 자신과 나시르 사이에 그어진 선을 지키기로 했다.

"아시나 양."

"예?"

잠시 생각에 빠진 사이 자신을 부르는 목소리에 아시나는 순간 뜨끔했다. 자신의 생각이 읽힌 것 같았는데 다행히 그건 아닌 듯했다. 나시르는 자신의 생각에 잠겨 다른 상황은 눈에도 들어오지 않는 상태처럼 보였다.

"혹시 예전 사람에 대해서도 알고 계십니까?"

"예전 사람이요?"

"크롬웰의 검은 재상."

검은 재상. 그 이명으로 불렸던 건 최근 한 사람밖에 없었다. 아시나는 이미 한참 전에 현역에서 은퇴한 사람을 왜 물어보나 싶어 잠시 얼떨떨했다.

"물론 현 재상이 아니라는 건 압니다. 현 재상은 레슈타인 후작이죠. 레슈타인 후작도 꽤 훌륭한 재상이라고 들었습니다. 다만 제가 알고 싶은 건 십여 년 전 전성기에 돌연 은퇴를 한, 크롬웰 역사상 가장 손꼽히는 재상입니다."

불행하게도 아는 이름이었다. 아시나의 미간에 주름이 잡혔다. 도대체 무얼 알고 싶어 하는 거람. 이건 피할 수 없는 일이었다. 이왕 이렇게 된 거 아시나는 최대한 아는 티를 내지 않으려 애를 썼다.

"아스타테아 전 가주시네요."

"아십니까?"

"아니요, 자세히는……. 그런데 그건 왜요?"

워낙 크롬웰의 역사에 깊은 족적을 남긴 인물인지라 조심스러웠다. 물론 그 족적에 좋은 일 못지않게 좋지 않은 일이 많다는 게 가장 큰 문제였고. 탐색하듯 조심스러운 아시나를 바라보며 나시르는 무언가가 있다는 느낌을 받았지만 굳이 드러내진 않았다. 숨긴다고 숨기는데 천성이 솔직한 인간이라 그런지 아시나는 참 알기 쉬운 사람이었다. 그만큼 완고하다는 점이 문제지만.

"무언가 제가 찾고 있는 의문에 대한 실마리가 거기까지 거슬러 올라가는 느낌이라 그렇습니다. 전혀 상관도 없는 크롬웰이라 생각했는데 왜 거기까지 연관이 되어 있는 것처럼 느껴질까요?"

"……."

역시. 아시나는 예감했다. 결코 좋지 않은 일이구나. 애초에 검은 재상이라는 이명이 나올 때부터 예감했던 일이었다. 절대 모른다고 해야지. 아시나는 입을 다물었다. 이건 절대로 엮이면 안 되는 부분이었다.

안 좋은 기색을 읽고 나시르는 남몰래 한숨을 내쉬었다. 역시 이렇게 나올 줄 알았다는 반응이었다.

"근래 크롬웰은 어땠습니까? 무슨 일이 있었던가요?"

작년에 공주가 가출한다고 난리를 피운 적은 있었지만 그렇게 큰 일은 아니었다. 레슈타인 재상이 은퇴하고 싶다고 황제에게 사직서를 제출했으나 만인이 보는 자리에서 불태워졌다는 일화도 유명했지만 딱히 큰일은 아니었다. 현 아스타테아 공작이 벌써 마흔 번째 청혼을 거절하고 평생 독신 선언을 했지만 그것 역시 큰일은 아니었다. 음. 평화롭네, 크롬웰은.

"음. 어, 해외에까지 들릴 만큼 큰일은 없었어요. 무엇보다 수이 황후께서 서거하고 난 이후로 딱히 큰 평지풍파는 없었으니까요."

"그렇군요."

납득한 듯 나시르가 고개를 끄덕였다.

"황후 자리가 비어 있는 건 불안한 요소가 아닙니까? 다음 황후가 될 여인이 있을까요?"

"글쎄요. 모르죠. 근데 아마 없을 거라 생각해요."

수많은 대신들의 반대를 뚫고 이뤄 낸 결혼. 라페니히 황제와 수이 황후의 결혼은 크롬웰 역사상 그렇게 로맨틱한 결혼이 있을까 싶을 정도의 사건이었다. 그들의 사랑이 얼마나 구구절절했을지 아시나는 상상도 가지 않지만 그 이야기를 매번 들어왔기 때문에 의심은 하지 않았다.

"현 황제에겐 아들이 없다고 들었습니다. 그럼 혹시 지금 황제가 죽는다면 황위 계승이 어떻게 될지 감이라도 잡히십니까?"

"글쎄요."

집안에도 관심이 없는데 그런 데에 관심을 쏟았을쏘냐. 아시나는 몇명을 제외하고 황위 계승권이 누구누구에게 있는지도 정확히 몰랐다. 솔직히 까놓고 말하자면 나라 돌아가는 건 전혀 아시나의 관심사가 아니었다. 오히려 크롬웰의 특산품에 대해 말해 달라고 하면 하루를 쏟아서라도 자세하게 알려 줄 의향도 있었다.

"제 생각엔 역시 황제의 동생인 카르디안 대공이 다음 대의 황제가 될 가능성이 크지 않을까 하는데 아시나 양 생각은 어떠신가요?"

나시르는 나름대로 그동안 수집한 정보와 알게 된 사실들을 조합해 도출해 낸 결과였건만, 그 의견을 들은 아시나는 단박에 고개를 가로저었다.

"예? 그럴 일은 절대 없어요."

그것만큼은 확실히 알려 줄 수 있었다. 아시나는 단호하게 딱 잘라 말했다.

"카르디안 대공은 황위 계승권을 포기했는걸요. 한 번 포기한 계승권은 절대 다시 복구할 수 없어요. 설령 크롬웰의 모든 황족 혈통이 끊어진다고 해도! 폐하의 자비로 황족의 지위는 유지했지만 아마 대공이 황위에 오를 일은 없을 거예요. 대공의 자식이라면 모를까 대공은 절대로 황제가 될 수 없다는 말이죠."

"그렇습니까?"

원래대로라면 대공의 자식들에게도 계승권이 생기지 않는 게 맞지만 지금에 와선 그 부분은 완화되었다. 하지만 그것 이상으로 계승권을 포기한 황족에 대한 취급은 확고했다.

"풍문으로는 아스타테아 가의 둘째 딸과 결혼할 때 황위 계승권을 포기했다고 하더군요. 믿지는 않았는데, 사실이었군요. 아시나 양이 보기엔 황가에서 아스타테아의 독주를 막기 위해 그런 결정을 내린 것 같습니까?"

"……."

아닐걸요, 아마도. 아시나는 이번에도 그냥 입을 다물었다. 실체를 알고 있음에도 밝힐 수 없다는 건 괴로운 일이었다.

"잘 모르겠네요. 나시르가 보기엔 그런 것 같아요?"

"그 둘째 딸이 유명한 미인이라니 가능할 것도 같습니다만 이해는 안 가는군요. 가장 황제에 어울리는 사람이 제 발로 그 자리를 걷어차다니."

"그런가요."

아시나는 잘 모르겠다는 듯 어깨를 으쓱였다. 아까도 생각한 거지만 오늘 나시르는 영 상태가 좋지 못했다.

"고민이 많은가 봐요?"

"그럴 일이 좀 많거든요."

자신의 상태를 들켰다는 건 유쾌한 일은 아니었다. 나시르는 애매하게 웃었다. 티가 날 정도였나. 그것도 정체조차 제대로 알 수 없는 상대에게 들켰다는 건 약간 수치이기도 했다. 확실히 남쪽의 일도 버거운 판에 한 번도 가 본 적 없는 북의 일까지 신경 써야 하니 피곤하긴 했다.

아시나는 괜히 걱정했나 고민하면서도 개의치 않았다.

"연회는 언제부터 열려요?"

"아마 사흘 정도 후부터일 겁니다. 벌써 대족장이 여럿 모이셨으니 본격적으로 열리려면 일주일 후겠지만 그 전에 전야제를 엽니다."

"그렇구나."

전야제에 연회. 둘 다 좋은 소식이었지만 아직 확실하지 않은 부분이 있었다.

"저도 참가할 수 있어요?"

"보실 수는 있습니다."

그럼 그렇지. 약간 아쉽긴 했지만 아시나는 깔끔하게 미련을 접었다. 차라리 못 보는 게 나았다. 그래야 탈출에 대한 계획에 집중할 수 있으니까. 이곳에 너무 익숙해져서 요새 또 몸이 늘어지는 기분이라 아시나는 영 기분이 좋지 못했다.

"축제가 궁금하십니까?"

"조금요."

아시나는 솔직하게 대답하고 빙그레 웃었다.

"아니에요. 괜찮아요."

신경 쓰지 않아도 된다며 덧붙이는 말에 나시르는 조금 안쓰러운 시선을 보냈다. 분명 좋아할 텐데, 보여 주지 못하는 건 정말 유감이었다.

"카림과는 어떠십니까?"

"좋아요."

아시나가 환하게 웃었다.

"전 그런 사람 좋아하거든요. 표정에 모든 게 드러나는 타입? 솔직해서 믿을 만하잖아요."

"카림이 믿을 수 있는 남자라는 데엔 동의합니다."

"그럼 나시르는요?"

빤히 쳐다보는 시선이 마치 도발하듯 나시르를 응시했다.

"저요? 저는……."

무어라 대답해야 좋을지 고민하다 나시르는 한숨을 내쉬었다.

"좀 곤란한 질문인데요."

"흐응."

오히려 흥미롭다는 듯 아시나가 턱을 괴었다. 마치 재미있는 걸 보았다는 반응에 나시르는 정말 곤란했다.

"뭡니까, 그 시선은."

한참을 값을 매기듯 열심히 쳐다보던 아시나가 어깨를 으쓱였다.

"아니요, 나시르도 참 잘생겼다 싶어서요."

똑똑. 손기척이 들리자 나시르의 시선이 문을 향했다. 잠시 아시나에게 시선이 꽂혔지만 망설임은 그리 길지 않았다.

"잠시만요."

찰나 아시나의 눈동자가 빛났다. 나시르의 시선이 자신에게서 떨어진 순간 아시나는 곧바로 나시르가 걸어 놓은 제 주머니를 향했다. 나시르가 문을 열고 문밖의 사람과 이야기를 나누는 순간 주머니를 낚아챈 손은 어느새 주머니 안에서 또 다른 주머니를 꺼내고 있었다. 그리고 나시르가 잠깐의 이야기를 끝내고 뒤를 돌아보았을 때, 걸린 주머니는 다시 그 자리에 있었다.

"기다리게 해서 죄송합니다. 갑자기 급한 일이 생겨서……."

"심각한 일이에요?"

"아니요. 그런 건 아닙니다."

"그럼 다행이네요."

아시나는 미련 없이 제자리에서 일어났다. 갑자기 생긴 주머니 때문에 좀 곤란했지만 다행히 아바야 차림이었다. 아시나는 이 순간 아바야에게 엄청난 감사를 보냈다. 가릴 수 있는 물건이 있다는 건 정말 감사한 일이었다.

"음, 그럼 더 궁금한 게 생기면 물어보세요, 나시르."

아시나를 배웅하며 나시르는 이 여자가 웬일인가 싶었지만 그리 티를 내진 않았다.

"그러도록 하죠."

"어휴, 들키는 줄 알았네."

익숙하게 해냈지만 아시나는 오랜만에 간담이 서늘했다. 기회가 생겼을 때 해치우는 건 당연한 진리 중 하나였지만 이렇게 빨리 제 손안에 주머니가 들어올 줄이야. 따로 훔치러 갈 계획까지 세워 놓고 있었거늘. 그래도 문제없이 훔쳐 와서 다행이었다. 들키는 건 시간문제지만 그 전에 떠날 거니까! 새삼 자신에게 소매치기 기술을 가르친 녀석의 얼굴이 떠올랐으나 아시나는 전혀 고맙지 않았다.

"유용하게 써먹고 있긴 한데 체른 그 자식이 가르친 거라 짜증난단 말이야."

그밖에도 열쇠 따는 법 등의 갖가지 유용한 기술들을 알려 준 놈이었지만 아시나는 정말 하나도 고맙지 않았다. 능글맞게 웃으며 재수 없게 굴어서 그런지 몰라도 어쨌든 생각하는 것만으로 짜증이었다. 뭐, 펜의 감옥에 갇혀 버렸을 때도 열쇠를 이런 식으로 훔치긴 했었다. 여행을 다니다 주머니를 뺏기는 일은 별로 없었으나 문제는 항상 집이었다.

아시나는 단연코 자신이 다닌 그 어떤 여행지보다 집을 탈출하는 게 더 큰일이었다고 당당하게 말할 수 있었다. 집에 가면 제일 먼저 하는 짓이 안전한 장소에 주머니를 숨기는 것이니 말 다 했다. 그도 그럴 게 어머니가 아시나를 보면 제일 먼저 하는 일이 주머니를 뺏는 것이었으니까! 주머니에 마법이 걸려 있어서 정말 다행이야.

스승님께 선물로 받은 주머니라 따로 돈을 내진 않았으나 아시나는 이 간편한 주머니를 절대 포기할 수 없었다. 또 뺏기면 안 되니 잘 숨겨 놔야지. 아시나는 누르가 보지 않을 때 침대에 있는 쿠션에 주머니를 티 나지 않게 넣었다.

"전야제가 사흘 정도 후라고 하니 적어도 여기서 출발은 닷새 후가 제일 안전하겠네."

궁전 안은 벌써부터 소란스러웠다. 연회의 규모가 어느 정도인지는 모르지만 떠들썩함을 지켜보면 대충 짐작이 될 터. 대족장들이 궁전에 체류하는 이상 외부에서 병력을 충원하는 게 아니라면 기존의 병력을 끌어다 그쪽에 더 인원을 배치할 테니 분명 궁전 어딘가엔 소홀해지는 부분이 생길 터였다. 중요 인사가 많이 오면 주시해야 하는 시선 또한 많아야 하고, 인재는 언제나 한정되어 있는 법이니 자신을 향한 시선도 뜸해질 게 뻔했다. 그 기회를 노려야지. 아시나는 그때를 기다리기로 했다.

여기서 도망치는 건 처음이지만 도망가는 건 내 전문이잖아?

"뭘 그리 골똘히 생각 중인 거지?"

바로 뒤에서 들린 낮은 목소리. 아시나는 저도 모르게 소스라치게 놀라 자리에서 일어났다.

"깜짝이야."

너무 생각에 골몰해 있던 탓도 있지만 아시나는 무엇보다 이렇게 존재감이 대단한 남자가 소리 없이 움직일 수 있다는 점이 놀라웠다. 모르고 싶어도 알 것 같은 그 존재감으로 어떻게 이렇게 조용히 다닐 수 있는 거지? 놀라서 인상을 찌푸린 아시나를 내려다본 베히다트는 자연스레 그녀를 제 품으로 끌어당겼다.

"들어왔으면 기척 좀 내고 다녀요. 귀신이세요?"

"귀신이라면 어떡할 셈이었지?"

"어떡하긴 뭘 어떡해요. 기절했겠죠."

옅은 웃음이 그의 입가에 걸렸다. 별로 웃긴 농담도 아니었는데 부드럽게 풀어진 입매를 보며 아시나는 저도 모르게 신음했다. 항상 굳게 다물어져서 가끔 비틀린 미소만 봤었는데. 이런 건 좀 좋다고 생각하면서도 아시나는 괜히 투덜거렸다.

"오늘도 어김없이 오셨군요."

자신의 방인 양 자연스레 들어온 베히다트는 거리낌이 없었다. 자연스레 아시나가 앉아 있던 침대에 앉아 마땅히 제 것이라는 듯 아시나를 끌어들였다. 붙잡힌 팔과 어느새 안기듯 이끌려 간 남자의 품을 불편하게 쳐다보며 아시나는 인상을 썼다. 낮은 목소리가 나지막이 그녀의 머리에 내려앉았다.

"불만인가?"

아시나는 긴장으로 절로 빳빳해지는 자신을 느끼며 조심스레 베히다트를 올려보았다.

"그렇다면 혼낼 거예요?"

"그럴까?"

낮게 웃는 목소리는 왜인지 전혀 혼낼 의사가 보이지 않았다. 지금 그래서 혼낸다는 거야, 혼내지 않겠다는 거야? 헷갈리는 반응에 아시나가 입을 다무니 베히다트의 손가락이 아시나의 머리카락을 멋대로 매만졌다.

"왜인지 얌전하군."

남자의 손가락에 걸린 자신의 머리카락을 지켜보며 아시나는 순순히 고개를 끄덕였다.

“어차피 올 거라고 예상했거든요.”

“왜지?”

의아하다는 듯 베히다트가 물었다. 아시나는 꽤나 당당하게 자신을 내려다보는 붉은 눈동자를 올려 보았다.

“나한테 반해서?”

엄청난 농담을 들었다는 듯 베히다트가 웃었다. 아시나는 그렇게 웃는 베히다트가 신기하면서도 뭔가 어색했다. 적응이 안 된다고 해야 하나. 당장이라도 비웃을 줄 알았는데 돌아오는 반응이 예상보다 유했다. 그게 아시나를 더 긴장하게 만들고 있었다.

“제법인걸.”

감탄인 듯 아닌 듯 애매한 칭찬. 아시나는 전혀 기쁘지 않았다. 그냥 이 남자가 좀 사라져 줬으면 싶을 뿐. 휘어진 눈매와 호선을 그리는 입술이 이토록 매력적이라는 건 정말 사기였다.

아시나의 불편한 시선을 느꼈으나 베히다트는 그 점에 대해선 말하지 않았다. 그저 제 손가락에 걸린 머리카락을 말없이 쓰다듬었을 뿐.

“오늘도 같은 침대에서 잘 거예요?”

“싫은가?”

웃음기 어린 목소리. 농담인 듯 아닌 듯 이 애매한 거리가 아시나를 미치게 만들었다. 아오! 아시나는 자꾸 풀어지려는 제 경계심 때문에 짜증이 났다. 아니, 이 인간은 왜 갑자기 이렇게 친한 척이야? 싫진 않지만…… 그렇다고 좋지도 않았다. 정적을 배경으로 두 사람의 시선이 마주쳤다. 당장이라도 뛰쳐나가고 싶은 기분이었는데 용케 참고 있었다. 슬슬 한계인데. 먼저 입을 열면 웬지 지는 듯한 긴장이 둘 사이에 형성되었다. 아시나는 제가 얼마나 인내심이 없는지 아주 잘 알고 있었고 적어도 상대는 자신보다 인내심이 많다는 것도 알고 있었다. 그럼에도 지고 싶지 않아서 버티고 있었지만 무리였다. 아시나는 결국 불편한 공기를 견디지 못했다.

"싫다기보다…… 아니, 싫어요."

"그럼 바닥에서 자든지."

"윽."

가차 없는 대꾸에 아시나는 속으로 눈물을 흘렸다. 아, 도대체 어떻게 하면 이 남자 입을 막아 버릴 수가 있을까. 살면서 말로는 절대 남에게 밀린다고 생각한 적 없는데 상황이 상황이기 때문인지 아시나는 처음으로 자신의 말발에 한계를 느꼈다.

왜 이 남자랑 대화를 시작하면 백이면 백, 지게 되는 거지? 쉽사리 믿을 수가 없었다. 말이라면 자신 있었는데 이제 도대체 뭐를 믿고 이 험한 세상을 살아가야 한단 말인가. 천하의 자신이 말발에서 밀리다니. 아시나가 좌절하며 울상을 짓는 동안 누르가 방 안으로 무언가를 가져왔다. 아시나는 이젠 익숙해진 카흐아 향과 함께 처음 보는 과일에 흥미를 보였다.

붉은 빛을 띠는 둥그런 열매. 대추인가. 말린 것 같은데 이상하게 아시나가 봐 왔던 대추처럼 쭈글쭈글하지 않았다. 아시나는 자신이 방금 전까지 취침 이야기로 미묘한 신경전을 하고 있다는 사실도 까먹었다. 초롱초롱한 시선으로 아시나가 베히다트를 올려보았다.

"이게 뭐예요?"

"대추야자."

순식간에 눈이 동그래졌다. 베히다트는 웃고 싶은 기분을 참았다. 어쩜 이리 알기가 쉽단 말인가. 솔직한 심정을 말하자면 귀여웠다. 눈에 보이는 대로 뻔히 움직이고 있는데도 그게 귀엽다는 건 베히다트에게도 참 생소한 부분이었다.

"대추야자? 이게요?"

낮에 나시르가 부탁해서 가져오긴 했지만 이런 광경을 보게 될 줄은 예상하지 못했다. 사실 베히다트는 아시나가 대추야자 타령을 하면서도 정말로 거기에 집착할 거란 생각은 하지 않았다. 하지만 막상 대추야자를 보고 눈앞의 고양이가 내비치는 반응을 보자 즐거웠다. 기대 이상의 반응이었다.

"대추야자……."

눈치를 살피는 기색이 느껴졌다. 베히다트는 모르는 척했지만 아시나는 끈질기게 베히다트를 올려보았다. 그 시선이 무엇을 원하는지, 얼마나 원하는지 뼈저리게 느낄 수 있도록 해 주었지만 베히다트는 짐짓 모른 척 무심하게 고개를 돌렸다. 결국 울상을 짓는 건 아시나였다. 어떻게 해서든 먹어 보고 싶은데 쉽게 그 말이 나오지 않는 모양이었다. 자존심인가. 아니, 그것보단 다른 이유인 듯했다. 베히다트는 모르는 척 아시나가 하는 행동을 살펴보았다. 아시나는 고민에 빠진 기색이었다. 그러다가 별안간 고개를 들더니, 바로 베히다트의 팔을 붙잡았다. 가느다랗고 하얀 손이 베히다트의 팔을 흔들었다. 초롱초롱한 시선에 웬만한 남자는 바로 넘어갔을 것이다.

"하, 하나만 먹어 봐도 돼요?"

아시나는 사실 자존심 같은 건 팔아먹은 지 오래였다. 살아가는 데 자존심이라는 건 필요하면 얼마든지 팔아먹을 수 있는 것이었다. 그렇지만 이건 자존심이 아니라 서열의 문제였다. 아시나는 그걸 고민했다. 지금 이 순간 대추야자의 유혹에 굴복하면 분명 오늘 밤도 같이 자게 될 거고 그건 자존심의 문제와는 아주 다른 엄청난 문제가 될 게 뻔했다. 하루 이틀도 아니고 사흘이나 남자랑, 그것도 같은 침대에서 잠을 자다니! 이대로라면 아마 평생 시집가는 건 글러 먹게 될지도 몰랐다. 자신의 파란만장한 미래냐, 눈앞의 대추야자냐 순간 엄청난 갈등에 휘말렸지만……. 결국 승리한 것은 충동이었다. 아시나는 제가 얼마나 인내심이 없는지 다시 한 번 아주 뼈저리게 깨달았다.

대답 대신 베히다트가 직접 대추야자 한 알을 아시나 입에 가져갔다. 아시나는 냉큼 잘도 받아먹었다. 대추야자라는 이름에서 오는 이미지와 달리 막상 입에 문 대추야자는 꿀이라도 받아먹은 듯 엄청나게 달았다. 쓸 줄 알았는데. 아니, 달다고는 들었지만 이 정도로 달 줄은 꿈에도 상상하지 못했다. 이건 완전히 설탕 절임 수준이었다. 설탕을 퍼먹어도 이 정도로 달지 않을 거라 생각하며 아시나는 오물오물 제 입안에 들어 있는 대추야자를 씹어 먹었다. 상상한 거 이상으로 쫀득쫀득했다. 이게 엄청난 열량과 영양소를 가지고 있다니, 왜 사막 여행의 필수 식품이라는지 알 것 같았다.

"맛있나?"

진지하고 심각하게 대추야자를 씹고 있는 아시나를 지켜보던 베히다트가 물었다. 그녀는 뭐라 말해야 할지 모르겠다는 애매한 표정으로 베히다트를 올려보았다.

"엄청 달아요."
"그렇겠지."
"진짜 달아요. 하나만 더 먹어도 돼요?"
'원한다면 다 먹으라.'고 하고 싶었지만 왜인지 그러면 이 고양이가 자신에게 관심이 없어질 게 뻔했으므로, 베히다트는 원래는 안 되지만 자신이 기꺼이 허락한다는 의미로 고개를 끄덕였다. 아시나가 신나서 하나를 집어 다시 맛을 보았다. 그렇게 먹고 싶어 했던 대추야자여서인지 감회가 새로웠다. 크라차에서 한 아름 사서 집에 돌아갈 예정이었는데. 엄마한테 뇌물로 바치려고 한 대추야자였는데.
"아, 달다."
"하나 더?"
"으음……. 아니요, 너무 달아서 혀가 마비될 거 같아요."
아쉽다는 듯 베히다트가 흘러내린 아시나의 머리카락을 쓸어 넘겼다. 이게 사실 나시르가 보낸 선물이라는 걸 알면 아시나는 어떤 표정을 지을까. 또 자기가 보낸 선물이 이런 식으로 주군에게 이용당하고 있다는 사실을 나시르가 안다면 과연 어떤 표정을 지을까. 벌어질 상황이 상상도 가지 않을 만큼 즐거웠다. 아시나는 입안에 남은 대추야자를 오물오물 씹으면서 도대체 이 남자가 왜 이렇게 실실 웃는 건가 의아해했다. 뭐 좋은 일이라도 있는 건가.
"괜히 생명의 열매가 아니군요. 이렇게 단데 영양분이 풍부하게 들어 있다니 믿을 수가 없어요. 페시안이 식량난으로 망하지 않은 건 전부 이 대추야자 덕이라면서요?"
"그건 어디서 들은 거지?"

흥미롭다는 듯 베히다트가 아시나의 눈동자에 시선을 맞췄다. 늘 보면서도 느끼는 거지만 아시나는 저 붉은 눈동자가 보내는 시선이 정말 적응되지 않았다. 사람이 어떻게 이런 눈빛을 낼 수 있는 거람. 솔직히 말하자면 도무지 눈을 맞추고 있기가 힘들었다. 너무 시선이 강렬해서, 자기도 모르게 시선을 피하게 된다. 그래도 아시나는 최대한 눈길을 피하지 않으려 오기를 부렸다.

"책에서 봤어요. 꽤 많은 책에 대추야자에 대한 언급이 있기에 뭔지 한번 찾아봤거든요. 그래도 맛은 있네요. 근데 너무 달아."

아무리 단 걸 좋아한다고 해도 두 개 이상 먹는 건 좀 힘들었다. 근데 탐이 나긴 한다. 이거만 있으면 앞으로의 어떤 여행도 식량은 걱정 없을 텐데. 맨날 육포와 스프는 정말 지겨웠다. 그래도 관광지를 가면 맛있는 걸 많이 먹을 수 있어서 좋긴 했는데 사람이 없는 산으로 들어가거나 유적지로 가면…….

순간이지만 훔쳐 가고 싶다는 생각마저 들었다. 씨를 훔쳐 가면 크롬웰에서 키울 수 있으려나? 이제 원예까지 넘봐야 하나 고민했지만 그 생각은 그리 오래가지 않았다.

"테나인이 좋아하겠다."

아직도 입에 남은 단맛이 하나 정도는 더 먹고 싶게 만들었다. 아, 뭔가 아쉬운데. 하나만 더 달라고 해 볼까? 아시나가 그런 고민을 한 순간, 베히다트의 눈썹이 꿈틀거렸다.

"테나인?"

아시나가 동그랗게 뜬 눈으로 베히다트를 쳐다보았다. 테나인이라는 이름이 낯선 사람에게서 나오니 기분이 이상했다. 자기도 모르게 중얼거린 모양이었다. 그냥 생각만 했는데 그게 언제 입 밖으로 튀어나간 거지? 놀라긴 했으나 큰일은 아니었다. 아시나는 별거 아니라는 양 어깨를 으쓱였다.

"네, 테나인."

그냥 그렇게 넘어갔으면 좋겠는데……. 어쩐지 자신에게 꽂히는 시선이 해명을 요구하는 것 같아 아시나는 남몰래 한숨을 내쉬었다.

"제 사촌 오빠예요."

"그렇군."

사촌 오빠이긴 했지만 엄밀히 따져서 말하자면 친구에 가까웠다. 외동인 아시나가 외롭지 않게 자랄 수 있었던 건 전부 자매처럼 같이 자란 아이세스의 공이 제일 컸지만 그에 못지않게 사촌 테나인과 이케인의 공도 컸다. 까칠하긴 하지만 매너가 좋고, 하는 말은 재수 없지만 그래도 꽤 죽이 잘 맞는 테나인. 아시나가 빙그레 웃었다.

"테나인은 단 걸 엄청 좋아하는데, 맨날 단 거만 입에 달고 살아서 온 식구가 테나인의 건강을 걱정해요. 아침에 쇼콜라, 점심에 밀푀유, 저녁에 에클레어 이런 식이거든요. 으음, 분명 그렇게 먹다가 단명할 게 뻔해요."

아시나의 두 눈이 가늘어졌다. '넌 그렇게 막살다 단명할 거다.' 라고 대꾸하는 테나인의 목소리가 여기까지 들려오는 기분이었다. 분명 그놈은 자기 집에서 마카롱 컬렉션이나 정복하고 있을 텐데 말이야. 아시나는 저도 모르게 싱긋 웃었다. 맨날 서로 일찍 죽을 거라고 그렇게 욕하면서도 매번 마지막에는 서로 내가 먼저 죽을 테니 넌 나중에 죽으라며 농담을 하는 것이었다. 그게 일상다반사였으나 가끔 그 소리를 아시나의 어머니나 큰이모가 듣기라도 하면 둘의 등짝은 남아나지 않았다. 그런 재수 없는 소리는 하지 말라며 집안 어르신들이 혼을 내지만 그래도 둘은 절대 그 농담을 그만두지 않았다.

아, 테나인 보고 싶다.

갑자기 든 가족들 생각에 그리움이 물밀 듯 밀려왔다. 집에 가고 싶다. 신나게 놀 땐 그런 생각이 안 드는데, 이처럼 집중할 게 없어지면 제일 먼저 생각나곤 했다. 고요하게 공기가 가라앉았다. 아시나는 괜히 울적해졌다. 지금은 이러면서도 막상 집에 돌아가면 일주일을 못 버티고 뛰쳐나온다는 게 문제지만.

"많이 좋아하는 모양이군."

"……티 나요?"

대답 대신 베히다트는 빤히 아시나의 얼굴을 쳐다보았다. 아시나는 자기가 예쁘다는 건 알지만 역시 이 시선은 조금 부담스럽다고 생각했다. 그러거나 말거나 베히다트는 열심히 아시나를 쳐다보았다. 분명 같은 표정이었는데 가족 이야기가 나온 것만으로 이 여자의 무언가가 달라졌다. 그리고 지금 신경을 거스르는 건 분명 그것이었다.

"테나인도 알까요?"

"그건 모르지."

"몰랐으면 좋겠는데."

입술을 삐죽이는 건 분명 불만이 있다는 뜻인데 어째서인지 베히다트는 아시나가 별로 불만스러워 보이지 않았다. 하는 짓만 보면 친구도 없이 혼자 막자란 것 같은데, 묘하게 애매했다. 도대체 뭘까, 이 틈은. 알아내고 싶었지만 보여 주지 않는다. 베히다트는 조금 더 인내심을 가지기로 했다.

"하나만 더 먹어도 돼요?"

결국 아시나는 식욕을 참지 못했다. 간절히 원하는 그 시선에 베히다트는 자신도 모르게 웃음 짓고 말았다.

"다 먹어도 돼."

"다는 필요 없는데."

그래도 웃음기 어린 대답에 기분이 좋은 건 사실이었다. 사소한 것에 이렇게 기분이 좋아지다니, 역시 글렀다고 아시나는 생각했다. 그럼 일단 사양 않고 다 받아 보실까. 누르가 가져온 그릇을 통째로 끌어안은 아시나는 대추야자 하나를 입에 넣었다. 단 걸 먹고 있어서 테나인이 생각난 것일 뿐, 아시나는 테나인 말고 이케인이 더 보고 싶었다.

이케인, 내 소울 메이트!

지금도 그렇지만 특히 어릴 적, 이케인과 아시나의 콤비는 예술이었다. 그녀의 어머니가 크롬웰의 재앙이라고 말할 정도로 둘은 아주 환상적인 손발을 자랑했다. 테나인은 어떤 사고를 친다기보다 좀 생각 있어 보이고 분명 얌전히 있는 것 같은데, 막상 알고 보면 '제일 막나가는 녀석은 저 녀석!'에 가까웠으니까. 그래서인지 항상 사고를 공모하는 건 테나인이었고 막상 저지르는 건 아시나와 이케인이었다. 그리고 혼나는 것 역시 두 사람. 아, 진짜 얄미운 놈이야.

"사촌을 형제처럼 여기고 자랐다고 했었나."

지나가는 말로 했던 것 같은데 용케 기억하고 있었다. 아시나는 조금 신기했다. 그냥 흘릴 법도 한데 그 모든 걸 기억하고 있다니.

단순히 기억력이 좋아서 기억하는 건지, 주의를 기울여 일부러 기억하고 있었던 건지 헷갈렸다.

"형제처럼 여기는 건 친사촌이고 이종사촌은 친구처럼 자랐어요."

왜 있는 사실을 이야기한 것뿐인데 괜히 긴장되는 걸까. 아시나는 이 긴장이 단순히 제 머리를 간질이는 손길 때문인지, 바로 코앞에 있는 남자 때문인지 그 이유를 알 수 없었다. 뭔데 이리 떨리는 거야? 자신밖에 알 길 없는 가느다란 떨림이었지만 그래도 쉽게 무시할 수 없었다. 대추야자의 달콤한 향기만이 떠돌았다.

"친구라."

아시나는 시선을 들어 눈앞의 남자를 올려다보았다. 미지근한 반응. 하나 잡힐 듯 잡히지 않는 무언가는 분명 익숙한 것이었다.

"재미있군."

베히다트가 웃었다. 비뚜름한 미소에 아시나는 웃지 않았다. 뭐, 이케인도 테나인도 모두가 아시나의 훌륭한 친구였다. 아이세스는 다 좋은데 너무 얌전해서 같이 놀아 보려고 하면 좀 그랬다. 재미가 없다고 해야 하나, 단조롭다고 해야 하나, 애가 너무 순수하다고 해야 하나. 당연히 아시나에게 그런 인내심은 없었고, 아이세스를 혼자 두고 모험을 떠나는 일이 많았다. 지금도 그렇지만. 남대륙으로 간다는 말에 새파래져서 제정신이냐고 소리를 지르던 아이세스의 얼굴이 아직도 생생했다. 거기서 제정신이라고 대답했다면 혼났겠지. 아이세스는 정말 다 좋은데 너무 고지식하단 말이야. 아시나는 남몰래 한숨을 내쉬었다.

오랜만에 두고 온 사람들 이야기를 하려니 기분이 묘했다. 다들 잘 지내고 있을 텐데. 항상 가족과 친척 이야기는 입에 달고 살지만 여행지에서 이렇게까지 이야기를 많이 한 건 처음이었다.

다시 침묵이 간극을 메웠다. 예전만큼은 아니지만 아시나는 이 침묵이 여전히 불편했다. 거북한 수준에서 불편한 수준으로 내려왔으면 꽤 많이 적응한 셈이긴 했지만. 아시나는 참아 보려 했다. 이젠 좀 견딜 수 있을 듯했다. 하지만 얼마 못 가 먼저 입을 열었다. 결국 이번에도 진 건 아시나였다.

"베히 님도 형제가 있어요?"

느닷없는 질문에 베히다트가 시선을 올렸다. 코앞에서 마주친 시선은 멀리서 마주한 것 이상으로, 아니 상상할 수 없을 정도로 위압적이었다. 그냥 응시하는 것뿐인데도 그런 느낌을 받는다. 누군가를 단 한 번도 올려다본 적 없는 자의 시선. 모든 게 제 아래에 있는 눈. 이런 시선으로 사람을 쳐다보면 항상 모든 사람이 고분고분했겠지. 아시나는 저도 모르게 보이고 마는 순종적인 태도에 혀를 깨물었다. 베히다트가 재미있다는 듯 웃었다.

"그건 왜 물어보는 거지?"

"왜인지 있을 것 같아서."

그런 기색인걸. 뒷말을 삼킨 아시나는 얌전히 베히다트를 쳐다보았다. 이게 단순히 자신의 흥미 때문인지 이 남자에 대한 호기심인지 아니면 또 다른 반발 심리 때문인 건지는 모르겠지만 알고 싶었다. 이 남자에 대한 모든 걸.

잠깐, 뭐라고? 아시나는 잠시 멈칫했다. 제가 순간 뭐라 생각했는지 더듬어 보다가 저도 모르게 인상을 찌푸렸다. 도대체 내가 방금 무어라 생각한 것이란 말인가. 그때였다, 낮은 목소리가 들린 건.

"있었지."

그것은 지나치도록 나른하고 무미건조한 목소리.

"지금은 다 죽었지만."

아시나는 순간 제가 무슨 생각 때문에 혼란에 빠졌는지 잊어버렸다. 그저 눈앞에 있는 붉은 눈동자에 스쳐간 감정이 어떤 것인지 숨죽여 주시했을 뿐. 동요? 아니다. 그런 느낌은 아니었다. 그것은 흔들렸다고 치기엔 너무나 메말라 있었다. 고독…… 그것도 아니다. 고독한 자에게 보이는 영원히 채워지지 않을 빈자리가, 눈앞의 남자에겐 흔적조차 보이지 않았다.

죽은 형제를 이야기하는데 그 어떤 비통함도 외로움도 없었다. 남아 있는 것은 그저 씁쓸함. 쌉싸래한 무언가만이 거기에 그렇게 남아 있을 뿐이었다. 흔적조차도 미미하게. 외로운 것도, 그렇다고 불완전한 것도 아니다. 그런데 어째서인지 아시나는 이 남자를 안아 주고 싶다는 생각을 했다.

"왜…… 냐고 물어봐도 돼요?"

싸늘하게 가라앉은 정적을 깬 건 가느다란 목소리였다. 베히다트는 처음으로 여자의 목소리가 예쁘게 울릴 수도 있구나, 가만히 감탄했다. 아시나는 망설이다 남자의 큰 손 위에 자신의 손을 얹었다. 안아 주고 싶었지만 거기까지는 차마 용기가 나지 않아 대신 손이라도 잡은 것이었다. 자신의 손 위에 얹어진 작고 가느다란 흰 손을 보며 그는 무심코 붙잡아 입 맞추고 싶다는 생각을 했다.

"흔한 이야기지."

냉정하고 단호한 대꾸.

"쿤이 되기 위한 시험에서 진 왕족은 모두 율법에 따라 죽는다. 거기에 예외는 없어."

왜일까? 진심으로 이 남자에 대해 알고 싶다는 생각이 들었다. 아시나는 저도 모르게 베히다트의 눈가에 손을 뻗었다. 마치 이 세상 그 어떤 것들과도 아무 상관없다는 듯 고고하면서 어째서 이렇게…….

아시나는 그 이유를 알 것 같으면서도 물었다.

"왜요?"

"불온의 싹을 남기면 안 되니까."

불온. 피를 나눈 혈육들을 그렇게밖에 표현할 수 없는 건 그가 왕이기 때문이었다. 잔인하다는 생각은 들지 않았다. 그저, 이 시퍼런 현실에 기가 질렸을 뿐.

"엄청 냉혹하네요."

"안 그러면 죽으니까."

당연하다는 듯 그가 말했다.

"죽지 않으려면 이기는 수밖에."

왜 이렇게 고독한 눈을 하고 있는 걸까. 아니, 이건 고독이 아니었다. 고독하다고 생각하는 건 자신이었으니까.

당연하다는 듯 짊어지고 있는 것들. 이 남자가 짊어지고 있는 게 눈에 보였다. 이 나라, 그래, 페시안 전체. 충분히 무거울 법도 할 텐데 그 모든 것들을 힘든 내색 없이 짊어지고 있다.

태양 같구나. 아시나는 무심코 감탄했다. 이 남자는 태양 같았다. 아무도 닿을 수 없는, 누구도 대신해 줄 수 없는 그 무언가를 홀로 감내하고 있었다. 아시나는 이 눈을 아주 잘 알았다. 잘 알고 있는 눈동자였다. 정말 괜한 걸 물어봤네.

"아니면 계승권을 포기하고 국외로 추방되든가. 하지만 보통 그런 경우에도 원인을 알 수 없는 죽음을 당하고 말지."

원인을 알 수 없는 죽음. 그렇게 표현했지만 아시나는 그게 왜 원인을 알 수 없는지 짐작할 수 있었다. 머리가 나쁘지 않다면, 역사를 조금이라도 배웠다면 그건 누구나 짐작할 수 있는 것이었다. 왜인지 기분이 처진다. 아시나는 자신 역시 그 원인을 알 수 없는 죽음을 당할 수 있다는 걸 상기했다.

"역시 권력은 무섭네요."

"그런가?"

권력과는 평생 연관이 없을 것처럼 굴면서 이런 냉소적인 반응이라. 베히다트는 아시나의 손을 잡아 올렸다. 그 하얀 손에 입술을 댄 채로 아시나를 바라보니 무엇이 그리도 부끄러운지 아시나가 뺨을 붉혔다. 그 모습이 귀엽다는 생각을 하면서도 베히다트는 의아했다. 은근하게 익숙한 느낌이 난다. 뭐랄까, 이상했다. 그냥 정체가 뭐인지만 알면 되는데. 어째서인지 점점 이 여자 자체에 흥미가 생겼다. 더 알고 싶다. 그게 무엇이건 더 알아내고 싶었다. 명백히 이건 이상 징후였다.

……어쩌면 적국의 스파이일 수도 있는데. 지금 와서 그런 의심은 들지 않았다. 그리고 그 점이 놀라웠다. 남의 경계를 이렇게 무방비한 자태로 허물다니. 이건 또 이것 나름대로 위험한걸.

"그런데."

베히다트의 다른 손이 아시나의 뺨을 그리듯 매만졌다. 갑작스런 접촉에 아시나의 몸이 살짝 굳었다. 그럼에도 아랑곳하지 않고 베히다트의 손이 느릿하게 그녀의 뺨을 훑었다. 그리고 닿은 것은 하얗고 작은 귀. 그의 시선이 아시나의 귀걸이에 머물렀다.

"이건 대체 뭐지?"

계속 신경 쓰이던 것이었다. 마치 태어날 때부터 한 몸이라는 듯 달려 있는 작은 귀찌. 다른 쪽은 하지 않는데 이쪽 귀만 이 귀찌가 달려 있었다.

귀에 닿은 손가락의 느낌이 생생했다. 아시나는 입술이 메말라 왔지만 최대한 떨지 않으려 했다. 전에도 생각한 바지만 지금 역시 그러했다. 이 인간은 도대체 왜 이리도 예리하단 말인가. 자꾸 핵심을 찌르는 바람에 난감했다. 관찰력이 좋은 건지, 단순히 촉이 좋은 건지 아시나는 알 수가 없었다.

"뭐가요?"

아시나는 아무렇지 않게 자신의 귀를 만졌다. 귀찌는 웬만하면 벗겨지지 않았다. 하나 마법이 걸려 있으니 특별히 주의를 요했다. 그럴 일은 없겠지만 그녀는 귀찌를 억지로 빼려고 하면 눈앞의 팔을 깨물 각오도 되어 있었다.

"전에도 특이하다 생각했지만 이젠 확실히 알겠군. 마법이라도 담긴 건가."

모를 거란 생각은 하지 않았지만 정확히 알아본다는 것 역시 신기했다. 마력이 있는 것인가. 아시나는 순순히 고개를 끄덕였다. 부정해 봤자 무의미한 짓이었다.

"어떻게 알았어요? 맞아요. 마법이 걸려 있어요."

"꽤 정교한데."

그녀는 빤히 베히다트를 쳐다보았다. 어떻게 알아낸 거지? 귀찌에 걸려 있는 마법은 정교한 편에 속했다. 섬세하기도 하고. 단순히 마력을 알아보는 것과 그 마법의 성질을 알아내는 건 다른 문제일 텐데. 신기하기도 하고 생소하기도 했다. 이런 질문은 처음이었다. 귀찌는 무엇보다 실력이 확실한 마법사한테 조르고 졸라서 일 년 치 용돈을 털어 받아 낸 소중한 것이었다. 가격은 둘째 치고 이게 망가지면 절대로 다시 얻을 수 없을지도 모른다는 점이 그녀를 더 절박하게 만들었다.

“무슨 마법이지?”

탐색하듯 붉은 눈동자가 아시나를 훑었다. 그녀는 숨 한 번 흩트리지 않고 대꾸했다.

“보호 마법이요. 불 속에 있을 때랑 물속에 있을 때만 발현되는 마법이에요. 여행을 다니면 위기 상황에 언제 노출될지 알 수 없으니 항상 몸에 달고 있어요. 웬만하면 떨어지지 않죠.”

“그런 건가.”

썩 맘에 든 답변은 아닌 듯해도 수긍은 한 눈치였다. 베히다트는 태평해 보이지만 속마음이 읽히지 않는 갈색 눈동자를 쳐다보았다. 사소한 문제에 대해선 지나칠 정도로 솔직한 눈동자였다. 무언가를 드러내는 데 거리낌이 없었고 마음의 한 조각, 한 자락을 붙잡는 것 역시 쉬웠다. 하지만 왜 이럴 때면 무언가가 가로막는다는 느낌을 지울 수가 없는 걸까.

자연스레 미간에 주름이 파였다. 왜 그녀가 내놓은 답에 가려진 무언가가 더 있다는 생각을 지울 수 없는 건지 그는 진심으로 의아했다.

현란하고 자연스럽게 모든 걸 넘겨 버리지만 막상 그 안은 텅 비어 있다. 모든 것에 마음을 다하지만 진심은 여기 없다. 그렇다면 그 진심은 대체 어디로 가 있는 거지?

“뭘 그렇게 봐요?”

자신에게 꽂힌 시선이 부담스러웠다. 아시나는 불편함에 몸을 틀었다. 그 몸짓마저 끌어안으며 베히다트가 작게 대꾸했다.

"예뻐서."

"……."

왜인지 아시나의 두 눈이 가늘어졌다. 아시나는 다 안다는 듯 베히다트를 흘겨보았다.

"진심이 아니라는 거 다 알거든요!"

"왜."

그가 하얀 팔뚝을 붙잡아 끌어당겼다. 아시나는 자신의 뺨에 닿는 숨결 때문에 자신도 모르게 숨을 삼켰다.

"진심이 아니라는 거지?"

내가 이거에 또 넘어갈 줄 알고! 아시나가 팔을 쳐 냈다. 베히다트는 아쉽다는 듯 입맛을 다시면서도 순순히 물러나 주었다. 아시나가 허리에 두 손을 얹고 마치 따지듯 대들었다.

"진심이라면 날 그렇게 쳐다보지 않겠죠. '대체 이건 뭘까.' 하는 시선으로 쳐다보고 있으면서 나한테 반했다니. 내가 진심으로 그 말을 믿길 바랐어요?"

제법인걸. 베히다트는 속으로 감탄했다. 그의 손이 다시 부드럽게 아시나의 팔을 붙잡았다. 나긋나긋하게 눌러 오는 손길을 알면서도 그녀는 속수무책으로 붙잡힐 수밖에 없었다.

"그럼 뭐가 진심이지?"

이 남자 너무 능글맞아. 어떻게 하면 아시나가 거부하지 않는지 알아낸 듯한 움직임이었다. 따지고 싶은 마음이 들었다가도 마치 눈처럼 사그라진다. 아, 진짜 못됐어. 정말 못된 인간이었다. 짜증 내듯 쳐 내는 손길도 다시 부드럽게 붙잡으며 베히다트가 아시나의 어깨에 얼굴을 파묻었다. 어깨에서 웅얼대는 게 얇은 옷 위로 적나라하게 느껴졌다. 내가 너무 예민한 걸까. 아시나의 뺨이 붉게 물들었다.

"전에도 이런 말을 했던 것 같은데."

"마음에 없는 소리 하지 말라고요?"

"그래, 그거."

베히다트가 고개를 들었다. 가까워진 얼굴. 뭐가 우스운지 입가에 퍼진 옅은 미소가 아시나를 설레게 만들었다. 아, 이 인간 진짜.

"미꾸라지처럼 도망갈 땐 언제고 먼저 할퀴다니. 천생 고양이인 걸. 길들이기 힘들겠어."

"도망 안 갔어요!"

고양이가 아니라고! 아시나가 인상을 썼다.

"그냥…… 불편할 뿐이라고요."

이런 거 전부.

의식하지 않으려고 해도 저절로 의식이 되어 버린다. 익숙하지 않아서 그런가? 아닌데, 그래도 남자들과 제법 어울리곤 했다. 스승님도 아빠도 사촌들도 전부 남자였다. 무려 아빠는 기사였고 아빠가 소속된 기사단에도 자주 놀러 가고는 했다. 남자라면 질리도록 많이 봤는데, 어째서 이 남자한테만 이런 반응이 나오는 걸까. 더웠다. 온몸에서 열이 나는 듯해서 아시나는 순간 자기가 감기라도 걸렸나 걱정스러웠다.

"난 남자랑 이래 본 적 없단 말이에요."

결백하다는 듯 아시나가 울먹였다. 베히다트는 대답 대신 아시나의 하얀 뺨에 손가락을 가져갔다. 그런 건 묻지 않아도 뻔했다. 손이 닿을 때마다 움찔하는 것만 봐도 얼마나 면역력이 없는지 굳이 확인해 보지 않아도 알 수 있으니까. 이 얼마나 숨김없는 반응이란 말인가. 무엇이 두려운지도 모르고, 두려워하면서도 조금만 유혹하면 금세 넘어온다. 그러다가도 위험하다 싶으면 황급히 물러났다. 어떻게 해야 할지, 그건 그 역시 고민이었다. 미미한 고민일 뿐이었지만.

이제 조금은 익숙해진 침묵이 가라앉았다. 이 간극에 아시나는 필사적으로 머리를 굴렸다. 어떻게 해서든 이 정적을, 고요를 깨야 했다. 그러지 않으면 무슨 일이 터져도 터질 것 같았으니까.

"아, 참."

아시나는 마침내 말을 꺼낼 화제를 찾아냈다. 침묵을 깬 한마디에 베히다트의 시선이 갈색 눈에 향했다.

"아까 낮에 자키야라는 여자를 봤어요. 베히 님께 인사 간다고 했는데 만나셨나요?"

"오지 않았다."

"이상하다. 인사차 방문했다고 했는데."

뭐지, 분명히 만난다고 갔는데. 아시나는 의아했지만 베히다트는 그보다 다른 것에 관심이 있었다.

"어디서 본 거지?"

"정원이요."

그의 시선이 가늘어졌다. 아시나는 순간 뜨끔했다. 또 말이 없다. 이 침묵은 아까의 침묵과는 성질이 달랐다. 아시나는 죄를 짓다 들킨 어린아이처럼 빙그레 웃었다. 그리고 그대로 베히다트의 팔을 애절하게 붙잡았다.

"처박혀 있는 건 너무 심심하다고 징징거리니까 카림이 정원은 괜찮을 거라고 해서 나갔는데……. 안 돼요?"

너무 애처롭게 바라봤나. 아시나는 불안했지만 차라리 불쌍하게 보이는 게 낫다고 생각했다. 두근두근. 과연 이게 통할 것인가 베히다트를 올려 보았다. 그 속내가 한눈에도 보이건만, 그는 뻔히 속이 보이는 노림수가 그리 기분 나쁘지 않았다. 오히려 웃음이 나올 정도로 유쾌했다.

"이상한 꿍꿍이를 만들지 않는다면."

"꿍꿍이 같은 거 없거든요!"

이 여자 머리를 해부해 보고 싶다. 도대체 무슨 생각으로 사는 건지 문득 궁금해졌다. 아니, 이젠 좀 알 것 같기도 하지만……. 어째 알아 가면 알아 갈수록 꼬이는 기분.

이런 인간은 처음이었다.

처음엔 황당하다고 생각했다. 사막이 보고 싶어서 남대륙까지 왔다니. 그것도 여자가. 남자 같은 여자도 아니고 선도 여리고 제법 예쁘기까지 한 여자가 그런다니 전혀 납득할 수 없었다. 크라차도 단순히 여행 때문에 온 것이라고 주장했을 때만 해도 그랬지.

그런데 어째서일까. 이 여자를 파헤치려 하면 할수록 그 모든 말들이 진실이라고 느껴지는 게. 하지만 무고하다고 놔주기엔 이번엔 또 다른 수상한 점들이 눈에 밟혔다. 무언가가 있다. 하지만 그 무언가가 도대체 무엇일지는 알 수 없었다. 수많은 인간 군상들을 지켜봤고 이제 웬만한 인간은 쉽게 어떤 인간인지 알아낼 수 있다 생각했는데. 이건 전혀 새로운 유형의 인간이었다.

"그래, 믿어 주지."

"믿고 말고 진짜 없다니까요?"

아시나가 항의했지만 그 항의는 곧 다가오는 손길에 묻혀 버렸다. 진짜, 이 남자는 정말 뭘로 만들어졌기에 이렇게 잘난 거야!

"여행."

말을 걸자 불편한 듯 제 손을 밀어내면서도 아시나의 눈동자가 그를 쳐다본다. 베히다트는 이 눈동자가 자신을 온전히 담고 있다는 것이 정말 마음에 들었다. 평생 그러라고 하고 싶을 정도로.

아시나의 작은 불평은 안긴 품 안에서 수그러들었다. 아시나는 어깨에 닿는 입술에 저도 모르게 숨을 삼키고 말았다.

"또 어디 어디를 다녀 봤지? 궁금하군."

꼼지락 꼼지락 말을 꺼내기도 전에 몸을 빼낼 준비부터 한다. 그 움직임을 고스란히 눈치챈 베히다트는 웃음을 참기 위해 애를 썼다. 아시나가 빼꼼 고개를 들며 간신히 베히다트와 시선을 맞췄다.

"이제야 내가 여행자라는 걸 믿어 주는 거예요?"

"글쎄."

모호한 대답이었지만 아시나의 눈동자는 이미 빛나고 있었다. 이 여자에 대해 알아내려면 우선 맞춰 주는 수밖에 없는 건가. 베히다트는 픽 웃었다. 무언가 이 여자와 관련된 그 어떤 것이라도 더 듣고 싶었다. 알고 싶다. 이것이 순수한 호기심이든 충동이든 그건 상관없었다.

누군가와 말을 한다는 건 늘 귀찮았는데 이상하게 이 목소리가 재잘거리는 건 전혀 거슬리지 않았다. 족장들이 새를 키우는 심정을 알 것도 같은걸. 의미 없는 말이라도 그저 지껄이고 있는 것 자체가 마음에 들었다.

"음, 북대륙 전역은 안 가 본 데 없이 다 가 봤어요."

자신이 가 본 곳을 떠올리기라도 하듯 아시나는 위쪽을 바라보았다.

"펜족의 성역을 포함해서 아스타테아, 사디운, 일터번을 포함한 크롬웰 전역이랑 북대륙 곳곳에 숨겨진 유적지도 다녀봤고 무엇보다 대단한 점은 크롬웰의 10대 관광 명소는 전부 다녀왔다는 거예요."

"위험하지 않았나?"

다른 곳을 바라보며 이야기를 하는 사람은 처음이었다. 그 모습이 신선하면서도 낯설어 베히다트는 저도 모르게 홀린 듯 그녀를 바라보았다.

"글쎄요. 그 위험하다는 기준에 따라 다르겠죠. 음, 죽을 뻔한 적은 있었어요."

"죽을 뻔한 적?"

무척 거슬리는 단어를 들었다는 듯 그가 눈살을 찌푸렸다. 아시나는 별거 아니라는 듯 어깨를 으쓱였다.

"북대륙 전역에 어떤 유적지가 있어요. 지금 문명이 탄생하기 전에 잠시 있었던 옛 문명의 흔적 같은 건데, 그 유적지에 옛 신화가 잠겨 있다고 해요. 물론 전부 숨겨져 있고 위치를 찾는 것조차 힘들지만 호기심을 못 참고 한번 가 봤죠. 많이 돌아다녀 봤는데 한 번 죽을 뻔한 뒤로는 이제 안 가요. 아직 마흔 개쯤 못 들어가 본 곳이 있는데……."

아깝다는 듯 아시나가 입맛을 다셨다.

"좀 아쉽긴 했지만 목숨은 아까우니까요."

"신화 속에 나오는 괴물이라도 만났나 보지?"

"아니요."

아시나는 고개를 가로저었다.

"근데 비슷해요. 갇혀서 근 6개월간을 유적지 안에 혼자 있었거든요."

절대 잊을 수 없는 경험이었다. 아시나의 표정이 굳어졌다. 그걸 달래기라도 하듯 그녀를 끌어안은 손길에 힘이 들어갔다.

"로스웰이라는 유적지였는데 앞, 뒤, 아래, 옆 할 것 없이 길이 모두 꽉꽉 막혀서 '아, 그냥 이대로 죽나.' 했죠."

가볍게 말하며 그녀는 웃었지만 그것이 가벼운 이야기가 아니라는 건 조금만 신경 쓰면 알 수 있었다. 그게 일생일대의 어떤 큰일이었던 듯 아시나는 조금 침울해 보였다. 미세한 차이였지만 베히다트는 알 수 있었다.

"그전까지는 어딘가 새로운 곳을 간다는 게 좋았을 뿐, 그게 위험하다거나 내가 죽겠다거나 그런 생각은 단 한 번도 해 본 적 없었거든요. 엄마는 맨날 위험한 곳만 돌아다닌다고 타박이지만 막상 가보면 어디가 위험하다는 건지 이해할 수 없을 정도로 다 안전했어요. 그런데 그게 깨진 거죠. 로스웰에선 진짜 죽는 줄 알았어요. 다시 나가는 건 거의 포기하다시피…… 그렇게 갇혀 있었어요."

그것은 어떤 깨달음과 비슷했다. 이 세상이 결코 녹록하지 않은 곳이라는 것을 알려 주는. 그전에도 위험하다는 주위의 만류가 있었지만 아시나는 여행의 뜻을 굽히지 않았고, 결국 제 의지대로 여행을 떠나 신나는 경험과 친구들을 잔뜩 만들고 돌아왔다. 뜻대로 되지 않은 건 그 여행이 유일했다.

"무서웠겠군."

"음, 그걸 무섭다고 해야 하는 건가요?"

아시나는 진심으로 모르겠다는 표정을 지었다. 끝없는 어둠, 갇혀 있다는 걸 실감케 하는 사방의 벽, 어찌해 볼 수조차 없는 무기력함, 인생의 절벽이라는 것을 만난 듯 그 견고함에 기가 죽어 그저 멀거니 앉아 있기만 했었다. 무서운 건 아니었다. 여차하면 거기서 굶어 죽을 수도 있는 상황이었지만 아시나는 아직 오지 않은 미래 때문에 두려움에 떨진 않았다.

다만 그동안 돌아봤던 세상, 아름다웠던 것들, 그것들이 차례차례 떠올랐다. 그렇게 수많은 걸 보고 느끼고 경험했지만 그래도 마지막 순간에 떠오르는 건 언제나 같았다. 엄마, 내 가족들.

"그런데 어찌 지금 여기에 있을 수 있는 거지?"

베히다트의 질문에 아시나가 순간 짓궂게 웃었다.

"비밀이에요."

"비밀을 알아내는 데 무언가 대가가 필요한 건가?"

나른한 질문은 결코 강압적이진 않았다. 아시나는 고개를 갸웃했다. 왜 이 남자가 농담을 하는 것 같은 걸까. 믿을 수 없었다. 만사가 칼 같은 인간인 줄 알았는데. 농담도 할 줄 아는구나. 어쩐지 묘한 사실에 마음이 풀어져서 아시나는 빙그레 웃었다.

"대추야자 일만 근?"

사소한 장난이었는데 돌아오는 반응이 걸작이었다.

"그대가 원한다면."

"어, 진짜요?"

농담한 건데!

도리어 당황한 건 아시나였다. 일만 근을 받아다가 어디다 써!

아니, 뭣보다 이 남자가 말하면 농담도 농담 같지 않았다. 정말로 대추야자 일만 근을 가져올 것 같아서 아시나는 얼른 덧붙였다.

"음, 근데 사실 그거 다 못 먹을 것 같기도 하고……. 그냥 열 개만 주세요. 아니다, 스무 개! 그래, 스무 개 정도가 적당하겠네요."

"정말 많이도 먹는군."

왜인지 그 감탄 어린 무심한 대꾸에 그녀는 열 받았다.

"아니거든요! 테나인 갖다 주려고 그러는 거예요!"

실은 스무 개도 많다고 생각하는 중이었다. 엄청 욕심부린 게 그 정도인데 정말로 아시나 혼자 그걸 다 먹어 치울 것인 양 믿는 이 남자가 미웠다. 아시나가 흘겨보자 그가 웃는다. 그의 미소에 아시나는 저절로 기분이 풀어졌다. 그리고 동시에 좌절했다. 정신 차려, 남자는 미모가 다가 아니라고!

"그리고 스무 개 정도면 들고 다니기도 간편할 것 같으니까……."

"또 먹어 보고 싶은 건 없나?"

"어……."

이 남자가 웬일로 이리 친절하지? 아시나는 이게 꿈인가 싶었다. 자신의 팔을 감싸는 큰 손도 들려오는 목소리도 내려다보는 시선도 무엇 하나 부드럽지 않은 게 없었다. 진짜 꿈인 것 같은데. 이게 현실이라면 오히려 믿기 힘들 듯했다.

"무화과……?"

아시나가 더듬더듬, 그러면서도 냉큼 입을 열었다.

"그러고 보니 페시안의 소하르 지방에서 나는 무화과가 그렇게 맛있다면서요? 무화과 잼을 먹어 본 적은 있는데 무화과 열매를 먹은 적은 없어요."

"그렇군."

웃음을 참는 듯 두 눈이 휘어졌다. 눈웃음에 꿀이라도 발린 듯 녹을 것 같았다. 속으로 투덜거리면서도 아시나는 얼떨떨해졌다. 그의 미소를 보느라 잠시 넋이 나가 있었다.

"그래서."

베히다트가 아시나의 어깨를 잡았다. 아시나는 그 행동이 꼭 어린아이 같다고 생각했다. 옛이야기를 재촉하는 어린아이.

"어떻게 빠져나온 거지?"

좀 더 이렇게 있고 싶다. 그녀는 순간 그런 생각을 했다.

진심을 말하자면 아시나는 그대로 입을 다물어 버리고 싶었다. 영원히 비밀이라고 안 가르쳐 준다고 하면 이 남자가 안달을 낼까? 그렇다면 그렇게 하고 싶었다. 그런 충동은 난생처음이었다. 하지만 아름답고 매혹적인 눈동자가 오로지 자신만을 담고 있는 건, 상상보다 황홀한 기분이 들게 했다. 그리고 그렇게 해 버리고 싶은 자신의 충동을 아시나는 스스로도 이해할 수 없다고 생각했다. 충동을 이겨 낸 아시나는 입을 열었다.

"그건 한마디로 기적이었어요."

신께서 사랑하는 건지, 아니면 정말 엄마 말대로 천운을 타고 난 건지 이유는 알 수 없었지만 분명한 건 정말로 기적이었다는 사실이었다. 까마득한 시간, 6개월이라는 시간이 흘렀다는 건 동굴을 나와 집에 돌아간 뒤에야 알 수 있었다. 놀란 표정으로 자신을 붙잡는 사람들을 보고 나서야 얼마나 오랫동안 그 유적지에서 갇혀 있었는지 실감했다. 그전까지는 그저 꽤 오래 갇혀 있었다는 기분에 불과했다.

"사방이 똑같은 벽에 둘러싸여 멀거니, 처음에야 빠져나가려고 애를 썼지만 어느 순간부터는 그냥 가만히 있었어요. 어쩐지 움직이고 싶지도 않았거든요."

"포기한 건가?"

"글쎄요."

그걸 포기라고 부르는 것인가.

그냥 더 이상 서서 밀리지도 않는 벽을 가지고 씨름하고 싶지 않았다. 앉아 버리고 난 후엔 배고프면 미리 챙겨 놨던 식량을 먹고 목이 마르면 물을 조금 마시고 그렇게 시간과의 오랜 싸움을 견뎌 냈을 뿐이었다. 가둬 놓은 데 이유가 있다면 언젠간 내보내 주겠지, 막연히 생각했을 뿐이었다. 그 외의 나머지 시간은 부질없는 생각을 하는 데 썼다. '만약 돌아가지 못하면 어쩌지.'라는 두려움이 생긴 건 갇히고 정말 아득해질 정도로 오랜 시간이 지난 후였다.

"중요한 건 탈출에 대한 명확한 의지가 없었다는 거예요. 앉아 있을 기력도 없어서 누워 있었죠. 그렇게 멍하니 천장만 쳐다보고 있었는데 신기한 일이 벌어졌어요. 갑자기 천장의 무늬가 익숙하게 보이는 거예요."

정말 우연한 발견이었다. 심심해서 천장 무늬를 세어 볼까 하는 정도의 동기에서 얻어 낸 결과였으니까. 물론 갇힌 곳은 어두웠고 빛조차 들어오지 않는 캄캄한 곳이었지만 이상하게 천장의 무늬들은 희미하게 빛을 내고 있었다. 마치 반딧불처럼.

"제가 이래 봬도 공부는 좀 해서 아는 건 많거든요. 처음엔 그냥 무늬라고 생각했던 게 나중에 보니 글자처럼 읽히는 거 있죠?"

대단한 발견이라도 한 것처럼 아시나가 큰소리를 냈지만 베히다트의 반응은 그저 그랬다. 그는 오히려 아시나가 흥분한 게 귀엽다는 듯 손을 뻗었다.

"글자?"

"네, 천장에 쓰여 있는 건 수수께끼였어요. '진실이 가는 길은 오로지 하나뿐이다.'"

"흥미롭군."

말뿐인 대꾸였지만 아시나는 상관하지 않았다. 아시나의 어깨를 붙잡고 자신에게 기대게 하는 손이 뭘 하려는지도 신경 쓰지 않았다. 이미 자세는 무너져 베히다트에게 안겨 있었지만 아시나는 그것보다 자기가 하려는 말이 더 중요했다.

"그래서 제가 뭘 했는지 알아요?"

말을 하게 만들었으면 이 이야기에 흥미를 가져 보라는 듯, 아시나가 도발했다. 베히다트는 턱을 괴며 건성으로 대꾸했다.

"벽면을 살펴봤나? 거기에 뭔가 단서가 있을 테니."

"우와, 베히 님 천재! 어떻게 알았어요?"

아시나의 눈동자가 동그래졌다. 예상 못한 반응에 기분이 좋아진 건 베히다트였다. 그는 아기 고양이처럼 사분거리는 아시나의 뺨을 향해 손을 뻗었다. 대놓고 만지작거리는 손길에도 아시나는 별로 개의치 않았다.

"그래서, 뭔가를 찾았나?"

"아니요."

이제야 이야기에 흥미가 생기는지 베히다트가 의문을 표했다. 아시나는 빙그레 웃으며 뺨을 만지는 손을 붙잡았다. 그리고 불편한 자세를 바로 했다.

"진짜 아무것도 없었어요. 절 6개월 동안 거기 처박아 놓은 네 개의 벽은 야속하리만치 견고하게 제자리를 지키고 있었죠."

"그럼 대체 어떻게 빠져 나온 거지?"

아시나는 입을 다물었다. 마치 한껏 궁금해 하라는 듯한 태도에 베히다트의 두 눈이 가늘어졌다. 도무지 쉽게 넘어오질 않는군.

"또 어떤 대가가 필요한 건가?"

무언가를 생각하는 듯 아시나는 잠시 말이 없었다. 하지만 곧 그녀가 빙그레 웃으며 고개를 가로저었다.

"혹시 그거 아세요? 보통 고고학에서 진실과 빛은 거의 동의어라는 거."

"진실?"

"갇히고 나서 처음으로 불을 켰어요. 저한테 불이 있었다는 걸 까먹을 정도로 황망했었거든요. 불을 켜자 사방의 벽에 글자들이 떠올랐고 그걸 다 이어서 읽어 보니까 이런 말이 완성되었어요. 진실을 향해 가기 위해선 언제나 희생이 필요하다."

불쾌한 단어를 들었다는 듯 베히다트가 눈살을 찌푸렸다.

"희생?"

아시나는 그것도 모르냐는 듯 손가락을 흔들었다.

"누군가의 피를 말하는 거죠. 보통 그러니까. 아, 그렇게 보지 마세요. 다행히 목숨이 필요할 정도는 아니었으니까요. 그런 건 피 한 방울이면 충분해요. 근데 더 놀라운 게 뭔지 알아요?"

당연히 모른다. 베히다트는 얼른 말하라는 듯 쿠션에 팔을 놓고 턱을 괴었다. 아시나는 어쩜 이렇게 대단한 순간에 그런 태도를 보일 수 있냐는 듯 잠시 그를 흘겨보았다. 만약 조금이라도 허물없는 사이였다면 당장 등짝이라도 때렸을 듯한 기세였다.

"그 피를 흘려야 하는 장소가 무려 제가 6개월 동안 멍하니 누워 있던 바닥이었다는 거였어요! 얼마나 기가 차던지! 음각도 양각도 되어 있지 않아서 무늬가 있다는 걸 몰랐어요. 반질반질한 무늬를 보면서 제가 얼마나 멍청했는지 곱씹었을 정도라니까요?"

"그래서 나올 수 있었던 건가?"

아시나의 고개가 끄덕여졌다.

"바닥이 문이었어요."

그때의 기억은 아직도 생생했다. 약간의 피를 떨어뜨리자 바닥의 무늬가 희미하게 빛나고 그대로 문이 열렸다. 물론 유적지 내부로 통하는 문은 아니었다. 오로지 바깥으로 나갈 수 있는 문. 그 기억은 아직도 잊기 힘들었다.

"유적지를 나오니까 바깥도 까마득한 한밤인 거 있죠? 그래서 전 제가 빠져 나온 게 아니라 '어디 또 이상한 유적지에 떨어졌구나.' 그러고 있었어요. 그러다 불어오는 바람에 거기가 숲이라는 걸 알았고 밖으로 빠져 나오자 별이 박힌 하늘이 보였어요. 그리고 알았죠. 진짜로 탈출했다는 걸."

터벅터벅 걸어서 산을 걸어 내려가 처음으로 마주한 민가에서 아시나는 살아 있다는 게 정확히 어떤 감각인지 배웠다. 그때의 환희와 기쁨은 아직도 다 표현할 수 없었다. 수프 한 그릇과 우유 한 잔이 주는 안온함이 어떤 다정함인지, 절대로 영원히 설명해 낼 수 없을 테지. 아시나는 그것도 나쁘지 않다고 생각했다. 평생 안고 갈 수 있는 무언가가 있다는 건 행복한 일이니까.

"그 뒤로는 절대 위험한 곳은 가지 않아요. 목숨이 아까운 일은 처음부터 하지 않기로 했어요."

자연스레 퍼지는 아시나의 미소를 지켜보다 베히다트는 그녀의 손을 잡아끌었다. 하얀 손이 붉은 입술에 닿았다. 마치 맛이라도 보듯 보드라운 온기에 아시나는 마른침을 삼켰다. 이 순간에도 홀려 대는 이 남자는 진짜 인간이 아니라고 생각하며.

"이상하군."

"왜요?"

도대체 어디가 이상하냐는 듯 아시나가 쳐다봤다. 그 시선에 똑바로 눈을 맞추며 그가 묘한 미소를 지었다.

"지금까지 지켜본 그대의 성격으로 봐서는 그 일을 겪고 난 후 오히려 더 그런 곳을 찾았을 것 같거든. 아닌가?"

부정할 수가 없다. 아시나는 저도 모르게 고개를 끄덕이고 있었다. 진짜 귀신인가. 어떻게 알았지? 허를 찔렸으나 전혀 기분 나쁘지 않았다. 오히려 신기했다. 아시나는 의심스러운 눈초리로 그를 노려보았다.

"……베히 님, 혹시 우리 엄마세요?"

"아니, 아쉽게도."

우리 엄마도 아닌데 내 속마음을 어떻게 이렇게 잘 아는 거람. 신기함에 멀거니 앉아 있는 아시나를 보며 베히다트가 픽 웃었다. 그의 굵은 손가락이 아시나의 머리카락을 쓸었다. 눈동자만큼은 아니지만 이 머리카락 역시 꽤 그의 마음에 들었다. 이렇게 긴데도 얽히지 않고 손아귀에서 빠져나가는 느낌은 말로 다 할 수 없을 만큼 좋았다.

"그대가 다시 유적지로 가지 않겠다고 결심한 이유는 분명 다른 것이겠지?"

"맞아요."

"이유를 물어봐도 될까?"

꽤나 그답지 않은 조심스러운 질문이었다. 아시나는 작게 웃었다. 안 어울려. 그래도 이런 조심스러운 접근이 싫은 건 아니었다.

"어, 음. 너무 사적인 이유라 재미없으실 텐데요."

"아니."

주저하는 마음까지 잊어버릴 정도로 단호한 음성.

"알고 싶군."

아시나는 순간 자신에게 꽂히는 시선 때문에 긴장했다. 너무 강렬한 시선. 당장 뭔가가 벌어질 것 같은 팽팽한 긴장감에 허리가 빠근했다. 정말 지극히 개인적인 이유였다. 지나칠 정도로 사소한 이유. 그런데도 이 남자는 알고 싶다고 말하고 있다. 얼떨떨하면서도 뭔가 기쁘기도 하고……. 이 남자가 관심을 가져 준다는 사실이 묘한 기분을 느끼게 만들었다.

너무 유치한 이유인데. 쉬이 입을 열기 힘들었다. 그 공백이 만든 침묵을 베히다트는 인내심 있게 기다려 주었다. 머리카락을 매만지는 손길이 마치 위로하는 것만 같았다. 아시나는 잠시 눈을 감았다.

"엄마가 내 앞에서 울었어요, 처음으로."

이 이야길 다른 사람한테 꺼낸 건 처음이었다. 별거 아니라고 생각했는데 막상 입 밖으로 꺼내 놓고 보니 부끄러웠다. 가장 밑바닥에 꽁꽁 숨겨 놓고 절대 꺼내지 않으려 한 마음을 들킨 기분이었다. 이 낯선 부끄러움이 어디에서 밀려오는 건지 알 수는 없었지만 아시나는 떳떳했다. 사실이었으니까.

"우리 엄마, 그러니까 우리 집 여왕님은 가끔 우리 엄마가 맞을까 싶을 정도로 저한테 엄청 냉정하거든요."

어릴 땐 계모가 아닐까 생각도 해 보았다. 아빠는 늘 다정하고 상냥했지만 엄마는 묘하게 아시나에게 엄하기만 했다. 대놓고 티를 내진 않았지만 아이세스에겐 너그러우면서 진짜 딸인 자신에겐 엄한 잣대를 들이미는 엄마가 한때는 싫은 적도 있었다.

"엄마는 네가 어떻게 살든 상관하지 않는다, 아시나. 단지…… 일 년에 단 몇 달만은 내 사랑스러운 딸로, 네 아버지의 귀여운 딸로 있으면 안 될까? 응?"

귀 뒤로 머리카락을 넘겨주며 다정하게 애원하던 엄마의 눈동자는 아직도 잊히지 않았다. 아시나는 잠시 숨을 들이켰다.

"엄마가 그렇게 우는 건 처음 봤어요."

효녀는 못 되지만 그렇다고 불효녀는 되지 말아야지. 지금도 그건 똑같았다. 그래서 웬만하면 죽을 수 있는 곳은 가지 않으려고 했다. 그게 아시나가 정한 첫 번째 규칙. 어찌 되었든 자신의 목숨은 엄마가 준 거니까. 그러니까 이 순간 자체가 잘못되었다. 페시안이라니. 아시나는 코앞에 존재하고 있는 한 남자를 쳐다보며 깊은 시름에 잠겼다. 잘못한 건 아무것도 없는데 이렇게 되어 버렸다.

"그렇군."

자연스레, 오가던 대화가 멈췄다. 아시나는 잠시 엄마 생각에 빠져 있다가 곧 크게 자리한 공백을 깨달았다. 당연히 시선이 향한 곳은 베히다트. 그는 무슨 생각을 하는 건지 아무 말도 하지 않고 아시나만 바라보고 있었다.

이상하게 침묵이 거북스럽거나 그렇진 않았다. 그래도 아시나는 이 침묵에서 벗어나고 싶었다. 아무것도 하지 않으니 마치 이 시간이 박제된 양 모든 것이 멈춘 것 같았다.

"베히 님."

잔잔하게 울리는 가느다란 목소리. 가만히, 정말 가만히 아시나를 쳐다보고 있던 베히다트는 순간 이 여자가 부르는 자신의 애칭이 꽤 마음에 든다는 사실을 깨달았다. 더 듣고 싶다. 그가 반응하지 않으니 아시나가 미간에 주름을 잡았다. 설마 눈 뜬 채로 잠들어 버린 건가. 그런 의심까지 하며 베히다트의 팔을 붙잡은 순간이었다.

"베히 님?"

"더 말해 봐."

자신의 팔을 붙잡은 아시나의 손을 베히다트가 다시 붙잡았다. 순식간에 불안하게 유지되던 아시나의 자세가 흔들렸다. 기댔던 상체를 일으키자 가느다란 몸이 밀려났다. 아시나는 붙잡힌 채 불안하게 눈을 굴렸다.

"어, 그게. 음, 베히님?"

"더."

젖은 목소리가 낮게 울렸다. 아시나는 저도 모르게 뺨을 붉혔다. 뭔진 모르지만 부끄러웠다. 게다가 자세는 어느새 아시나 쪽으로 기울어지고 있었다. 거의 반쯤 안긴 채로 팔을 붙잡힌 아시나가 몸을 빼려 했다. 베히다트가 어깨를 붙잡았다. 빠져나가려던 아시나의 시도는 미수로 그쳤다.

"베히…… 님."

"님 자 빼고."

귀 바로 근처에서 울리는 낮은 목소리는 지나칠 정도로 섹시했다. 아시나는 눈을 질끈 감았다.

"베, 히……."

마지막 말은 그대로 입속으로 빨려 들어갔다. 녹아들 것 같은 부드러운 혀가 마치 인사를 하듯 그녀의 혀를 휘감았다. 주저하던 혀가 멈칫했고 그와 동시에 아시나의 몸이 움찔했다. 그 반응 하나하나마저 맞닿은 살갗으로 느끼며 베히다트는 좀 더, 좀 더 깊이 아시나의 입술을 탐닉했다. 전에도 맛보았지만 이번엔 또 다르다. 처음과도, 두 번째와도, 그 무엇과도 같지 않았다. 어떻게 이럴 수 있는 걸까. 이미 끓어오르는 욕망은 그대로 이 여자를 붙잡아 몇 번이고 범하라고 충동질했다. 불꽃은 이미 튀고 있는데 손을 댈 수가 없다. 베히다트는 신경질적으로 여자에게서 물러났다.

부풀어 오른 붉은 입술도, 상기된 보드라운 뺨도, 쾌락으로 흐려진 눈빛도 무엇 하나 자신을 자극하지 않는 게 없다. 흐트러진 숨결에 제 마음까지 흐트러졌다. 이 순진한 여자한테 제 모든 것이 동하고 있었다. 전에는 이 정도까진 아니었는데. 느닷없는 혼란에 이를 악물며 그가 낮게 으르렁거렸다.

"미치겠군."

아침이 오기 전에 침대를 빠져나오는 건 일상이었다. 남들보다 이른 아침을 맞는 건 몸에 배인 습관과도 같은 것이었으니까. 침대는 그저 눈을 붙이는 곳 그 이상의 의미는 없었다. 하지만 어째서인지 그는 눈을 뜨고 나서도 한참 동안 침대를 벗어나지 못했다. 옆에 있는 온기가 그걸 가능하게 만들었다는 생각은 들지 않았다. 그럼에도 턱을 괸 채 누워 한참이나 무방비한 자태로 잠에 빠진 여자를 내려다보았다.

아득하게 내려앉은 어둠. 간간히 비치는 별빛 사이로 창백한 빛이 침대를 비추었다. 결 좋은 머리카락이 하얀 이불 위에 흐트러져 있었다. 절로 만지작거리고 싶을 정도로 윤기가 흘렀다. 저도 모르게 손을 뻗어 머리카락을 만져 보다 이번엔 새근새근 숨만 내뱉고 있는 뺨에 시선을 보냈다. 이미 닫힌 눈은 떠질 기미도 보이지 않았다. 잠드는 게 힘든지 밤새 뒤척이다 새벽녘에 겨우 잠든 터라 한 번 든 잠을 쉽게 뿌리칠 수 없는 모양이었다. 어제도 잠들지 못했지. 연이틀을 재우지 않은 자신이 사악하다고 생각하면서 그는 짧게 반성했다.

깊게 잠든 건지 간헐적으로 내뱉는 숨소리는 고요했다. 입가에 걸린 미미한 미소와 함께 뭐가 그리 좋은 건지 이불을 끌어안고 세상모르게 잠이 들었다. 경계를 하는 것조차 의미 없게 만들어 버리는 무방비함.

이 여자는 어떻게 이리도 무방비한 걸까. 자기 나름대로는 경계를 하려 애를 쓰는 게 보이는데, 막상 들이대면 너무나 간단히 풀어졌다.

"……도대체 뭘까."

이 순진한 얼굴로 그렇게 숨기고 감추고 있는 것이.

그것이 무엇이 되었든 분명 범상한 것은 아닐 거라 그의 본능이 속삭였다. 다만 그것이 예상 가능한 범위인가 그 밖인가의 문제이겠지. 이 여자를 죽여야 하는 상황이 올 수도 있었다.

미미하게 이마에 주름이 잡혔다. 그는 여자를 깨우는 대신 보드레한 뺨에 손을 댔다. 귀찮은지 살짝 인상 쓰는 그녀를 보니 낮은 웃음이 흘렀다. 하지만 그 미소도 곧 굳어 버렸다. 그의 시선을 사로잡은 것은 머리카락을 쓸어 넘기자 드러난 하얀 귀에 매달린 작은 귀찌였다. 뺨을 훑던 손가락이 귀찌로 향했다. 어떤 마법인지 몰라 차마 만지지는 못하지만 손가락이 그 근처를 맴돌았다. 시선이 어두워졌다. 그러고도 한참이나 그는 그 귀찌에서 시선을 떼지 못했다.

"어젯밤 니즈와의 대족장이 페시안에 도착했습니다. 마안의 대족장은 오는 도중 도적 떼를 만나 소탕을 하느라 늦는다는군요."

"도적 떼라."

낯선 것은 아니었다. 페시안의 도적 떼는 예부터 골칫거리였으니까. 다만 마을과 도시까진 침범하지 못하고 그저 지나가는 여행자들을 위협하는 정도일 뿐이라 대대적인 소탕은 없었다. 도적 떼의 구성원은 대체로 버림받은 일족들이나, 잡혀 왔다 도망친 외국인들. 크라차나 파시조차 받아 주지 않아 어디 한곳에 머물 수도 없어 이 땅을 영원히 떠돌아야만 하는 존재들이었다.

"운이 나쁘군. 하필 마안의 대족장 행렬을 건드리다니."

"전사 넷이 크게 다치고 하나가 죽었다고 합니다. 꽤 대단한 놈들이었나 봅니다."

"이즈미르가 슬퍼했겠군."

우마르는 대답 대신 고개를 숙였다.

"나머지는?"

다라와 샤르자의 대족장은 이미 페시안에 도착해 있었다. 어제 니즈와가 왔고 소하르는 대족장이 워낙 노령인지라 천천히 움직이느라 연회가 열린 뒤에나 도착할 것 같다고 이미 연락이 왔다. 그렇다면 남은 것은 무스카트. 베히다트의 질문에 우마르가 잠시 생각을 하는 듯 말을 아꼈다. 물론 입을 열기까지 오랜 시간이 걸린 것은 아니었다.

"무스카트에 큰일이 있었던 모양입니다. 대족장 다우드가 대신 타브크 일족의 수장을 보냈습니다. 도착은 내일입니다."

"타브크라."

별로 좋은 징조는 아니었다.

"큰일이라는 게 뭐지?"

"한 신부를 두고 두 일족에서 전쟁이 벌어졌답니다."

"그거 참 큰일이군."

큰일이라 말은 했지만 베히다트는 지나칠 정도로 느긋했다. 그리 놀라운 일도 아니었다. 그런 사소한 이유로 싸워 대는 건 흔하다 못해 일상이었으니까. 가만히 두 사람의 대화를 경청하던 나시르가 베히다트를 올려보았다. 그는 할 말이 있으면 해 보라는 듯 고개를 끄덕였다.

"시하드시여, 어제 북에서 서신이 왔습니다."

"북?"

"크롬웰에서 온 것입니다."

크롬웰이라는 말 한마디에 순식간에 알현실의 분위기가 뒤바뀌었다. 웃음기를 지우고 베히다트가 나시르를 응시했다.

"6개월 전에 보냈던 서신에 대한 답신이었습니다. 북에서 시하드를 뵈러 사신을 보내겠다더군요. 친선을 하자는 제안이 거짓은 아니었던 모양입니다."

"무언가를 감추려는 것일 수도 있지."

친선 제의는 크롬웰에 라페니히 황제가 즉위한 후부터 계속되던 제안이었다. 물론 페시안은 받아들이지 않았지만 그렇다고 대놓고 거절하지도 않았다. 그런 애매한 태도를 취한 건, 영원한 우군이 될 수 없는 자가 내미는 손을 덥석 잡을 수는 없기 때문이었다. 나시르 역시 그 점을 잘 아는 바. 그가 되물었다.

"그럼 거절할까요?"

"아니."

베히다트가 고개를 가로저었다. 역시 무턱대고 거절하는 건 좋지 않았다. 아직은 미적지근한 태도를 유지하는 게 좋다는 것이 베히다트의 생각이었다.

"누굴 사신으로 보낼지는 쓰여 있었나?"

"크롬웰의 재무장관이라 했습니다. 파시의 북인들에게 물어보니 크롬웰에서도 엄청난 인물이라 하더군요."

"재미있군."

그 부분은 조금 흥미로웠다. 미적지근한 적대 관계로 지속된 것이 근 백여 년. 길다면 길고 짧다면 짧은 역사지만 역시 이제 와 손을 내미는 건 이상했다. 그동안 크롬웰이 꾸준하게 페시안에 대한 관심을 내비친 건 사실이었지만 거의 다가 어떻게든 정복해 볼까 하는 심사였기에 지금의 관심 역시 달갑지 않았다. 베히다트는 이 애매한 관계를 촉발한 골칫덩어리가 대체 뭘 하려는 걸까 그 점이 제일 궁금했다.

"북에 대해 알아보는 건 진전이 있었는가?"

"예, 협조해 주신 덕에 많은 것을 배울 수 있었습니다."

"그래서."

시하드의 목소리는 나지막했다.

"알아낸 것은 있는가?"

시간을 주었으니 어디 그 성과를 말해 보라는 의미. 나시르는 생각이 복잡했지만 결코 늦게 대답하진 않았다.

"아시나 양이 시그렌 출신이라는 말은 거짓인 듯합니다. 그렇다고 완전히 틀린 말 같진 않습니다만."

"왜 그렇게 생각하지?"

우마르조차 그 부분은 흥미로운지 나시르를 바라보았다. 나시르는 잠깐 말을 멈추고 미간에 주름을 잡았다. 열심히 고민해 낸 결과이긴 했지만 이 결과가 이성적인 판단으로 낸 건 아니었다.

"명확하게 설명하긴 어렵습니다. 다만 크롬웰 출신까지는 아니겠지만 뭔가 어떤 식으로든 크롬웰과 연관이 있다는 게 느껴집니다. 본인은 숨기고 있지만 은연중에 느껴진다고 해야 하나. 겉으로 티는 나지 않지만 제 감이 그렇게 말하고 있습니다."

"짐과 같은 의견이군."

베히다트가 고개를 끄덕였다. 나시르는 지난 며칠간 지켜보며 생각했던 걸 하나씩 열거했다.

"우선 아시나 양이 거짓을 말하는 것은 아니나 석연치 않은 점이 많아요. 게다가…… 배운 티가 많이 나더군요. 꽤 대단한 스승 밑에서 배운 것 같습니다. 그런 티가 납니다."

"그런가?"

"배운 것에 체계가 잡혀 있고 무엇보다 핵심을 너무 잘 꿰뚫고 있습니다. 누군가의 손을 타지 않고 자신이 스스로 터득해 정리한 것이라면 엄청난 천재일 겁니다. 하나 며칠 지켜본 결과 똑똑하긴 하지만 그 정도는 아닙니다."

그때 알현실 밖에서 작은 손기척이 들려왔다. 세 사람 다 알현실로 들어오는 남자를 주목했다. 카림은 들어오자마자 베히다트에게 고개 숙였다.

"당신의 전사가 인사 올립니다."

짧고 굵은 한마디. 카림을 보자마자 베히다트의 눈이 가늘어졌다. 카림은 왜인지 모를 오한을 느끼며 계속 고개를 숙였다. 나시르는 베히다트의 태도를 보며 심상치 않은 공기를 읽어 냈다.

"호위 일은 어떻던가?"

"할 만합니다. 그럭저럭."

전혀 감정이 없는 형식적인 대꾸. 할 만하다는데 듣는 사람에게는 죽을 맛이라는 듯이 들렸다. 우마르가 흥미를 숨기지 않고 카림을 돌아보았다. 나시르 역시 카림을 보았다. 순식간에 알현실 안의 모든 사람이 카림을 주목하고 있었다.

"그런가. 아이라는 카림을 꽤 많이 좋아하는 것처럼 보였는데……."

"……."

도대체 무어라 대꾸해야 한단 말인가. 카림은 주먹을 쥔 채 이 난관을 헤쳐 나갈 방법을 찾느라 골머리를 앓았다. 그러는 사이 두 사람이 만들어 낸 어설픈 침묵이 계속됐다. 카림은 이 고요가 지속될수록 등골이 오싹해졌다. 나시르가 그 둘 사이에 끼어들었다.

"시하드시여, 일이 있어 이만 물러나겠습니다."

우마르가 재미있다는 듯 둘을 쳐다보았다. 잠깐 안부 인사를 하러 왔을 뿐인 카림 역시 황급히 가려는 나시르에 편승해 고개를 숙였다.

"저도 이만."

웬만하면 표정 하나 변하지 않는 시하드의 전사가 이토록 당황하는 모습을 처음 구경한 우마르는 재미있다는 듯 활짝 웃었다. 베히다트 역시 그렇게 물러나는 둘에게 별다른 핀잔을 주진 않았다. 두 사람이 나가고 베히다트는 턱을 괴었던 팔을 내렸다.

"그럼 아까 했던 대화를 계속해 볼까."

"예, 시하드시여."

알현실을 나온 두 사람은 바로 문 앞에서 가슴을 쓸어내렸다. 특히 카림이 더 심하게 안도했다. 나시르는 당당하게 카림에게 요구했다.

"빨리 감사해라."

"고맙다, 구해 줘서."

잠깐 시간을 내서 안부 인사를 왔을 뿐, 다시 임무를 다하러 돌아가는 카림의 표정이 순식간에 우울해졌다. 나시르는 그런 카림을 소리 없이 위로했다.

"지금 아시나 양은 뭐해?"

"방에 처박혀서 이상한 놀이를 하고 있더군."

"이상한 놀이?"

카림의 표정이 자연스레 구겨졌다. 아침부터 눈 뜨자마자 아시나가 한 짓을 일일이 열거한다면 아무도 그를 믿어 주지 않을 게 뻔했다. 세상 천지에 그런 여자가 있다니. 아니, 카림은 솔직히 아시나가 여자처럼 안 보였다.

"갑자기 온 하렘의 카펫을 다 한데 모으더니 조각 맞추기를 하고 있다. 솔직히 말해서 미친 것 같아."

"뭐?"

나시르가 두 눈을 동그랗게 떴다. 그러더니 곧 배가 찢어져라 웃기 시작했다. 갑자기 멈춰 서서 웃는 데 열중하는 나시르를 보며 카림은 황당한 표정을 지었다. 도대체 뭐가 웃긴 거지.

"역시 방심을 할 수 없군. 재미있는 여자야."

"재미는 얼어 죽을."

"왜? 좋지 않아? 난 꽤나 신선한데."

여전히 웃음기를 없애지 못하는 나시르를 보며 카림이 정말 단호하게 고개를 저었다.

"난 그 여자가 싫어."

“완성했다!”

카림의 말대로 아시나는 현재 하렘의 모든 카펫을 끌어 모아 조각 맞추기에 열중이었다. 누르가 옆에서 아시나가 하는 양을 도와주며 깊은 관심을 드러냈다.

“이건 뭡니까, 아시나 님?”

아시나가 신이 나서 일어나 자신이 맞춘 조각의 윤곽을 대충 그렸다.

“이거 봐.”

각양각색의 카펫을 모아서 큰 그림을 만드는 모습은 지켜보는 사람 입장에선 참 신기한 광경이었다.

“왕관!”

“오.”

누르가 감탄을 하자 아시나가 뿌듯한지 고개를 끄덕였다.

“그런데 카림은 어딜 간 거야?”

“시하드께 안부 인사를 가셨을 겁니다.”

“아, 그렇구나.”

카림한테도 보여 주고 싶었는데. 아시나는 아쉬운지 입맛을 다셨지만 카펫을 해체하는 손길엔 거침이 없었다. 심심풀이로 저지른 짓이긴 했는데 아시나는 이 카펫 맞추기가 꽤 마음에 들었다. 무엇보다 시간 보내기엔 제격이란 말이지.

"아시나 님."

"응?"

"점심은 드시지 않으실 건가요?"

"아니, 먹을 건데."

밥을 굶다니. 절대로 있을 수 없는 일이었다. 누르가 알겠다는 듯 자리에서 일어났다. 밥을 가지러 가는 몸짓이었다. 아시나는 누르가 방 밖으로 나가자마자 카펫 맞추기를 그만두었다. 그리고 바로 침대로 달려가 쿠션에 숨겨 놓은 자신의 가방을 열었다.

"정말 혼자 있기 힘드네."

주머니를 열자마자 아시나를 환영하는 건 물통과 식량이었다. 그 외엔 아무것도 눈에 띄지 않았다. 하지만 아시나는 그 눈속임에 속지 않았다. 바로 손을 넣고 두어 번 휘저으니 환영처럼 조그마한 주머니엔 들어있을 수 없는 물건들이 쏟아져 나왔다. 미소년 초상화 모음집, 치부책, 여러 가지 지도, 그리고 비상시 쓰려고 모아 놓은 갖가지 물건들.

다행히 주머니에 담긴 짐은 전부 그대로였다. 대충 훑어봤으나 확실히 없어진 건 없었다. 엄마 속이려고 비상용으로 들고 다니는 가짜 주머니도 두 개 정도 아직 안에 남아 있었다. 그중 하나를 꺼내 만지작거리며 아시나는 고민했다. 원랜 다섯 개였는데 눈속임 좀 하려고 하도 써 댔더니 두 개밖에 남아 있지 않았다. 물론 그 눈속임용 가짜 하나는 아마 나시르의 집무실 안에 걸려 있을 터였다. 웬만하면 안 들키겠지만.

"그래도 들키겠지."

언젠간.

찜찜한 표정으로 아시나는 다시 쿠션에 주머니를 집어넣었다. 그러면서 작게 불평했다. 이런 별 볼 일 없는 주머니를 대체 왜 빼앗아 가는 거람. 마음 같아선 주머니에 주인밖에 보이지 않는 마법을 걸고 싶었다. 그럼 정말 편할 텐데, 왜 그런 마법은 존재하지 않는 걸까.

벌써 이 방에서 지낸 지도 닷새가 넘었다. 아시나는 귀찌를 만지작거리며 시간 계산을 얼추 해 보았다. 아직 마법의 유효 기간은 사나흘 정도 남아 있었다. 빠르다면 이틀, 늦다면 사나흘. 문제는 닷새째 날이었다. 밤이나 돼야 도망갈 수 있을 텐데 대체 이 모습을 어떻게 유지시킨담. 방법이 아주 없는 건 아니었다. 그걸 하기 싫을 뿐이지.

"늦어, 누르."

한참 고민하고 있으려니 아시나의 점심을 가지고 누르가 돌아왔다. 아무 소리도 내지 않고 가만히 있으니 점점 다가오는 발걸음 소리가 크게 들려와 미리 알 수 있었다. 누르가 소리를 내지 않고 걷는 편이기는 해도 아시나는 꽤 귀가 밝았다. 아시나가 칭얼거렸으나 누르는 개의치 않고 우는 소리를 귓등으로 넘겼다.

"드세요."

먹기 좋게 상을 차려 놓은 누르가 물러나서 앉는다. 아시나는 제 앞에 차려진 밥상을 빤히 내려 보았다. 하렘 안에도 따로 식사를 할 수 있는 공간이 마련되어 있었다. 하지만 누르는 그럼에도 불구하고 꼭 음식을 방으로 가져왔다. 그게 라 쿤의 지시인지 본인의 의지인지는 몰라도 아시나는 그 점이 참 이상하다고 생각했다. 방에서 밥 먹는 건 감금당한 기분이라 좀 묘했다. 처음엔 아무 생각

없었지만 매번 방에서 밥을 먹으니 정말 배부른 돼지라도 된 기분마저 들었다. 내가 돼지였다니. 오늘도 어김없이 차려진 성찬을 보며 아시나는 빤히 음식들을 쳐다보았다.

고기, 고기, 고기.

식단에는 문제가 없었다. 몸에 좋고 맛도 좋은 고기가 아니던가. 문제는 다른 것이었다. 도대체 이 음식들을 어떻게 만든 거람. 아시나는 누르를 빤히 올려보았다.

"여기 사람들은 이런 걸 도대체 어떻게 만든 거야?"

"입에 맞지 않으십니까?"

"아니, 그냥 신기해서."

아시나는 고개를 가로저었다. 항상 새로운 곳에 가면 새로운 요리를 만나는 법. 하지만 지금처럼 이렇게 신기한 적은 또 처음이었다. 어떻게 똑같은 고기랑 똑같은 채소로 요리를 하는데 이렇게 다른 결과물이 나오는 걸까. 맛도 다르고. 일단 맛있다는 점이 놀라웠다. 어차피 똑같은 구이, 튀김에 스프이긴 한데 어떻게 만든 건지 궁금해진다고! 이참에 요리를 배워 볼까?

"그럼 맞추기는 그만두신 겁니까?"

"아니, 밥 다 먹고 또 할 거야."

"……."

흐트러진 카페트를 쳐다보며 누르는 생각에 잠겼다. 아시나는 누르가 괜히 심각해 보인다고 생각했다. 그 감상은 절대 착각이 아니었다.

"아시나 님, 산책이라도 나가실래요?"

"아니, 귀찮아."

"……."

누르가 놀란 시선으로 아시나를 내려다보았다. 여기 와서 밥 먹고 하는 짓이 산책이었던 주제에!

그러거나 말거나 아시나는 밥을 먹는 데 온 신경을 집중했다. 이런 맛있는 밥을 또 언제 먹어 볼꼬. 지나가던 거지가 굶고 살았냐고 물어볼 기세로 아시나는 열과 성을 다해 식사를 끝냈다.

"아, 맛있었다."

아시나는 감동했다. 이렇게 맛있는 밥이라니, 이 궁전 주방장은 분명 엄청난 사람이겠지? 접근만 할 수 있다면 나와 함께 북대륙으로 가 그 재능을 널리 알려 보지 않겠냐고 제의라도 하고 싶을 정도였다. 우리 여왕님한테 소개시켜 주면 좋아할 텐데. 아, 물론 이 좋은 직장을 그냥 그만두진 않겠지만.

밥을 다 먹고 나자 입이 허전해 입맛을 다시고 있을 때였다. 누르가 짐짓 아시나의 이마에 손을 뻗었다. 아시나는 갑자기 누르가 왜 이러나 빤히 그녀를 올려보았다.

"어디 아프십니까?"

"아니, 안 아픈데."

아시나가 왜 그러냐는 듯 눈을 추켜올렸다. 누르는 대답 대신 아시나가 걱정된다는 듯한 기색으로 한참을 쳐다보았다. 뭐, 빨빨거리며 돌아다니던 녀석이 갑자기 처박혀 있으면 당연히 이상하겠지.

아시나는 넓은 마음으로 누르를 이해했다. 아시나 입장에선 원하는 건 이미 다 알아냈겠다, 더 이상 돌아다니면서 괜한 의심을 받을 필요가 없어서 이러는 거지만 이런 속사정을 모르는 누르의 눈엔 '이 말괄량이가 오늘따라 왜 이리 얌전할까?'로 보이겠지. 항상 엄마가 보내던 시선이라 새로울 것도 없었다.

음, 그래도 역시 한 번은 밖에 나갔다 와야 할 필요성은 있었다. 계획은 완벽한 게 좋겠지. 마지막으로 점검해야 할 것도 하나 있으니까. 그럼 그건 오늘 저녁에 알아보도록 할까. 쇠뿔도 단김에 빼는 게 좋다 했지.

"누르, 나 이따가 씻을래."

"씻는 거 싫어하셨잖아요."

의심 가득한 눈초리로 누르가 대꾸했다. 웬일이냐는 듯한 시선에 아시나는 조금 억울했다.

"그건 이상한 옷 줄까 봐 그런 거지. 내가 얼마나 깨끗한 사람인데!"

"네, 네."

아시나는 정말 억울했다. 누르는 오냐오냐 고개를 끄덕였지만 그 모습은 전혀 진정성이 느껴지지 않았다. 진짜라니까 안 믿네, 이 인간이.

"나 진짜 깨끗한 사람이라니까!"

"네, 알았어요."

"나 진짜 진짜로 깨끗하다고!"

"알았으니까 이거나 마저 드세요."

누르가 내민 것은 어제 베히다트가 놓고 간 대추야자였다. 아시나는 하나를 입에 물며 누르를 올려보았다.

"누르, 나!"

"쉿."

누르가 입으로 검지를 갖다 댔다. 아시나가 입을 다물었다. 겨우 조용해진 아시나를 내려다보며 만족스러운 듯 누르가 웃었다. 그러고는 엄중하고 단호하게 협박 아닌 협박을 했다.

"거기서 한마디만 더 하시면 목욕물 안 받아 드릴 거예요."

"아, 괴도가 된 기분이다."

아시나는 빙그레 웃으며 지붕 위에서 주변을 둘러보았다. 누가 보면 기겁해서 거긴 도대체 어떻게 올라갔냐고 물을 법한 곳에 아시나는 용케 숨어 있었다. 미리 파악해 놓은 대로 넓은 복도엔 사람이 없었다. 철통 보안에 건물끼리 잘 보이도록 서로 엇갈리게 배치되어서 뺑뺑 뚫려 있음에도 사각지대가 존재한다는 사실이 조금 마음 아팠다. 나 같은 사람이 많지 않길 빌어야 할 텐데. 애초에 그녀가 사람이 잘 다니지 않는 길만 골라서 다니고 있지만 그래도 약간이나마 미안한 마음이 들었다.

그러게 누가 억지로 가둬 놓으래?

"이쪽이었나."

아시나는 기억을 더듬으며 조심스레 움직였다. 도망치기 편하게 웬만한 궁전 내부는 잘 정리해 놓았는데 이상하게 이쪽 부근만 도대체 뭐하는 데인지를 알 수가 없었다. 경비병들도 유난히 철통같이 지키고, 이곳에 대해선 물어봐도 돌아오는 대답이 없었다. 다들 말을 돌리기만 하고 대답해 줄 생각은 하지도 않고 말이지. 약이 올라서 무슨 일이 있어도 여기가 뭐하는 데인지는 알아내야겠다고 다짐한 게 바로 엊그제였다.

오늘 이곳으로 걸음하는 이유 중엔 도대체 무슨 비밀이 숨겨져 있나 하는 호기심도 존재했다. 시간은 많지 않았지만, 아시나는 개의치 않았다. 오늘은 이걸 알아내기 위해 작정을 하고 나왔는걸!

안 그래도 오늘은 좀 느긋하게 목욕하고 싶다고 누르를 한 차례 들볶은 뒤였다. 시중을 들겠다는 누르를 붙잡고 한참 동안 부려먹어서인지, 누르는 탕에 누워서 물놀이를 하는 아시나를 징하다는 듯 쳐다본 뒤 나가 버렸다. 물이 좋다고 한참 동안이나 나가지 않을 거라고 당부까지 해 놓은 참이니 누르가 다시 목욕탕에 들어올 일은 웬만하면 없었다. 그래도 안심이 되지 않아서 다른 조치를 취해 놓고 오긴 했지만.

아시나는 아직 덜 마른 머리카락을 만지작거리며 주변을 둘러보았다. 확실히 밤이 되면 아무리 불을 켜 놓아도 모든 경비가 허술해졌다. 시야가 좁아져서 그런 거겠지.

하긴 약 5만여 명의 사람들이 생활하는 궁전인데 모든 장소를 완벽하게 지키긴 좀 힘들지도 몰랐다.

“어…….”

아시나는 마침내 원하던 장소에 도착했다. 하지만 내부에 들어가 보기엔 많은 문제가 있었다. 창문조차 제대로 없는 건물이라니, 도대체 뭐하는 건물인가. 정문으로 들어갈 수 있었으면 좋겠지만 안타깝게도 아시나는 좁은 문을 지키고 있는 경비병들을 기절시킬 만한 기술이 없었다. 내가 힘이라도 셌다면!

어차피 뭘 훔치러 온 것도 아니고 도대체 여기가 뭐하는 데인지 궁금해서 찾아온 거니 아무래도 상관없었다. 아시나는 건물 뒤쪽으로 돌아갔다. 다행히 완전하게 밀폐된 건물은 아니었다. 높은 벽에 유일하게 나 있는, 금으로 도장되어 있는 창문을 찾아 그쪽에 고개를 들이밀었다. 금도장 너머로 보이는 풍경은 흐릿하지만 많은 것을 보여 주었다.

"……보물관."

보물관이었구나. 아시나는 솔직히 실망했다. 더 엄청난 무언가가 있을 줄 알았는데! 고작 보물이라니. 물론 보물도 엄청난 것이긴 했지만 김이 빠지는 건 어쩔 수 없었다. 이렇게 철통 보안으로 지키고 있는 게 고작 보물이었냐! 아시나는 창문에서 떨어졌다. 그녀는 진짜 괴도가 아닌지라 저 안의 보물들은 안전했다.

"내심 페시안의 숨겨진 비밀을 알 수 있을 거라 생각했는데."

아시나는 아쉬움을 감추지 못하고 입맛을 다셨다.

저주받은 무언가라든가, 페시안의 치부가 담긴 책이라든가, 그게 아니라면 밖에 절대 내보이지 않는 숨겨진 아들이나 형제 뭐 그런 거.

아시나는 잠시 머리를 짚었다. 괜히 기대했다가 손해 봤다. 고작 보물 보관실인데 왜 사람들은 알려 주지 않으려 했던 걸까. 어차피 알게 될걸. 실망이 너무 커서 어디다 하소연하고 싶지도 않았다. 정말 의미 없다.

"고작 이걸 보려고 내가 여기까지 돌아온 거야?"

물론 반짝반짝한 보물들이 싫은 건 아니었다. 누가 그 예쁜이들을 싫어할꼬. 문제라면 그 이상을 보고 싶어 한 아시나에게 있었다.

누르에겐 조금 안 좋은 소식일지도 모르지만 아시나의 목욕은 꽤 일찍 끝날 듯했다. 이제 돌아갈 시간이었다. 아시나는 미리 봐 둔 대로 건물 너머로 이어진 정원 쪽으로 빠져 나왔다. 생각보다 수월하게 빠져 나왔지만 긴장을 풀지 않았다. 큰 분수대가 인상적인 이 정원은 다른 정원들보다 경비가 삼엄했다. 아시나는 그 이유를 아주 잘 알고 있었다.

"하필이면 시하드 궁 바로 뒤……."

경비가 삼엄하지 않다면 그건 그것대로 문제였다. 아시나는 잠깐 서서 고민했다. 어떻게 해야 무사히 하렘 건물로 들어간단 말인가. 그렇게 한창 고민을 하고 있을 때였다. 갑자기 귀에서 느껴지는 자잘한 진동에 아시나는 깜짝 놀랐다.

"아직 시간 좀 남아 있는데?!"

당황도 잠시, 아시나는 일단 정원 뒤쪽으로 서둘러 빙 둘러 나갔다. 사람들 눈에 띄지 않는 곳이 필요했다. 일단 급한 대로 아예 다른 건물에 숨어들었다. 다행히 복도에 사람의 기척은 없었다. 예상치 못하게 낯선 곳으로 움직이게 된 건 둘째 치고 아시나는 일단 귀에 손을 댔다. 간헐적으로 귀에서 느껴지던 진동은 점점 간격이 짧아졌다. 아시나는 제 머리카락을 내려다보다가 입술을 깨물었다. 흐릿하게 비추는 달빛으로도 제 모습이 어떻게 되어 가고 있는지 충분히 알 수 있었다.

"아!"

여기서!

소리 지르고 싶은 기분을 참으며 아시나는 눈앞에서 변한 머리카락을 들어 보고는 깊은 한숨을 내쉬었다. 지금 주머니 없는데, 어쩌지. 머릿속이 순식간에 복잡해졌다. 이미 마법은 풀린 듯했다. 아시나는 어쩔 수 없이 귀찌를 풀었다. 떨어진 귀찌는 말없이 손 안에서 반짝였다. 무슨 문제가 생긴 걸까. 보관에 문제는 없었는데!

영구 파기까지 감안하고 마법을 유지해도 아직 사흘의 시간은 있었다. 그래, 내 계산이 틀릴 리가 없다고. 만사를 귀찮아하는 아시나가 얼마나 신경을 쓰고 다니는지 그동안 본모습을 모르는 사람한테 들킨 역사가 없었다. 가만히 서 있던 아시나는 살짝 인상을 썼다. 도대체 뭐가 문제지?

제 손에서 굴러다니는 귀찌를 내려다보았다. 고장 난 건가? 고민에 고민을 거듭하며 귀찌를 살피던 순간 아시나의 몸이 흠칫했다.

혼자 있는 줄 알았는데.

낯선 시선이 뒤에서 꽂혔다. 예기치 못한 기척. 아시나는 조용히 고개를 들었다. 등 뒤가 묘하게 서늘했다. 뒤쪽에서 느껴지는 사람 숨소리. 가깝지는 않았다. 설마, 누가 여기에 있는 건가? 불안함을 짓누르고 아시나는 슬그머니 고개를 돌렸다. 순간 짙푸른 눈과 시선이 마주쳤다.

조용히 숨이 멈췄다.

숨을 쉬나 쉬지 않으나 달리 변하는 게 없다는 걸 알면서도 아시나는 쉽사리 숨을 내뱉을 수가 없었다. 이대로 숨을 내뱉기라도 하면 저 남자가 움직일 것 같았다. 낭패한 기색이 역력하면서도 그녀는 쉽사리 몸을 빼지 못했다. 돌아본 채로 굳은 아시나는 자신을 응시하고 있는 남자를 바라보았다.

창백한 달빛에 짙게 드리운 그늘이 그녀를 장막처럼 가리고 있었다. 다행이었다. 아니었다면 아시나는 당장 저 남자를 치고 도망쳤을지도 모른다.

이쪽과 저쪽, 말을 걸기에도 다가오기에도 미묘한 거리. 하지만 상대를 관찰하기엔 충분히 가까운 거리에서 남자는 아무런 말도 없이 평온하게 아시나를 쳐다보았다. 못 볼 것을 봤다는 반응도 아니었다. 그냥 지나가다가 눈에 들어오는 걸 보고 있을 뿐이라는 태도. 그 태연함이 오히려 아시나를 불안하게 만들었다.

아시나는 제 입술을 잘근 깨물었다.

제 심장이 뛰는 소리까지 다 들릴 정도로 고요한 공기. 입술은 바짝 말라 왔지만 어떻게 해야 할지 답을 알 수 없었다. 도대체 얼마나 시간이 흐른 걸까. 그것조차 가늠할 수 없을 정도로 시간이 흐른 뒤였다. 다행히 그 상태는 그리 오래 지속되지 않았다. 누군가가 부르는 듯 고개를 돌리는 남자를 확인한 아시나는 급하게 몸을 숨겼다.

바로 벽 뒤로 숨은 아시나는 복잡한 표정으로 인상을 썼다. 이렇게 쉽게 제 모습을 감춰 버릴 수 있었는데. 참았던 숨을 몰아쉬며 아시나는 머리를 쓸어 올렸다. 길고 가는 손가락 사이로 탐스러운 머리카락이 흘러내렸다. 끝까지 거둬지지 않는 시선 때문에 바로 숨지 못했다. 차라리 모르는 사람이었다면 좋았을 텐데. 아시나는 도망쳐 온 그 장소를 돌아보며 진정하기 위해 깊게 숨을 들이마셨다. 하필 마주친 사람은 불행하게도 이미 알고 있는 사람이었다.

"……바레인."

"대족장이시여."

낯선 이의 부름에 바레인은 겨우 고개를 돌릴 수 있었다. 낯익은 얼굴이 시야에 들어오자 마치 꿈이라도 꾼 것 같은 기분이 얇은 껍

질로 변해 가볍게 부서졌다. 궁전에 있는 동안 그의 시중을 드는 시동이 똘망똘망한 눈으로 자신을 올려다보고 있었다. 그 낯익은 얼굴이 시야에 들어오자 바레인은 비로소 현실감을 되찾았다.

이곳은 알 페시안.

라 쿤의 궁전이었다.

"필요한 것이 있으십니까?"

"아."

서서 꿈을 꾼 것인가.

그런 생각도 잠깐, 바레인은 황급히 다시 시선을 돌렸다. 분명 저 자리에 있었는데. 그러나 정말 꿈이라도 꾼 모양인지 한순간에 시선을 사로잡았던 여인은 감쪽같이 모습을 감춰 버린 뒤였다. 자취도 없이 텅 빈 기둥 주위를 바라보며 바레인은 순간 제 손을 움켜쥐었다.

환상 같던 순간이 어느새 물방울처럼 변해 흩어지고 있었다.

꿈이었나.

그런 생각이 치밀었지만 바레인은 인정하지 않았다. 아니, 꿈이 아니었다. 분명 저곳에 누가 있었다. 가벼운 밤 산책이라도 할까 하여 나온 길에 우연히 보게 된 것이었지만 여전히 생생했다. 떨리고 있는 손이, 아직도 두근거림이 진정되지 않는 가슴이 그 모든 것을 증명했다.

대체 누구였을까. 아니, 너무 현실과 동떨어진 장면이라 맞지 않는 질문처럼 느껴졌다. 그래, 이렇게 묻는 게 오히려 정확한 질문이었다.

그것은 대체 무엇이었을까.

몇 번을 다시 돌아봐도 이미 흔적도 없이 사라진 자리는 고요할 뿐이었다. 바레인의 시선이 낮아졌다. 내리깐 시선은 도대체 그가 무슨 생각을 하는지 알 수 없게 만들었다.

달빛이 쏟아져 내린 듯 창백하게 빛나던 은발. 그늘 아래로 서늘하게 드러난 붉은 눈동자.

찰나였지만 그 눈동자와 마주치자 숨을 쉴 수가 없었다.

……요정?

누가 들으면 비웃을 게 뻔했지만 바레인은 웃을 기분도 들지 않을 정도로 심각했다. 고작 누군가 있음을 알 정도였고 그것마저 흐릿한 박명薄明 아래 겨우 윤곽만을 드러냈을 뿐이었지만 이상하리만치 인상적이었다. 바레인은 천천히 눈을 감았다. 눈을 감았는데도 아까 그 장면이 잔상처럼 남아 있었다.

정체불명의 것은 없어졌는데도 불구하고 떨리는 손과 두근대는 심장은 진정할 줄을 몰랐다. 바레인은 짧게 숨을 삼켰다. 그의 행동이 수상한지 시동의 표정이 살짝 일그러졌다.

"대족장이시여?"

자신을 부르는 목소리에 바레인은 눈을 떴다. 혼란은 여전했지만 더 이상 겉으로 드러나진 않았다. 그의 시선이 시동을 향해 돌아갔다. 시동이 불안한 기색으로 재차 물었다.

"왜 그러십니까?"

시동은 바레인이 이러는 게 놀라운 기색이었다. 바레인 역시 놀라웠다. 웬만한 일엔 반응조차 나오지 않는데. 제 자신이 심하게 동요한 게 피부로 느껴졌다. 이 자리에 다른 사람이 없다는 데에 감사하며 바레인은 순식간에 자신의 상태를 정리했다. 혼란은 여전했고 남아 있는 기분 또한 여전했지만 적어도 겉으로 드러나진 않았다. 시동이 다시 한 번 바레인을 불렀다. 바레인은 자신을 부르는 목소리에 옅은 미소를 지었다. 늘 짓던 그 미소를.

"대족장이시여……?"

"별일 아니니, 네가 신경 쓸 건 없다."

어떻게 뒤처리할 엄두도 못 내고 아시나는 제 건물로 들어왔다. 찾아가서 못 본 걸로 해 달라고 매수를 하든가, 기억을 없애려고 머리를 친다든가, 울며 빈다든가, 여러 가지 방법이 있었지만 아시나가 선택한 건 그대로 도망치는 것뿐이었다. 아니, 선택지가 그것밖에 없었다. 그나마 다행히 돌아오면서 마주친 사람은 없었다.

목욕탕에 있는 거울이 아시나의 모습을 환하게 비췄다. 불빛 아래 드러난 그녀의 모습은 모든 사람이 숨을 멈추고 바라볼 만큼 눈부셨다. 참으로 오랜만에 보는 자기 모습이었지만 아시나는 낯설지 않았다. 천사가 이 땅에 내려왔다고 해도 과언이 아니라 할 정도로 모두가 예찬하던 미모지만 정작 그 미모를 가진 그녀는 심드렁했다. 맨날 보고 사는 얼굴이 뭐 그리 특별할까.

"괜히 내가 우리 엄마 딸이 아니지."

세상에서 제일 아름답다고 찬양받던 여자가 낳은 딸인데 이 미모가 모두를 홀리지 못한다면 그게 도리어 이상한 게 아닐까? 깊은 시선을 보내는 붉은 눈동자는 희한할 정도로 맑았다. 촉촉이 젖어 투명하게 빛나는 시선은 항상 그랬지만 사람들의 시선을 잡고 놔주지 않았다.

밝은 불빛에 찬란하게 빛나는 은색 머리카락이 섬세하게 아시나의 몸을 감싸며 허리까지 흘러내렸다. 머리카락에 은이라도 발랐냐고 다들 감탄할 정도로 깨끗한 색은 유전이었다.

다른 색으로 물들였을 때도 예뻤지만 역시 본래의 색으로 돌아온 아시나는 달랐다. 완연한 모습에 아시나는 잠시 미간을 좁혔다.

이 모습을 본 사람한테 잊어 달라고 말하면 그것 역시 실례겠지.

"그래, 인생에 이렇게 예쁜 미소녀를 볼 수 있는 확률이 얼마나 되겠어."

그래도 속이 부글부글 끓는 건 어쩔 수 없었다. 애써 태연함을 가장하고 있지만 아시나는 지금 폭발 직전이었다.

"들킨 건 아니겠지?"

왜, 하필, 거기서!

미친년처럼 머리를 헝클며 좌절했다. 속이 시끄러워서 제대로 진정을 할 수가 없었다. 봤을까? 그래, 봤겠지. 그 거리가 결코 가깝다고 할 수 있는 거리는 아니었어도 그렇다고 모습조차 제대로 못 알아볼 정도로 먼 거리는 아니었다. 그 증거로 아시나 자신도 그 남자가 누구인지 알아보지 않았는가.

그냥 마주쳤을 때 빨리 숨었으면 될 일이었는데 타이밍을 놓쳐버리는 바람에 상대에게 자신을 관찰할 시간을 충분히 내줬다는 점이 제일 절망적이었다. 미쳤어. 왜 그랬지? 제정신이 아니었던 게 분명해. 속이 터진다는 게 이런 기분이었다. 아시나는 또 한 번 머리를 쥐어뜯고 나서야 간신히 진정했다.

흔하게 생겼으면 몰라. 대놓고 특이하게 생겨서 몇 가지 특징만 맞춰 보면 사실 아시나의 정체는 뻔했다. 물론 그건 다 엄마가 북대륙 전체에 걸어 놓은 지명수배 전단 때문이었지만 그걸 남대륙인들이 모른다고 단정할 수는 없었다. 자연스럽게 이제 남은 결론은 아시나는 망했다는 사실이었다.

"……그냥 죽었다고 생각할까."

포기가 너무 빠른데?

그래, 아직 포기할 때는 아닌 것 같았다. 망하긴 했지만 끝장난 건 아니었으니까. 일단 죽을 땐 죽더라도 발악은 하고 죽자고 결론을 내리고 크게 한숨을 내쉬었다.

일단 아시나는 제 손아귀에 쥐어진 귀찌부터 내려놨다. 이 거지 같은 귀찌가 결국 문제를 일으키는구나. 한 번도 이런 일 없었는데. 곤란함에 난감함까지 겹쳐져서 상당히 피곤해졌다.

근데 이제 어쩌지? 귀찌가 아예 망가진 거면 난 이제 끝장났는데.

"……너 이제 어쩔 거야? 응? 귀찌야, 말 좀 해 봐. 너 나 어떻게 책임질 건데. 어? 결혼이라도 할 거야? 응? 내 신랑감 물어 올 거냐고, 네가."

애꿎은 귀찌에게 윽박질러 봤자 나오는 건 없었다. 아시나는 포기했다. 그리고 될 대로 되라는 심정으로 혹시 몰라 귀에 다시 귀찌를 걸어보았다. 정말 아무런 기대도 하지 않은 의미 없는 행동이었는데, 갑자기 귀찌가 웅웅거리더니 다시 마법이 걸렸다. 아시나는 갈색으로 물들어 가는 머리카락을 보며 험상궂게 거울 속의 제 자신을 노려보았다. 빌어먹을.

대체 무엇이 문제였냐는 듯 정상적으로 돌아온 제 모습을 보며 아시나는 한소리 하려고 입을 벌렸다가 다시 다물었다. 이, 이 썩을 귀찌! 다시 변한 자신의 머리와 눈을 보면서도 아시나는 전혀 기쁘지 않았다.

이렇게 문제없이 마법을 걸어 줄 거면 아까는 대체 뭐가 문제였던 거야! 왜 갑자기 고장이 난 거냐고! 지금은 또 왜 이렇게 멀쩡하고!

어쨌든 모습은 변했으니 아시나는 울며 겨자 먹기로 대충 목욕탕을 정리하고 갓 목욕을 마친 것처럼 행세하며 탕에서 나왔다.

누르는 아시나의 기분이 안 좋은 게 의아한 듯했지만 그것 외에 별 의심을 하진 않았다. 방으로 돌아온 아시나는 방을 둘러보았다. 전처럼 베히다트가 와 있을까 봐 한 행동이었는데 다행히 그는 여기에 없었다.

다행이었다. 그가 여기 있었다면 단박에 이 동요를 알아차렸을 테니까. 아무튼 귀신같아. 안심하고 침대에 앉은 채로 아시나는 제 귀찌에 손을 가져다 댔다. 진짜 아까는 왜 그랬니, 귀찌 놈아.

"여기 공기랑 이게 안 맞나."

말도 안 되는 헛소리였지만 방금 세운 가설을 믿고 싶은 마음이 컸다. 자꾸만 귀를 만지작거리는 손을 어찌할 수 없었다.

솔직히 말해 불안했다. 이미 자신의 본모습을 누군가에게 들켜 버린 건 둘째 치고 이 귀찌가 남은 시간 동안 또 말썽을 부리지 않을 거라는 보장이 그 어디에도 없었다. 다른 사람은 그래도 괜찮았다. 그래, 그렇게 끔찍하진 않을 것 같아. 하지만 단 한 사람만은 달랐다. 베히다트, 만약 그 남자 앞에서 마법이 풀려 버린다면…….

아시나는 눈을 질끈 감았다. 끔찍한 상상에 목이 날아가는 기분이었다.

안 돼, 그런 일은 절대로 생겨서는 안 된다.

다른 사람한테 다 들켜도 그 남자한테만은 절대 들키고 싶지 않았다.

"아시나 님."

"누르."

누르가 가져온 건 카흐아였다. 따뜻한 김이 모락모락 나는 카흐아는 자기 전에 마시던 얼그레이 밀크티가 떠오를 만큼 맛있었다. 그것을 받아 든 채 잠시 술렁이는 마음을 진정시키려 했다. 뜨거운 게 목구멍으로 넘어가니 조금 진정이 되었다. 다행이었다. 아시나는 낮은 숨을 내쉬었다.

평소와 조금 다른 아시나의 태도에 누르는 의아한 기색을 내비쳤다. 아시나는 지금 자신이 충분히 수상하고 이상하고 괴상하다는 걸 알았지만 굳이 변명하려 애쓰지 않았다. 그냥 지금은 이러고 싶었다.

쥐어진 것만으로도 충분히 복잡한데 머리에 또 다른 고민을 집어넣고 싶지 않았다. 카흐아 곁으로 과일들이 놓였다. 특이하게도 풍요롭다는 북대륙보다 오히려 페시안에서 접하는 과일들이 더 많았다.

망고를 집어 들며 아시나는 이건 정말 미스터리라고 생각했다. 이 과일이 바다만 건너면 금으로 변한다니 미스터리야. 물론 곡물의 종류는 크롬웰이 월등하게 많은 듯했지만.

애써 다른 생각을 하며 입맛을 다셔 보았지만 그렇다고 기분이 크게 나아지진 않았다. 아시나는 잠깐 눈을 감았다. 모든 게 아득하게 가라앉는 느낌. 명상이라도 하듯 고요 속에 파묻힌 순간이었다. 그 정적을 찢고 나지막한 목소리가 파고들었다.

"오늘은 어쩐지 기분이 좋지 않아 보이는군."

저도 모르게 앓는 소리가 나왔다. 겨우 풀린 긴장이 다시 허리를 뻐근하게 만들었다. 저도 모르게 눈을 뜬 아시나는 소리가 들린 곳으로 고개를 돌렸다. 문 앞 기둥에 기대어 서 있는 남자. 낯익음과 동시에 지독히도 낯선 남자의 모습에 아시나는 헛숨을 들이켰다.

"왜……."

왔어요?

저도 모르게 내뱉다 그녀는 다시 입을 다물어 버렸다. 묻지 않아도 되었다. 빤히 보이는 똑같은 질문과 똑같은 대답. 더 이상 지지부진한 대화는 사양이었다. 지금 아시나는 머릿속이 너무 복잡해서 뭔가에 상관하고 싶은 기분조차도 들지 않았다.

그런 아시나가 의아한지 베히다트가 눈을 치켜떴다.

"왜 말을 하다 말지?"

"따져 물어도 의미 없는 거라는 걸 알아서요."

성큼 다가온 남자에게서 풍겨 오는 낯선 체향에 아시나가 저도 모르게 이를 깨물었다.

"왜 왔냐고 물어봐도 답해 주지 않을 거잖아요."

"늘 해 줬는데."

어깨 뒤 머리카락으로 향하는 손길은 지나칠 만큼 자연스러웠다. 제가 마치 자신의 것이라는 양 당당하게 머리를 쓸어 넘기며 뒷머리를 잡는 손에 아시나는 작게 인상을 썼다. 평소였다면 움찔하며 긴장한 채 이 남자가 뭘 할 건지 지켜봤을 텐데 지금은 그럴 기분이 아니었다. 가까워지는 눈동자를 피하지 않으며 아시나는 흔들림 없는 시선으로 그에게 물었다. 조금 어이없다는 듯한 어조로.

"진짜 나한테 반하기라도 했어요?"

별다른 동요도 없이 그가 느긋하게 대꾸했다.

"그렇다면?"

아시나는 잠시 입술을 깨물었다.

"기뻐해야 하는 걸까요?"

"싫은 건가."

이 순간에도 베히다트의 손은 아시나의 머리카락을 가지고 노는 게 너무 당연하다는 듯 그녀의 머리카락을 붙잡고 있었다. 시선을 내려 아시나는 제 옆으로 뻗은 타인의 팔을 내려다보았다. 탄탄한 잔근육이 보이는 팔뚝과 어깨 근육은 어디 흠 잡을 데 없이 완벽했다. 이 남자는 도대체 부족한 점이 뭘까. 아시나의 시선이 다시 베히다트에게로 향했다. 쏘아보듯 올려보며 아시나는 한 치도 물러서지 않았다.

"아니요, 그냥 시시해서요. 나한테 반한 남자는 차고 넘치거든요."

그의 입가에 미소가 번졌다. 웃기다는 듯 옅은 미소를 짓는 베히다트는 숨이 떨리도록 멋졌다. 젠장. 진짜 폼도 마음대로 못 잡게 하네. 아시나는 동요하지 않으려고 애를 썼다. 무엇보다 진심이었는데 비웃는 그 폼이 마음에 들지 않았다.

"웃지 마요."

"왜?"

"기분 나쁘단 말이에요. 내가 웃겨요?"

"글쎄."

입가에서 미소를 지우지 않으며 베히다트가 바짝 얼굴을 들이밀었다. 다른 때였다면 고개를 돌려 버렸겠지만 지금은 그럴 수 없었다. 여기서 돌리면 진짜 지는 거니까! 이 신경전만큼은 어떻게든 이기고 싶었다. 아시나는 거칠어지려는 숨을 고르고 다시 눈을 추켜올렸다.

"날 어쩔 셈이죠?"

"어쩌길 바라는 거지?"

"날 죽일 건가요?"

망설임 없이 그러리라 생각했다. 그러나 예상 외로 베히다트는 바로 대꾸하지 않았다. 의도를 파악하려는 듯 깊고 짙은 붉은 눈동자가 아시나의 눈동자를 파헤칠 듯 다가왔다. 숨이 막힌다. 아시나는 흐트러지려는 숨결을 겨우 붙들었다. 한참이나 아시나의 눈동자를 응시하던 그가 정말 얄미우리만치 나른하게 되물었다.

"내가 죽여야 할 만큼 네가 위험한 건가?"

"그럴지도 모르죠."

그녀는 꽤나 무심하게 대꾸했다. 숨도 쉬지 않고 아시나는 냉정하게 빛나는 눈동자를 마주보았다.

"그러면, 날 정말 죽일 건가요?"

"그럴지도."

그 대꾸에 망설임은 없었다. 뭐랄까, 순식간에 가슴이 허망하게 비워진다. 실망한 건 아니었다. 실망이라는 단어를 입에 담기엔 둘 사이에는 아무것도 없었으니까. 하지만 이 감정이 무슨 감정인지 모르겠다. 이름 모를 감정이 자신 안에서 휘몰아쳤다. 머리는 시끄럽고 속은 뒤죽박죽. 모든 게 엉망이었다. 그저, 빨리 도망쳐야겠다는 생각만이 강하게 들었다. 빨리 도망가야지. 다시 한 번 다짐한 순간이었다.

"하지만 지금은 아니다."

굵고 남자다운 손이 아시나의 뺨을 훑었다. 어딘지 모르게 애달픈 손길에 아시나는 저도 모르게 손을 꽉 쥐었다.

"아직은 네가 재미있거든."

그 말을 내뱉는 눈동자는 진심이었다.

"모르는 게 많기도 하고."

순간 싸늘하게 빛나는 눈동자를 보며 아시나는 역시 이 남자는 범상치 않은 인간이라 생각했다. 지금은 귀엽다 봐주고 있지만 언제 제 목을 칠지 모른다. 그렇게 생각하니 지금 아시나를 감싸고 있는 모든 것이 전부 위협적으로 느껴졌다. 겉으로는 한 치의 내색도 비추지 않았다. 아시나는 애써 미소를 머금으며 자신을 냉정하게 평가 중인 시선을 마주 보았다.

"질리려면 엄청 오래 걸릴걸요. 제가 워낙 매력덩어리에 비밀투성이라서요."

노린 건 아니었지만 어쩌다 보니 그렇게 되었다. 아시나는 자신만만하게 웃었다.

"게다가 예쁘잖아요."

딱히 재롱을 떨 생각은 없었는데 아시나의 말에 그가 웃음을 터뜨렸다. 웃음을 참지 못하고 고개를 숙이는 베히다트를 쳐다보며 아시나는 살짝 기분이 상했다. 이런 격한 웃음, 좋아해야 하는 걸까. 둘 사이에 잠깐 있었던 차가운 분위기는 이미 날아갔다. 아시나는 제 앞에서 열심히 웃는 남자를 보며 입술을 삐죽였다. 그만 좀 웃었으면 좋겠는데. 뾰족한 시선을 느낀 건지 그가 웃는 걸 멈쳤다. 이미 한차례 어마어마하게 웃은 뒤였지만.

대체 내가 예쁘다는 게 뭐가 웃기냐고! 내가 예쁘다는데! 사실이 잖아!

"그렇군."

수긍을 한 건지 아닌지 모를 애매한 대답이 나왔다. 아시나는 지금 자신의 기분이 가라앉은 게 다행이라고 생각했다. 아니었다면 이미 울컥해서 한바탕해 버렸을 테니까. 그 간극을 그도 알아차린 모양이었다. 베히다트가 애매한 표정으로 아시나의 얼굴에 손을 뻗었다. 뺨에 닿는 온기는 낯설었다. 그래도 좋았다. 그럼에도 아무런 반응도 보이지 않았지만.

"무슨 일 있었나?"

"아니요."

아시나는 시선을 내리깔았다. 파헤칠 것처럼 강렬하고 집요한 시선이 얼굴에 따라붙었다. 눈을 마주치면 그대로 모든 비밀을 들킬 것 같아서 아시나는 부러 더 시선을 내렸다. 섬세하고 가녀린 선을 따라 길고 유려한 속눈썹이 내려앉는다. 그 모습이 얼마나 보는 사람을 숨 막히게 만드는지 아시나는 알지 못했다. 더듬더듬 자신을 마주 보지 않는 아시나를 구석구석 살펴보던 베히다트가 살짝 제 입꼬리를 비틀었다.

"거짓말을 하는군."

모든 비밀을 다 알고 있다는 듯한 오만한 어조. 세상에 자신보다 위가 없는 인간이라는 건 도대체 어떤 사람인 걸까 궁금했던 과거의 자신을 욕하며 아시나는 시선을 들었다.

너무 가까웠다. 닿을 듯 말 듯 서로의 숨소리마저 크게 들릴 정도로 가까이에 있는 베히다트의 얼굴을 보다 아시나는 저도 모르게 입술을 깨물었다. 의식하려 하지 않았지만 저도 모르게 시트를 쥐게 되는 건 어쩔 수 없었다.

닿나? 닿을까? 밀쳐 내야 하나? 또 이렇게 속수무책으로 끌려가나?

"날 놓아줄 생각은 있는 거예요?"

"아마도."

그런데 왜 이 눈만 마주하면 그럴 생각이 없는 것처럼 느껴지지.

지금 이 순간이 천만금의 시간처럼 느껴졌다. 아시나는 젖 먹던 인내심까지 끌어 모아 겨우 뛰쳐나가고 싶은 충동을 억눌렀다. 평소였다면 상상할 수 없을 정도의 인내심이었다. 평소와 사뭇 다른 아시나의 모습에 베히다트의 눈동자에 이채가 어렸다.

"왜 자꾸 재촉하지? 집에 놓고 온 남편이라도 있는 건가?"

"남편은 아니지만 세상에서 제일 잘생긴 남자가 집에 있긴 하죠."

"그래?"

순간 눈에서 불꽃이 튄 줄 알았다. 가벼운 농담이었는데 괜히 입을 잘못 놀린 모양이었다. 이글거리는 시선에 아시나는 저도 모르게 뒤로 물러날 뻔했다.

아, 어쩌지. 그도 딱히 뭘 어쩔 생각은 없는 듯했으나 이 순간 자체가 불편했다. 아니, 자세부터 불편했다. 베히다트가 조금만 더 다가오면 아시나는 그대로 침대 위에 쓰러져 버릴 터였다.

"뭐 하나만 물어봐도 돼요?"

아슬아슬한 줄타기를 간신히 버티며 아시나가 겨우 입을 열었다.

"그날."

베히다트의 눈썹이 꺾였다.

"날 왜 살려 준 거예요?"

따로 설명을 하지 않아도 알 수 있었다. 그날, 사막에서 서로를 처음 만난 날. 벌써부터 아득한 그날의 일에 아시나는 조용히 베히다트의 대꾸를 기다렸다. 그의 눈동자가 살짝 어두워졌다.

"알고 싶은가?"

"별 의미 없다는 건 알고 있지만……."

정말 별거 아닐 거라는 건 알지만 그래도 알고 싶었다.

"궁금해요."

오롯이 자신만을 담고 있는 눈동자에 베히다트는 잠깐이지만 감탄했다. 이 여자는 자기 눈동자가 이렇게 예쁘다는 걸 과연 알고나 있을까? 해야 할 말도 잊고 그는 그 시선부터 마주했다.

아시나는 자기 눈동자를 똑바로 마주 보는 시선에 저도 모르게 발을 꼼지락거렸다. 무서운 건 아니었는데 뭔지 모를 감각이 스멀스멀 아시나의 몸을 옭아맸다.

그때도 이렇게 올려다보고 있었는데.

물론 아시나는 무릎을 꿇은 채였고 이 남자는 태양을 등지고 서 있었다. 그때도 멀리 보이는 태양에 절대 지지 않을 것 같은 남자라 생각했는데. 지금 전혀 다른 장소에서 저를 두 팔 안에 가두고 서 있는 남자 역시 그러했다. 아시나는 여전히 이 남자의 미모만큼은 최고라고 생각했다.

한땐 세상에서 우리 아빠보다 잘생긴 사람은 없을 거라 생각했는데.

침묵이 켜켜이 쌓여 정적을 만들고 그 정적이 고요가 되어 갈 때였다. 느닷없는 대답이 아시나의 귀에 내려앉았다.

"그냥."

단순하고 무미건조한 음성. 곧이라도 파고들 것 같았던 긴장을 놓아 버리고 베히다트가 물러났다. 옴짝달싹도 할 수 없이 갇혀 있다가 순식간에 풀려난 해방감에 아시나는 무어라 말을 해야 할지 몰랐다. 풀어 주길 바라긴 했지만 막상 너무 아무렇지 않게 풀어 주니 적응이 되지 않는다. 저도 모르게 허우적거리는 자신을 느끼며 아시나는 혼란스러워했다.

"네가 너무 살고 싶어 하는 것 같았거든."

한 걸음 물러났으나 존재감은 여전했다. 숨 막힐 것 같다. 순식간에 멀어진 남자를 보며 아시나는 어안이 벙벙했다. 그가 순순히 물러났다는 게 충격이었다. 믿을 수 없어.

이렇게 쉽게? 이미 그가 하는 대답은 들리지도 않았다. 살짝 뒤로 쳐졌던 몸을 바로 하며 그녀는 베히다트를 쏘아보았다. 시선을 받은 그가 옅게 웃었다. 정말 얄미울 정도로 자신만만한 미소였다.

"이 이상 더 이유가 필요한가?"

"당신."

이건 정말 불공평해.

뭔가를 말하려다 아시나는 그대로 입을 다물었다. 그리고 이를 악문 채 그를 노려보았다. 저 빌어먹을 인간. 이렇게 뒤흔들어 놓고 저렇게 아무렇지 않은 태도라니.

항상 그랬지만 오늘따라 열 받는다. 정말 불공평했다. 언제나 휘둘리는 쪽이 자신이라는 점에서 더더욱 마음에 들지 않았다. 언젠가는 꼭 저 얄미울 정도로 재수 없는 입을 막아 버리고 여유를 부리는 저 표정을 일그러뜨리게 만들 거다. 이루어지지 않을 다짐인 것 같았지만 그래도 아시나는 다짐했다. 꼭!

분해서 제 두 손을 꼭 잡은 채 노려보는 아시나를 시선에서 놓지 않으며 베히다트가 낮게 웃었다.

"여기까지만 하지."

그렇게 말하고 선선히 뒤도는 남자의 모습에 아시나는 얼떨떨했다.

"가는 거예요?"

"안 가도 되는 건가?"

"그건……."

슬쩍 뒤도는 모습에, 그 나지막한 시선에 괜히 설레는 자신이 싫었다. 나쁜 놈.

"아니에요. 가 버려요."

갈 거면 빨리 가 버리라는 의지 가득한 아시나의 대꾸에 베히다트가 픽 웃었다. 다시 다가오는 그를 보며 아시나는 불안한 눈빛을 띠었다. 이 인간이 또 뭘 하려고.

"우리 고양이가 오늘은 기분이 영 아닌가 보군."

그가 별다른 걸 하지는 않았다. 아시나는 제 뒷머리를 감싸는 손길에 멀뚱히 그를 바라보다 놀랐다. 이마에 닿는 따뜻한 감촉. 지그시 아시나의 하얀 이마에 마치 낙인이라도 찍듯, 제 입술을 짓누른 베히다트가 지나치리만치 나직하고 나른하게 인사했다.

"잘 자라."

귓가에 울리는 낮은 음성. 저도 모르게 숨을 들이켠 아시나는 그대로 눈을 감았다. 자신의 것인지 모를 마음이 시끄럽게 제 속에서 소용돌이쳤다.

저 인간이 진짜 끝까지……!

누구에게 하소연하고 싶었다. 진짜 누구라도 좋으니 아무나 붙잡고 저 남자가 자기한테 한 짓을 하소연하고 싶었다. 이렇게 기대하게 만들어 놓고 그대로 물러나다니! 막힌 숨이 한순간에 터져 나왔다. 크게 숨을 몰아쉬며 아시나는 아직도 쿵쾅대는 가슴을 진정시키려 했다. 그리고 저도 모르게 손을 뻗은 침대를 보며 불만스레 인상을 썼다. 고작 사흘이었는데. 어쩐지 허전하기까지 한 기분 때문에 죽을 맛이었다.

"아, 망할."

새벽까지 밀린 업무를 보던 베히다트는 아침이 되자마자 자신을 찾아온 우마르를 건조하게 내려다보았다. 우마르는 시하드에 대한 인사를 마치자마자 다짜고짜 본론을 꺼냈다. 웬만하면 보이지 않는 우마르의 급한 모습에 베히다트는 대놓고 흥미로워했다.

"대체 무슨 일이기에 그대가 그리도 서두르는 거지?"

"간밤에 샤르자 대족장이 사람을 불러들였습니다."

과연 이른 아침부터 우마르를 궁전에 들어오게 할 만큼 급한 일이긴 했다.

"움직이는 건가?"

"모르겠습니다. 하지만 확실히 무언가를 지시한 듯합니다. 로그웨가 비밀리에 다녀갔습니다."

로그웨는 바레인 휘하에 있는 전사였다. 바레인에게 은혜를 입어 라 쿤의 7대 단위 부대 중 가장 뛰어난 전사라는 타무라가 되는 것도 마다한 채 바레인 곁에 남은 자였다. 이번 방문에서 바레인을 호위한 건 로그웨가 아닌 다른 전사였다. 한데 로그웨까지 다녀갔다라…….

베히다트는 가만히 턱을 괸 채 생각에 잠겼다. 우마르가 은근슬쩍 운을 띄웠다.

“움직일까요?”

“아니.”

확실히 범상치 않은 일이긴 했지만 그리 서두를 일도 아니었다. 그는 누구보다도 바레인을 잘 알았다. 분란이 넘쳐 나는 샤르자를 스무 살의 어린 나이 때부터 지배해 온 남자. 샤르자 대족장이 갖는 영향력이란 아래로 내려갈수록 어마어마한 것이었다. 제 눈앞에 바레인이 있기라도 한 양 베히다트는 비틀린 미소를 지었다.

“어떤 지시를 내렸는지는 아직 모르는 건가.”

“짐작도 가지 않습니다.”

바레인은 지겨울 만큼 신중하고 상대가 지쳐 나가떨어질 정도로 지독하게 인내심이 많은 인간이었다. 이번에 벌어질 일에 대해서도 샤르자에서 이미 모든 준비를 끝내 놨을 터. 굳이 여기까지 와서 지시할 사항은 없을 게 뻔했다. 그렇다면 경우는 단 두 가지. 계획에 차질이 생겼거나 이곳에 와서 알게 된 급한 무언가가 있다는 것. 베히다트는 개인적으로 전자는 아닐 거라 여겼다. 그런 요행을 바랄 만큼 상대는 무르지 않았으니까.

상대를 붙잡아 제 아래 무릎 꿇게 하는 건 얼마든지 가능했다. 문제는 그놈이 숨기고 있는 비밀이 무엇인지를 알아내야 한다는 것이다. 벌써 그 일이 일어난 지 십여 년이 넘어가지만 단 한 순간도 잊고 산 적 없었다.

반드시 알아내고 싶었다. 그들이 숨기고 있는 진실이 무엇인지. 그걸 위해서라면 얼마든지 대가를 치를 자신도 있었다. 라 쿤으로 즉위한 뒤 오로지 이 순간을 위해 기다리지 않았던가.

"그것 말고 다른 움직임은 없었나?"

우마르에게서 대답이 흘러나온 건 약간의 시간이 흐른 뒤였다.

"특이한 점은 없었습니다. 다만 저녁에 바레인이 산책을 나갔다고 합니다. 어째서인지 곧 들어갔지만 말입니다. 별다른 일은 없는 듯했습니다."

"평소와 다른 점은 없다고 하던가."

우마르는 생각하는 듯 하다가 고개를 가로저었다.

"바레인에게 붙여 놓은 시동 녀석이 말하기를 산책하던 도중에 뭔가를 본 것 같다고 말하더군요."

"무언가를 보았다?"

"예."

베히다트가 관심을 보였다. 아까와는 전혀 다른 태도로 그가 눈을 빛냈다.

"무얼 보았다는 거지?"

"조금 더 조사해 보겠습니다."

불행하게도 거기까진 우마르도 알지 못했다. 사실은 알아보려 했으나 시동도 보지 못한 그것이 무엇인지를 알아낼 방법이 우마르에겐 없었다. 베히다트는 생각에 잠겼다.

"다른 대족장들의 움직임은 어떠한가."

이미 보고했던 일이지만 우마르는 개의치 않고 다시 보고했다.

"다라의 대족장 잘릴은 어제 무희들과 술자리를 가졌습니다. 동이 틀 때까지 놀고 마셨다고 합니다. 니즈와 대족장 엘바는 아제미에 있는 제 아들을 불러다 오랜만에 담소를 나누었습니다. 수상한 점은 딱히 없었습니다. 결혼을 언제 할 거냐고 엘바가 제 아들을 닦달하더군요. 마안의 대족장 이즈미르는 도적 떼에 다친 전사들을 치료해야 해서 더 늦게 도착한다고 합니다. 소하르 대족장 비가는 오는 중에 모래 폭풍을 맞게 되어 일정이 더 늦어질 것 같다고 연락했습니다."

"무스카트 대족장 대신 오기로 한 타브크 수장은?"

"느와는 어제 새벽에 도착해서 여독을 풀고 있습니다."

시시콜콜한 내용 따위 어찌 되었든 상관없지만 놀랍게도 그 누구도 수상하지 않았다. 아니, 실은 모두가 수상했다. 특이한 점도 없이 평이한 그 모습들이 제일 거슬렸으나 베히다트는 딱히 내색하지 않았다. 이 궁전을 둘러싸고 있는, 평온함을 가장한 불온이 영 마음에 들지 않았다. 이런 처지만 아니었다면 진즉 모조리 뒤엎었을 터였다.

"바레인의 움직임과 연관되어 보이는 자는 없는 건가?"

"일단은 그렇습니다."

자신도 어지간히 답답한 듯 우마르가 한숨을 내쉬었다.

"무능하군."

"죄송합니다."

딱히 별다른 책망은 아니었는지 베히다트는 말없이 우마르를 물렸다. 나가 보라는 손짓에 우마르는 우아하게 인사를 하고 나갔다.

집무실에 깊은 침묵이 가라앉았다. 그 정적이 오래가지는 않았다. 아침 인사를 핑계로 이른 아침부터 날아온 나시르를 보며 베히다트는 턱을 괴었다. 집무실에 입장하자마자 깔끔하고 간소하게 인사를 마친 나시르는 어쩐지 잔뜩 흥분한 것처럼 비추어졌다. 피곤한 기색은 숨기지 못했지만.

"피곤해 보이는군. 서기실에서 오는 길인가?"

"예, 어쩌다 보니 밤샘 근무를 하게 되었습니다."

"그렇군."

베히다트는 고개를 끄덕였다.

"일에 진전은 있나?"

알아낸 것이 없으면 알아서 하라는 협박처럼 들리는 질문이었다.

"아니요."

나시르는 몸을 움찔했지만 곧 가슴을 펴고 당당하게 대꾸했다. 이런 뻔뻔함은 처음 시하드를 모시던 날부터 변하지 않는 점이었다.

"하지만 흥미로운 걸 알아냈습니다."

"말하라."

지난 며칠 동안 나시르를 제대로 잠도 들지 못하게 괴롭히던 문제. 어느 정도 풀어낸 지금 만족스러운 미소가 어렸다. 이 일에 대한 힌트는 아시나와의 대화에서 얻었지만 그래도 나시르는 제 자신이 온전히 알아낸 것이 더할 나위 없이 좋았다.

"크롬웰과 크라차의 관계에 관해 알아낸 것이 있습니다."

"뭐지?"

"우리는 항상 크롬웰과 크라차의 관계가 동등한 것이라고 여기지 않았습니까? 그런데 그것이 아닌 듯합니다."

베히다트가 관심을 보였다.

"어째서 그런 생각을 한 거지?"

"지난 며칠 간 수르트에서 있었던 크라차와 크롬웰의 수십여 년간 교역 내역을 살펴본 결과 조금 특이한 게 발견되었습니다."

아무도 신경도 쓰지 않고 있던 부분이었다. 북대륙과의 교역은 적지만 항구 도시 수르트를 통해 페시안에서도 어느 정도 하고 있고 파시도 크라차도 전부 하고 있기 때문에 새삼스러운 일은 아니었다. 이 남대륙에서 북과 일체의 교역도 하지 않는 나라는 없었다. 그것에 깊은 관심을 가지게 된 건 이번이 처음이었다. 답이 이렇게 눈앞에 있었는데 여태 못 알아보고 있었다는 것이 어쩐지 억울하기까지 했다.

"저희는 항상 크라차의 경제력에 대해 의문을 품어 왔습니다. 지금이야 크라차에 놀러 가는 대족장도 많을 정도로 부유해졌지만 불과 백 년 전만 해도 크라차는 다라가 천국으로 느껴질 정도로 황량했습니다. 그런데 백 년 사이에 급격히 성장하더니 지금은 꽤나 부유해졌죠."

"북대륙인과의 교역 때문이 아니던가."

"그렇습니다. 대부분의 부는 북대륙인들과의 교역에서 오는 거죠. 크라차의 경제력은 모조리 크롬웰에서 유입되는 상단들에 의한 것입니다. 몇 년 전 자료로 분석해 봤을 때도 크라차 자체의 자급자족률은 총경제력의 5할도 되지 않습니다. 전부 크롬웰과의 교역에만 집중되어 있다는 소리죠."

파시도 그러했지만 크라차도 그리 풍요로운 땅은 아니었다. 그래도 대추야자는 크라차산이 최고였고 여러 공예품도 크라차산이 최고였다. 좋지 않은 국제 관계와 별개로 크라차와의 거래가 끊이지 않는 것은 그런 점 때문이었으리라. 베히다트가 피식 웃었다.

"크라차가 크롬웰에 경제적으로 종속되어 있다?"

"풍요를 맛보지 못했을 때라면 모를까 이미 몸이 익숙해져 있는 상황에서 그것을 다시 잃는다는 건 끔찍한 지옥이겠죠."

"크롬웰이 경제력으로 크라차를 좌지우지하고 있다는 말인가?"

"어디까지나 가설입니다."

확인된 사항은 아니니 나시르는 조심스러웠다. 그래도 자신 있었다. 크라차가 크롬웰에게서 완전히 독립적일 가능성도 없지 않으나 크라차의 상류층들은 모조리 친크롬웰파였다. 간간히 크라차 본연의 모습을 찾아야 한다고 주장하는 사람들이 있긴 했으나 그런 사람들은 전체의 3할도 되지 않았다.

"뭣보다 제가 알아낸 건 이겁니다."

"뭐지?"

"크라차와 교역을 하는 수백 개의 상단 소유주를 추적한 결과, 모두 동일했습니다."

이 작업은 우마르의 도움을 받았다. 수르트로 날아가서 직접 알아보고 싶은 마음을 참고 기다렸던 인내가 엊그제 답을 받았다. 나시르는 그 자료를 기다리느라 아시나에게 제대로 뭘 묻지도 못했다. 그래도 제가 얻어낸 결론은 그간의 고생을 단박에 잊게 해 주는 것이었다. 나시르가 웃었다.

"아스타테아 공작."

"익숙하군."

서로 다른 이름을 가진, 심지어 서로 경쟁까지 하는 크고 작은 수백 개의 상단 소유주가 결국 단 한 사람으로 귀결되었다. 아스타테아. 오래 전부터 들어오고 있었지만 나시르가 그 실체를 알게 된 건 얼마 되지 않았다. 단순히 수완이 좋은 장사치인 줄 알았는데 아시나의 말에 따르면 오랫동안 크롬웰을 지배해 온 정계 가문이었다. 그 설명이 덧붙여지자 나시르는 왜 아스타테아라는 이름이 황제의 이름보다 더 많이 들리는지 이해할 수 있었다.

"시하드께서도 많이 들어 보셨을 겁니다. 크롬웰에선 황제보다 유명한 이름이거든요. 물론 이건 아시나 양의 표현을 빌린 거지만."

"그래서 결론은 무엇인가."

나시르는 잠시 말을 골랐다. 그의 표정이 어둡게 가라앉았다.

"참극이 일어난 십여 년 전의 상황도 지금과 별다를 바가 없었습니다. 그때도 크라차는 크롬웰에게 경제적으로 종속된 상태였죠. 어쩌면 크라차에서 무슨 일이 있었던 걸지도 모릅니다."

"그리고 그게, 그 공작과 관련이 있다는 건가?"

"그렇습니다."

더 이상 재고의 여지가 없다는 듯 나시르는 확신에 차 대답했다.

"어떤 식으로든, 크든 작든 분명 연관이 있을 겁니다."

"왜 그렇게까지 확신하지?"

"남자의 감이거든요."

확실하게 들이밀 물증은 없었다. 그래도 나시르는 알 수 있었다. 분명 어떤 식으로든 그 일에 그 이름이 얽혀 있다는 걸. 나시르의 말을 다 듣고 난 베히다트는 심드렁하게 중얼거렸다.

"이젠 크라차까지 뒤져야 하는 건가?"

"샤르자를 붙잡고 나면 그래야 할지도 모릅니다."

애당초 그럴 예정이긴 했었다. 아무리 경제적으로 크라차가 북에 종속되어 있다고 해도 크라차라는 땅이 남대륙에 있는 한 페시안의 영향력을 벗어날 수 없었다. 베히다트의 시선이 가라앉았다. 무언가를 고뇌하는 그는 어쩐지 음울해 보이기까지 했다.

"누가 온 모양입니다."

문 뒤에서 들린 손기척에 나시르가 뒤를 돌아보았다. 베히다트는 별말을 하지 않았다. 그가 미미하게 고개를 끄덕이자 대기하던 시종들이 문고리를 잡았다. 문은 아주 천천히 열렸다. 열린 문 사이로 나타난 여인의 모습에 나시르는 작게 신음했다. 붉은 아바야를 걸친 자키야는 나시르에게 시선을 주더니 그대로 들어와 고개를 숙였다.

"게디크의 여식, 자키야가 인사 올립니다."

여인을 내려다보는 베히다트의 눈동자가 차갑게 얼어붙었다.

"오랜만이군."

"오랜만에 뵙습니다, 시하드시여."

자키야가 몸을 숙이자 붉은 기운이 맴도는 검은 머리카락이 흘러내렸다. 머리를 쓸어 넘기며 고개를 들었다. 녹색의 눈동자가 투명하게 빛났다. 나시르는 페시안에서 가장 아름답다고 소문난 자키야를 눈앞에서 보게 된 건 영광이었지만 두 남녀 사이에 끼는 건 절대로 사양이었다.

"그럼 전 이만 물러나겠습니다."

나시르가 방을 나가자 문이 닫히는 소리가 적막하게 울렸다. 잠시 뒤에 시선을 주었던 자키야가 얌전히 다시 고개를 돌렸다. 생각에 잠긴 듯 베히다트는 말이 없었다. 항상 그러했지만 자키야는 이상하게 그가 어렵진 않았다.

“제가 방해한 겁니까, 시하드시여.”

“아니.”

간단하고 건조한 대답이 떨어졌다. 그와 동시에 자키야는 자신을 향하는 시선에 입술을 깨물었다.

“알 페시안엔 무슨 일로 왔지?”

무심한 질문에 자키야가 몸을 움찔했다. 애타게 닿는 시선이 잠시 베히다트를 올려 보다 흩어졌다. 숨을 들이켠 자키야가 고개를 숙였다.

“아버님께서 부르셨습니다. 혼례 관계로 하실 말씀이 있다며…….”

자키야의 알현은 전부터 잡혀 있었지만 베히다트는 이 알현이 그다지 반갑지 않았다. 전후 인사 없이 본격적인 질문을 하는 것에서부터 그 감정이 노골적으로 드러나서 자키야는 가시방석에 앉은 기분을 느껴야 했다.

“혼례?”

신기하다는 듯 베히다트가 되물었다.

“그대가 벌써 그런 나이가 되었나?”

잔잔하게 덧붙인 대꾸엔 웃음기가 묻어 있었다. 자키야는 이렇다 할 반응 없이 그저 베히다트를 바라보았다. 벌써라니. 그녀가 다른 권력자의 여식이었다면 이미 결혼을 했을 나이였다. 알고 있을 텐데도 베히다트는 속마음을 알 수 없는 표정으로 자키야를 지그시 내려 보고만 있었다. 속이 타들어 간다. 자키야는 입술을 깨물었다.

“그것이 전부인가?”

속을 꿰뚫을 듯한 시선에 자키야가 복잡한 표정을 지었다.

"시하드시여, 저어……."

무언가 하고 싶은 말이 있는 듯 입을 벌리던 자키야가 그대로 무겁게 입을 다물고 고개를 숙였다. 말하라는 듯 고개를 끄덕였지만 자키야는 그 후로도 입을 열지 못했다. 베히다트는 안타까웠다. 게디크와 별개로 자키야만은 행복하길 바랐다. 더 이상 아버지의 야망에 휘말리지 않았으면 했지만 그것이 그리 쉽게 되지는 않겠지.

한참 침묵을 지키던 자키야가 겨우 입을 열었다.

"제 아버님은 언제나 시하드의 편이십니다."

"당연한 이야기가 아닌가?"

"당연한…… 이야기지요."

자키야는 고개를 숙였다. 베히다트는 속이 많이 복잡해 보이는 자키야를 예리하게 살펴보았다. 그녀가 무엇을 알고 있는지는 모르겠지만 혼란을 느끼는 모양이었다. 이 사건엔 휘말리지 않았으면 하거늘. 느긋하게 생각하며 베히다트가 턱을 괸 손을 내렸다.

자키야가 다시 말문을 열었다.

"전에 중정을 지나다 아이라님을 보았습니다."

"들었다."

짧은 마주침이었지만 인상적이었다. 자키야의 표정이 심하게 흔들렸다.

"……정말 그 여인에게 첫눈에 반해 하렘에 가둬 놓으신 겁니까?"

애절한 시선이 베히다트에게 닿았다. 소문이 그렇게 나고 있는 모양이었다. 제법 나쁘지 않은 소문이라 생각하며 베히다트가 비뚜름히 미소했다.

"대답해야 하는 건가?"

"아닙니다."

자키야가 고개를 가로저었다.

"괜찮습니다."

무언가 결심한 듯 그녀가 고개를 숙였다.

"귀한 시간을 빼앗은 저를 용서하시길. 이만 물러나겠습니다, 시하드시여."

천천히 물러나는 자키야의 모습을 베히다트는 꽤 오랫동안 주시했다.

누르는 짐짓 심각한 얼굴로 침대를 내려다보았다. 어젯밤 곤히 잠들었던 아시나는 아직도 깨지 않은 채 눈을 감고 있었다. 심지어 지금은 어제 아시나가 잠들었던 바로 그 시각이었다.

불을 켜지 않은 방 안은 어두웠다. 희미한 불빛에 의존해 그녀를 바라보던 누르는 다시 한 번 고민했다. 깨워야 하는 걸까. 딱히 깨운다고 해도 별다른 일정도 없어서 그녀를 깨워야 하나 말아야 하나 쉬이 결정을 내릴 수 없었다.

"아직도 잠들어 있는 건가?"

"예."

카림이 별일이라는 투로 물었다. 방 안으로 들어오진 않았지만 문밖에서 들리는 목소리에 누르는 얌전하게 대꾸했다.

"깨워야 할까요?"

카림은 잠시 고민하는 듯 말이 없었다.

"그냥 놔둬. 배가 고프면 알아서 일어나겠지."

누르는 고개를 끄덕였다. 하지만 둘의 예상은 보기 좋게 빗나갔다.

아시나는 밤이 지나고 이튿날 아침이 되어서도 눈을 뜨지 않았다. 인형처럼 눈을 감고 숨만 내쉬며 잠을 자고 있는 그녀를 확인한 누르는 도저히 어찌해야 될지 알 수가 없었다.

점심때가 지날 즈음만 해도 어련히 알아서 일어나겠거니 했었다. 하지만 해가 중천을 지나가고 어느새 노을이 졌는데도 아시나는 아직도 한밤중이었다. 의아함을 넘어서 이상했다.

사나흘 내내 깨우지 않아도 이른 아침부터 일어나서 한바탕 하렘을 휘돌거나 산책을 나가던 여자가 아니던가. 움직이지 않으면 찌뿌둥하다며 지루해하던 여자가 갑자기 이렇게 늘어지게 자고 있는 것이 믿기지 않았다.

"대체 왜지?"

혹여 라 쿤과 무슨 일이 있으셨던 걸까. 목욕을 마치고 피곤한 기색이긴 했지만 심각한 건 아니라 생각했다. 그 이후에 무슨 일이 있었다고 해도, 역시 아직도 눈을 뜨지 못하고 있다는 건 의아했다. 결국 누르는 고민 끝에 아시나를 깨우기로 했다.

"아시나 님."

"……."

"아시나 님?"

"……."

몇 번을 부르고 건드려 보았지만 미동조차 없었다. 그림처럼 자는 아시나의 모습은 흡사 죽은 것만 같았다. 손가락을 코 밑에 대고 숨을 내쉬는 걸 확인하고 나서야 누르는 그녀가 죽지 않았다는 데에 안도했다.

"아시나 님."

누르가 조금 힘을 주어 그녀를 흔들자 순간 눈이 떠졌다. 초점조차 흐릿한 흐리멍덩한 시선이 누르에게로 향했다. 언뜻 눈동자가 붉었다고 누르는 생각했다. 살짝 놀란 것도 잠시, 몸을 뒤척이다 귀를 만진 아시나는 힘겹게 눈을 떠 자신을 깨운 사람을 확인했다. 그 눈동자는 전과 같은 붉은 기가 섞인 갈색 눈동자였다. 잘못 본 것인가. 누르가 혼란스러워할 때, 잠시 멍하니 있던 아시나가 다시 눈을 감았다. 너무나 자연스럽게 다시 잠을 청하는 행동에 누르는 말릴 생각도 하지 못했다.

"아시나 님? 일어나세요. 벌써 밤이에요."

"……응."

깊게 잠긴 목소리는 지나칠 정도로 작았다.

"오늘 한 끼도 안 드셨잖아요. 일어나세요. 뭐라도 좀 드셔야죠."

"괜찮아."

아시나는 눈도 뜨지 않고 대꾸했다.

"어디 아프세요?"

"아니."

"뭐 필요한 건 없으세요?"

"응, 없어."

여전히 눈도 뜨지 않고 누워 있는 아시나를 보며 누르는 심각한 표정을 지었다. 누르가 자신을 바라보고 있다는 걸 시선만으로 느낀 건지 아시나가 한숨을 크게 내쉬며 살짝 눈을 떴다. 너무 흐릿하고 몽롱한 시선이라 누르는 자기 앞에 있는 아시나가 마치 다른 사람처럼 느껴졌다.

"난 괜찮으니까 가 봐. 내가 일어나면 부를게."

"정말 아무것도 안 드셔도 돼요?"

"먹고 싶으면 먹을게."

그렇게 말하고 아시나는 다시 눈을 감았다. 그새 잠에 빠져든 아시나를 지켜보며 누르는 잠시 그 자리에 멍청하게 서 있었다. 엊그제는 하루 종일 처박혀서 카펫 그림 맞추기를 하더니, 어제 오늘은 잠으로 하루를 보내고 있다니. 누르는 좀처럼 아시나의 얼굴에서 시선을 떼지 못했다.

아시나가 일어난 건 그다음 날이었다.

눈을 뜬 그녀가 찾은 건 밥도 뭣도 아닌 카흐아였다. 달달하게 꿀을 탄 카흐아가 담긴 잔을 마치 생명줄이라도 되는 양 꼭 붙들고 있었다. 뭘 음미하고 있는 건지 눈을 감고 있는 아시나 탓에 누르는 그녀가 다시 잠에 든 줄 알았다.

"괜찮으세요?"

누르의 질문에 아시나가 눈을 떴다.

"응, 뭐 문제 있어?"

"아니요. 그런 건 아니지만……."

거의 이틀 내내 잠만 잔 사람치고 아시나는 말짱해 보였다. 배가 많이 고팠을 텐데 그런 기색도 없었고 무엇보다 누르는 아시나의 분위기가 뭔지 모르게 달라졌다는 인상을 받았다. 콕 집어 무엇이 달라졌다고 말할 수는 없지만 뭔가 이상하다는 느낌은 있었다.

"석류 좀 드실래요?"

"아니."

"대추야자는 어떠세요?"

"음, 그건 좋아."

선선히 대답하는 아시나에게 대추야자와 과일들을 챙겨 곁에 놓은 누르는 얌전히 그녀를 살펴보았다. 항상 두 눈을 반짝이는 생기 넘치던 소녀였는데 지금은 달랐다. 왠지 모르게 풀이 죽은 느낌? 라 쿤 앞에서도 기가 죽지 않던 여자였는데 도대체 이 기색은 무엇이란 말인가. 누르는 저도 모르게 묻고 말았다.

"어디 아프세요?"

"아니."

아시나는 단호히 고개를 가로저었다.

"그럼 산책 가실래요?"

"그것도 아니."

다시 카흐아를 한 모금 마시던 아시나는 제 눈동자에 누르를 담았다. 그녀는 다른 때보다 유난히 신경을 쓰는 누르가 이상한 듯했다.

"내가 방 안에만 있는 게 신기해?"

"예, 조금."

알 만하다는 듯 아시나가 고개를 끄덕였다.

"괜찮아. 조금 어지러워서 그런 거니까. 그냥 휴식이 필요한 것뿐이야. 가끔 이렇게 늘어지고 싶을 때가 있어."

"어디 아프신 건 아니죠?"

"응."

누르는 일단 안심했다.

"그럼 저녁은 제대로 준비할게요."

"아니야."

아시나는 손을 저었다. 그리고 자신이 쥐고 있는 잔을 들어 보이며 누르를 만류했다.

"그냥 이거 먹고 잘 거야."

"또요?"

"응."

저도 모르게 튀어나온 반응에 누르는 잠깐 주저했다. 아시나는 그러거나 말거나 계속 카흐아를 마실 뿐이었다. 태연한 태도에 누르는 머리가 이상해지는 듯했다. 이 상황은 오히려 자신이 과민 반응을 보이는 것처럼 느껴졌다.

"정말 아픈 거 아니세요?"

"아니라니까."

아시나는 강하게 부정을 했지만 누르는 그녀가 어디 아프다고 생각했다. 그렇지 않고서는 지금 이 상황을 설명할 수 없었으니까.

아시나가 아픈 것 같다는 누르의 의견에 카림은 전혀 납득할 수 없다는 표정을 지었다. 무언가를 묻기 위해 방문했던 나시르는 마치 못 들을 걸 들은 사람처럼 굴었다.

"아시나 양이요?"

"네, 서기관님."

아시나는 정말로 카흐아만 다 마시고 그대로 잠에 들었다. 곤히 잠든 그녀를 다시 깨우기가 뭐해 누르는 가만히 놔두었지만 그러면서도 몇 번이고 살펴보기를 멈추지 않았다.

"뭐 잘못 드셨나?"

"……."

나시르의 중얼거림에 누르는 강하게 부정했다.

"드신 음식 중에 상한 것은 없었습니다."

나시르가 하렘 입구를 지키는 카림을 돌아보았으나 카림은 그저 어깨를 으쓱일 뿐이었다. 그는 턱에 손을 가져갔다.

"그럼 뭐죠, 대체? 며칠 동안 쌩쌩하게 궁 안을 활보하시던 분이 갑자기 방에 틀어박혀 있다니."

"정확히는 침대에 틀어박혀 잠만 자고 계십니다."

"혹시 물갈이를 하는 건가."

"물갈이?"

카림이 이마를 찌푸렸다.

"물갈이는 아픈 거잖아. 아픈 기색은 없다던데."

"혹시 또 모르지."

나시르는 꽤 무심하게 대꾸하고는 그대로 돌아갔다.

아시나가 두 번째로 잠에서 깬 것은 한밤중이었다. 단순히 졸려서 잠을 자고 있는 것은 아니었지만 걱정스럽다는 듯 누르가 내려다볼 때면 약간의 죄책감 같은 게 느껴졌다. 어찌 되었든 아시나는 누르가 안심하길 원했다. 그러나 이번에도 거의 누운 채로 카흐아만 마시는 그녀를 보며 누르는 엄청 심각한 표정을 짓고 있었다.

"누르, 난 정말 괜찮아. 걱정 말고……."

"어떻게 걱정이 안 돼요?"

"정말 괜찮다니까."

아파서 잠을 자고 있는 것은 절대로 아니었다. 차라리 좀 아파 봤으면 싶었다.

체력을 비축하는 건 둘째 치고 좀처럼 침대에서 떠나지 않는 건 다른 이유가 있기 때문이다. 물론 그게 무엇이냐고 묻는다면 곤란하기에 이런 식으로 얼버무리고 있긴 하지만 그래도 그녀는 이 상황이 꽤 만족스러웠다. 잠으로 거의 이틀을 그냥 보냈다.

역시 아무것도 하지 않고 보낼 때는 잠만 한 게 없었다.

더불어 잘 땐 눈 색을 변하게 할 필요도 없어 귀찌도 어느 정도 쉬게 할 수 있으니 일석이조였다. 저번에 있었던 귀찌의 배신으로 지금 귀찌에 대한 신뢰도가 거의 바닥이었다. 물론 지금 이러고 있는 것도 그녀에겐 엄청난 인내심을 요구하는 일이긴 했다. 바레인에게 제 본모습을 들키지만 않았다면 이러고 있지도 않았을 테지.

생각에 잠겨 있을 때였다. 낮은 목소리가 아시나의 머리맡에서 들렸다.

"괜찮은 건가?"

아시나는 상념에서 깨어나 고개를 들었다. 자신의 시야에 들어오는 남자를 빤히 쳐다보았다. 항상 올려다보는 건 똑같아서 누워서 본다고 뭐가 달라질까 싶었는데, 누워서 보는 얼굴은 또 달랐다. 사람이 더 거대해 보이다니. 분명 기분 탓일 거야. 아시나가 표정 없이 자신에게서 시선을 떼지 않자 베히다트의 미간이 미미하게 좁혀졌다.

"정말 아프기라도 한 건가?"

왜 온 걸까. 항상 생각하는 질문이지만 매번 궁금했다. 대체 왜 온 걸까. 이럴 때마저도 궁금하다니 이건 좀 중증이었다. 어젠 안 왔으면서. 투정은 아니었지만 조금 샐쭉해지는 건 어쩔 수 없었다. 그러다가 바로 풀려 버렸지만. 그러게, 내가 이 남자의 뭐라고 삐진단 말인가.

"……괜찮아요."

서둘러 대답하는 아시나를 살펴보며 그가 눈썹을 추켜올렸다.

"정말로?"

"거짓말이면 혼낼 거예요?"

"그럴까."

그가 옅게 웃었다. 웃음기 어린 목소리는 전혀 혼낼 생각이 없어 보였다. 아시나는 그를 꽤 빤히 올려다보았다. 전에도 이랬는데. 항상 아시나가 뭐할 거냐고 묻는 질문에 그는 '그럴까'라며 일관되게 대답하곤 했다. 정말 그럴 마음이 있어서 이런 대꾸를 하는 걸까. 새삼 궁금했다.

어찌 되었든 그게 마음에 들면서도 동시에 매우 싫었다. 좀 못되게 말해도 상관없을 것 같은데.

벌써 옛적이 되어 버린 첫 만남이 생각났다. 차라리 처음 이곳에 왔을 때 그랬던 것처럼 좀 매몰차게 굴었으면 좋겠다. 무시하고 짓누르고 몰아붙였으면 했다. 아시나는 한숨인지 무엇인지 모를 탄식을 내뱉었다. 그럼 이렇게 풀어져서 마음을 열 일 따윈 생기지 않을 텐데.

이미 후회는 시작됐지만 멈출 수는 없었다.

그녀는 꽤 우울하게 시선을 내렸다. 뺨을 쓸어내리는 손길이 제법 다정했다. 기분 탓으로 돌리려고 해도, 아무리 냉정하고 객관적인 시선으로 보려 해도 이 정도면 자상한 축에 속했다. 그게 느닷없이 아시나의 마음을 흔들었다. 왜 이렇게 자상할까, 왜 이렇게 상냥하지? 처음 마주했던 때를 생각하면 상상도 할 수 없는 대우였다.

베히다트는 우울하게 시선을 내리깐 아시나를 파헤치듯 훑어보았다. 순한 반응은 아니었다. 오히려 무언가 풀이 죽은 모습. 누르가 이상하다며 아픈 게 아니냐고 의심을 할 만했다. 그도 아픈 게 아닐까 생각하고 있으니까. 항상 팔팔하다 못해 어디로 튈지 모를 것 같았는데 오늘 그녀는 무언가 달랐다. 그리고 그게 왜인지는 모르지만 그의 마음엔 들지 않았다.

"묘하게 다른데."

"기분 탓일 거예요."

아시나는 말갛게 그를 응시했다.

있는지도 몰랐던 양심이 찔렸다. 솔직히 죄인 신분이나 다름없는 처지로 이곳에 처박혀 있는 것이긴 해도, 처음의 납치 외엔 인간적인 처사를 받았다. 취조도 심각한 수준은 아니었고 폭력도 없었고 어떠한 정신적, 물질적인 강요도 없었다. 적어도 지금까지 다녀 봤던 나라 중에서 제일 나았다. 남자랑 한 방에서 밤을 보냈으면 꼭 결혼해야 한다며 결혼식을 거행시킨 것도 아니었고.

어째서 여긴 적국인 걸까.

자기 마음에 일기 시작한 파문에 아시나는 자신을 찾을 수가 없었다.

내가 도망치고 나면 분명 배신감이 들겠지. 이렇게 잘해 줬는데 뒤통수를 친 셈일 테니까. 그녀가 다시 돌아오지 않을 테니 더 그랬다. 그렇다고 여기 있을 수는 없는 노릇.

보고 싶을 것 같다. 문득 그런 생각을 했다. 자신이 했던 모험 중에서 그래도 제법 근사한 기억이 될지도 모른다고. 떠나야 할 때인데 아쉬움이 생기다니, 정말 못 말릴 일이었다.

"베히 님."

"왜 그러지?"

별거 아닌 부름에도 그는 살짝 고개를 숙여 그녀가 할 말을 기다려 주었다. 작은 변화였지만 지금 이 순간만큼은 그 배려가 너무 크게 느껴졌다. 이 남자가 정말 말할 틈도 주지 않고 감옥에 처넣고, 이곳으로 끌고 들어온 그 남자가 맞단 말인가. 이제는 동일 인물처럼 느껴지지도 않았다.

익숙해졌다, 벌써. 일주일 남짓한 시간 동안 너무 깊은 흔적이 남아 버렸다. 길들여져 버렸어. 그걸 깨달은 순간 아시나는 떠나야 한다는 결심에 무게를 더 실어 주었다. 오로지 지금뿐이었다. 지금 떠나지 않으면 영영 이곳을 떠날 수 없었다.

분명 떠나기 싫어질 테니까.

"왜 불러 놓고 말이 없지?"

이 얼굴을 이제 다시는 볼 수 없는 걸까. 그건 좀 슬픈데.

"고마워요."

가느다랗게 내려앉은 여린 목소리에 그는 뭔가 잘못 들었다고 생각했다. 아시나는 그런 베히다트를 올려다보며 예쁘게 웃었다.

"걱정해 줘서 고맙다고요."

수많은 곳을 여행하면서 잘생기고 예쁘고 아름다운 남자들을 수없이 봐 왔지만 눈앞의 남자처럼 그녀의 혼을 빼놓은 미모는 없었다. 아무리 잘생기고 예뻐도 결국 집에 있는 아빠와 엄마를 이길 수 없었으니까. 우리 아빠를 이길 남자는 없다고 단언했던 과거의 자신에게 비웃음을 날려 주고 싶었다. 이렇게 지금 눈앞에 떡하니 있지 않는가.

조금은 다시 보고 싶을까? 이 남자가? 처음으로 그런 마음이 들었다. 미련이라는 이름의 마음이. 하지만 가질 수 없는 건 애초에 포기하는 게 현명할 터였다. 아시나는 마음을 접었다. 아니, 접으려 노력했다.

"그러니까 이만 가 보셔도 돼요."

자신의 손을 밀어내는 아시나를 보며 베히다트는 뜻 모를 시선을 보냈다.

"안심해. 아픈 사람을 건드리진 않으니까."

"그런 걱정한 거 아닌데."

기껏 분위기를 잡고 나니 이상한 말로 속을 뒤집어 놓는다. 아시나가 도끼눈을 떴다. 그의 입가에 옅은 미소가 걸렸다. 그녀가 골을 낼 때마다 그가 짓던 그런 미소였다. 이 남자는 나를 놀리는 게 재미있는 건가. 사사건건 건드리지 않는 게 없다고 생각하면서도 이 귀찮음에 익숙해진 자신이 무서웠다. 그가 낮게 물었다.

"그럼 건드려도 된다는 뜻인가?"

"아니거든요."

바로 이불을 목까지 끌어올리는 아시나를 보며 베히다트는 가감없이 웃었다. 그걸 지켜보며 아시나는 살짝 인상을 찌푸렸다. 큰 손, 녹아 버릴 것 같은 낮은 목소리, 속마음까지 다 들켜 버릴 것 같은 눈빛까지. 왜일까. 이 남자 앞에만 있으면 아시나는 제가 아주 여리고 연약한 여자라는 걸 깨달았다. 의식하지 않으려고 해도 이렇게 의식하고 말았다. 부정하며 아니라고 속삭이고 있었지만 결국 이렇게 인정해 버리고 만다.

그래, 이렇게까지 끌리는데 스스로에게 거짓말을 하는 건 옳지 않지.

"페시안은 정말 멋진 나라예요."

단편적으로 아주 조금밖에 경험해 보지 못했지만 그런 애달픈 맛보기마저 황홀했다. 아시나는 진심으로 페시안을 구석구석 여행하지 못하는 자신의 처지를 불쌍히 여겼다. 이렇게 멋진 나라를 방방곡곡 둘러볼 수 없다니. 난 전생에 분명 어떤 죄를 지었을 거야.

뜬금없는 말에 베히다트는 그녀가 왜 이런 말을 하는 건지 알아내기 위해 빤히 내려다보았다. 그 시선을 애매하게 피한 그녀는 시선을 내리깔았다. 깊고 유려하게 뻗은 속눈썹이 다행히 아시나의 눈동자가 어떤 생각을 품고 있는지 가려 주었다.

"아프니까 헛소리를 다 하는군."

"아니거든요."

뺨을 건드리는 손길은 자상했다. 굉장히 정중하고 애달픈. 어째서 이렇게 녹아 버릴 듯 다정한 걸까.

아시나는 문득 수마가 몰려오는 걸 느꼈다. 눈이 저절로 잠긴다. 어째서인지 긴장이 풀려 버렸다. 그렇게 잤는데도 아직 잠이 온단 말인가. 스스로가 신기하면서도 순식간에 쏟아지는 잠 때문에 그녀는 눈도 제대로 뜰 수 없었다. 가물가물해지는 시야 사이로 베히다트의 시선이 보였다.

"그렇게 보지 마요."

어떤 생각을 했다기보다 그냥 바로 입으로 나온 말. 아시나는 흐릿해지는 잠의 무게를 느끼면서도 눈을 떠 보려고 했다.

"당신이 그렇게 볼 때마다……."

하지만 결국 잠이 이겼다.

"……기분이 이상해진단 말이에요."

희미해지는 목소리를 끝까지 들었던 걸까. 아시나는 그대로 곤히 잠에 빠져들었다. 어차피 누워 있었으니 그건 상관없었지만, 자는 아시나를 지켜보고 있던 베히다트는 사정이 달랐다. 유난히 딱딱해진 표정으로 그는 순간적으로 멈췄던 숨을 단숨에 내뱉었다.

자신이 어떤 파문을 던진 것인지 전혀 자각하지 못한 채 아시나는 깊이 잠들어 버렸다. 어쩐지 놀아난 기분마저 들어 베히다트는 이마를 좁혔다.

"그런 말을 내뱉어 놓고 잘도 자는군."

이틀은 아무 일도 없이 순식간에 지나갔다. 아시나는 어둠 속에서 눈을 떴다. 누르는 이제 그녀가 자고 있는 게 별로 신기하지도 않은지 3시간마다 확인하던 걸 그만두었다. 아시나는 며칠 움직이지 못해 굳어 버린 근육을 풀었다.

오늘은 전야제가 열리는 이틀째 밤. 어제 열린 전야제는 잠들어 있는 아시나를 깨울 만큼 떠들썩했다. 오늘 수행해야 할 작전이 아니었다면 당장 몰래 하렘을 빠져나가서 확인해 보고 싶을 만큼, 소리만 들어도 성대한 잔치였다.

라 쿤, 그러니까 자신들의 신이 돌아온 기념으로 여는 잔치라 그런지 베히다트는 쉽게 연회에서 몸을 뺄 수 없는 것 같았다. 그녀에게는 천만다행인 일이었다. 카림을 통해 잘 자라는 전언을 들었을 땐 양심이라는 게 조금 따끔하긴 했지만 언제고 일어날 일이었다. 어차피 여기 있다가 정체를 들키기라도 하면 그게 더 큰 문제가 된다. 애써 제 자신을 합리화하며 아시나는 약 닷새간 완벽하게 숨겨 놓은 제 주머니를 꺼냈다. 준비물은 완벽했다.

"좋아, 그럼 한번 움직여 볼까?"

해는 이미 초저녁에 졌고 밤은 깊었다. 무엇보다 연회가 열리는 건 하렘과 정반대에 있는 건물이었다. 상대적으로 소홀해질 경비까지 계산해서 도망갈 계획을 착실하게 세워 놓았다. 엄마가 온 저택을 철통 보안으로 둘러쌌을 때도 뚫고 도망친 아시나였다.

달그림자에 사람들한테 들키지 않게 조심하며 아시나는 높은 창문에서 하렘 건물 천장까지 올라갔다. 계속 확인하며 나다녔던 길이지만 이번만큼은 더 신중했다. 다시 돌아오지 않을 거니까.

전야제 연회가 시작되자마자 확실히 궁전에 사람들이 많아진 게 멀리서 피부로도 느껴질 정도였다. 아시나는 처음부터 궁전을 오가는 수많은 마차들을 노렸다. 멀리서 확인했을 뿐이지만 하루에도 수십 번이나 드나드는 마차가 인상적이었다. 눈에 띄지 않게 일부러 시녀들이 외출할 때 입는 옷도 챙겨 놓았다. 길 가다 슬쩍한 거지만 워낙 시녀 옷이 많아서 그런지 아무도 눈치채지 못했다. 외모는 아바야가 있으니 걱정할 게 없었다. 이게 또 이런 데선 유용하단 말이지.

궁전에서 구역을 가르는 기준은 두껍고 높은 세 개의 성벽이었다. 아시나가 있는 곳은 제3중정이라 불리는 곳이었다. 제2중정과의 사이를 가르고 있는 것은 그녀의 키 두 배 정도의 성벽이었다.

오로지 화려한 무늬가 새겨진 좁은 문 하나로만 나오고 들어갈 수 있는 성벽. 그 점이 경비를 쉽게 만들어 줬겠지만 반대로 성벽을 눈에 띄지 않게 넘기만 하면 이만큼 손쉬운 관문도 없었다. 성벽치곤 장식이 많아서 화려했지만 그로 인한 그림자가 그녀의 모습을 쉽게 가려 주었다. 다른 때면 모를까 연회가 일어나는 동안, 경비병들이 아예 없는 쪽에서 성벽을 넘는 아시나를 발견할 수 있는 사람은 없었다.

제2중정부터는 관료들과 귀족들이 돌아다녔다. 연회가 열리는 중이라 아무도 없을 줄 알았는데, 그렇지도 않았다. 그녀는 당황하지 않았다. 그녀는 참을성 있게 구석에서 몸을 숨기고 기다렸다. 곧 시녀들이 교대를 위해 움직일 시간이었다. 다른 때라면 그 수가 적겠지만 오늘은 시녀들이 꽤 많았다. 얌전히 기다리고 있자 아니나 다를까 일단의 무리가 아시나 앞을 절도 있게 열 맞춰 걸어갔다. 아시나는 그 사이에 능숙하게 숨어 들어갔다. 덕분에 경비병의 수가 전보다 많고 빈틈없이 지키고 있는 제2중정의 성벽을 무사히 통과할 수 있었다.

제1중정. 아시나는 살짝 긴장했다. 여기서부터는 전사들이 우글거리기 때문에 정말 조심해야 했다.

타무라뿐만이 아니라 라 쿤의 7대 단위 부대가 전부 이 제1중정에 머무르고 있었다. 그래서인지 성벽도 제일 높았다. 최소 그녀 키의 다섯 배. 처음부터 이 성벽은 넘을 엄두도 내지 못했다. 그래도 이 성벽만 넘으면 일반 백성들이 사는 도시. 그 도시를 보호하는 성벽을 넘으면 사막이었다. 얼마 안 남았다. 그렇게 생각할 때였다.

"시하드께서 무사히 돌아오셔서 정말 다행이야."

"그러게. 난 지난 몇 달간 궁이 완전히 텅 비어서 무서울 지경이었다고."

시녀들이 작은 목소리로 떠드는 게 뒤에 있는 아시나에게까지 들려왔다.

"하긴 대족장들도 이대로 물이 다 말라 버리는 게 아닐까 덜덜 떨었잖아."

"맞아. 세칸 하 쿤 때처럼 온 페시안의 물이 말라서 다들 기근에 허덕일까 걱정했지."

"그러니까 지금 이렇게 성대하게 연회를 여는 거겠지!"

"그렇지. 다시는 우리를 버리지 말라고!"

시녀들이 작은 목소리로 까르르 웃었다. 아시나는 내용을 이해 못 해서 그냥 웃는 척 동조만 했다. 어찌 되었든 중요한 건 시녀들 덕에 성벽 근처까지 왔다는 사실이었다. 시녀들은 삼삼오오 해야 할 일을 하러 흩어졌다. 온 나라가 즐기는 축제라니 라 쿤의 전사들도 즐기는 모양이었다. 시녀들이 음식과 술을 준비하는 걸 지켜보다 슬쩍 구석으로 빠져 나온 아시나가 맨 먼저 한 것은 옷을 갈아입는 것이었다. 바깥에서 들어온 여자라면 몰라도 궁 안의 여자들은 절대로 빠져나갈 수 없는 게 라 쿤의 궁이었다.

웃기지. 한 번 궁정의 여인이 되면 다시는 이 건물을 나갈 수도 없다는 게.

그중의 반은 그런 삶을 원한 적이 없을 거라고 장담한다. 그렇다고 오랜 시간 그래 왔던 걸 그녀가 한순간에 바꿀 수는 없었다. 그럴 의지도 노력도 열정도 없었으니까. 제 나라 일도 제대로 관심

가지지 않는 사람이 다른 나라 사정을 살피는 건 어불성설이었다.

아시나는 제가 갈아입은 옷을 내려다보았다. 전에 봤던 그대로였다. 정원에서 산책하며 자키야를 만났을 때, 아시나는 자키야보다 자키야 옆에서 그녀를 모시던 여자를 알게 모르게 눈여겨봤다. 하녀는 궁정의 시녀와 비슷한 것 같았지만 무언가 달랐다. 그동안 그 차림을 흉내 내려고 얼마나 고생했단 말인가. 구하기는 어렵지 않았지만 흉내 내기가 꽤 까다로웠다.

만반의 준비를 마친 아시나는 줄이 길게 늘어져 있는 입구 쪽으로 움직였다. 긴장했지만 의외로 나가는 마차 행렬에 섞여 빠져나오는 건 어렵지 않았다. 무엇보다 문에 서 있는 경비병만으로 들어오고 나가는 마차와 사람들을 전부 검사하기엔 수가 부족했다. 너무 손쉽게 빠져나와서 약간 허탈한 감마저 있었다.

"이렇게 쉬운 걸……."

아시나는 잠시 서서 미간을 좁혔다. 악명 높다던 제헤넴 감옥을 탈출했던 것보다 쉬웠다. 그녀는 머리를 쓸어 넘기며 잠시 높은 성벽 너머 둥근 돔 건물을 응시했다. 궁전은 웅장했다. 저 위에서 바라보았던 것처럼. 괜히 쓸데없는 감상에 잠기기 전에 고개를 가로저은 아시나는 전야제로 사람들이 쏟아져 나온 페시안의 거리 사이로 들어갔다.

지난 약 이 주간의 시간이 마치 꿈처럼 흩어졌다.

사람들로 가득한 거리를 건너 성벽 너머로 넘어가는 건 궁전을 나오는 것보다 쉬웠다. 아시나는 사막으로 떠나기 전, 마지막으로 도시를 돌아보았다.

페시안.

어쩌지 정말 그리워질지도 모르겠다는 생각이 들었다. 원하지 않았던 체류였지만 이곳에서 지냈던 시간이 즐겁지 않은 건 아니었다. 물론 몇몇 순간은 힘들고 짜증났지만, 원래 이런 순간에 그런 건 잊히는 법이니까.

"안녕."

안녕, 달의 도시야.

안녕, 잘생긴 신님.

그렇게 아시나는 제가 왔던 사막으로 다시 돌아갔다.

급하게 준비한 것치고 연회는 성대했다. 게디크는 할 수 있는 모든 걸 해 놓은 모양이었다. 가장 상석에서 의미 없는 술잔을 흔들고 있던 베히다트는 연회장 안에 흐르는 미묘한 공기에 비뚜름한 시선을 주었다.

게디크를 위시한 스물의 재상, 그리고 군정장관과 재무대신, 시종장과 서기관장이 저마다 기뻐하며 연회를 즐기고 있었다. 연회와 전야제는 오로지 라 쿤을 위한 것이다. 적어도 겉으로는. 하지만 막상 뚜껑을 열어 보니 제일 신이 난 것은 대재상인 게디크였다. 연회에 부족한 것은 없었다. 다만 여섯밖에 되지 않는 대족장들이 다 오지 못해 곳곳에 빈자리가 눈에 띄었다.

"자자, 술을 좀 더 드시지요."

"이거, 대재상이 너무 나만 주는 거 아니오?"

니즈와 대족장, 엘바는 제 아들까지 대동해 연회에 참석 중이었다. 지금 연회에서 대족장 중 활발하게 움직이며 웃고 떠드는 건 그가 거의 유일했다. 중년의 부드러운 카리스마를 가지고 있는 엘바는 왕년엔 엄청난 위용을 떨쳤던 전사였다는 게 믿기지 않을 정도로 유한 인상이었다. 반면 엘바의 아들, 미츠하르는 불편한 기색이 가득한 표정이었다. 젊은 시절 엘바를 쏙 빼닮은 그는 그냥 이 자리 자체가 부담스러운 듯 딱딱하게 굳은 얼굴로 앉아 있기만 했다. 엘바는 아들의 그런 모습에 괘념치 않았다. 그에겐 몇 년 있지 않아 아들을 니즈와로 불러들여 다음 대의 대족장으로 삼을 거라는 의지가 한가득했다.

"느와도 한잔 들지 그러시오? 그러고 보니 다우드는 무엇 때문에 오지 못한 것이오?"

"감사합니다, 엘바 대족장님. 저희 대족장님께선 일족에게 중대한 문제가 생겨 친히 오시지 못했습니다."

"호오, 중대한 문제?"

그것이 무엇이냐 묻는 무언의 시선에 타브크 수장 느와는 그냥 빙그레 웃었다. 한 신부를 두고 두 일족이 전쟁을 벌인 일은 다른 일족에서도 비일비재한 일이기도 했지만 그리 자랑스러운 일이 아니기도 했다. 같은 무스카트에 사는 일족이라면 몰라도 다른 구획의 대족장에게 할 말은 아니었다.

"항상 있지만 늘 곤란한 그런 문제이지요."

"호오, 항상 있지만 늘 곤란하다? 그것 참 궁금하구려."

"허허, 대족장께서도 가장 많이 겪는 문제이실걸요?"

다행히 느와의 유연한 대처 덕에 엘바는 그 화제를 더 이상 입에 올리지 않았다. 엘바는 기분이 좋은지 너털웃음을 흘렸다. 항상 어울리던 이즈미르가 자리를 비운 터라 대화 상대가 없을까 살짝 우려한 기색이었다.

"그래도 느와가 와서 난 좋군. 다우드 그 양반은 워낙 깐깐해서 말이야."

"저희 대족장께서 유한 분이 아니시긴 합니다."

"그래, 너무 깐깐해. 저번에 니즈와에 파와 녀석들이 경계를 침범했을 때도 얼마나 깐깐하게 구는지, 나 원 참. 고작 조금 경계를 넘어간 것 가지고 말이야……."

"워낙 원칙을 중요시 여기는 분이시죠. 융통성이 없어도 그러려니 하십시오. 엘바 님은 너그러운 마음의 소유자가 아니십니까?"

"하하, 그건 그렇지."

둘의 대화를 경청하다 베히다트는 옅게 웃었다. 무심코 카림이 이 자리에 있었다면 엘바가 저렇게 웃고 있진 못했을 거란 생각이 들었다. 무스카트 대족장, 다우드를 쏙 닮은 카림은 다른 사람들이 감당하지 못할 정도로 깐깐했다. 항상 절도 있는 모습을 유지하고 원칙을 중요시하는 카림이기에 베히다트 역시 그를 믿었다. 그런 남자가 쩔쩔매는 건 최근에 딱 한 번 본 적이 있었다.

자연스럽게 하렘으로 흘러가는 생각에 베히다트는 미미하게 인상을 찌푸렸다.

"잘릴은 무희들 보느라 정신이 없구려."

"허허, 나비들이 저리 자신들 좀 봐 달라고 교태를 부리고 있는데 어찌 눈을 돌릴 수 있겠습니까?"

"넉살도 좋지!"

엘바가 웃든 말든 잘릴의 시선은 다시 무희들에게 향했다. 게디크는 잘릴이 그럴 것이라고 예감이라도 한 것인지 자리 배치까지 무희들을 제일 가까이서 볼 수 있는 위치로 정해 주었다. 엘바는 구경거리를 즐기는 것보단 술을 마시는 게 더 좋은 듯했다. 그건 다른 관료들도 마찬가지였다. 잘릴은 넋을 놓고 구경 중이었지만 그 옆에 앉은 바레인은 아니었다. 베히다트의 시선이 저절로 가늘어졌다.

노인인 비가가 아직 오는 중인 터라 소하르 대족장 자리가 비어 있고 이즈미르 역시 도적 떼 소탕으로 아직 자리를 채우지 않은지라 샤르자 대족장 바레인의 양옆이 텅 비어 있었다. 다른 때 같으면 정해진 자리를 벗어나 여러 인사들과 이야기를 나누었을 텐데 바레인은 무슨 생각인지 아무 말도 하지 않고 가만히 앉아 있었다.

"그러고 보니 우리 샤르자 대족장께서 조용하시구려. 무슨 문제라도 있는 것이오?"

"아닙니다. 충분히 즐기고 있으니 심려하지 않으셔도 됩니다."

"쯧쯧, 양쪽이 다 비어 있으니 얼마나 서운할까. 비가 그 어르신은 아직도 길바닥이실까. 그 어르신도 슬슬 후계에게 양도하는 게 좋을 텐데. 그렇지 않나, 게디크?"

"소하르도 복잡한 곳이니까요. 비가 님께서도 생각이 있으시겠죠."

게디크는 우아하게 웃었으나 엘바는 틀에 박힌 대답에 얼굴을 찡그렸다. 이러니저러니 해도 대재상이라는 지위는 각 대족장의 동의가 있어야 하기 때문인지 게디트는 매사 조심스러웠다. 술을 입에 털어 넣고 엘바는 안주를 찾았다.

"바레인을 봐. 어린 나이에도 샤르자를 잘 조율하고 있잖아. 소하르도 그럴 수 있는데 비가 그 어르신이 괜한 욕심을 부리고 있는 거라니까?"

비가가 이 자리에 있었다면 위엄 있게 엘바의 입을 닥치게 했겠지만 안타깝게도 비가는 이 자리에 없었다. 그렇다고 비가를 옹호할 사람이 있는 것도 아니었다. 대족장들 사이의 복잡하고 미묘한 알력에 끼어들 생각이 있는 사람은 이 자리에 없었다.

엘바는 자기 좋을 대로 생각하고 그 생각대로 내뱉는 단점이 있지만 그만큼 뒤가 없는 남자라 신뢰할 만했다. 감정에 치우쳐 가끔 일을 망치기도 하지만 거의 제 살 파먹기라 큰 문제는 없었다. 다우드는 너무 강철 같은 사내라 강건한 것이 문제가 되었다면 모를까 뒤에서 누군가와 손을 잡을 인물은 되지 못했다. 문제라면 비가와 이즈미르. 하필이면 둘 다 아직 알 페시안에 도착을 하지 않은 상황. 베히다트는 바레인을 응시했다. 모두가 그 시선을 알아차릴 정도로 노골적이었는데 오로지 본인만이 동요하지 않았다.

아무리 좋게 보아도 오늘의 바레인은 이상했다.

사교를 마다하는 남자가 아니거늘, 그는 술도 마시지 않았고 그렇다고 잘릴과 이야기를 나누는 것도 아니었다. 뭐에 홀린 사람을 지켜보는 기분. 그 남자가 웬만한 일엔 눈 하나도 깜짝하지 않는 인간이라는 점에서 더 의아했다.

항상 얄미울 정도로 여유롭게 웃으며 세상 다 산 노인처럼 굴던 녀석이 아니던가.

계획했던 일이 무산되었다면 저런 태도가 납득이 될 만도 하다. 하지만 잘릴은 평소와 같은 걸로 보아 둘이 같이 연관된 일은 아니었다. 당장이라도 눈앞의 무희를 어떻게 꼬드겨 침실로 들어갈까 고민 중인 잘릴에게서 시선을 거두며 베히다트는 잔을 입에 가져갔다.

"이상하군."

무언가 놓치고 있는 것이 있었다. 그렇다고 이 미묘하게 찜찜한 기분의 정체를 확실히 알아낼 수는 없었다. 하지만 숨죽이며 조심스럽게 맞춰 가고 있던 조각 중 하나가 없다는 걸 안 순간 기분은 걷잡을 수 없이 나빠졌다. 비어 있는 자리가 있었다. 그리고 그건 아직 짐작도 할 수 없는 변수였다.

좋지 않은데. 연회가 열릴 때쯤이면 바레인도 확실히 어떤 행동을 취할 거라 생각했다. 그러나 아니었다. 여전히 일은 윤곽도 없이 모호하기만 했고 자신이 알고 싶은 비밀은 그 안에 아스라이 감추어져 있었다.

베히다트는 인과를 되짚어 보았다. 특별히 이상한 점은 눈에 띄지 않았다. 닷새 전을 제외하면.

바레인이 움직인 건 로그웨를 불러들였던 일이 처음이자 마지막이었다. 신출귀몰한 로그웨가 무엇을 위해 움직이고 있는지는 아직 우마르가 조사 중이지만 아직 일의 윤곽조차 모른다는 것이 문제였다.

이 움직임은 도대체 무엇을 의미하는 것일까.

"그러고 보니 시하드시여, 드디어 하렘에 여인을 들이셨다고 들었습니다. 이거 참 기쁜 소식이 아닙니까?"

상념에 빠져 있던 베히다트는 엘바의 활기찬 목소리에 시선을 들었다. 여색에 빠진 왕치곤 참 건조한 반응이었지만 엘바는 개의치 않았다.

"드디어 하렘에도 주인이 생기는 건가 다들 들떠 있다고 들었습니다."

"그런가."

하렘을 폐쇄한 건 전적으로 선대 사 쿤의 명이었지만 새로운 쿤이 즉위한 이후에도 하렘은 여전히 폐쇄된 상태였다. 이런 복잡한 상황에서 수상한 여자가 아니었다면 하렘은 여전히 폐쇄되어 있었을 터. 그가 입꼬리를 비틀어 웃었다.

"흐음, 그러고 보니 하렘에 여인이 없던 게 꽤 오래되지 않았습니까? 한 이십여 년 정도인가."

"저도 그 정도는 넘은 걸로 알고 있습니다, 엘바 님."

"그렇지, 느와? 역시 내 기억력이 한물간 게 아니었구먼."

엘바는 호탕하게 웃었고 느와는 부드럽게 그 웃음을 맞받아 주었다.

하렘이라…….

베히다트의 손이 턱을 괴었다. 그의 고양이는 자신이 어떤 처지에 처해 있는지 이해하자마자 놀라울 정도로 얌전해졌다. 그전까지 갸르릉거렸던 게 거짓말이라는 것처럼. 지금의 온순함이 나쁘다는 건 아니지만 뭔가 이상하다는 느낌을 지울 수 없었다. 그 여자가 얌전하다? 그러고 보니 근 사나흘간, 잠만 자며 침대에서 시간을 보내고 있었다.

"고마워요."

불시에 떠오른 기억.

그다음에 그 여자가 뭐라고 했더라. '이 페시안은 정말 아름다운 것 같아요.'라고. 그 당시에는 별거 아니라 신경 쓰지 않았다. 하지만 돌아보니 이상했다. 고맙다니, 무엇에 대한? 그녀는 걱정해 줘서 고맙다고 했지만 그건 그냥 사족에 불과한 말이었다. 갑자기 왜 그런 말을 한 거지? 아파서? 하지만 실제 몸 어딘가가 아픈 건 아니었다.

무언가 퍼즐 하나가 빠졌다. 베히다트는 조용히 인상을 구겼다. 놓친 게 있는 것 같은데 다른 일에 가려져 두드러지지 않는다. 어떤 거대한 장막이 자신의 눈을 가리고 있는 느낌이었다.

갑자기 일어난 라 쿤에게 연회장에 있던 모든 사람들의 시선이 쏠렸다. 연회장을 은은하게 감싸고 있던 음악 소리마저 멈췄다. 사람들이 무슨 일인지 두려워하고 있을 때 베히다트는 드러나는 불편한 심기를 감추며 고개를 끄덕였다.

"이만 쉬러 가겠다. 다들 알아서 즐기도록."

엘바는 혹시 제가 아까 했던 질문 때문에 심기가 불편해진 건가 싶었으나 베히다트는 여타 다른 말은 하지 않고 그 자리를 나왔다. 어차피 전야제 이틀째, 굳이 자리를 지키고 있을 필요는 없었다. 어제는 구색으로라도 자리를 지켜야 했지만 오늘은 아니었다. 대족장들에 대한 환영 인사는 어제로도 충분했을 테니까.

바레인에 대한 걸로 온 신경이 곤두서서 지금까지 알아차리지 못했다. 정체를 알 수 없는 불안감이 엄습했다. 무엇인지 모를 폭풍이 제 안에서 일어나는 걸 느끼며 베히다트는 거침없이 발을 옮겼다. 전에 자던 모습을 본 이후로 하렘에 가는 건 이번이 처음이었다. 이

틀 만인가. 그렇게 시간이 흘렀을 거란 인지는 하지 못했는데 벌써 그렇게 흘러 있었다. 도대체 이 불안감은 무엇이란 말인가.

확인을 해야 했다. 분명 자고 있겠지만, 그래도.

하렘에 도착하자마자 그를 반겨 주는 건 누르였다. 누르는 공손히 머리를 숙여 자신의 주인이자 섬기는 신에게 인사했다.

"당신의 종이 인사를 드립니다."

"어디 있지?"

누구인지 묻지 않아도 누르는 바로 대답을 했다.

"침실에 계십니다."

"자고 있나?"

"예, 곤히 주무시고 계십니다. 제가 세 시간 전에 확인했습니다."

확인했다는 말을 들어도 불안감은 사라지지 않았다. 그는 발을 옮겼다. 자고 있는 모습을 직접 제 두 눈으로 봐야 이 불안함이 사라질 듯했다. 누르는 난감한 기색을 내비쳤지만 곧 그를 따라 아시나가 머무는 곳으로 들어갔다. 하지만 방에 들어갔을 때 느껴지는 인기척은 없었다.

자고 있어서 그런 건가. 그 공간을 지배하는 차가운 기운에 어찌할 도리 없이 불안만 더 커져 갔다. 왜인지 모르겠지만 기분이 저조해진다. 이유를 알 수 없는 더러운 기분을 통제하지 못하며 베히다트는 천천히 침대로 다가갔다. 숨소리마저 잦아질 정도로 팽팽한 긴장감이 자리한 와중에 그가 침대 앞에 섰다. 베개까지 올라간 이불은 볼록했지만 그의 눈을 속일 수는 없었다. 이불을 들추자 나오는 빈자리에 그의 표정은 딱딱하게 굳어졌다.

설마하며 간과했던 놓친 조각 하나가 그의 기분을 지옥으로 밀어넣었다.

"시, 시하드시여."

놀란 누르가 울먹이며 뒷걸음질 쳤다. 그녀를 추궁할 생각은 없었다. 겨우 이를 악문 그는 하렘을 지키고 있던 카림에게 명령했다.

"당장 찾아내."

밤의 사막은 한숨이 나올 정도로 추웠다. 웬만하면 페시안 옷으로 버텨 보려 했는데 겨우 30분이 한계였다. 가지고 있는 옷을 모두 꺼내 꼭꼭 껴입고 여행용 로브까지 뒤집어쓴 뒤에야 추위가 좀 가셨다. 창백하게 빛나는 모래 위를 부지런히 걸으며 아시나는 멍하니 하늘을 올려다보았다. 하늘을 수놓은 별들은 언제 봐도 예뻤다. 하늘에 뜬 달은 아직 덜 차올랐지만 이번 주 내에 만월을 볼 수 있을 듯했다.

아시나는 이제야 온전히 제 시간을 갖게 된 것 같아 평온했다. 물론 모래바람은 성가시고, 이 드넓은 사막도 끝이 어디인지 모르겠지만.

"대충 이쪽으로 가면 되겠지. 지도랑 나침반을 보면 저쪽이 수르트니까."

페시안이 유일하게 모든 나라에 개방한 자유 도시.

항구 도시였지만 없는 게 없을 정도로 수르트는 번화한 도시였다. 아시나도 거기에서 일주일간 머물다가 크라차로 가기 위해 나왔었다. 헤아려 보면 불과 한 달 정도밖에 안 된 일인데, 지금 와서 되돌아보니 너무 오래된 일처럼 느껴졌다. 그동안 겪은 일이 너무 많아서 그런가. 일단 이 사막에서 조난당했으니까.

"도대체 왜 자꾸 길을 잃어버리는 거지?"

정말 미스터리였다. 그녀는 미미하게 인상을 찌푸렸다. 길게 늘어진 은색 머리카락을 비비 꼬며 한번 진지하게 고민까지 해 봤다. 사막으로 들어서자마자 말썽을 일으켰던 귀찌는 바로 주머니행이었다. 덕분에 머리는 은색이고 눈은 홍색이지만 아시나는 개의치 않았다. 사막에 있는 건 혼자뿐이니까.

"난 분명 항법도 배웠는데 말이야."

물론 가르쳐 주는 사람이 욕하면서 가르치긴 했었다. 엄마 말로는 이게 다 자기 닮아서 그런 거라는데 안타깝게도 어머니께선 길은 못 찾아도 방향감각 하나는 탁월하셨다. 그럼 아빠를 닮은 것인가.

"그건 그것대로 놀라운데."

무심코 아빠를 떠올려 보다 아시나는 예쁘게 웃었다. 누가 보면 또 실실 웃는다고 타박했겠지만 지금 이곳엔 그녀 외엔 차가운 모래가 전부였다. 잠시 듣도 보도 못한 남자가 아빠의 아성에 도전하긴 했지만 그래도 아직 아시나에게 최고의 남자는 아빠였다. 그런 아빠가 길치라니, 상상도 할 수 없는 일이었다. 실제로 길치도 아니고.

"음."

한 번 사막에서 길을 잃은 경험이 있어서 그런지 아시나는 절대 잠을 자지 않기로 결심했다. 사나흘을 자지 않으려면 체력적으로 무리가 있겠지만 또 길을 잃어버려서 일주일 이상 헤매는 건 사양이었다. 아무리 길거리에서 자는 게 익숙하다고 해도 사막에서의 취침은 잊을 수 없는 기억이었다. 자리를 잘못 잡아 자기라도 하면 새벽에 몸 위로 쌓인 모래더미 때문에 잠을 깨야 했다. 다행히 아직 잠자리가 나빠서 잠을 못 잔 경험은 없었다.

문득 귀하게 자란 자식치곤 너무 막살고 있는 게 아닌가 하는 회의감이 치솟았다. 나름 우리 엄마 아빠의 귀한 딸인데 말이야. 그래도 이 삶이 마음에 들었다. 이건 누가 강요한 게 아니라 자기가 선택한 삶이니까. 수많은 황금과 보석으로 둘러싸여 있어도 가 보지 못한 곳이 적힌 지도 한 장이 더 설레는 건 어쩔 도리가 없었다.

너무 오래 자서 그런가, 졸리진 않았다. 차가운 바람이 오히려 정신을 일깨웠다. 앞으로 사나흘 간 계속될 지리한 행군을 해야 하는데 벌써부터 지치면 안 된다고 생각했다. 무엇보다 이제 제 본모습을 마음껏 드러내도 된다는 점이 그녀의 마음을 편안하게 해 주었다.

"그렇더라도 혼자 하는 여행은 뭔가 좀 외롭네."

혼자 여행하기 시작한 것도 햇수로 따지고 보면 이제 3년 정도밖에 되지 않았다. 그녀에게는 항상 같이 여행해 주는 누군가가 있었다. 여행의 스승이자 동료이며, 친구이자 가족 같은 누군가가.

처음 여행은 아직도 기억에 명확히 남아 있었다. 동행은 바로 방랑벽이 심한 삼촌이었다.

엄밀히 따지면 조금 복잡한 촌수였으나 어째서인지 아시나는 리안 삼촌이라고 불렀다. 여섯 살에 리안 삼촌의 손을 잡고 사디운 영지를 방문했던 것이 아시나 인생의 첫 번째 여행. 흔히 그 나이

때의 아이들은 부모와 떨어져 어딘가를 가면 운다고 하는데 어린 아시나는 그렇지 않았다. 오히려 낯선 게 가득한 광경에 어떤 충격마저 받았을 정도였다.

낯선 곳에 남는 그 느낌이 말로 형언할 수 없이 좋았다.

자신을 제외하고 모든 것이 모르는 것이다. 사방팔방이 비밀투성이였고 하나하나를 전부 살펴보고 알아가는 기쁨이 얼마나 컸던가. 모르는 사람들과 인사를 나누고 경계 어린 시선을 점점 호감으로 바꿔 가는 그 과정 하나하나가 모두 다 즐거웠다. 첫 여행은 잊을 수 없는 소중한 추억이 되어 있었다.

"리안 삼촌, 그때 많이 혼났는데."

어릴 때라 거의 저택에서 살았지만 어린 아시나는 항상 리안 삼촌이 오는 날만 기다렸다. 또 와서 어딘가로 데려가 주지 않을까 기대하면서. 그러면서도 리안 삼촌이 없을 땐 외삼촌을 졸라 서공작령 아스타테아의 모든 영지를 여행했다. 함부로 돌아다닐 수는 없었어도 낯선 곳을 가는 건 똑같아서 어린 아시나는 항상 두 뺨이 발그레한 채로 제일 먼저 마차 안에 들어가서 기다리고는 했었다. 그렇게 열성적으로 쏘다녀서 그런지 몰라도, 그녀의 나이 열한 살이 되는 해엔 더 이상 크롬웰 내엔 가 보지 않은 땅이 없었다.

4년 동안 집에 있었던 날들을 추스르면 고작 세 달 남짓. 그때부터였다. 어머니와의 대립이 시작된 건. 아시나의 어머니이자 통칭 여왕님이라 불리는 분은 아시나를 절대 밖으로 보내지 않으려고 했다. 그 결과 아시나는 열두 살의 생일을 맞이하기 전까지 저택에서 한 발자국도 나갈 수 없었다.

물론 사촌들의 집은 방문이 가능했으나 그곳들은 비밀 통로까지

싹 다 돌아본 터라 지루하기만 했다.

일 년을 갇혀 산 뒤, 그녀가 내린 결론은 이대로는 살 수가 없다는 것이다. 정해진 시간에 밥 먹고 쇼핑을 하거나 파티를 가거나. 그렇게 시간을 때우다가 정해진 시간에 잠에 든다. 정말 따분하고 지루하고 답답하고 고루한 삶이었다.

"그 짓을 계속하느니 죽는 게 낫지."

열두 살의 생일을 맞이하는 날, 아시나는 어머니와 단판을 지었다. 울먹이며 빌고 협박하고 난리도 치고 기절도 하면서 얻어 낸 결과는 아시나를 할머니 댁에 맡기는 것이다. 겨우 얻은 자유에 아시나는 신이 났다. 그 무렵 아시나가 관심을 가진 게 된 건 이웃의 작은 나라들이었다.

크롬웰의 권세에 있는지도 모르는 무척이나 작은 나라들이지만 자족하고 있는 나라들. 나라라고 이름 붙이기도 뭐한 게 크롬웰 웬만한 자작령보다 작은 나라들이었다. 그래도 아시나는 '나라'라고 불렀다. 그게 더 좋았으니까. 다른 나라를 간 건 그 즈음이 처음이었다. 외할아버지의 손을 꼭 붙잡고 방문한 이웃 나라들은 작지만 큰 충격이었다.

모든 나라에서 사람들이 똑같이 사는 건 아니었다.

그때까지 아시나는 정도의 차이가 있을 뿐 모든 사람이 같은 음식을 먹고 같은 놀이를 하고 같은 생각을 한다고 생각했다. 그러나 크롬웰 밖의 나라에선 그 생각이 깡그리 부정당했다.

나라마다 문화라는 것이 다르고 역사라는 것이 다르고 살아가는 방식이 다르다는 건 열두 살 소녀의 가치관에 엄청난 혁명을 불러일으켰다. 그때 얼마나 흥분하며 공부를 하고 싶다고 외쳤던가. 열

두 살 손녀의 엄청난 학구열에 외할아버지께서는 기꺼이 그녀의 스승이 되어 주셨다.

"음."

그것 외에도 체른을 만나서 함께 엄청나게 여행을 다녔었다. 키에베와도 희귀한 식물을 찾으려고 많이 돌아다녔고. 둘을 만나면서 쓸데없는 지식이 늘기도 했다. 약초에 대한 지식이라든가 소매치기 기술이라든가. 그렇게 돌아다니면서도 나름의 양심은 있었다. 최소 일 년에 두 달 정도는 집에 있으려고 노력했으니까. 물론 유적지에 푹 빠져 돌아다닐 땐 삼 년을 통째로 집을 비웠지만. 그렇게 열일곱이 되었고 아시나는 결단을 내렸다.

모두가 말리는 북쪽의 동토, 사이베리아로 여행을 떠난 것이다. 다행히 펜족 사이에서 아시나는 매우 잘 지냈다. 돌아와서는 어머니의 엄청난 불호령을 맞이했지만 괜찮았다. 와, 정말 쉴 틈 없이 여행을 다녔었구나.

"어, 한곳에 절대 한 달 이상 있지 않았으니까. 뭐 어떻게 보면 당연한 결과려나."

이제 북대륙에서 못 가 본 곳들은 정말로 위험하기 때문에 목숨 한 개 정도는 더 가지고 가야 하는 곳밖에 없었다.

사막…….

아무튼 그놈의 사막이 문제라니까.

"집에 돌아가면……."

왠지 모르게 숙연해졌다. 아시나는 희미하게 짙어지는 새카맣고 짙푸른 밤하늘을 보며 웅얼거렸다.

"……아주 힘든 여행을 끝내고 왔다고 해야지."

절대 다시는 잊지 못할, 그런 여행을.

-월흔 2권에서 계속됩니다.-

BLACK LABEL CLUB 021
월흔 1

1판 1쇄 발행 2015년 10월 30일
1판 3쇄 발행 2017년 1월 9일

지은이 윤슬
펴낸이 신현호
편집부장 김은주
편집 박상희
편집디자인 한방울
영업 · 관리 김민원 조인희
물류 이순우 김명일

펴낸곳 ㈜디앤씨미디어
출판등록 2002년 5월 1일 제117-90-51792호
주소 서울시 구로구 디지털로 26길 111 JnK디지털타워 503호
대표전화 (02)333-2513 팩스 (02)333-2514
전자우편 dncbooks@naver.com
디앤씨북스 블로그 http://blog.naver.com/dncbooks
디앤씨북스 로맨스 카페 http://cafe.naver.com/dnc2007
블랙 라벨 클럽 트위터 @blacklabel_c

ISBN 979-11-264-0221-2 (04810)
ISBN 979-11-264-0220-5 (세트)

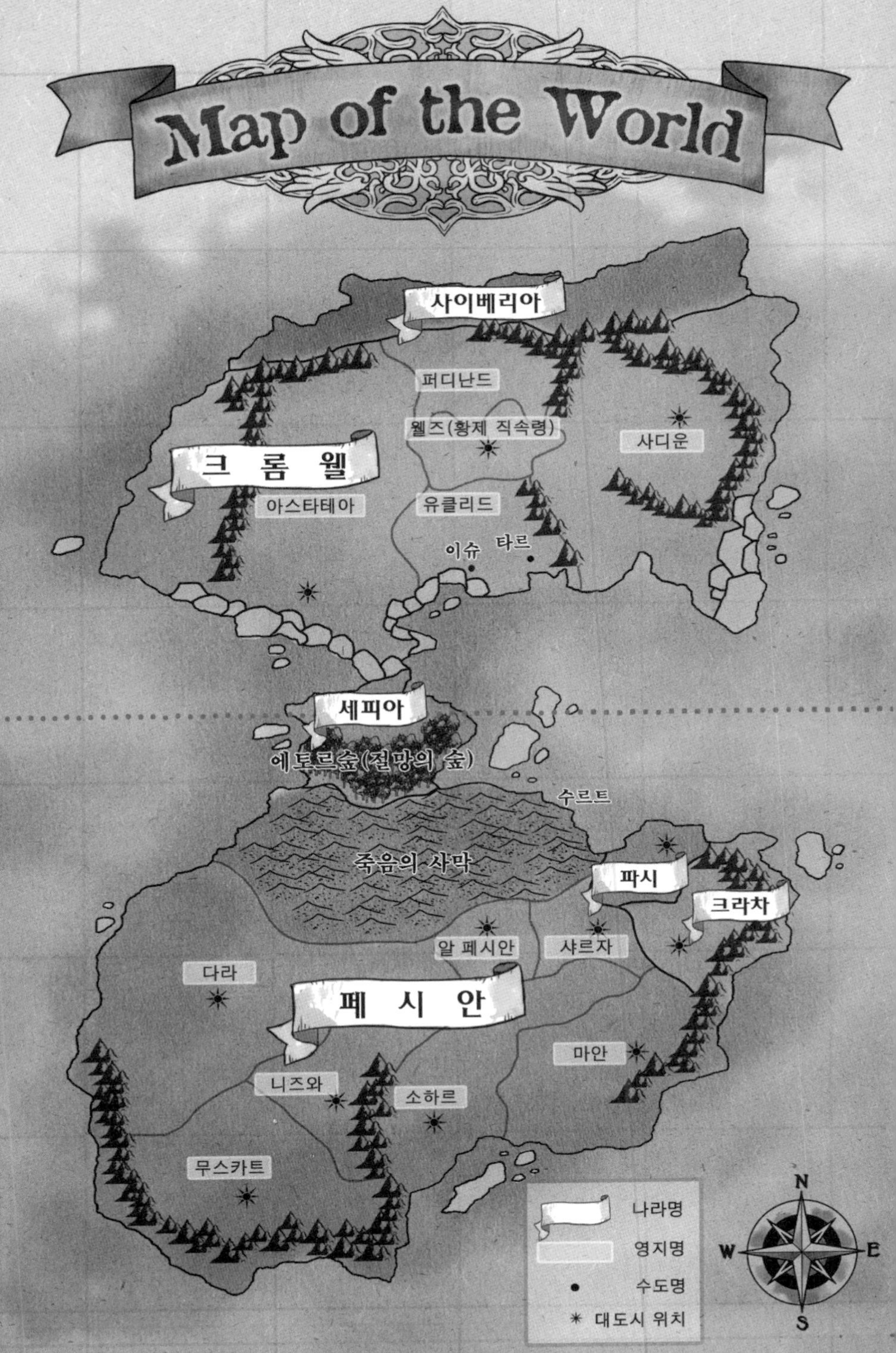

Map of the World
사이베리아
퍼디난드
웰즈(황제 직속령)
사디운
크롬웰
아스타테아
유클리드
이슈
타르
세피아
에토르숲(절망의 숲)
수르트
죽음의 사막
파시
크라차
알 페시안
샤르자
다라
페시안
마안
니즈와
소하르
무스카트
나라명
영지명
수도명
대도시 위치
N
W
E
S